À PROPOS DE L'AUTRICE

Karen Templeton vit au Nouveau-Mexique avec deux chats affreusement gâtés. Mère de cinq enfants, elle ne pensait pas avoir le temps de se consacrer à l'écriture, jusqu'à ce que le succès de son premier roman l'encourage à poursuivre dans cette voie. Aujourd'hui très appréciée de ses lectrices, elle ne regrette en aucun cas sa décision. En dehors des livres, Karen adore le chocolat noir, le mascara et les séries...

Pour te protéger

*

Pour te conquérir

Collection : SAGAS

Titre original :
THE REAL MR. RIGHT

Ce roman a déjà été publié en 2015

HARPERCOLLINS FRANCE
83-85, boulevard Vincent-Auriol, 75646 PARIS CEDEX 13
Service Lectrices — Tél. : 01 45 82 47 47 - www.harlequin.fr
ISBN 978-2-2805-0121-7 — ISSN 2426-993X

Composé et édité par HarperCollins France.
Imprimé en décembre 2023 par CPI Black Print (Barcelone)
en utilisant 100% d'électricité renouvelable.
Dépôt légal : janvier 2024.

FSC www.fsc.org MIXTE Papier issu de sources responsables FSC® C159065

Pour limiter l'empreinte environnementale de ses livres, HarperCollins France s'engage à n'utiliser que du papier fabriqué à partir de bois provenant de forêts gérées durablement et de manière responsable.

KAREN TEMPLETON

Pour te protéger

LES AMANTS DE MAPLE RIVER
VOLUME 1

Traduction française de
FRANCINE SIRVEN

SAGAS

HARLEQUIN

1

Tandis que le bébé endormi pesait de plus en plus lourd sur son bras, Kelly observa la grande maison à tours et tourelles, avec ses fenêtres en saillie, si paisible, si imposante dans l'obscurité. De nouveau, elle pria pour ne pas être sur le point de commettre la plus grave erreur de son existence.

Enfin, la seconde plus grave erreur de son existence.

— C'est qui, déjà, ces gens ? demanda son petit garçon.

Derrière elle, le moteur du van tournait au ralenti avec un bruit assourdissant dans le silence feutré de la nuit hivernale.

— Ma meilleure amie vivait ici, enfant, répondit-elle, en sentant les battements de son cœur s'accélérer à mesure qu'ils avançaient sur la petite allée tracée sur la pelouse enneigée. Nous y serons en sécurité.

Derrière ses lunettes à la Harry Potter, Cooper la dévisagea, plissant le nez.

— T'en es sûre ?

— Oui, répondit Kelly, qui n'avait pas d'autre choix que d'y croire.

En réalité, elle doutait de pouvoir un jour se débarrasser de cette peur qui lui nouait constamment l'estomac... Une peur qui, en définitive, avait eu raison de ce qui lui restait de bon sens. Car tout ceci ne lui ressemblait pas. C'était même complètement fou. Partir de cette façon, avec deux enfants en bas âge, au beau milieu de la nuit, pour les emmener dans un endroit où elle-même n'avait pas remis les pieds depuis près de vingt ans. Elle savait que le colonel vivait toujours ici, Sabrina le lui avait dit dans sa dernière carte de vœux. Problème, il était sur liste rouge, et le numéro de portable de Sabrina ne répondait plus...

La gorge serrée, Kelly changea Aislin de bras et, d'un pas lourd, grimpa les marches du perron. Les mêmes lanternes en bronze se dressaient telles des sentinelles, de chaque côté de la porte laquée noir, projetant une lueur blafarde sur les lames défraîchies du parquet et la balancelle vert foncé. Cette balancelle, témoin de tant de confidences, de tant de désarrois adolescents...

En soupirant, Kelly appuya sur la sonnette. Un chien aboya. A l'évidence, un gros chien. Cooper aussitôt se colla à elle.

— Et si papa...

— Il ne sait pas où nous sommes, mon trésor.

— Tu es sûre ?

— Absolument.

— Comment c'est possible ?

Lorsqu'elle avait rencontré Rick, en troisième année d'Université, elle vivait avec sa mère à Philadelphie. Une page avait été tournée, celle de Maple River, New Jersey. Oh ! Sabrina avait bien été l'une de ses demoiselles d'honneur, elle était même venue la voir à la naissance de Cooper, mais Kelly n'avait jamais ressenti le besoin de revenir dans sa ville natale.

— Parce que c'est impossible, répondit-elle avec calme.

Cooper hocha la tête, puis jeta un regard furtif derrière lui. Kelly passa son bras libre autour de ses épaules. Quelques secondes plus tard, une lumière s'alluma dans le couloir. Sabrina n'était pas là, bien sûr : son amie avait quitté Garden State pour Manhattan depuis longtemps. Quant à sa mère, Jeanne, elle était décédée quelques années auparavant. Ne restait plus que le colonel. Qui, pour dire la vérité, avait toujours un peu impressionné Kelly. Le père de son amie n'avait pas gravi tous les échelons de l'armée de l'air grâce à ses qualités humaines.

Mais Preston Noble avait beau être intransigeant sur l'ordre et la discipline, il adorait ses cinq enfants, dont quatre adoptés. Si bien que, pour Kelly, cette maison à côté de chez elle était autrefois synonyme d'amour, de rires et de sécurité. L'image même du bonheur au sein d'une grande famille unie. Certes, le père de Sabrina se mettait parfois en colère, mais Kelly n'avait pas le moindre doute : il lui donnerait refuge, à elle et à ses petits, comme il n'avait pas hésité à ouvrir son cœur et sa maison à ces enfants venus d'ailleurs, sans parler de tous ces animaux qu'il avait coutume de recueillir.

Le temps au moins pour elle de se retourner.

La porte grinça. Kelly resta sans voix. Car l'homme aux cheveux noirs et mal rasé qui retenait par son collier un chien surexcité n'était pas le colonel. Il se renfrogna, une certaine perplexité passa dans ses yeux bruns d'un éclat plus intense encore que dans ses souvenirs.

— Alf ! Assis ! ordonna-t-il en criant d'abord après le chien, avant de s'adresser à elle presque sur le même ton. Je peux vous aider ?

A l'évidence, il ne la reconnaissait pas. Pourtant, même après dix-huit ans, Kelly aurait reconnu n'importe où le frère jumeau de Sabrina. Matt.

Derrière ses lunettes rondes, une lueur d'embarras passa dans les yeux verts étrangement familiers de l'inconnue. Le bébé dans ses bras bougea la tête, et le petit garçon aux joues rondes vint se coller à elle. Elle avait dû se tromper de maison, se dit Matt…

Puis l'inconnue se mit à parler :

— Matt ? C'est… Kelly. Kelly Harrison. Non, euh McNeil. L'amie de Sabrina…

Il eut l'impression de recevoir un direct dans l'estomac. Kelly McNeil…

Elle toussota.

— Ton… Ton père est là ?

— Euh, non…

Intriguée par le petit garçon, Alf se dressa sur ses pattes. Aussitôt, Matt resserra sa main autour du collier pour la faire rasseoir.

— En fait, il n'est pas en ville.

— Oh ! Bien. Hmm… Désolée pour le dérangement…, ajouta Kelly en prenant son fils par les épaules. Allez, on s'en va, Coop…

— Non, non, c'est bon, dit Matt, plutôt confus, mais n'imaginant pas renvoyer une femme et deux enfants dans ce froid polaire. Je t'en prie, entre.

Il ouvrit un peu plus grand la porte, tout en repoussant du genou le terre-neuve en train de gémir. Il soupira en la voyant hésiter.

— Entre, je te dis. Et pas d'inquiétude pour Alf, elle est inoffensive. Enfin, attention à la bave quand même...

Elle esquissa un timide sourire, murmura un « merci » et poussa doucement le garçon devant elle. Matt referma en vitesse la porte, car l'air dehors était glacial. Le garçon alla tout de suite s'agenouiller devant Alf, Kelly quant à elle s'assit avec le bébé sur le banc dans le hall d'entrée. Elle déboutonna le col de son manteau, puis laissa échapper un long soupir.

— Comme c'est bon. Cette chaleur je veux dire. Le chauffage dans ma voiture est en panne, et arriver jusqu'ici m'a pris plus de temps que prévu.

— Tu viens d'où ?

— D'Haleysburg, répondit-elle, mentionnant une ville à environ une heure et demie de trajet. Mais je ne veux pas te déranger..., ajouta-t-elle en rougissant.

— Non, pas du tout.

— Vraiment ? Bien, chuchota-t-elle en fermant les yeux.

A cet instant, il prit conscience que cette femme manifestement épuisée n'avait rien de commun avec l'espèce de petite peste prétentieuse qui lui avait fait vivre un martyre, tant d'années auparavant. Mais cela ne la dispensait pas d'expliquer sa présence ici.

— Tes enfants, je suppose ?

Kelly sursauta et rouvrit les yeux.

— Oh oui, désolée. Je...

Tout en réprimant un bâillement, elle ôta son bonnet blanc, libérant ainsi un million de boucles rousses. Des cheveux un peu plus longs qu'autrefois. Peut-être pas aussi flamboyants.

— Voici Aislin, reprit-elle. Et Cooper. Coop ?

Le gamin se releva en s'accrochant à la crinière d'Alf, tout à fait placide.

— Je te présente Matt Noble, dit-elle à son fils. Le frère de ma meilleure amie.

Coop hésita un instant avant de tendre la main.

— Ravi de vous rencontrer, dit-il, comme un jeune homme bien élevé.

Matt ne put réprimer un sourire, en dépit des questions qui se bousculaient dans sa tête.

— Egalement ravi de te rencontrer, Cooper...

Le garçon ne ressemblait pas vraiment à Kelly. Excepté les boucles peut-être, et encore elles étaient brunes. Le menton aussi, fièrement relevé... Oui, ça, c'était du Kelly tout craché.

— Je peux... ? demanda Coop en regardant vers le salon, encombré de bibelots de toutes sortes, amassés par la mère de Matt, passionnée par la culture et les traditions des Etats-Unis.

— Bien sûr. Vas-y.

Le garçon ne se le fit pas répéter et s'éloigna, Alf sur ses talons. Kelly déboutonna la capuche de la combinaison de ski du bébé, puis repoussa une mèche d'un blond vénitien du front de la fillette.

— Pardon de débarquer comme ça à l'improviste. Sabrina a dû changer de numéro de portable et j'ai oublié celui d'ici...

Son menton fut parcouru de légers tremblements, puis elle se ressaisit.

— Mais je... Je ne savais pas où aller.

Matt l'observa.

— Tu as des problèmes ? demanda-t-il, exprimant enfin à haute voix la question qui le taraudait depuis le début.

Preuve que, même sans son uniforme, un flic restait un flic.

— Ce n'est peut-être pas le mot juste, mais...

Elle s'interrompit, avant de reprendre :

— Mon ex...

Le bébé soudain s'éveilla et regarda Matt de ses grands yeux bleus, avant de se tourner vers sa mère.

— Maman... ?

— Tout va bien, mon ange, chuchota Kelly à la petite fille.

Sourire qu'elle distribuait jadis à tout le monde, sauf à lui, se souvint Matt avec un petit pincement au cœur. Le genre de pincement qu'un homme divorcé aurait mieux fait d'ignorer.

— Tu voulais dire quoi, à propos de ton ex ?

Mais au même instant, Cooper et Alf réapparurent, et Kelly secoua la tête, rougissant une fois encore. Ce fut le déclic. Qu'est-ce qui pouvait pousser une femme à revenir en pleine nuit avec ses deux enfants dans une ville où on ne l'avait pas revue depuis des années ? Même en l'absence d'indices probants, comme des hématomes...

— Vous devez avoir faim, non ? demanda-t-il, réprimant un sentiment d'écœurement qui n'avait rien perdu de sa vivacité, même près de trente ans plus tard.

Kelly esquissa un sourire reconnaissant qui lui alla droit au cœur. Après tout, le passé était le passé, non ?

Et, dans l'immédiat, elle avait besoin de son aide. Que cette idée l'enchante ou non.

Attablée à l'îlot central de la cuisine, Aislin sur ses genoux caressant de ses petits doigts potelés le quartz blanc, Kelly se laissa aller, apaisée par la chaleur diffuse du chauffage et l'odeur de beurre grillé, alors que Matt préparait des croque-monsieur sous la surveillance attentive d'Alf. Oui, une atmosphère apaisante et familière. Au point de se détendre. Un peu seulement.

Car la présence de Matt la mettait mal à l'aise. Matt qu'elle n'avait pas revu depuis si longtemps... Elle avait seize ans à l'époque. C'était il y a une éternité. Une éternité pendant laquelle elle était tombée amoureuse, s'était mariée et avait eu deux enfants. Elle était passée à autre chose.

Et pourtant...

En réalité, autant elle se sentait usée sur le plan physique comme mental, autant les années ne semblaient pas avoir eu de prise sur Matteo Noble, déjà plutôt beau gosse autrefois. Comme si le temps et ses épreuves n'avaient pas réussi à l'aigrir ni à le vieillir, ou si peu.

Elle caressa les cheveux de Coop assis à côté d'elle et regarda la collection de casseroles en cuivre accrochées à leur rail. La cuisine avait été entièrement rénovée. Disparus les éléments de rangement en pin, la table immense en érable, remplacée désormais par cet îlot moderne, envolé le lino à motifs géométriques. La décoration était aujourd'hui résolument design, tout en alu, céramique et bois clair pour le parquet. Très beau, très dépouillé. Pas du tout en accord avec le style de la mère de Matt, une énergique petite blonde bien trop occupée à chérir sa marmaille pour se soucier de déco.

Comme s'il lisait dans ses pensées, Matt remarqua :

— Nous avons convaincu papa de faire quelques travaux. De toute façon, il n'arrête pas de parler de vendre la maison, et que ce n'est pas la nostalgie des années 1980 qui va l'en empêcher.

Se rappelant que leur mère était décédée quelques années plus tôt, Kelly demanda avec douceur :

— Comment va-t-il ?

Matt retourna les croque-monsieur sur le gril. Et haussa les épaules.

— Il s'occupe. Bricolage. Lecture. Parfois, il va donner un coup de main au magasin de Tyler et Abby. Mais Sabrina a dû t'en toucher un mot ?

— Très peu. Comment ça marche ?

— Bien. La récup est un marché en plein essor. C'est étonnant le nombre d'objets et de matériaux hétéroclites qu'ils parviennent à dénicher. Plus surprenant encore, le nombre de clients prêts à dépenser de l'argent pour acheter ce genre de trucs. Dernièrement, un type a refait la façade de sa maison avec les briques d'une usine en ruines, à Trenton. C'est fou, non ?

Ce qui était fou, c'était de bavarder comme ça, alors qu'ils ne s'étaient pas adressé la parole depuis un bon million d'années. Comme si les choses n'avaient jamais été délicates, voire douloureuses, entre eux, surtout vers la fin.

Et s'il n'y avait que ça ! Car aujourd'hui, elle devait se demander « pourquoi ». Oui, pourquoi avoir choisi de revenir ici avec enfants et bagages — enfin très peu de bagages en fait. Pourquoi ?

Surtout en sachant que Matt était policier. Inspecteur, si sa mémoire était bonne. Aussi ce répit, à cause des enfants, de l'heure tardive, serait-il de courte durée. A un moment donné, les questions fuseraient. Des questions qu'il était en droit de poser. Non que son père n'eût pas attendu des explications lui aussi, mais elle avait toujours eu le sentiment de pouvoir compter sur le colonel pour la protéger, de la même façon qu'il protégeait ses propres enfants. Tous ces enfants que Jeanne et lui avaient adoptés au fil des ans.

Mais Matt… Comment savoir ? Certes, il s'était empressé de leur préparer de quoi manger, il se montrait accueillant et parlait de choses et d'autres. Il avait été bien élevé. Mais prendrait-il son parti ? Ou pourrait-il simplement la croire ?

— Tu es bien silencieuse, remarqua-t-il.

— La journée a été… longue.

Il fronça les sourcils, avant d'adresser un clin d'œil à Aislin.

— C'est bientôt prêt.

Au bord des larmes soudain, Kelly enfouit son visage dans les cheveux soyeux du bébé. Grâce au ciel, Aislin ne paraissait en rien affectée par les événements de ces deux dernières années. On ne pouvait en dire autant de Cooper, coudes sur le comptoir, menton au creux des mains, qui ne perdait rien des faits et gestes de Matt. A cet instant, le garçonnet bâilla puis releva ses lunettes pour se frotter les yeux. Kelly sentit son cœur se serrer. Le pauvre était mort de fatigue.

— Ils pourraient dormir dans la vieille chambre de Tyler, dit Matt. Il y a des lits jumeaux…

— Oh. J'ai emporté des sacs de couchage…

— Pas besoin, répondit Matt en la regardant, avant de porter son attention sur Coop. Qu'est-ce que tu veux boire, mon garçon ? demanda-t-il en déposant les assiettes devant eux. Jus de fruits ? Lait ? Ou peut-être un chocolat au lait… ?

— Maman ?

Coop se tourna vers elle, les yeux plein d'espoir.

— Entendu, répondit-elle en souriant.

— Oui, super ! s'exclama Cooper en se redressant sur sa chaise. Merci.

Matt sortit du réfrigérateur ultrahigh-tech une brique de lait à 1 % de matières grasses, ainsi qu'une bouteille de sirop de chocolat zéro calorie.

— C'est à papa, expliqua-t-il face à son regard interrogateur. Ordre du médecin.

— Oh ! Il va bien ?

— Oui, oui, dit-il tout en cherchant quelque chose dans l'un des placards. Il est sans doute plus en forme que moi. Mais le toubib le surveille de près. Ah... Je savais bien que j'avais un de ces machins...

Il brandit fièrement une vieille tasse à bec qu'il rinça avant de la remplir de lait, puis il la tendit à Aislin qui aussitôt s'en empara pour boire goulûment, comme si elle n'avait rien avalé depuis des semaines. Matt rit de bon cœur, deux rides jumelles apparaissant au creux de ses joues mal rasées. Il sourit ensuite à Kelly. Un sourire qui eut pour effet de remuer le couteau dans la plaie. Soudain, elle réalisa l'échec qu'était sa vie, un vrai champ de ruines.

D'ailleurs, elle-même était une ruine.

— Linnie ! Qu'est-ce qu'on dit ?

Il y eut comme un bruit de ballon percé quand Aislin détacha sa bouche de la tasse.

— Mer... ci.

— Avec plaisir, mon ange, répondit Matt, qui, de nouveau, fit face à Kelly. Et pour toi ?

— Je prendrai comme eux, dit-elle en regardant les larges mains de Matt lorsqu'il remplit sa tasse de lait, notant au passage la puissance de ses bras, son torse large et musclé.

L'espace de deux secondes, pas plus, à cause du stress probablement, elle s'imagina entre ces bras, contre ce torse. Cela n'avait rien de sexuel, d'ailleurs, le seul fait de penser à la chose l'épuisait, il s'agissait plutôt de tendresse. Etre bercée, protégée, rassurée et...

— Tu veux autre chose ? demanda-t-il.

Aussitôt, elle le regarda droit dans les yeux.

— Pardon ?

— Ton croque-monsieur. Tu n'y as pas touché.

— Oh... Désolée. Non, c'est parfait, je suis juste...

A deux doigts d'éclater en sanglots.

— C'est juste que je suis presque trop fatiguée pour manger, reprit-elle.

— Je vois ça, dit-il, de nouveau avec gentillesse. Tu sais, tu peux prendre la chambre de Sabrina…

— Maman ? J'ai fini. On peut aller jouer avec le chien maintenant ?

— C'est Alf qui va être contente, répondit Matt en riant. Tiens…

Il tendit à Cooper la gamelle en plastique avec les restes du croque d'Aislin.

— Va dans le salon, par là. Ordonne-lui de s'asseoir d'abord. Elle sait ce que ça veut dire.

Les enfants partis, Kelly se décida enfin à toucher à son assiette.

— Hmm, c'est bon.

— Ah ? Tu dois être vraiment affamée.

Elle réprima un sourire.

— Tu as eu la main lourde avec le beurre, non ?

— C'est la recette de maman. Elle descendrait illico du paradis pour me tirer les oreilles si je faisais autrement.

Kelly termina son croque et avala une gorgée de chocolat au lait. Elle se régalait.

— Ta mère nous préparait des croque-monsieur à Bree et à moi presque tous les jours après l'école. Tu as bien retenu la leçon.

Matt hésita, puis après avoir placé la plaque du gril dans l'évier, il déclara, en lui tournant le dos :

— Mes parents n'ont toujours voulu qu'une chose. Que les enfants se sentent en sécurité dans cette maison…

Il se retourna.

— Je n'ai pas seulement appris à bien faire les croques. Alors Kelly, que se passe-t-il ?

Le moment était venu. Elle posa son verre, en effleura le rebord du bout de l'index, puis releva la tête vers Matt.

— J'aimerais coucher les enfants avant, d'accord ?

Il croisa les bras et fronça les sourcils. Puis il revint s'appuyer au comptoir, suffisamment près d'elle pour qu'elle distingue les fines rides autour de ses yeux noirs.

— Tu as besoin d'aide, c'est évident, dit-il à voix basse pour ne pas être entendu des enfants. Qu'en souvenir du bon vieux temps, je suis prêt à t'offrir… A condition que tu m'expliques ce qui se passe et que tu me promettes de tout me dire. Tout, tu m'entends ? Alors, marché conclu ?

— Comment savoir si je peux te faire confiance ?

Il esquissa un sourire.

— Tu vois une autre solution ?

— Non, pas vraiment, répondit-elle en soupirant.

Matt se redressa, puis se pencha pour jeter un coup d'œil du côté du salon. Satisfait, il reporta son regard sur elle.

— J'ai beau ne pas avoir hérité de l'ADN du colonel, je n'en reste pas moins son fils. Si tu as confiance en lui, tu peux aussi bien avoir confiance en moi.

Immédiatement, elle sut qu'elle pouvait effectivement se fier à lui. De toute façon, comme il venait de le faire remarquer, elle n'avait pas vraiment le choix.

Une demi-heure plus tard, confortablement installé dans le fauteuil relax de son père, Matt était devant la télé quand Kelly réapparut à la porte du salon. Une fraction de seconde, il crut halluciner.

Elle semblait à bout, sur le plan physique comme nerveux, là, à se frictionner les bras. Déjà adolescente, elle était maigre comme un fil, mais aujourd'hui, même avec ce sweat ample, elle donnait l'impression de n'avoir que la peau sur les os. D'ailleurs, jamais ses joues n'avaient été aussi creusées.

Ni ses yeux aussi tristes.

— J'ai cru que tu t'étais dégonflée, dit-il. Ou que tu t'étais endormie.

Elle esquissa un sourire las. Grâce au ciel, elle n'avait jamais été le genre de filles agressives typiques du New Jersey. En fait, ce qui l'avait même séduit chez elle autrefois, c'était son calme. Sa timidité. Mais aujourd'hui, c'était autre chose que de la réserve, réalisa Matt. Le mot qui lui vint à l'esprit fut... Vidée. Comme tout à l'heure, quand elle n'avait plus eu à donner le change face à ses enfants. Elle avait alors semblé submergée par... Quoi ? Il n'aurait su le dire.

— Je serais bien incapable de trouver le sommeil, dit-elle, en sachant que tu es là, à attendre… A imaginer je ne sais quoi.

Eteignant la télé, il redressa le dossier de son siège.

— Ce n'est pas faux…

— Je t'en prie, ne te sens pas obligé de m'écouter, juste parce qu'il se trouve que tu es là, à la place de ton père.

— Je vais faire comme si je n'avais rien entendu. Je suis flic, j'ai fait le serment de servir mon pays et de protéger mes concitoyens, d'accord ? Sans distinction.

— Il n'y a donc rien de… personnel ?

— Je me demande bien comment il pourrait y avoir quoi que ce soit de personnel là-dedans. Nous ne nous sommes pas vus depuis, allez… Pas loin de vingt ans ?

— D'accord, chuchota-t-elle, avant de le dévisager, l'air soupçonneux. Mais au fait, que fais-tu ici ?

— Tu veux dire, comment se fait-il que je vive encore chez mon père ? A mon âge ?

— Je n'ai pas dit…

— Non, mais tu l'as pensé très fort. Bon, alors, je t'écoute. A moins que tu aies décidé de rester debout, là dans ton coin, toute la nuit ?

— Pourquoi pas ?

Il réprima son agacement car, manifestement, en le provoquant de la sorte, elle ne cherchait qu'à garder le contrôle sur une situation qui la dépassait. Elle était aux abois. Aussi se rassit-il confortablement sur le relax avec sa cannette.

— Ma maison est en chantier actuellement, dit-il après une gorgée de soda. En fait, depuis un bon moment. Je fais tous les travaux de rénovation moi-même… Or, je ne suis pas un professionnel. Pas de chauffage, plomberie inexistante… Bref, tu vois le tableau. Alors je suis venu m'installer ici provisoirement.

— Sabrina m'a appris ton divorce, dit-elle en croisant les bras. Désolée.

Près d'un an plus tard, le sujet restait sensible, comme en témoignait cette aigreur qu'il ressentait au fond de la gorge.

— Merci, répondit-il, appréciant sa sollicitude, mais n'ayant pas l'intention de discuter de l'échec retentissant de son mariage. Avec elle ou avec n'importe qui d'autre...

— Alors, tu es seul ? demanda-t-elle.

— Non, Abby vit ici, elle aussi, dit-il en levant un doigt vers le plafond. A l'étage. Elle s'est levée ce matin à 5 heures et est allée se coucher à 21 heures. Une autre raison qui explique ma présence ici. Papa n'aime pas trop la laisser seule à la maison.

— Oh ! Abby... Quel âge a-t-elle aujourd'hui ? Vingt ans ?

— Vingt-deux. Elle est furieuse contre moi, depuis que j'ai emménagé. Apparemment, je l'empêche de respirer.

— Ah. Et le colonel, il ne l'empêche pas de respirer ?

Tiens, tiens. Il crut voir une lueur espiègle dans ses adorables yeux verts.

— Si, répondit-il. Mais c'est pire avec moi, son frère. Papa la gâte trop.

— Vraiment ? répondit Kelly avec un petit sourire moqueur. Je me rappelle de vous tous, quand Abby était toute petite. Complètement gaga de votre petite sœur, toujours en train de la chouchouter...

— Possible, répondit-il avec une mauvaise foi si évidente qu'elle éclata de rire.

— Je n'arrive pas à croire que nous ne l'ayons pas réveillée, dit-elle en levant les yeux au plafond. Elle a le sommeil lourd.

— Depuis toujours. L'été dernier, elle n'a même pas bronché alors qu'une tempête grondait, menaçant de détruire la ville...

Alf s'approcha de lui pour quémander quelques caresses. Il gratouilla ses oreilles un moment, puis se tourna vers Kelly.

— Alors. Tu me racontes ?

Elle se massa doucement la nuque, et une ride se creusa au milieu de son front.

— Je ne peux bien évidemment que te donner ma version des faits.

— C'est mieux que pas de version du tout.

— Peut-être vas-tu penser que j'invente...

— C'est un risque, dit-il avant d'avaler une nouvelle gorgée de soda. Mais, si ça peut te rassurer, je ne crois pas tu aies enterré ton ex dans les bois...

— Merci pour ta confiance, répliqua Kelly, qui finalement alla s'asseoir sur un coin de canapé.

Elle repoussa une mèche sur son front, hésita un certain temps avant de chuchoter.

— J'ai peur.

Ce n'était pas une surprise.

— Peur pour toi ? Pour tes enfants ?

— Les deux.

— Ton ex est violent avec toi ? demanda-t-il, et quand ses yeux croisèrent les siens, il ajouta : Un peu plus tôt, tu as dit quelque chose...

— Oui, dit-elle avec un petit rire amer. Tout dépend de ce que tu entends par « violent ».

Il laissa échapper un soupir.

— C'est toi qui as la garde des enfants ?

— Oui, répondit-elle en frottant ses mains sur son jean. Et Rick n'apprécie pas du tout cette situation. Oh ! bien sûr, il jouit d'un droit de visite, mais dernièrement, il s'est mis à débarquer de plus en plus souvent à la maison sans prévenir. Au début, j'ai laissé faire, après tout, cela montrait son désir de s'occuper des enfants. Au moins il essayait de tenir son rôle de père...

Elle se tut, lèvres pincées, avant d'avouer :

— Mais même avant ce soir, son comportement était... malsain. Pour les enfants. Pour moi aussi... La frustration, la souffrance, la colère, tout ça, je peux le comprendre. Il est normal que Ricky soit déçu. Amer. Moi-même, je le suis. Je l'aimais, chuchota-t-elle, les yeux brillant de larmes. De tout mon cœur. Mais un jour, j'ai réalisé que l'amour seul ne suffirait pas à sauver notre mariage.

Par son travail, Matt savait une chose. Que la route qui menait à la vérité était rarement droite. Au contraire, le chemin était parsemé. Des détours néanmoins essentiels, si l'on ne voulait pas passer à côté d'un détail crucial.

— Que s'est-il passé ?

Kelly s'assit tout au fond du canapé et attrapa le plaid sur l'accoudoir pour s'en couvrir.

— Nous nous sommes rencontrés à la fac et sommes sortis ensemble, oh, quatre ou cinq ans, avant de nous fiancer. Et nous ne nous sommes pas mariés avant encore une année. Assez longtemps pour que je sois sûre de Ricky. Il me... rassurait. Je me sentais protégée avec lui, comme...

Elle soupira.

— Comme avec papa. Ricky ne cessait de me le répéter, je pouvais me fier à lui, il serait toujours là pour moi. Et il a tenu parole. Bon mari, bon père. Nous étions heureux. Un certain temps. Ricky est, enfin était, un commercial de talent. Et moi, j'étais très heureuse de m'occuper de la maison. J'adorais même mes beaux-parents, dit-elle avec l'ombre d'un sourire. Puis, alors qu'Aislin devait avoir six mois, Rick a perdu son travail. Et impossible d'en retrouver un autre. Je travaillais comme serveuse de temps en temps, essentiellement chez des amis de ses parents, alors je me suis dit que le moment était peut-être venu de me lancer. J'avais hérité d'un peu d'argent de l'assurance-vie de mon père, j'ai investi...

Alf abandonna les genoux de Matt pour aller quêter quelques caresses auprès de Kelly. Elle sourit et enfouit la main dans l'épaisse fourrure.

— Et les affaires marchent plutôt bien, plus que je n'aurais osé l'espérer. Mais Rick... Au lieu de me soutenir dans mon travail, qui nous a permis de ne pas perdre la maison, il a commencé à jalouser ma réussite. Je comprends que sa fierté ait été blessée, s'empressa-t-elle d'ajouter. Il ne supportait pas de ne pas être capable de subvenir aux besoins de sa famille. Je comprends d'autant mieux que j'ai vu mon père en proie au même genre de tourments, quand il est tombé malade. Mais...

Kelly ramena ses jambes sous elle et enfouit son visage entre ses mains.

— Je ne voulais pas divorcer. Longtemps, je m'y suis refusée. Surtout après le décès du père de Rick, il souffrait déjà tellement. Et puis, je me disais...

Elle secoua la tête et soupira.

— Je me disais que c'était un mauvais moment à passer. Que nous finirions par surmonter ça. C'était mon mari, Matt, dit-elle en réponse au soupir rageur de Matt au même instant. L'homme que j'avais promis d'aimer pour le meilleur et pour le pire...

L'espace de quelques secondes, elle plongea dans ses pensées, puis elle reprit :

— Et nous avions déjà eu notre lot d'épreuves, par le passé. Mais… Rick s'est mis à boire plus que de raison. Et son comportement est devenu plus… irrationnel. Il s'emportait pour un oui pour un non, surtout contre Coop qu'il prenait systématiquement pour cible, ou sombrait dans la dépression la plus profonde, qui était presque pire que sa colère. Lorsque ses notes ont commencé à baisser, Coop est devenu boulimique…

Elle sourit avec tristesse avant d'ajouter :

— J'ai finalement expliqué à Rick que c'était terminé. Je n'en pouvais plus de me battre toute seule pour notre couple, pour notre famille, pour tout… Mais jusqu'à ce que je lui tende les papiers du divorce, j'en suis sûre, il a cru que je bluffais.

— C'était quand ?

— Il y a bientôt trois ans, répondit-elle, de nouveau au bord des larmes. Et, en dépit de tout, prendre cette décision m'a brisé le cœur. Même si je ne pouvais plus supporter l'attitude de Rick, même si mon devoir était de penser à mes enfants… Oh oui, je me reproche encore aujourd'hui de ne pas avoir réussi à trouver une solution.

Oui. Il voyait très bien ce qu'elle voulait dire. Il savait ce que c'était, de penser qu'il suffisait de vouloir très fort une chose pour qu'elle se réalise.

— Parfois, partir est la seule solution possible.

Le silence s'installa entre eux, puis elle soupira et s'enfonça sur le canapé.

— Oui, je sais…

Elle baissa les yeux sur la tête énorme d'Alf, toujours sur ses genoux.

— Sauf que le divorce n'a pas résolu le problème.

— La boisson, tu veux dire ?

— Ça et les crises de colère, de désespoir. Au contraire, cela n'a fait qu'empirer…

Elle le regarda et, en voyant la peur dans ses yeux, il sentit sa gorge se serrer.

— En fait, Rick n'est autorisé à voir ses enfants qu'en présence de sa mère. Il vit chez elle maintenant.

— Et cette solution te convient ?

— Tout à fait. J'ai une confiance absolue en Lynn. Elle a beaucoup souffert de ce qui est arrivé. Et elle s'en veut aussi de ne pas savoir dire stop à son fils comme je l'ai fait. Oui, la solution me semblait raisonnable. Mais Rick n'arrêtait pas de venir à la maison… Et, il y a une semaine, j'ai remarqué… cette espèce de vide, dans son regard. Et…

Elle hésita, lèvres tremblantes, puis enchaîna :

— J'ai demandé aux services sociaux de lui imposer de rester loin de mon domicile, mais ils n'interviennent pas sur de simples soupçons. Ou pressentiments. Sur des choses seulement *susceptibles* de se produire. Et comme il n'a jamais levé la main sur les enfants…

Quelque chose dans sa voix… Matt se renfrogna.

— Qu'est-il arrivé ?

Une seconde ou deux s'écoula, puis elle répondit.

— Rick a téléphoné ce soir… Les enfants étaient couchés depuis longtemps. Il voulait parler à Coop. J'ai refusé, et il est devenu furieux. Plus encore que d'habitude, je veux dire. Puis il a insinué… Il a dit que s'il ne pouvait pas voir les enfants quand il le souhaitait, alors aucun de nous ne le pourrait plus jamais.

— Et tu crois qu'il a voulu dire… ?

Furieux, il ne finit pas phrase.

— Je préfère ne pas y penser. Mais ce qui m'a fait le plus peur, c'est qu'il n'était même pas ivre. Ce n'est pas l'impression que j'ai eue en tout cas.

Durant un long moment, il l'observa, alors qu'elle fixait la table basse, devant elle. L'idée qu'elle mente ne lui traversa même pas l'esprit. Sabrina ne l'aurait jamais voulue ni gardée comme amie, si tel avait été le cas.

— Selon toi, il parlait sérieusement ?

Elle se tourna vers lui, les yeux emplis de larmes. Si elle lui racontait des histoires, elle méritait un oscar.

— Je n'allais pas prendre le risque de rester là-bas pour m'en assurer. Au diable les tribunaux et la lenteur administrative. Bref, nous voici. Toujours disposé à m'aider ?

Il se redressa dans son relax, ce qui resta sans effet sur le nœud qui lui serrait la gorge.

En théorie, il comprenait que la police ne puisse intervenir en amont, avant que le drame survienne véritablement. Et lui-même, en tant qu'officier, n'avait pas à contrevenir à cette règle. Et il n'était pas censé non plus prendre parti.

Excepté qu'il avait souvent constaté que l'inaction était responsable de bien des drames. Bien sûr, peut-être ne disait-elle pas la vérité. Pourtant, au fond de lui, il n'avait pas le moindre doute. A un petit détail près. Il avait l'impression qu'elle lui cachait quelque chose. Mais il aborderait le sujet plus tard.

Pas ce soir.

Il se leva et regarda en direction de la cuisine.

— Tu es sûre que personne ne risque de deviner que tu es venue ici ? Ton ex ? Sa mère ?

— Absolument sûre.

— Mais ils peuvent te joindre ?

— Ils ont mon numéro de portable, oui. Mais impossible de remonter ma trace jusqu'ici.

— Bien. Je préférerais, euh, que la conversation que nous venons d'avoir... reste entre nous. Entendu ?

Elle fronça les sourcils, puis hocha la tête.

— D'accord.

— Tu peux rester ici, temporairement. Le temps que tu, que *nous* trouvions une solution. Je suis sûr que papa serait d'accord. Et, de toute façon, il ne sera pas là avant une semaine. D'ici là... tout peut arriver, pas vrai ?

— Et Abby ? demanda Kelly en se levant à son tour.

Zut ! Il avait complètement oublié sa sœur.

— Raconte-lui ce que tu veux. Cette maison voit passer tant de monde. Elle ne s'interrogera pas plus que ça...

Elle le dévisagea longuement.

— Pourquoi fais-tu ça ?

— En fait...

— Pourquoi, Matt ? répéta-t-elle doucement.

— Honnêtement, je n’en ai aucune idée.

Elle s’approcha de lui. Posant les mains sur ses épaules, elle se hissa sur la pointe des pieds et déposa un baiser sur sa joue.

— Merci, chuchota-t-elle, avant de sortir de la pièce, le laissant en plein désarroi.

Une chose était sûre, il aurait du mal à trouver le sommeil, cette nuit.

2

Lorsque son portable la réveilla à l'aube, le lendemain matin, Kelly retint son souffle en reconnaissant le numéro. L'espace d'un instant, elle fut tentée de laisser sonner sans décrocher. Mais elle savait que Rick insisterait jusqu'à ce qu'elle réponde. Plusieurs fois, elle avait pensé changer de numéro. En réalité, elle ne parvenait toujours pas à rompre définitivement tout contact avec lui. Et puis, il y avait les enfants.

Mais après la veille au soir…

Elle avait dormi tout habillée, enroulée dans la couverture trouvée soigneusement pliée sur le lit de Sabrina. Elle soupira, se passa une main dans les cheveux avant de décrocher.

— Mais bon sang, où es-tu ? cria Rick.

Manifestement, il était passé à l'appartement. Fermant les yeux, elle serra la couverture en patchwork contre son cœur et inspira profondément. Elle ne devait pas se laisser impressionner. Elle était forte, courageuse. Elle n'était plus sensible aux reproches de Rick. Ni à ses menaces, plus ou moins voilées. Elle n'était pas une victime.

— Cela ne te regarde pas. Pour l'instant.

— Je t'ai posé une question, il me semble.

Sous l'effet de la colère, elle se leva, le cœur au bord de l'implosion.

— Je sais. Et je t'ai répondu, dit-elle de la voix la plus froide possible.

— Mais ce n'est pas juste, Kelly, de refuser ainsi de me dire où sont mes enfants, gémit alors Rick, en tentant une fois de plus de la faire culpabiliser. Pourquoi me punis-tu comme ça ?

Incroyable. Il pensait vraiment ce qu'il disait ? Elle s'assit au bord du lit, tremblant de tous ses membres. Aurait-elle rêvé la scène de la veille ? Mal interprété ses paroles ? Puis elle se rappela le son de sa voix quand il avait proféré des menaces, et elle retrouva un peu de force.

— Je ne cherche pas à te punir, simplement à protéger nos enfants...

— N'importe quoi...

— Tu les as menacés, Rick, dit-elle à voix basse, priant pour que les enfants soient endormis. En jurant que si tu ne pouvais pas les voir, aucun de nous ne le pourrait plus.

— Quoi ? Et d'où sors-tu ça ?

— Ce sont tes paroles. Mot pour mot.

Après une ou deux secondes de silence, il répondit :

— A supposer que ce soit vrai, tu exagères, jamais je n'ai voulu dire...

— Je sais ce que j'ai entendu, Rick. Et ta manière de le dire. Tu ne te souviens pas... ?

— Absolument pas, je le jure devant Dieu. Crois-moi ou pas.

Elle laissa échapper un long soupir.

— C'est pourtant la vérité... Ecoute, je sais que nous avons eu cette conversation des centaines de fois déjà, mais je te le répète, tu as besoin d'aide. Et si ce qui s'est passé hier soir ne suffit pas à te le faire comprendre, j'ignore ce qui le pourra. Mais tant que tu ne te seras pas résolu à consulter un psy, je ne te laisserai pas approcher les enfants. Fin de la discussion. J'en ai assez.

A peine eut-elle raccroché qu'elle sursauta en découvrant Matt à la porte de la chambre, bras croisés, colosse immobile. Et, l'espace d'une seconde, elle dut le regarder avec le même effarement qu'un lapin pris en pleine nuit dans les phares d'une voiture sur une route déserte.

Elle se demanda ce qu'il avait pu entendre de sa discussion avec Rick, puis décida qu'elle s'en fichait. Une nouvelle fois au bord des larmes, elle se passa la main dans les cheveux.

— Difficile de ne pas craquer, avec toi qui me regardes comme ça.

— J'ai déjà vu quelqu'un craquer, tu sais...

— Pas moi en tout cas. Et, tu peux me faire confiance, ce n'est pas beau à voir.

— Je doute que tu battes Sabrina sur le plan lacrymal.

— Matt, je t'en prie... Tu n'as rien d'autre à faire ?

Il enfouit les mains dans les poches de son jean, révélant une chemise en velours vert foncé sous une veste en cuir vintage. Noire bien sûr. Assortie à ses joues mal rasées, plus encore que la veille.

— En réalité si, dit-il. Je dois réceptionner une livraison, chez moi, puis il faudrait aussi que j'aille en ville. Mais ça peut attendre...

— Non, je t'assure. Tout ira bien, répondit Kelly en essayant vainement de sourire. Et zut, je pensais que je me sentirais mieux, une fois loin. Mais au lieu de ça... Je ne sais pas. Je me demande si... Peut-être ai-je réagi de manière excessive.

— Qu'aurais-tu pu faire d'autre ? demanda Matt, le regard noir. Rester, jusqu'à ce que les choses tournent mal ? Parfois, il faut savoir écouter son instinct.

— Alors pourquoi ce doute, en moi ? Si j'ai fait ce qu'il fallait, pourquoi est-ce que je m'en veux d'être partie...

Elle leva la main quand il ouvrit la bouche.

— Ne dis rien. Oh ! tu en aurais le droit. Mais je pense que tu n'as pas à t'impliquer dans cette histoire plus que tu ne l'as déjà fait. En tout cas, merci de nous avoir laissés rester ici.

— Pas de problème, répondit Matt avant de tendre la main. Donne-moi ton téléphone.

— Mais... Pourquoi ? s'exclama-t-elle en pressant l'appareil contre son cœur.

— Pour que je puisse te donner mon numéro. Et je voudrais bien le tien, aussi.

Comme elle hésitait, il soupira.

— Je n'ai pas l'intention de te surveiller. Allez, donne-moi ce téléphone...

Elle obtempéra et le regarda, partagée entre soulagement et inquiétude, alors qu'il ajoutait son numéro à ses contacts.

— Si tu as besoin de quoi que ce soit, appelle-moi, d'accord ? Et avant que tu ne me répondes un truc du genre « Tout ceci est mon problème, pas le tien »... Je le sais. Mais ce n'est pas une raison pour l'affronter seule...

Il lui rendit son téléphone, puis sortit le sien de la poche de sa veste. Et attendit.

Elle soupira, lui donna son numéro et demanda :

— Pourquoi es-tu si gentil avec moi ? Je veux dire, nous sommes des inconnus l'un pour l'autre, toi et moi...

— C'est exact, marmonna Matt en remettant son téléphone dans sa poche. Sur un certain plan, tu as raison, mais nous nous sommes vus tous les jours toi et moi pendant des années. Nous ne sommes donc pas tout à fait des inconnus. En fait, pour Sabrina et pour mon père, tu fais même partie de la famille. C'est aussi ce que maman dirait, si elle était encore parmi nous. Et tous les trois m'auraient tordu le cou si je t'avais laissée repartir dans le froid. C'est comme ça, tu dois te faire une raison.

— Bien, on dirait qu'il n'y a pas d'autre option, dit-elle, réprimant un sourire.

— En effet, répondit-il en s'éloignant, avant de se tourner vers elle une fois à la porte. Abby devrait bientôt se lever, j'ai déjà sorti Alf et rangé la cuisine. Je serai de retour vers 14 heures, mais en cas de besoin...

— D'accord, j'ai compris. Merci.

Il la dévisagea un moment avec attention, puis remarqua :

— En fait, j'ai bien mon idée sur la situation. C'est certain, je ne peux pas être totalement neutre, même si je n'ai que ta version de l'histoire. Mais j'ai été confronté à bien des cas de violence conjugale, avec des femmes qui n'avaient pas écouté leur instinct, qui n'avaient pas vu, ou n'avaient pas voulu voir, les signes annonciateurs du pire. Ou qui avaient trop peur pour réagir. Alors, si ce que tu m'as raconté est vrai... Il n'y avait rien d'autre à faire qu'à fuir.

Puis il s'éclipsa. Mais d'une certaine manière, sa présence

demeura, et son énergie protectrice continua à vibrer autour d'elle. En elle. Une catastrophe annoncée.

Un choc atomique entre la célibataire au bord de la crise de nerfs et cet homme qui — cent fois hélas ! — ne l'attirait pas moins que jadis.

Elle aurait dû se sentir rassurée que Matt prenne son rôle de protecteur avec un tel sérieux, malgré quelques réserves tout à fait compréhensibles. Grâce à lui, ses enfants ne risquaient plus rien, et c'était bien le plus important. Et comme ce serait facile de simplement... laisser faire, de laisser quelqu'un d'autre penser pour elle, gérer pour elle. Sauf que s'appuyer sur des hommes, son père, puis Rick... Elle l'avait fait toute sa vie. Jusqu'à ce que tout vole en éclats et qu'elle faille perdre complètement pied.

En soupirant, elle s'accroupit pour prendre des vêtements propres dans le fouillis indescriptible qui régnait dans sa valise. Elle n'était pas stupide. Et ce n'était pas une question de fierté. Mais entre savoir quand demander de l'aide et attendre des autres qu'ils règlent vos problèmes, la frontière était ténue. Et si elle faisait maintenant la différence, ce n'était pas pour retomber dans de vieilles habitudes. Pas seulement pour son bien, mais aussi pour celui de ses enfants.

Conséquence : si l'ancienne Kelly brûlait de laisser Matt être Matt, la nouvelle ne s'y risquerait pas.

Une fois douchée et habillée à peu de choses près, mais en version propre, comme la veille, Kelly alla embrasser ses enfants encore endormis, avant de suivre la piste volatile d'une odeur de café jusque dans la cuisine. Le soleil avait fini par se lever, déversant dans la pièce une lumière aveuglante et faisant scintiller le comptoir plus que la neige à l'extérieur. Matt, béni soit-il, avait préparé du café pour un régiment, et ce fut avec gratitude qu'elle remplit le mug posé en évidence à côté de la machine.

Après une première gorgée, elle soupira, gagnée par un sentiment de bien-être. Etonnant, le pouvoir d'une douche, d'un rayon de soleil et d'un peu de caféine sur l'humeur. Non qu'elle ait envie soudain de sauter au plafond... Mais l'espoir, la confiance, ce n'était déjà pas si mal. Ce que lui réservait demain, ou même l'heure suivante, elle l'ignorait. Mais dans l'immédiat, il y avait un progrès par rapport à la nuit précédente.

Alf trottina jusqu'à la porte-fenêtre et plaqua sa truffe sur la vitre en la suppliant du regard.

— Non, dit Kelly, et le terre-neuve, après un vague soupir, alla se coucher sur le carrelage, dans une tache de soleil. Si seulement les enfants étaient aussi obéissants !

Au même instant, son téléphone sonna dans sa poche, avec la mélodie associée au numéro de sa belle-mère. Immédiatement, Kelly sentit son bel espoir tout neuf se dissiper.

— Bonjour, Lynn, dit-elle tout en s'affairant pour préparer le petit déjeuner des enfants.

— Tu es vraiment partie avec les enfants ?

— Je suis vraiment partie avec les enfants.

— Loin ?

— Suffisamment. Ça m'étonnerait que je tombe sur Rick au supermarché... Plus qu'improbable, Rick n'ayant pas fait la moindre course depuis une éternité.

Elle sortit deux bols en plastique d'un placard et les posa sur le comptoir.

— Mais pourquoi maintenant ?

Elle s'appuya à l'îlot central, le cœur à cent à l'heure, clignant les yeux face à l'éclat du soleil à travers la fenêtre. Car elle se refusait à ajouter à la douleur de Lynn. Jamais elle ne s'était plainte devant elle des agissements de son fils, avant ou après le divorce. Et elle ne le ferait pas plus aujourd'hui. Un jour peut-être, elle lui dirait... tout. Mais pas ce matin.

— Parce que d'abord, quand il vient, il est toujours ivre.

— Quand il vient où ? Chez toi ?

— Oui.

— Il vient ivre en présence des enfants ?

— Oui, malheureusement. Or, quand il est ivre, il est méchant. Et la nuit dernière, quand il a appelé, très tard, il s'est montré très agressif. Alors, j'ai jugé qu'il valait mieux partir. Du moins un certain temps.

— Sans dire à Rick où tu allais ?

— Effectivement.

Un court silence s'ensuivit, puis Lynn soupira.

— Si je comprends bien, c'est de pire en pire.

Kelly sentit son cœur se serrer en entendant le désespoir dans la voix de la vieille femme.

— Je suis désolée, Lynn, je sais que cela peut vous paraître injuste et...

— Tu n'as pas à être désolée. Ce n'est pas ta faute.

— Je... J'avais peur que vous ne me croyiez pas.

— Oh mon Dieu, ma pauvre chérie... Je ne suis pas aveugle. Oh ! peut-être ai-je eu du mal à accepter la vérité au début... Difficile pour une mère de croire que son fils puisse...

Kelly sentit ses yeux s'emplir de larmes en entendant Lynn soupirer.

— Puisse devenir quelqu'un qu'elle ne reconnaît plus. Mais je sais combien tu t'es battue pour sauver votre mariage. Et franchement, si je m'étais trouvée dans cette situation, je ne crois pas que j'aurais tenu aussi longtemps.

Touchée par la gentillesse de son ex-belle-mère, Kelly ressentit d'autant plus douloureusement le gâchis de cette situation.

— Merci, chuchota-t-elle, et Lynn eut un petit rire désenchanté.

— Merci pour quoi ?

— D'être... vous, tout simplement.

— J'espère que le fait que tu sois partie sera le coup de pied au derrière dont Rick a besoin. Peut-être un jour réalisera-t-il enfin ce qu'il a fait et te demandera-t-il pardon. Et qui sait ? Peut-être même que vous deux...

— Lynn, je vous en prie... Non.

— Je sais. C'est juste... Je ne veux que ton bonheur, ma chérie. Le bonheur de nous tous. Comme avant. Est-ce trop demander ?

Kelly dénicha une boîte de céréales et en remplit les bols.

— Bien sûr que non. Et jamais je ne vous empêcherai de voir les enfants, je vous le promets...

— Hé ! C'est à moi ça !

Surprise par la jeune voix féminine au fort accent du New Jersey derrière elle, Kelly lâcha la boîte, et les céréales s'éparpillèrent sur le sol de la cuisine. Aussitôt, Alf se précipita. Tout en essayant de dégager la boîte de dessous la patte énorme du terre-neuve, elle entendit Lynn conclure.

— Bien, je te laisse. Mais donne-moi des nouvelles de temps en temps ? Je t'aime, ma chérie…

La personne associée à la voix s'empara rageusement de la boîte de céréales et fusilla Kelly du regard.

— Moi aussi je vous aime, Lynn…, chuchota-t-elle.

— Je sais, mon trésor, je sais.

Le cœur gros, Kelly raccrocha et glissa son téléphone dans sa poche avant de faire face à la petite blonde maigrelette en jean et sweat à capuche. Avec sa queue-de-cheval et sans maquillage, on ne lui donnait pas plus de douze ans. Mais avec sa paire de bottes de chantier d'un vert pisseux, elle ne détonerait pas dans un bar mal famé, songea Kelly en regardant Abby verser une tonne de céréales dans un bol.

— Abby ? demanda-t-elle, même si Kelly l'aurait reconnue n'importe où, tant elle ressemblait à sa mère. En plus maigre, en plus rustique.

— Ouais, c'est moi, marmonna la sœur de Matt en se plantant devant la machine à café, avant de jeter un regard mauvais au mug entre les mains de Kelly.

— Matt m'a dit de me servir, j'ignorais que ces céréales étaient à toi…

— Et le mug aussi.

— Oh ! d'accord. Je vais m'en trouver un autre…

— Laisse tomber…

Tout en tortillant sa queue-de-cheval d'une main, Abby attrapa de l'autre un mug dans un placard dont elle referma la porte bruyamment. Elle ouvrit ensuite le réfrigérateur, avant là encore d'en refermer la porte avec brutalité.

— Hmm… Je parie que tu n'es pas du matin… ?

Elle se tut lorsque Abby émit un grognement. Une gorgée de café plus tard, elle poussa un long soupir et ferma les yeux, qu'elle rouvrit pour avaler une nouvelle gorgée de café et… Elle renouvela l'opération deux ou trois fois, puis enfin soupira :

— Désolée. Je suis un ours, avant mon café.

— Je vois. Je suis Kelly.

— Mouais. Matt m'a envoyé un texto en m'expliquant que tu étais là avec tes enfants…

Elle s'interrompit, esquissa une grimace.

— Et qu'il fallait que je sois gentille, ajouta-t-elle en s'appuyant au comptoir. C'est idiot, je suis toujours gentille.

— Alors, tu te souviens de moi ? demanda Kelly en souriant, et comme Abby secouait la tête, elle expliqua : Ta sœur et moi étions les meilleures amies du monde. Je me rappelle quand tu es née. En fait, je changeais même tes couches.

— Beurk, répondit-elle avant une autre gorgée de café.

— C'était chouette. Tu étais tellement mignonne…

Abby approcha de l'îlot central avec son mug et se jucha sur un tabouret. Elle arrosa ensuite de lait ses céréales, remua le tout un moment. Kelly était mal à l'aise, peut-être parce que Abby, pour son âge, se comportait un peu comme une gamine ?

— Je me souviens vaguement de toi, dit-elle tout en mastiquant ses céréales, daignant enfin sourire. Bree et toi me laissiez regarder des trucs à la télé, papa et maman auraient été fous s'ils avaient su.

— J'espère que nous ne t'avons pas traumatisée à vie.

— Non, répondit tranquillement Abby, et l'espace d'un instant, une ombre occulta son sourire, puis elle reprit une cuillérée de céréales et observa Kelly avec aplomb, sans cacher sa curiosité, le regard affûté, au point que Kelly se sentit passée aux rayons X. Alors, comment ça se fait que tu aies échoué chez nous ? Je veux dire, on ne t'a pas vue dans le coin depuis des siècles…

— En effet. Mais je suis toujours en contact avec Sabrina.

— Sabrina ne vit plus ici. Mais tu dois le savoir.

Kelly laissa échapper un soupir. Manifestement, le texto de Matt n'avait pas tout mentionné.

— J'avais juste besoin d'une pause.

— Par rapport à quoi ?

— Par rapport à la vie, répondit-elle, et aussitôt, Abby fronça les sourcils, manifestant ainsi son intérêt.

Exactement comme son frère Matt, même si tous deux n'étaient pas liés par le sang. Mais Abby n'insista pas, et après un haussement d'épaules, retourna à son bol de céréales.

— Pardon, je ne voulais pas être indiscrète, reprit-elle la bouche pleine. Encore une histoire de Matt, je suppose, vu qu'il est flic. Même s'il ne porte pas son badge en ce moment, puisqu'il est en vacances.

— En vacances ? répéta Kelly, surprise.

— Oui. Il ne t'a rien dit ? Bizarre. Je crois qu'il avait des jours de congé à rattraper. Il faut dire qu'après son divorce, il s'est mis à travailler non-stop... Oh mais, tu savais ?

— Oui. Sabrina me l'a dit.

— Mais bof, aucun de nous n'appréciait beaucoup Marcia, poursuivit Abby. Elle était un peu trop snob pour la famille. Mais quand leur couple s'est crashé, Matt aussi. Il ne s'est pas effondré, non, ce n'est pas le genre de la maison. Mais on aurait dit un autre. Un androïde, oui... Bah, en tout cas, s'il ne prenait pas ces jours de congé, il allait les perdre. Donc, il en profite pour traîner ici et là, il retape sa maison et, surtout, il m'enquiquine. Au diable les grands frères. Tu en as un ?

Décidément, rien de tel qu'un cocktail caféine et glucides pour lancer le moteur.

— Non, je suis fille unique.

— Tu ne connais pas ta chance. Matt, c'était ton petit copain autrefois ?

— Pas vraiment, non..., répondit Kelly en préférant garder les choses pour elle. Il avait sa vie, Sabrina et moi la nôtre.

— Oui, je comprends. Tant que tu es là, tu pourrais visiter la maison de Matt. Il a récupéré pas mal de choses au magasin. Le manteau de la cheminée par exemple, un vrai trésor que nous avons déniché dans une vieille ferme. Il date au moins du XIXe siècle.

Elles continuèrent de bavarder de choses et d'autres, puis les enfants apparurent, encore tout endormis, en quête de bisous et le ventre vide. Kelly installa sa petite fille hirsute sur un tabouret et entreprit de préparer le petit déjeuner. Tout de suite, Abby entama la conversation avec Coop, exactement comme Jeanne l'aurait fait, et Kelly sentit un peu se desserrer l'étau autour de son cœur.

En définitive, pour le moment, c'était bon de se retrouver ici. En sécurité de nouveau.

Elle pensa à Matt. A ses yeux. A son sourire. A son… Bref. A son attitude « Laisse-toi faire, je m'occupe de tout ». Et le sentiment de sécurité qui commençait à faire doucement son nid en elle s'évanouit d'un coup.

3

A la seconde où il descendit de son Explorer, sur le parking à ciel ouvert à côté du tunnel Lincoln, Matt fut saisi par le vent glacial. Entre le vent et la densité de population, il se rappela pourquoi il détestait Manhattan. La foule, la pollution, le bruit... Il grimaça quand un camion de pompiers surgit de la rue en face, toutes sirènes hurlantes. Jamais il ne s'y ferait.

Il soupira. C'était ici que vivait sa sœur jumelle, ici qu'il avait éprouvé le besoin de venir. Parce que personne ne le comprenait mieux que Sabrina. Bien sûr, ils communiquaient par téléphone et SMS, mais rien ne valait une vraie rencontre.

Le lien entre eux était fort, ce qui n'avait rien de surprenant, car tous deux s'étaient retrouvés orphelins du jour au lendemain à l'âge de six ans, seuls contre le monde entier. Naturellement, Matt s'était senti le devoir de protéger sa sœur... Avant de réaliser bien plus tard combien sa sœur l'avait protégé elle aussi. Et aujourd'hui, ils étaient toujours aussi proches, toujours là l'un pour l'autre.

Penchant la tête pour se préserver de la morsure du vent, il parcourut une centaine de mètres jusqu'au snack de la Neuvième Avenue où Sabrina lui avait donné rendez-vous. Un endroit avec des néons partout, où flottait une odeur de graisses saturées, où les vitres étaient en plastique et les assiettes fluo.

Sabrina l'attendait dans l'un des box, impériale, un peu comme une star égarée dans un taudis. Enfin, pas tellement impériale, car en l'apercevant, elle poussa un cri et se précipita pour se jeter à son cou.

— Assieds-toi, j'ai commandé, dit-elle, retrouvant tout de suite son accent du New Jersey. Tu as l'air en forme. Soucieux, mais en forme...

Elle plongea ses yeux noirs dans les siens et soupira.

— Ça fait si longtemps, Matty ! Trop longtemps.

— Hé, c'est toi qui es partie en vacances à Saint-Martin avec ton super petit copain...

— C'est vrai, avoua-t-elle avec une moue qui, deux secondes plus tard, se métamorphosa en un sourire radieux.

Elle tendit la main gauche, arborant une bague de fiançailles avec diamants et autres pierres précieuses, très bling bling.

— Eh bien ! s'exclama Matt en se forçant à sourire en dépit du brouhaha des conversations, du fracas de vaisselle et des sonneries des téléphones des autres clients.

Comment sa sœur pouvait-elle envisager d'épouser quelqu'un que lui ne connaissait pas ?

— Félicitations, dit-il néanmoins, en se levant pour l'embrasser sur la joue. Ce type a une sacrée chance.

— Tu peux le dire, répondit Bree dans un éclat de rire.

— C'est pour quand le mariage ?

Le serveur apparut avec les burgers et les frites. Classique mais roboratif.

— Pas avant un an, au moins. Comme ça, tu auras le temps de t'y faire. Et de t'habituer à Chad. Alors, quoi de neuf ? Ça doit être important, pour que tu t'aventures en ville.

Matt mordit dans son hamburger. Une hérésie pour ses artères, mais ses papilles, elles, se réjouirent.

— Quand as-tu parlé à Kelly pour la dernière fois ?

Sabrina haussa les sourcils, puis elle attrapa une serviette en papier pour s'essuyer le bout du menton.

— Kelly... Tu veux dire Kelly McNeil ? Enfin, Harrison...

Elle posa son hamburger, s'essuya les mains.

— En fait, je ne lui ai pas parlé, vraiment parlé depuis... Une éternité. C'était avant la naissance de son deuxième enfant. Pourquoi ?

— Que penses-tu de son ex ?

Sabrina se renfrogna avant d'avaler la moitié de son soda light.

— Matty, ne prends pas ces airs de détective avec moi. Que se passe-t-il ?

Sa sœur était beaucoup de choses, mais certainement pas comédienne. Elle n'était au courant de rien, c'était évident.

— Elle est à la maison, avec ses gosses.

— A la maison ? s'exclama sa sœur. « Notre » maison ? Mais pourquoi ? Et pourquoi on ne m'a rien dit ?

— Je suis là pour ça. Elle m'a expliqué que vous vous étiez un peu perdues de vue. Et que tu avais sans doute changé de numéro de téléphone.

— Et zut ! C'est exact, soupira-t-elle en levant les yeux au ciel. Mais pourquoi… Tu crois que Rick y est pour quelque chose ?

— Je fais plus que le croire, répondit-il. Je sais.

— Et ce type a encore toutes ses dents ? s'étonna sa sœur.

— Pardon ?

— Oh ! allez Matty… Tout le monde sait qu'à l'époque tu avais un faible pour elle. Ceci dit, je n'ai jamais compris pourquoi tu n'as jamais tenté ta chance…

— Pourquoi je…

Il se tut devant le sourire de sa sœur, réalisant qu'il tombait tête la première dans son piège.

— Oui, euh, je l'aimais bien, reprit-il. Mais elle ne m'a jamais vraiment encouragé à faire le premier pas… Donc, je suis passé à autre chose.

— Idiot.

— Et pour quelle raison, s'il te plaît ?

— Tu n'as jamais remarqué que Kelly devenait toute rouge, chaque fois que tu entrais dans une pièce… ?

— Bien sûr que si. Je pensais que c'était sa façon à elle de me dire, dégage…

— Je rêve ! Elle était folle de toi ! Et toi, tu faisais le désinvolte, tu bombais le torse et te pavanais comme si le monde t'appartenait, alors évidemment, elle était impressionnée et ne pensait pas avoir la moindre chance…

— C'est elle qui t'a dit ça ?

Bree hocha la tête, main sur le cœur.

Matt resta silencieux quelques secondes, avant de retrouver sa voix :

— Pourquoi ne m'avoir rien dit ?

— D'abord, parce que tu étais trop arrogant, à l'époque. Tu m'énervais tellement ! Pas question de jouer les entremetteuses, avec ma meilleure amie en plus. Tant pis pour toi, si tu avais un faible pour elle...

Elle sourit et pointa une frite dans sa direction.

— Ce que tu as toujours aujourd'hui, j'imagine. Sinon, tu ne serais pas là.

— Je suis ici parce que Kelly s'apprête à violer une convention de droit de garde, si ce n'est déjà fait. J'ai pensé que si quelqu'un pouvait m'éclairer un peu sur les raisons de son geste, c'était toi.

Elle finit son hamburger et s'essuya les doigts à sa serviette.

— Pourquoi ? Tu ne crois pas à ses explications ?

— Je ne la connais pas, Bree, répondit-il. Toi si. Du moins, tu la connaissais.

— Et si je te donne les informations que tu recherches... ? Tu iras flanquer une correction au principal intéressé ?

— Ne me tente pas, répondit Matt en souriant. Mais...

Il se pencha et poursuivit à voix basse.

— Tout ceci doit rester entre nous, d'accord ? Même si elle dit vrai, je prends un sacré risque comme représentant de la loi en la cachant à la maison.

— Oh ! A t'entendre, on dirait qu'elle a tué ce type, remarqua sa sœur. Mais elle l'a peut-être fait, qu'en savons-nous ? ajouta-t-elle, le regard soupçonneux.

— Je l'ai entendue lui parler, ce matin, répondit Matt. Il a l'air bien en vie...

— ... dit-il, les yeux plein de rage, ironisa Bree.

Il la fusilla du regard, avant de comprendre qu'elle plaisantait.

— Un peu de sérieux, Bree. Ce que je ressentais pour elle, c'était il y a longtemps, quand tout ça nous dépassait... Et après Marcia... Il est hors de question pour moi de m'engager dans une histoire de cœur.

Et encore sa sœur ne connaissait-elle pas la moitié de la vérité. Personne en réalité.

— Bref, dit-il, refusant de s'étendre sur le sujet. Je ne suis sûr de rien, je n'ai pas entendu grand-chose de leur conversation, mais hier soir, pour Kelly c'était une certitude. Rick représente un réel danger pour ses enfants.

— Mon Dieu…

— Et si ce qu'elle dit est vrai, tu me connais. Je ne permettrai pas que quelque chose lui arrive, à elle ou aux enfants. Mais bon, tu comprends ma position, un vrai dilemme.

— Oui, soupira Bree qui profita du passage de la serveuse pour commander une part de clafoutis aux cerises. Je n'ai rencontré Rick que deux fois, dit-elle une fois servie. La première à leur mariage, un homme charmant, souriant et tout, le mari idéal. Un peu dominateur à mon goût tout de même, mais bon. La deuxième fois, c'était pour la naissance de Cooper. C'est là que j'ai eu confirmation de mes soupçons…

— C'est-à-dire ?

— Il était, euh… Le genre de type imbu de sa personne. Autoritaire, presque tyrannique. Mais je n'ai rien dit, Kelly était folle de lui. Et visiblement, elle ne voyait pas d'objection à le laisser faire la loi.

Bree planta sa fourchette dans son clafoutis et en agita un morceau sous le nez de Matt.

— Rappelle-toi ce que je t'ai dit tout à l'heure. Comme quoi tu l'intimidais quand nous étions ados. Pas uniquement parce que tu te pavanais, mais surtout parce que la vie de Kelly alors n'était pas rose. Ses parents… Tu sais, elle ne pouvait pas aller faire pipi sans leur permission. Et s'ils la laissaient venir chez nous, c'est parce qu'ils pensaient, à juste titre, qu'il n'y aurait pas d'embrouille avec papa dans le coin.

Elle fit une pause pour avaler un peu de son clafoutis.

— Bref, reprit-elle. Voir Rick et Kelly ensemble me faisait froid dans le dos, mais puisque Kelly semblait heureuse comme ça, en quoi cela me concernait-il ? Puis Rick a perdu son travail et… j'ai commencé à m'inquiéter sérieusement, quand j'ai vu les conséquences sur leur…

Elle se tut, réfléchit un moment.

— … équilibre, termina-t-elle. A la lecture de ses lettres, j'ai eu le sentiment qu'en même temps qu'elle trouvait ses marques, lui les perdait. Et il supportait mal ce revirement de situation.

— Je crois que tu as vu juste, dit Matt. Kelly... T'a-t-elle jamais dit si Rick... la frappait ?

— Lui faire du mal physiquement ? Non. Mais une chose était évidente pour moi : Kelly n'était pas heureuse. Aussi, ai-je été soulagée lorsqu'elle m'a appris qu'elle demandait le divorce. J'imagine quelle épreuve cela a dû être pour elle.

— Effectivement. Elle m'a également confié combien l'attitude de Rick avait empiré, après ça.

— Cela ne me surprend pas, soupira Bree, mais c'est le problème, avec Kelly. D'abord, elle est d'une loyauté extrême. Déjà à l'école, elle était fidèle en amitié, contrairement à beaucoup de filles de cet âge. Ce qui explique qu'elle ait eu tant de mal à se séparer de Rick. Et peut-être aussi qu'elle ne t'a pas tout dit sur le cauchemar qu'elle a vécu. Comment savoir ? Elle est très respectueuse vis-à-vis de la loi, jamais d'excès de vitesse, pas question de traverser au rouge. Ça me rendait folle, quand nous étions plus jeunes, jusqu'à ce que je comprenne. Pour elle, discipline égalait sécurité.

Elle se pencha pour sortir son portable de son sac, posa l'appareil sur le siège à côté d'elle.

— Si elle viole aujourd'hui la convention de droit de garde, elle doit avoir une bonne raison. Une chose est sûre, plus digne de confiance que Kelly, c'est impossible...

Elle pianota sur le clavier de son téléphone.

— Voilà ce que je peux dire, tu y vois plus clair maintenant ? demanda-t-elle.

— Oui. Et non.

— Je comprends, répondit Bree avec douceur en serrant doucement la main de Matt, avant de consulter la liste de ses contacts. Elle t'a donné son numéro ?

— Oui, dit-il en attrapant à son tour son portable pour le lui lire.

— Ça correspond à celui que j'ai. Je l'appellerai, ce soir. Et pense à lui donner mon numéro...

Sur ces mots, elle se leva, jeta son téléphone dans son sac.

— Je suis désolée, mais j'ai un rendez-vous dans vingt minutes.

— Ne te mets pas en retard, dit-il en prenant la note. C'est pour moi.

— Tu es sûr ?

— Je t'en prie, Bree...

Elle le serra dans ses bras, puis disparut en slalomant entre les tables, le laissant avec cette espèce de sentiment doux-amer, comme chaque fois qu'ils se séparaient. La petite Bree menait sa vie et n'avait plus besoin de son grand frère. Depuis longtemps déjà.

Quand il ressortit du restaurant, le vent était tombé, permettant au pâle soleil d'hiver de réchauffer un peu les citadins mornes et tristes, agglutinés dans les canyons de béton. Mains enfouies dans les poches de sa veste à l'effigie des Giants, il ralentit le pas tout en regardant les vitrines. Normalement, il aurait dû être impatient de quitter cette ville pour rentrer chez lui. Mais rentrer signifiait retourner à quelque chose qu'il n'était pas plus certain de pouvoir gérer maintenant qu'il l'était ce matin.

Et il s'en voulait de ne pas être devenu plus sûr de lui, avec les années.

Toute sa vie d'adulte, il s'était fié à son instinct. Sur la foi des valeurs qui lui étaient chères, il avait choisi de s'engager dans la police. De défendre la loi, la veuve et l'orphelin. Des valeurs qui, en principe, auraient dû faire de lui un bon mari. Pour lui qui n'avait jamais aspiré à autre chose que faire le bien, en tout cas après quelques écarts de conduite mineurs propres à l'adolescence, découvrir que tout le monde n'avait pas la même définition du mot bien avait été un choc.

A commencer par sa femme.

Oh ! en théorie, il savait pourquoi son mariage avait volé en éclats. Combien de fois Marcia le lui avait-elle répété, combien de fois elle s'était plainte de le sentir en permanence derrière elle, à toujours vouloir prendre soin d'elle. Il ne souhaitait pourtant qu'une chose, veiller sur sa sécurité, en s'assurant que ses freins étaient bons, que ses pneus étaient suffisamment gonflés, qu'elle verrouillait bien toutes les portes quand il devait rentrer tard du travail, qu'elle ne prenait pas de risques inconsidérés quand elle était en retard.

Exactement comme son père le faisait avec sa mère, rien

de plus ni de moins. Sa mère qui, de ce fait, n'avait jamais eu le moindre souci. Grâce à un époux attentionné. Vigilant. Un exemple à suivre, croyait-il. Sauf que, d'après son ex, ce type d'attitude était tout à fait dépassé, trop paternaliste et condescendant. Excessivement machiste.

Il ne comprenait toujours pas.

Au fait, son père ! Il ignorait qu'il avait une invitée. Matt sortit son téléphone de sa poche, inspira un bon coup et composa son numéro.

— Matt ! s'exclama son père. Quoi de neuf ?

A bientôt soixante-dix ans, Preston Noble restait aussi tonique et enjoué qu'un quadra. Un quadra toujours aussi omniscient et omnipotent, qualités qui avaient permis à ses enfants de filer droit. Aujourd'hui encore, son père inspirait le respect, songea Matt en souriant. Il aimait infiniment le vieil homme, lui était reconnaissant à plus d'un titre, à lui et à Jeanne, pour l'avoir accueilli avec Sabrina dans leur foyer, dans leur cœur. Même s'il n'avait pas toujours été évident de répondre aux exigences du colonel. Ou même de savoir en quoi elles consistaient.

Avec une dizaine d'autres piétons, il s'arrêta à un carrefour pour laisser passer une meute de voitures bloquées pare-chocs contre pare-chocs.

— Comment vont oncle Phil et tante Vickie ?

— Bien. Mais j'ai comme l'impression que tu ne m'appelles pas uniquement pour demander de leurs nouvelles...

A des milliers de kilomètres de là, et pourtant rien ne lui échappait.

— Non, c'est juste, répondit Matt. Tu te souviens de Kelly McNeil ?

— Etant donné qu'elle a pratiquement vécu chez nous pendant dix ans, oui...

Au même instant, un homme au volant de son camion klaxonna une femme au téléphone qui traversait sans regarder, quasiment sous ses roues.

— Où es-tu ?

— En ville, cria Matt. Je suis venu voir Bree. Bref, Kelly... Elle est à la maison. Avec ses enfants.

— Ah bon ? Comment ça se fait ?

Le feu passa au rouge, et Matt traversa avec les autres tout en faisant à son père le récit des événements.

— Tu vas l'aider, soupira celui-ci, quand il eut fini.

Il s'agissait d'un ordre, pas d'une question. Ce fut au tour de Matt de soupirer, son souffle formant un nuage de givre dans l'air glacial.

— Je ne sais pas trop quoi faire...

— Ta mère aimait beaucoup cette gamine, tu sais. Mais peut-être ne le sais-tu pas. Bien sûr, si elle avait pu, Jeannie aurait ouvert les bras à tous les enfants en détresse, dit Preston avec un petit rire empreint de tristesse. Mais Kelly occupait une place à part, dans son cœur. Elle la trouvait tellement fragile. Toujours prête à se briser si tu la regardais un peu de travers...

Matt n'eut pas le temps d'argumenter, son père poursuivit :

— La responsabilité en incombe à ses parents, selon moi. De braves gens, attention, ne te méprends pas sur mes propos. D'ailleurs, ta mère et moi les apprécions beaucoup. Mais il y a une limite entre protéger ses enfants et les étouffer. Limite qu'ils ont franchie.

— Hmm... Sabrina m'a dit à peu près la même chose.

— Nous n'avons jamais compris comment cette fille, à votre contact, n'a pas pris plus confiance en elle. Mais ça n'a pas été le cas. En tout cas jusqu'au décès de son père, puis sa mère et elle ont déménagé... Comment va-t-elle ?

— Difficile à dire. Mais j'ai l'impression qu'elle a pris de l'assurance. Suffisamment pour se sortir elle et ses enfants de ce qui me semble être une situation critique.

— L'assurance c'est bien, mais ça ne suffit pas toujours, il faut aussi du courage. Mais tout ça, tu le sais.

Son père ne faisait que faire écho aux propos que Matt avait tenus à Kelly, le matin même. Des propos qu'il pensait de tout son cœur. Alors pourquoi éprouvait-il cet étrange malaise ?

— Bien, ça ne te dérange pas alors, si elle est à la maison ? demanda-t-il au colonel.

— Et pourquoi est-ce que ça me dérangerait ? Ta mère parlait souvent de Kelly, après leur départ. Elle demandait des nouvelles à Sabrina, s'inquiétait beaucoup pour elle. Et je peux te dire une chose : si ma Jeannie était encore parmi nous, elle se serait réjouie que Kelly ait senti qu'elle trouverait refuge à la maison. Alors, prends bien soin d'elle. Au fait, j'allais t'appeler, ce soir, pour te dire que je resterai absent plus longtemps que prévu.

— Vraiment ? Combien de temps ?

— Je ne sais pas encore, répondit son père. Je vais peut-être attendre que le temps se mette au beau, au mois de juin. J'espère que ça ne t'ennuie pas...

— Euh, non, bien sûr que non...

— Abby va bien ? Et les garçons ?

Les garçons en question étaient les frères adoptifs de Matt. Tyler, le cadet, était un optimiste indécrottable, et son commerce d'objets de récupération marchait bien, tandis que sur le plan personnel il enchaînait les conquêtes. L'aîné de Matt, Ethan, était tout le contraire, élevant seul ses quatre enfants suite au décès de sa femme trois ans plus tôt.

Mais tous trois aujourd'hui étaient adultes et en mesure de faire leurs choix. Après les avoir élevés, sans parler du cauchemar que leur père avait enduré durant la maladie de leur mère, le vieil homme méritait bien de vivre sa vie. De prendre un peu de bon temps. De profiter du soleil de Floride et des alligators. Aussi Matt le rassura-t-il, tout le monde allait bien.

Après avoir raccroché, il ne put s'empêcher de penser que tous ces discours sur les choix personnels étaient en réalité une vaste escroquerie. Ou, du moins, un mythe. Surtout quand le destin décidait pour vous.

Parce que si cela n'avait tenu qu'à lui, songea-t-il en s'arrêtant devant la vitrine d'un marchand de jouets, il serait aujourd'hui encore marié. Et peut-être même père, à cette heure. Si cela n'avait tenu qu'à lui, se dit-il en entrant pour jeter un coup d'œil, son amour fou pour une certaine rousse serait resté sagement enfoui dans le passé, au lieu de s'inviter dans son présent, jetant la confusion dans son esprit.

Il s'empara d'une boîte de Lego Star Wars, la reposa, la reprit. Il aurait écouté sa sœur si elle lui avait conseillé de renvoyer sans attendre son hôte à Haleysburg, afin d'aller y régler ses problèmes avec son ex. Et son père n'aurait pas eu le loisir de lui faire remarquer que sa mère aurait tenu à ce qu'il lui porte secours.

Cette mère qui avait volé à son secours en le recueillant quand il était encore trop petit pour réaliser combien il avait besoin d'être sauvé.

Alors oui, tant pis pour les risques, décida-t-il en posant sur le tapis de caisse la boîte de Lego et un ouistiti en peluche. Des risques professionnels qu'il assumerait, se dit-il déterminé, un peu moins sûr de lui néanmoins quant aux risques d'un tout autre genre que ces retrouvailles avec Kelly impliquaient.

Comme la caissière lui rendait sa carte bleue, son téléphone sonna. Son cœur s'accéléra quand il vit le numéro et le nom de Kelly s'afficher à l'écran.

— Salut... Quoi de neuf ? dit-il sur un ton qu'il voulait désinvolte...

Raté, comprit-il en entendant Kelly éclater de rire à l'autre bout du fil. Non, pas un rire, quelque chose d'indéfinissable.

— Kelly... ?

— Rick... Il est mort, répondit-elle avant d'éclater en sanglots.

4

En entendant la porte d'entrée s'ouvrir, Kelly reprit un peu ses esprits. Assise sur le tapis du salon, elle y était recroquevillée depuis plus d'une heure. La chienne disparut, pour réapparaître quelques secondes plus tard avec Matt qui aussitôt s'agenouilla devant elle, le regard inquiet. Gentil, mais pas trop... Professionnel.

— Où sont les enfants ? demanda-t-il.

— Avec ta sœur. Elle a proposé de les emmener au centre commercial pour que je puisse aller faire la cuisine. Enfin, ma cuisine à moi je veux dire. J'ai un banquet ce week-end...

Elle s'interrompit, au bord de la nausée et ferma les yeux, en priant pour que le monde s'arrête de tourner autour d'elle. Matt prit ses mains dans les siennes. Incapable de réagir, elle ne protesta pas.

— Que s'est-il passé ? demanda-t-il, le ton calme.

De nouveau, elle fut prise de vertiges. Les mots de Lynn tournaient en boucle dans sa tête, rengaine funeste.

— Un infarctus a priori, chuchota-t-elle, tressaillant en prononçant les mots à voix haute.

Elle évita de regarder Matt, craignant de s'effondrer. Craignant plus encore d'entendre ces voix insidieuses dans sa tête l'accabler de reproches. Car tout ceci était sa faute, elle n'aurait jamais dû divorcer ni partir. Et maintenant, Rick était mort, et c'était sa faute, sa faute et encore sa faute.

— Personne ne sait exactement, reprit-elle. Sa mère l'a découvert inanimé dans sa chambre. Oh ! pauvre Lynn...

Une immense tristesse l'envahit, et de nouveau elle se mit à pleurer. Lâchant ses mains, Matt attrapa une boîte de mouchoirs en papier sur la table basse. Kelly en prit un, qu'elle pressa sur sa bouche.

— Rick était son seul enfant. Lynn est fragile du cœur. Je ne peux même pas imaginer ce qu'elle doit endurer. Je voulais partir la retrouver, mais je ne pouvais pas avant...

Le bruit de la porte du garage qui s'ouvrait leur parvint. Effarée, Kelly se tourna vers Matt. Il resta calme, sans manifester aucune panique ni nervosité. Faisant preuve du même sang-froid que Rick, lorsque ce dernier lui tenait la main dans la salle d'accouchement, alors qu'elle s'apprêtait à mettre Cooper au monde. Tout était tellement normal à l'époque. La normalité. Le bonheur. Jamais elle n'aurait imaginé... Mais c'était Matt à présent qui était auprès d'elle, l'encourageant du regard, solide comme un roc face au chaos de ses émotions, l'aidant à respirer en dépit de cette douleur profonde, en elle. Elle en éprouva un profond sentiment de gratitude.

— Je vais rassembler les affaires des enfants, dit-elle en peinant pour se lever.

— Pourquoi ? dit-il, se levant à son tour.

— Nous allons rentrer. Nous n'avons plus besoin de nous cacher.

— Tu auras tout le temps de penser à ça demain. Ou plus tard, dit-il.

Voyant son regard perplexe, il ajouta :

— Tu ne penses pas qu'il vaut mieux laisser les enfants, comment dire, en zone neutre pour l'instant ? Surtout Cooper ?

Cooper. Oh ! mon Dieu. De nouvelles larmes la submergèrent.

— Comment... Mais comment vais-je pouvoir lui annoncer ça, Matt ? gémit-elle. Pendant longtemps, Coop a vénéré son père. Il l'adorait, littéralement. Tous deux étaient inséparables. Et je crois qu'en dépit de tout, il n'a jamais cessé de l'aimer.

L'espace d'un instant, une lueur passa dans les yeux de Matt. Puis son regard se radoucit.

— Veux-tu que je lui dise ?

Certainement pas. A ce moment, surprenant son reflet hagard dans un miroir, elle soupira. Et alors ? Elle était bouleversée, quoi de plus naturel ? C'était un choc terrible, malgré tout ce qui s'était passé entre Rick et elle. Et elle n'avait pas le droit de fuir ses responsabilités.

— Merci, mais non.

— Tu es sûre ?

Pas du tout. Mais ainsi allait la vie, non ? Hochant la tête, elle fit face à Matt. Devant son regard plein de sollicitude, elle sentit son cœur se réchauffer. Il était devenu un homme meilleur encore que ce qu'elle imaginait.

Quant à elle, il lui restait encore beaucoup de progrès à accomplir.

— J'ai passé ma vie à éviter les conflits, les épreuves, laissant les autres s'en occuper pour moi. Mais je refuse aujourd'hui de laisser Cooper penser que sa mère est une mauviette.

— Jamais il ne pensera ça, répondit Matt avec douceur, une petite seconde avant qu'Abby et les enfants surgissent dans la pièce.

Coop regarda Kelly et s'arrêta net.

— Maman ? Qu'est-ce qui ne va pas ?

Sans même prendre la peine de cacher ses larmes, Kelly lui ouvrit les bras.

— Que fais-tu ici ?

Avachi sur l'un des transats de la véranda, Matt sursauta en entendant la question d'Abby.

— Je réfléchissais, répondit-il en étirant les jambes.

— Voilà qui ne te ressemble pas, dit-elle, et il sourit en dépit de ce poids lourd, sur son cœur. Ça va ?

— Ce n'est pas moi le problème.

Abby traversa la pièce, traînant le pas comme à son habitude, et se laissa tomber sur le transat à côté du sien.

— Raison de plus pour ne pas rester à te morfondre dehors, alors que c'est dedans que ça se passe.

— Tu as vu le regard que Cooper m'a lancé quand Kelly lui a dit, pour son père ?

— Attends. Qu'est-ce que tu vas imaginer ? Le gosse était sous le choc.

Laissant échapper un soupir, il se massa le front en essayant de comprendre comment le monde pouvait basculer ainsi sur son axe en moins de vingt-quatre heures. Déjà bien assez perturbant qu'une petite nana, qu'il n'aurait jamais cru revoir de sa vie, resurgît comme ça de nulle part. Voilà maintenant que son ex, à cause duquel elle était revenue ici, venait de mourir. Des coups durs, il en avait reçu au cours de son existence, il était blindé. Mais Coop...

Dans le jardin, la réverbération du soleil sur la neige en train de fondre le fit ciller. Il ne savait rien de ce gamin, si ce n'est ce que Kelly lui en avait dit, notamment de ses relations avec son père. En revanche, il connaissait bien le tourment et l'angoisse, ce sentiment d'incertitude que le petit garçon devait éprouver. Et Abby avait raison, sa réaction n'avait rien de personnel. En fait, ça n'avait rien à voir avec lui. Ce qui aurait dû le soulager...

Mais au contraire, Matt se sentait totalement désemparé. Et surtout frustré.

— Tu enrages de ne pouvoir rien faire, pas vrai ? demanda Abby.

— Quoi ?

Une esquisse de sourire légèrement ironique apparut sur les lèvres de sa sœur. Elle se leva, enfouissant les mains dans les poches de son sweat à capuche.

— Je connais ce regard. Je l'ai vu au moins mille fois. Et pas juste dans tes yeux. Dans ceux de papa, aussi. On se fiche que tu n'aies pas revu cette femme depuis des années, que tu ne connaisses pas ses enfants. Dès que quelqu'un est dans la peine, tu éprouves le besoin de voler à son secours. C'est plus fort que toi. Je me trompe ?

Sans quitter le jardin des yeux, il croisa les mains derrière sa tête.

— Peut-être est-ce pour cette raison que j'ai choisi de devenir flic.

— Et nous t'adorons tous pour ce que tu es, répondit sa sœur en se penchant vers lui pour le serrer dans ses bras. Enfin, la plupart du temps.

Il eut un petit rire, et Abby s'écarta, glissant de nouveau les mains dans ses poches. Et peut-être était-ce la lumière, ou le stress, en tout cas pour la première fois de sa vie, il lui sembla noter une… Une certaine gravité dans les yeux bleus habituellement pleins de malice de sa jeune sœur. Ah ! elle grandissait.

Elle regarda derrière lui, en direction de la porte-fenêtre. Il se retourna et se leva d'un bond en découvrant Kelly avec son manteau, écharpe autour du cou, les cheveux détachés. Dans la lumière, elle paraissait plus pâle que jamais, mains crispées autour de la bandoulière de son sac glissée sur son épaule.

— Je m'en veux d'avoir à vous demander ça…

Un sourire nerveux se dessina sur sa bouche, et derrière ses lunettes ridicules, son regard était fuyant.

— Je dois aller rendre visite à la mère de Rick, poursuivit-elle, mais… j'hésite à emmener les enfants…

— Je suis tellement désolée, dit Abby. J'aurais aimé les garder, mais il faut que je retourne travailler…

— Vas-y, dit Matt. Je vais rester, moi.

— Tu es sûr ? demanda Kelly, une fois Abby partie. Parce que, si cela pose le moindre problème, je peux les…

— Kelly, je m'occupe régulièrement des enfants d'Ethan. J'ai l'habitude, d'accord ?

— Sauf que ces enfants viennent juste de perdre leur père. Je veux dire, pour Aislin, ça va, en réalité elle ne réalise pas vraiment. Mais Coop…

Quand elle se mit à trembler, il sentit son cœur se déchirer, puis elle regarda dans la maison.

— Il n'a pas prononcé un seul mot, depuis que je lui ai annoncé la nouvelle, ajouta-t-elle en reportant son attention sur lui. Pas versé une seule larme…

Pas étonnant. Coop devait être complètement bouleversé.

— Chacun réagit à sa façon…

— Peut-être ne devrais-je pas le laisser ? Oui, Lynn a besoin de moi, elle n'a personne d'autre, mais c'est une adulte.

Elle se massa les tempes en soupirant.

— Je n'arrive pas à décider ce que je dois faire…

— Tout va bien se passer, dit Matt.

Il avait envie de la prendre dans ses bras. Envie de fuir. Et surtout, de remonter le temps.

— Nous allons affronter cette épreuve ensemble, ajouta-t-il.

Après un moment, elle hocha la tête, accrochée à la bandoulière de son sac.

— Je devrais être de retour pour le dîner. J'espère. Euh, ils sont dans le salon, devant la télévision...

S'approchant d'elle, il la conduisit avec douceur dans le hall d'entrée.

— N'hésite pas, appelle-moi toutes les cinq minutes si ça te fait du bien. A présent, vas-y. Plus vite tu partiras, plus vite tu seras rentrée.

Elle plongea ses yeux dans les siens, puis, acquiesçant, partit.

Dans le salon, Aislin était allongée sur le tapis, suçant son pouce. D'ici cinq minutes, elle s'endormirait. Coop était assis sur le canapé, la tête d'Alf sur les genoux, les yeux rivés sur l'écran de télé, devant un dessin animé.

— Hello, dit Matt avec douceur.

Alf remua la queue, mais le gamin demeura bouche close. Matt alla prendre place dans le fauteuil à bascule, une antiquité, dont le bois gémit sous son poids.

— T'es pas obligé de rester, dit alors Coop sans lui accorder un regard. Je surveille Aislin.

— C'est bien, répondit Matt en croisant les mains. J'étais juste venu voir comment ça allait...

Des gamins, il en avait l'habitude, et ils ne lui faisaient pas peur, à l'inverse de certains adultes. En fait, il les trouvait courageux dans leur façon d'appréhender le monde, avec cette manie de toujours dire ce qui leur venait à l'esprit. Il était toujours sidéré par les réflexions des enfants d'Ethan. Bien sûr, certains étaient plus secrets, le contact avec eux plus difficile. Pareil avec les adultes. Mais Matt avait pris goût à ce défi qui consistait à gagner la confiance d'un enfant. Comme le colonel le faisait. Il avait été à bonne école.

— C'est bien ?

Cooper haussa ses petites épaules et répondit :

— Pas vraiment. Mais maman a l'habitude de mettre un cartoon à cette heure, comme ça Linnie s'endort plus vite.

— Et toi, ça va ?

Le garçon se frotta les yeux derrière ses lunettes, manquant les faire tomber. Il les remit en place et, de nouveau, haussa les épaules.

— Tu as faim ?

A ce mot, Alf dressa les oreilles et remua la queue avec frénésie. Matt avait entendu dire que les chiens avaient la capacité de comprendre environ cent cinquante mots. Dans le cas d'Alf, au moins 95 % concernaient la nourriture.

— Non merci.

Le terre-neuve regarda le petit garçon, avant de pousser un soupir et de laisser retomber sa tête sur ses pattes avant. Au même instant, Matt remarqua qu'Aislin s'était endormie. Se levant, il prit le plaid sur le canapé et s'accroupit devant la fillette pour l'en couvrir.

— Maman fait ça aussi, dit Coop derrière lui.

Matt se retourna. Le garçon regardait sa sœur.

— De la laisser dormir là où elle est, parce que si on essaie de l'emmener ailleurs, elle risque de se réveiller.

— Je comprends, répondit Matt en se relevant. Abby aussi avait l'habitude de s'endormir comme ça n'importe où.

— Abby dit que tu veillais sur elle quand elle était petite.

— Oui, nous tous ici. Elle était un peu comme notre petit chien. Sauf qu'elle faisait plus de bruit et sentait plus mauvais.

Coop esquissa un vague sourire.

— Maman dit que Linnie ne peut pas comprendre. Que papa est mort.

— Oui, elle est un peu jeune, répondit Matt en se rasseyant sur le rocking-chair.

— Elle ne se souviendra même pas de lui ?

En dépit des propos tristes du garçon, Matt se réjouissait que ce dernier soit disposé à en parler. Un enfant blessé ne s'ouvrait pas si facilement aux autres, il était bien placé pour le savoir.

— C'est possible. Moi-même, je ne me rappelle pas grand-chose de quand j'avais trois ans. Et toi ?

Le garçon réfléchit un moment, puis secoua la tête.

— Pas beaucoup, répondit-il en changeant de place sur le canapé.

Instantanément, Alf se leva et se recoucha un mètre plus loin, suivant le gamin comme son ombre.

Un long silence s'ensuivit. Coop semblait submergé par des pensées et des sentiments trop lourds pour un garçon de son âge. Ce qui rappelait aussi à Matt bien des souvenirs.

— Hmm... Si tu as envie de parler, je sais super bien écouter.

Coop le regarda, sur ses gardes, avant de reporter son attention sur la télé.

— Pourquoi je ferais ça ?

— Parce que parfois, ça aide. De faire sortir tous ces trucs qui se bousculent dans sa tête.

— Ça va, merci.

— C'était juste une suggestion, répondit Matt sur un ton faussement désinvolte. Mais bon, il vaut sans doute mieux que tu parles avec ta mère...

Le garçon secoua la tête énergiquement, confirmant ainsi les soupçons de Matt. Inutile d'insister. Ce n'était ni le lieu ni le moment.

— Bien, dit-il en se levant, attrapant une revue sur la table basse. Si tu as besoin de moi, je serai dans la salle à manger, d'accord ?

— D'accord, répondit Coop en prenant la télécommande, faisant clairement comprendre à Matt que la discussion s'arrêtait là.

Il était près de 20 heures lorsque Kelly rentra à Maple River. Elle n'aspirait qu'à une chose, se mettre au lit, n'importe quel lit, et ne pas se réveiller avant au moins trois jours. Mais les enfants l'attendaient. Elle alla les border, les embrasser, et rassura Coop de son mieux. Elle comprit ensuite qu'il serait vain d'espérer pouvoir fermer l'œil. A cause du stress.

Du stress et de la faim, car elle n'avait rien mangé depuis ce matin, en dépit des efforts de Lynn pour lui faire avaler quelque chose. Aussi, lorsqu'elle entra dans la cuisine et que Max l'accueillit avec un sandwich assez gros pour nourrir le Bronx tout entier, elle faillit lui sauter au cou. Preuve qu'elle était vraiment épuisée.

— Les enfants dorment ? demanda-t-il.

— Oui, ça y est. Alfie s'est installée sur le lit de Coop. J'espère que ça ne pose pas de problèmes ?

— Tu plaisantes ? Elle doit être aux anges. Mais bon, elle ronfle. Et le gamin risque de sentir le chien, demain matin.

— Ce n'est pas bien grave, répondit-elle, puis elle se hissa sur un tabouret et demeura un moment silencieuse, tête entre les mains.

— Tu fais ta prière ? demanda Matt.

— Oui. Pour trouver la force de manger, dit-elle en le regardant, si calme, si fort.

Elle se sentait si faible. A tous les points de vue. Mais de nouveau, elle songea combien il devait être bon de se blottir entre les bras de quelqu'un de fort. Et de séduisant comme Matt.

— Qu'est-ce que c'est ? demanda-t-elle quand il posa un grand verre devant elle.

— Milk-shake au chocolat. Avec double ration de protéines. Une autre de mes spécialités. Et je t'ordonne de le boire. Tu es maigre comme un clou.

Elle sentit ses yeux s'emplir de larmes. Elle était là, prête à flancher, tout s'écroulait autour d'elle, et cet homme adorable avait pris la peine de lui préparer un milk-shake. Avec double ration de protéines.

— Hé, murmura Matt, et elle comprit qu'un sanglot venait de lui échapper.

Elle plongea ses yeux dans les siens, si beaux, si doux et inquiets. De nouveau, un sanglot s'échappa de sa gorge.

— Tout va bien, reprit-il. Les enfants vont bien, tu es ici. Nous nous occupons de tout.

— Nous ?

— Moi. Abby. Alf. Alors, mange. Puis tu prendras un bon bain chaud et tu iras te coucher. Voilà le programme.

— A tes ordres, dit-elle avant de mordre dans son sandwich. Oh mon Dieu... Qu'as-tu mis là-dedans ?

— Ce que j'ai pu trouver. Bœuf haché. Dinde. Bacon. Salade.

Et aussi un peu de sauce asiatique que j'ai dénichée au réfrigérateur. Un truc à ma sœur sans doute.

— C'est un vrai délice, soupira-t-elle.

Il sourit. Un de ces sourires qui, si elle n'avait été aussi lasse, si la vie n'était pas aussi démente, si ce n'avait été Matt et elle...

Mange ton sandwich, idiote...

— Comment ça s'est passé, avec les enfants ? demanda-t-elle avant d'avaler une gorgée de milk-shake.

— Bien. Aislin s'est endormie dix minutes après ton départ, puis à son réveil, elle a dévoré un cheeseburger, et après ça, elle a joué avec Alf jusqu'à ton retour.

— Je suis désolée...

— Ne t'en fais donc pas pour ça. Alf a besoin de faire de l'exercice. Mais la petite a une sacrée voix. J'en ai encore les oreilles qui résonnent. Si tu veux mon avis, elle a le potentiel d'une artiste lyrique.

— Ce n'est pas la première fois qu'on me le dit. Et Coop ?

Matt s'assit sur le rebord du comptoir et croisa les bras.

— Pas très bavard. Mais bon, il ne me connaît pas.

Kelly prit entre ses doigts un morceau de bacon qui dépassait de son sandwich et le glissa entre ses lèvres.

— Je sais que Bree et toi n'aviez que six ans, quand vos parents sont décédés, mais... Tu te souviens de ce que tu as ressenti à l'époque ?

— Très peu, répondit-il, un voile obscurcissant son regard. Et moi aussi, alors, je ne parlais pas beaucoup... Hmm, bien, je suppose qu'il va y avoir des obsèques ?

Et tu n'es toujours pas prêt à en parler, n'est-ce pas ?

Kelly but une nouvelle gorgée de son milk-shake.

— Vendredi, oui. Après, euh, l'autopsie, dit-elle, tandis qu'un frisson glacial la parcourait. Mais il semblerait bien qu'il ait été victime d'un arrêt cardiaque. Probablement dû à son alcoolisme.

— Et la mère de Rick, elle tient le choc ?

Elle réalisa que, pas une fois, il ne lui avait demandé comment elle allait, elle. Non qu'elle y tienne. Sa gentillesse oui, et elle lui allait droit au cœur, mais sa pitié, certainement pas. D'autant qu'elle n'y résisterait pas et s'effondrerait aussitôt. Or, avec deux enfants à charge, elle devait résister et braver la tempête.

— Elle s'occupe comme elle peut pour ne pas penser, finit-elle par répondre. Comme l'a fait ma mère, après le décès de mon père. Lynn a déjà pris toutes les dispositions. Mais c'est dur, pour elle. Et je refuse de la laisser seule. Après l'enterrement, je veux dire. Elle a toujours été si gentille. Je lui suis tellement reconnaissante. Excepté...

Elle partagea ce qui restait de son sandwich en deux.

— J'ai profité d'être en ville pour passer récupérer quelques vêtements. Et à la seconde où je suis entrée dans l'appartement, j'ai compris que je ne supporterais plus de vivre à Haleysburg. Non que l'endroit ne soit pas agréable, mais je ne m'y suis jamais sentie... chez moi. Rick et moi avions décidé de nous y installer, plutôt lui d'ailleurs. Mais en ce qui me concerne, je n'ai jamais été à mon aise dans cette ville. Et ça n'a fait qu'empirer lorsque Coop a commencé à avoir des problèmes, à l'école...

— Des problèmes ? Quel genre de problèmes ?

— Des moqueries essentiellement. A cause de son poids. De ses lunettes. Sans parler des sarcasmes de son père... C'était dur, pour lui.

— Je suppose que tu as parlé au directeur de l'école.

— Je n'y suis pas allée par quatre chemins pour lui dire ma façon de penser. Mais les moqueries ont continué. Puis, à l'automne dernier, un gamin de deux fois la taille de Coop l'a frappé dans la cour, il a même cassé ses lunettes. Le soir même, je l'ai retiré de l'établissement.

— Bien fait, marmonna Matt. Et ça se passe mieux dans sa nouvelle école ?

— En fait, nous avons choisi l'option enseignement à domicile, répondit-elle.

Devant le regard perplexe de Matt, elle ajouta :

— Coop souffrait de terribles maux de ventre chaque matin avant de se rendre en classe. Aujourd'hui, grâce à ce système et malgré tout le reste, ces douleurs ont disparu. Et deux mois plus tard, j'ai constaté que son poids s'était stabilisé... Voilà pour Cooper.

Elle s'interrompit, haussa les épaules.

— Jamais je n'avais réalisé à quel point Maple River me manquait, déclara-t-elle, jusqu'à l'appel de Bree, il y a une heure.

Elle rit doucement devant l'expression défaite de Matt.

— Oui, elle m'a parlé de l'interrogatoire que tu lui as fait subir. Mais ne t'inquiète pas. A ta place, j'aurais réagi de la même façon... Bref, le seul fait d'entendre sa voix... Voilà, j'ai décidé de revenir vivre ici. Je veux que mes enfants grandissent là où j'ai grandi.

— Tu... es sérieuse ?

Elle vit de l'incompréhension dans son regard. Petite ville du New Jersey semblable aux autres, Maple River n'avait rien de particulièrement attractif. Mais Kelly avait besoin de changer d'air. Et puis, les enfants du colonel vivaient bien ici, pourquoi pas elle ?

— Ma situation a changé, plus rien ne me retient là-bas. Le loyer de mon local professionnel ne cesse de grimper. Quant au prix des appartements, il est un peu plus élevé ici qu'à Haleysburg, mais j'en trouverai bien un qui me conviendra. Et puis, je ne suis qu'à une demi-heure de route de Lynn. Le projet me semble tout à fait raisonnable.

Matt soutint son regard un long moment, puis il débarrassa son assiette, faïence décorée d'un liseré bleu et blanc, le même service qu'autrefois.

— Abby a préparé des cookies, après le travail, dit-il en rangeant l'assiette dans le lave-vaisselle. Tu en veux ?

— Je ferais n'importe quoi pour des cookies...

— N'est-ce pas un peu excessif ? Attention à ne pas être trop impulsive... Mais cela ne me regarde pas...

— Non, en effet. Ne te méprends pas, ta sollicitude me touche. Mais plus j'y pense, plus je réalise que cette idée me trotte dans la tête depuis un bon moment, bien enfouie sous des obligations et des responsabilités qui me retenaient d'agir. Et je ne suis pas stupide, je sais que je suis influencée par mes souvenirs d'enfance. Par tous ces moments passés dans cette maison, avec vous tous. Le temps du bonheur. De la sécurité. Alors s'il te plaît, ne m'en veux pas d'aspirer à offrir un peu de tout ça à mes enfants. De vouloir un nouveau départ pour eux. Pour moi. Pourquoi souris-tu ?

— Parce que tu es en train de me demander poliment de me mêler de mes affaires.

— Mais non, je...

— Aucune importance. Et tu peux rester ici aussi longtemps qu'il te plaira. D'accord ?

— Oh ! mais ce n'est pas...

— D'accord ?

— Eh bien, oui, d'accord, répondit-elle avec un sourire. Merci.

— Avec plaisir. Bien. Alors, ces cookies ?

— Je ne sais plus en fin de compte, soupira-t-elle. Ce sandwich m'a calée.

— Un café peut-être. Un déca.

— Volontiers. Dis-moi, où est Abby ?

— Elle est sortie. Avec une amie, répondit-il, avant d'ajouter, face au regard insistant de Kelly : Elle n'a pas de fiancé. Elle prétend que ce n'est pas son truc.

Kelly hocha la tête, hésita deux secondes.

— Puis-je te poser une question ? demanda-t-elle.

— A propos de quoi ?

— Abby m'a expliqué que tu étais en congé ? Trop de jours de vacances à rattraper manifestement...

— Ah !

Il remplit deux tasses de café, en posa une devant elle avec de la crème.

— Si tu n'as pas envie d'en parler...

— Il n'y a rien d'extraordinaire, en dépit de ce que pense Abby. Après mon divorce, je me suis retrouvé avec pas mal de temps libre. Alors j'ai travaillé. Beaucoup. Remplacé mes collègues qui partaient en congé, ce genre de choses. Jusqu'à ce que mon sergent me mette en vacances d'office...

Il la regarda en face, comme pour lui signifier que les confidences s'arrêtaient là.

— Au moins comme ça, je peux m'occuper de ma maison...

Préférant ne pas insister sur un sujet manifestement encore sensible, elle but une gorgée de café.

— Abby m'en a parlé. C'est loin ?

— Quatre ou cinq cents mètres...

Il se renfrogna en fixant son café quelques secondes, avant de reporter son regard sur elle.

— Et au rez-de-chaussée, il y a un appartement indépendant, avec accès privé. Pas immense, trois chambres, mais une cuisine... Antique.

Elle rit, et il sourit en retour.

— Tu pourrais le visiter. Le jardin est plutôt grand, et d'après ce que je sais, l'école voisine a bonne réputation. Si tu es décidée, je veux dire. Alf serait enchantée d'avoir son copain pour jouer. Mais bon, c'est à toi de voir, bien sûr...

Kelly garda le silence, perdue dans ses réflexions.

— Ce que j'en dis, moi... Tu as besoin d'un appartement. Et il se trouve que j'en ai un à disposition.

Il était si gentil. De nouveau, elle lui sourit.

— Combien le loues-tu ?

Matt dit un prix. Deux cents dollars de moins que ce qu'elle payait chaque mois, à Haleysburg. Pour trois chambres, de bonnes écoles à proximité — même si elle hésitait encore à réinscrire Coop dans un établissement scolaire —, un jardin et, en prime, un chien.

Et Matt, bien sûr. Mais elle était une grande fille, pour une bonne école et un jardin, elle arriverait bien à gérer l'attirance qu'elle éprouvait.

— Nous pourrions aller le voir, demain ?

— Euh... Bien sûr. Et au fait... Je tiens à t'accompagner aux obsèques, dit-il avec détermination. Parce que j'entends d'ici ma mère, si je ne veille pas sur toi. Et je ne te parle pas de mon père.

— Je n'ai pas besoin de...

— Enfin Kelly, les amis sont faits pour ça, non, l'interrompit-il en plongeant ses yeux dans les siens.

— Est-ce ce que nous sommes ? Des amis ?

— Bien sûr, marmonna-t-il avec un haussement d'épaules.

Et soudain, tout s'éclaira. Ce n'était pas à cause de sa mère ou parce qu'ils étaient amis. En fait, Matt pensait qu'il était de son devoir de la protéger. Ce qui était généreux et gentil de sa part, mais...

— Bien, écoute. Je sais que j'ai perdu pied un moment, quand j'ai appris... Mais c'est terminé maintenant, je vais bien.

— Tu en es sûre ? demanda-t-il en croisant les bras, impassible.

Manifestement, il n'était pas dupe.

— Bien sûr. J'étais sous le choc, mais...

Elle écarta une mèche sur son front.

— Tu sais, reprit-elle, j'ai beaucoup pleuré quand notre mariage a implosé. Mais le fait est que Rick... Nous avions changé, lui et moi. Jamais, jamais je n'aurais imaginé cinq ans plus tôt ne plus aimer un jour mon mari. Mais l'homme dont j'étais tombée amoureuse n'existait plus depuis longtemps. Oui, je suppose que, pendant un moment, je me suis accrochée à l'espoir que le nouveau Rick redeviendrait, le Rick que j'avais connu, un homme que les enfants et moi pourrions au moins respecter. Mais ça ne s'est pas passé ainsi.

Elle soupira.

— Et désormais, il n'y a plus aucune chance pour que ça se passe ainsi, alors oui, cela m'attriste. Et sans doute cette tristesse ne me quittera-t-elle jamais, car j'ai aimé cet homme et je n'ai jamais voulu que les choses se terminent ainsi. J'ai des regrets et quelques remords aussi en pensant au passé, à ce qu'aurait pu être l'avenir. Mais tu peux me faire confiance, je ne vais pas m'effondrer à ces obsèques... Vois-tu, si j'ai appris quelque chose ces deux dernières années, c'est que je suis plus forte, plus déterminée et plus résistante que je l'étais. Et je suis parfaitement capable de prendre soin de moi. Et de mes enfants.

— Je n'en doute pas une seconde, répliqua Matt en s'appuyant au comptoir. Mais tu vas avoir beaucoup à faire entre tes enfants et ton ex-belle-mère. Voilà pourquoi il est appréciable de pouvoir compter sur quelqu'un qui n'est pas impliqué sur le plan affectif. Quelqu'un susceptible de gérer les imprévus. Mais une fois de plus, tu es seule juge. Si vraiment tu ne veux pas de moi, je n'insisterai pas.

Elle le regarda, songeuse. L'idée faisait du chemin dans sa tête. Matt serait un soutien pour elle. Une sorte d'ange gardien.

Un ange gardien de près de deux mètres, bâti comme un athlète grec, gentil, séduisant. Dieu n'avait pas lésiné sur les atouts, le jour de sa création.

— Tu vas faire fureur auprès de ces dames…

— Les hommes du New Jersey sont irrésistibles, c'est bien connu, dit-il avec un tel aplomb qu'elle leva les yeux au ciel.

Matt était allé inspecter l'appartement du rez-de-chaussée. La plomberie était en état de marche, mais il restait un problème : la cuisine. Mais Kelly ne semblait pas y attacher plus d'importance que cela. Il lui avait proposé un loyer en dessous du tarif habituel. Largement au-dessous. Et elle le savait. La cuisine était opérationnelle, mais le mobilier laissait à désirer et l'électroménager avait bien une vingtaine d'années.

— Je n'arrive pas à croire que Kelly McNeil va emménager ici, remarqua son plus jeune frère, Tyler, en vissant un meuble de rangement au mur.

Un modèle laqué blanc design, à peine vieux de deux ans, victime collatérale d'une saisie à Princeton, échoué au magasin de Tyler où Matt l'avait acheté pour une misère.

— Ça ne nous rajeunit pas, ajouta Tyler.

— Et moi, je n'en reviens pas que tu te rappelles d'elle.

Son frère lui sourit de ses dents très blanches derrière sa masse de cheveux blonds hirsutes. Tyler, bientôt trente ans, en paraissait dix-huit.

— Tu plaisantes ! s'exclama Ty, la main sur le cœur. Elle a été mon premier amour.

— Tu n'avais que neuf ans !

— Et quel âge avait Mozart quand il a composé sa première symphonie ?

Matt secoua la tête, mais ne put s'empêcher de rire. Du haut de ses neuf ans, Ty était un garçon insolent et grossier lorsqu'il avait débarqué chez les Noble. Un emmerdeur pour Matt, alors âgé de treize ans. Il n'avait pas compris pourquoi ses parents avaient adopté ce sale morveux, surtout qu'à ce moment-là, sa mère devait s'occuper d'Abby, tout bébé.

Ce n'est que plus tard qu'il avait appris que la mère biologique de Ty était une droguée, et que les autorités lui avaient retiré la garde de son fils. Les services sociaux avaient alors imploré le colonel et son épouse d'accueillir l'enfant, dans l'espoir qu'il trouverait auprès des Noble ce qui lui avait toujours fait défaut. Mission réussie. Et aujourd'hui, excepté son incapacité à se caser, son frère était devenu quelqu'un de bien.

— Et où est Kelly en ce moment ? demanda Ty, arrachant Matt à ses pensées.

Un peu à l'écart, dans une tache de soleil, sur le carrelage, Alf, profondément endormie, laissa échapper un grognement. Aussitôt, Boomer, le corniaud hideux de Ty, mélange improbable de boxer et de rottweiler bondit, l'air effaré.

— Elle est repartie à Haleysburg, répondit Matt, amusé par le manège des deux chiens. Pour récupérer des affaires. Elle souhaite emménager juste après les obsèques. Donc, nous n'avons pas de temps à perdre. Au fait... J'ai retrouvé ton vieux vélo dans le garage de papa. Il est en bon état, excepté les pneus et la chaîne. On pourrait le réparer et le donner à Cooper. Si tu n'en veux plus bien sûr...

— Pas de problème, dit Ty tandis qu'ils s'attaquaient au deuxième placard. Euh... Tu as encore le béguin, pour Kelly ? Et ne prétends pas que tu n'as jamais rien ressenti pour elle, tout le monde était au courant.

Matt observa son frère à la dérobée. Ty souriait en coin, avec le même air moqueur que Sabrina.

— Toi aussi ?

Derrière le fracas de la perceuse, le rire de son frère retentit.

— Surtout moi, répondit-il en regardant Matt. Et surtout à la puberté. J'étais fou de rage, car elle me traitait comme un gamin.

— Parce que tu étais un gamin.

— Va expliquer ça à mes hormones.

— Déjà tout gosse, tu avais un tas de petites copines. Un vrai bourreau des cœurs en culotte courte.

— Oui, eh bien justement, mon cœur appartenait à une certaine rousse. Mais j'ai vite compris que j'avais tout intérêt à ne pas marcher sur les plates-bandes de mon frère...

— Très aimable de ta part. D'autant comme tu dis, que tu n'avais que neuf ans. Par ailleurs... Kelly n'a jamais été sur mes plates-bandes.

— J'ai fini par le comprendre, marmonna Ty en attrapant une autre vis dans sa boîte à outils. Comme j'ai pu te détester à l'époque. Star de l'équipe de foot, beau gosse... Et même pas besoin de lever le petit doigt, elles te tombaient toutes dans les bras. En revanche, vis-à-vis de Kelly, tu étais impassible, à peine si tu la regardais...

— Faux, protesta Matt. C'est vrai, je n'ai pas fait le premier pas, mais à plusieurs reprises, j'ai émis des signaux qui indiquaient que j'étais prêt à le faire. Tu sais comment ça se passe...

— Non, pas du tout. Mais la subtilité n'est pas vraiment mon genre.

— J'avais remarqué.

— Alors, tu avoues ? enchaîna Tyler, indifférent à la pique. Tu avais des sentiments pour elle...

— Il y a une bonne centaine d'années, oui.

— Et que s'est-il passé ?

— Rien du tout, répondit-il.

Car, comme l'avait fait remarquer sa sœur, il n'était alors qu'un idiot. Mais si tout le monde était au courant de son « intérêt » pour Kelly, excepté Kelly elle-même, quelque chose à l'évidence n'avait pas fonctionné.

— Les signaux que je lui ai envoyés me sont revenus en pleine figure, termina-t-il.

— Ah, c'est dommage, dit Ty qui descendit de son escabeau pour aller se chercher un soda, dans le réfrigérateur.

Aussitôt, les deux chiens dressèrent la tête, les yeux pleins d'espoir.

— Et aujourd'hui ?

— Aujourd'hui, c'est aujourd'hui, répondit Matt avec un haussement d'épaules.

— Traduction ?

— Traduction, tu cherches quelque chose qui n'y est pas, point.

— Oh ! mais si, il y a quelque chose. Franchement, pour quelle autre raison lui louerais-tu un appartement dans ta propre maison ? Pourquoi restaurer la cuisine, toi qui disais ne pas vouloir t'y attaquer avant au moins un an, parce que disais-tu, tu ne te sentais pas prêt à devenir propriétaire. Et je ne parle pas du fait de l'accompagner aux obsèques de son ex-époux. Ce qui me paraît franchement suspect, si tu veux mon avis.

— Ton avis, je m'en moque, dit Matt, certain que dans une autre vie, son frère avait dû appartenir à l'Inquisition. Et tu n'as pas pensé une minute que je pouvais faire tout ça parce que, en tant que meilleure amie de Sabrina, Kelly faisait en quelque sorte partie de la famille ? Ou encore, parce que je suis un type bien et lorsque je vois une personne, enfin trois personnes, dans la détresse, je ne peux m'empêcher de tendre la main ? Kelly et ses enfants ont besoin d'un endroit où vivre, et moi, j'ai un appartement à louer. Moi, je dis que le hasard fait bien les choses, c'est aussi simple que ça.

— Le hasard, hmm...

A cet instant, le téléphone de son frère sonna, et Ty décrocha. Matt en profita pour aller se chercher une cannette de soda dans le frigo, priant pour que l'air froid pulsé à l'intérieur dissipe l'intense chaleur au niveau de ses joues. Il adorait Tyler, mais celui-ci avait une sale manie, celle de considérer que les épreuves endurées quand il n'était encore qu'un gamin faisaient de lui un expert sur toutes les questions de la vie. Ce qui énervait Matt au plus haut point. Surtout lorsque les réflexions de ce voyou se révélaient un peu trop justes à son goût...

— D'accord, j'arrive. Panique à la boutique ! lança Ty à Matt, tout en enfilant sa parka. Je dois y aller. Mais je ne te laisse pas tomber, alors à plus tard ?

Matt hocha la tête. Son frère était une véritable concierge, toujours à se mêler de tout. En même temps, il était meilleur bricoleur que Matt, par exemple pour installer des meubles de rangement dans une cuisine.

— Je compte sur toi, merci.

— Pas de problème.

Tyler siffla Boomer, deux fois, avant que le chien daigne le suivre sans réel enthousiasme.

Tout en soupirant, Matt se laissa glisser sur le carrelage, dos au mur. Alf se leva et parcourut les quatre mètres qui les séparaient, avant de poser le museau sur ses jambes, une lueur de sympathie dans le regard. Tout en la caressant entre les oreilles, Matt repensa aux paroles de son frère.

Car au-delà de ses bonnes intentions, se comporter en chevalier servant était parfaitement stupide. Kelly avait été claire là-dessus, elle n'avait que faire d'un chevalier servant. Et c'était très bien comme ça. Certaines femmes devraient en prendre de la graine.

Dans ce cas, pourquoi ne s'effaçait-il pas, pour la laisser vivre sa vie comme elle l'entendait ?

De nouveau, il soupira, plus fort cette fois. Alf redressa la tête, remua mollement la queue sur le sol poussiéreux.

Soit. Il était attiré par elle. Encore et toujours. Et alors ? En voyant cette lueur dans ses yeux pendant qu'elle parlait, l'autre soir, en voyant son courage, sa détermination... Il en avait été bouleversé. Plus que ça. En fait, il avait éprouvé du désir pour elle.

Il continua de caresser Alf. C'était ce qu'il y avait de bien avec les chiens : ils savaient écouter. Sans poser de questions indiscrètes ni essayer de vous tirer les vers du nez.

— Premièrement, commença-t-il en regardant sa fidèle amie, aucun de nous n'a envie de s'engager dans une relation.

Alf dressa les oreilles et bâilla, peut-être la faim, à moins que ce ne soit l'ennui suscité par la voix de son maître, difficile de savoir.

— Je vais t'expliquer, poursuivit-il. Moi-même, je ne suis vraiment pas doué pour ça, pour la vie en couple, je veux dire. Quant à Kelly, elle a déjà bien trop à faire pour se remettre de son ex. Tu comprends ?

Alf aboya.

— Voilà, c'est ça. Quant aux enfants... A Cooper...

Alf bondit sur ses pattes pour lui lécher le menton. Matt s'essuya le visage d'un revers de manche, puis ferma un moment les yeux. Il avait beau être seul, ce n'était pas une raison pour faire n'importe quoi... « Il faut raison garder », comme disait son père.

N'empêche, il accompagnerait Kelly à ces obsèques.

5

Cooper regarda la table garnie de nourriture, à peine si on distinguait en dessous la nappe en dentelle de grand-mère.

Il faut dire que la place manquait un peu. Après le décès de leur grand-père, leur grand-mère avait emménagé dans un appartement minuscule. D'ailleurs, lorsque sa sœur et lui venaient la voir le week-end, parce que leur père était venu vivre ici, Linnie était obligée de dormir avec grand-mère et Coop sur le canapé. Il préférait, plutôt que de partager le lit de leur père. Tout petit pourtant, il adorait grimper dans le lit de ses parents, le dimanche matin. Il se souvenait de la chaleur des draps qui sentaient bon le parfum de sa mère, de son père qui lui faisait des chatouilles...

Coop toussota et essaya de ne pas repenser à tout ça. Quand tout allait bien. Avant que leur père perde son travail. Plus tard, ils avaient dû quitter la maison où Coop avait sa chambre et où il y avait un grand jardin pour accueillir le chien que son père lui avait promis. Mais très vite, tout était allé de « mal en pis », comme disait sa grand-mère.

Au début, il avait été fou de rage. Il leur en avait voulu, à tous les deux. Bien sûr, il connaissait beaucoup d'enfants dont les parents avaient divorcé. Simplement, il n'avait pas pensé que ç'aurait pu lui arriver, à lui. Il secoua la tête. Une tête plus pleine encore que cette table, avec toutes ces pensées qui se bousculaient. Parfois, il aurait aimé redevenir tout petit, quand il se réveillait le matin et que tout était normal. Quand les choses ne changeaient pas toutes les cinq minutes.

Aujourd'hui par exemple, ils allaient s'installer pour de vrai à Maple River, dans cet appartement au-dessous de la maison de Matt. Et de nouveau, il faudrait tout recommencer. Mais cette fois, il aurait sa chambre à lui. Et peut-être retournerait-il à l'école, parce qu'à vrai dire, il s'ennuyait un peu. Et puis, Matt lui avait promis de lui confier Alf de temps en temps, alors... Coop déposa un petit sandwich dans son assiette en plastique, ainsi que quelques chips. Mais depuis quelques jours, il avait comme un nœud à l'estomac, alors qu'avant, manger lui faisait du bien.

Mais pas question d'inquiéter sa mère ou sa grand-mère. Il retourna dans le salon et s'assit sur un bout du canapé, au milieu de tous ces gens, en se forçant à avaler une bouchée de son sandwich. Sauf que la bouchée refusa de passer et qu'il avait oublié d'emporter quelque chose à boire. Or, pas question de prendre le risque de repartir en cuisine, il était bien tranquille, là, personne ne s'intéressait à lui. Il soupira. Il ne faudrait pas que quelqu'un d'autre vienne lui présenter ses condoléances, en lui disant combien il était courageux, car cette fois, il craignait de ne pouvoir retenir ses larmes.

Il finit par avaler la bouchée de sandwich et s'efforça de ne pas grimacer en s'attaquant à la deuxième. De l'autre côté du salon, maman, Aislin endormie dans les bras, écoutait quelqu'un qui visiblement l'ennuyait. Juste à côté d'elle, un peu comme un garde du corps, se tenait Matt en costume gris foncé. Ce fut plus fort que lui, il grimaça.

Il aimait bien Matt. Mais que faisait-il aux obsèques de papa, lui qui n'était pas un ami de ses parents ni de la famille ? Sa mère et lui se connaissaient avant, mais ils ne devaient pas être si liés, puisque Coop n'avait jamais entendu parler de lui avant la semaine dernière. Et maintenant, ils allaient vivre dans sa maison... ?

Il détestait cette robe noire que sa mère portait. Dedans, elle semblait plus pâle encore que d'habitude. Et ce costume que sa grand-mère lui avait déniché, celui de son père quand il était enfant, il ne s'y sentait pas à son aise. Il le grattait. Une seconde plus tard, comme si sa mère lisait dans ses pensées, elle croisa son regard et lui sourit. Il essaya de lui sourire en retour, mais sans grand succès.

En fait, tout semblait faux autour de lui, irréel. Comme s'il avait été projeté dans une autre dimension. D'abord, il n'arrivait pas à croire que son père était mort, et puis personne ne se comportait normalement. Sauf peut-être Aislin, mais à trois ans, se rendait-elle compte de la situation ? Sa mère lui avait dit que sa sœur risquait de demander où était son père, mais elle n'en avait rien fait encore. Et si elle lui posait la question, qu'était-il censé répondre ?

Laissant échapper un soupir, il baissa les yeux sur son assiette. Vide. Il avait une de ces soifs maintenant. Se levant, il gagna la cuisine, ignorant le regard interrogateur de Matt. Grand-mère était là, un mouchoir sur le nez, les yeux tout rouges et gonflés. Cooper fit comme s'il ne l'avait pas vue. Excepté qu'elle le vit et qu'elle se précipita pour le serrer dans ses bras. D'habitude, Coop aimait bien quand elle l'embrassait, sa grand-mère était douce, elle sentait bon, mais là, elle le serra si fort qu'elle lui fit mal.

— Aie, mamie !

— Pardon, mon trésor, je ne sens pas ma force, s'excusa sa grand-mère avec un petit rire gêné tout en lui ébouriffant les cheveux. Tu veux quelque chose ?

Il aurait bien pris un soda, et sans doute le lui aurait-elle donné, mais au lieu de ça, il répondit :

— De l'eau.

— Sers-toi, elle est au réfrigérateur, dit-elle avant de retourner à ses occupations, ses cheveux, bruns comme ceux de Coop, virevoltant sur ses épaules.

A la faveur du soleil filtrant par la fenêtre, il remarqua quelques mèches grises qu'il n'avait jamais vues jusqu'alors. Sa grand-mère était tellement jolie, pour une femme de cinquante ans bien sûr, pourtant aujourd'hui, elle semblait... comme éteinte.

Mais sans doute l'étaient-ils tous.

Tout en débouchant la bouteille d'eau, Cooper retourna dans le salon juste au moment où Matt prenait Aislin dans les bras de sa mère. Il se rappela alors du bébé, tout petit, qui n'en finissait pas de pleurer et de sa mère, à bout de nerfs, ne sachant plus quoi faire. Puis son père rentrait à la maison, et il prenait Aislin dans ses bras et lui chantait une chanson de sa voix douce et profonde…

Soudain, il entendit un drôle de bruit, comme une plainte, avant de comprendre que le bruit venait de lui. Il pleurait. Comme un bébé. Et tout le monde maintenant le regardait. Tout le monde.

Il courut dans la chambre de sa grand-mère et tourna la poignée pour verrouiller la porte.

— Coop ? Le cœur battant, Kelly frappa doucement à la porte de la chambre de sa belle-mère.

Jamais Coop ne s'était enfermé dans une pièce, pas même lorsque Rick devenait fou.

— Chéri ? Ouvre, je veux savoir si tu vas bien.

— Je vais bien. Va-t'en.

Bien sûr qu'il n'allait pas bien, comment aurait-il pu en être autrement ? Son père était mort une semaine plus tôt, et sa mère l'emmenait loin de son monde, de ses repères.

Elle sentit Matt s'approcher derrière elle. Encore un problème, une autre épée de Damoclès au-dessus de sa tête. Elle entendit la petite voix ensommeillée d'Aislin.

— Maman ?

Kelly voulut la prendre, mais la fillette se mit à gesticuler pour descendre, avant de repartir dans le salon, direction le buffet. Mon Dieu… Son bébé n'avait pas mangé depuis… !

— Elle doit être affamée.

— Je m'en occupe, répondit Matt. Quelque chose d'interdit ?

Kelly secoua la tête, pas suffisamment cependant pour remettre un peu d'ordre dans ses pensées.

— Assure-toi simplement qu'elle ne s'étouffe pas en avalant de trop gros morceaux.

Mais il était déjà parti. Et Linnie faisait déjà sourire tantes et cousins qui tous avaient bien besoin d'un rayon de soleil en ce triste jour.

— Emporté si jeune…, les entendit-elle dire encore et encore à cette pauvre Lynn.

Personne, néanmoins, n'était venu pleurer sur l'épaule de Kelly. Après tout, n'était-ce pas elle qui avait décidé de divorcer... Bien sûr, ils ne connaissaient pas la vérité. Le monstre qu'était devenu leur « cher Ricky ». Un homme que l'ancien Rick n'aurait jamais imaginé devenir.

— Je ne partirai pas d'ici, Coop, dit-elle, croisant les bras sur la petite robe noire trouvé en urgence au centre commercial, une robe horrible et horriblement chère qu'elle ne remettrait sans doute jamais.

Mais au moins les tantes pourraient-elles se gargariser avec des allusions perverses sur ses moyens financiers. Grand bien leur fasse. Elles pouvaient raconter ce qu'elles voulaient. Et sans doute la présence de Matt leur fournirait-elle matière à cancaner plus encore. Une autre occasion pour tante Myrtle, du haut de ses quatre-vingt-dix et quelques années, de s'émouvoir. A plusieurs reprises, Kelly avait surpris la vieille dame indigne, vieille fille de surcroît, en train de regarder les fesses de Matt.

Certaines choses étaient essentielles et d'autres beaucoup moins. Et pour elle, dans l'immédiat, l'essentiel était son fils, qui la semaine dernière n'avait paru éprouver aucune émotion à la mort de son père et qui, aujourd'hui, s'était enfermé dans la chambre de sa grand-mère pour donner libre cours à son chagrin bien légitime.

Kelly appuya son front contre la porte, la fraîcheur du bois l'apaisant un peu. Une migraine tenace avait commencé à la faire souffrir plus tôt.

— Coop, ouvre-moi.

Les secondes passèrent, puis le verrou céda. Avec un soupir de soulagement, Kelly se faufila dans la chambre et repoussa la porte derrière elle. Il y faisait une chaleur infernale, Lynn avait dû laisser le chauffage à fond. Elle prit Coop par la main, tous deux s'assirent sur le lit de Lynn et elle serra longuement son fils dans ses bras. Elle lui demandait souvent de se comporter comme un grand garçon, au point d'en oublier combien il était petit encore. A huit ans, on n'était pas armé pour faire face à tant de bouleversements en un laps de temps si court. Et au diable les psychologues avec leurs beaux discours sur la résilience des enfants. Aujourd'hui, Cooper allait emménager dans une autre maison, la troisième en quelques années. Décision qu'elle n'aurait jamais prise si elle n'avait été convaincue qu'elle était la meilleure pour tous les trois.

Coop ne pleurait plus, mais il ne semblait pas pressé de s'arracher à ses bras. Et elle sentit son cœur se serrer, car à mesure qu'il grandirait, de tels moments avec son fils seraient de plus en plus rares. Ils n'en étaient que plus précieux.

— D'abord, enlève-moi ça, dit-elle en lui retirant cette ridicule veste de costume, pour le reprendre aussitôt après dans ses bras. Tu as envie de parler ?

— Tu es trop occupée, répondit-il avec un léger haussement d'épaules, après quelques secondes.

— Oh ! mais c'est toi ma priorité, mon bébé ours. Tu le sais.

— Maman, tu dois arrêter de m'appeler comme ça, dit-il en fronçant les sourcils.

Elle réprima un soupir. Son petit bébé serait bientôt adolescent. Au moins, en cet instant, le gros nuage dans ses yeux semblait s'être dissipé.

— Désolée, c'est impossible. Car tu seras toujours mon bébé ours. Même quand tu seras grand et père...

Face à son expression horrifiée, elle rit.

— Mais je te promets de ne jamais t'appeler ainsi en présence de témoins. D'accord ?

— D'accord, répondit-il résigné.

Puis il s'écarta et s'assit bien droit en balançant les pieds au-dessus de la moquette. Beige, nota Kelly, qualité standard. Sans fantaisie, mais aussi sans risque. Un peu comme la vie qu'elle avait choisie...

— D'un seul coup, je me suis mis à penser à papa, murmura Coop en la regardant. Comment il était, avant. Et... ça m'a fait mal. Beaucoup.

— Je comprends mon trésor. Vraiment.

— Mais comment on peut changer autant ? demanda Coop en ôtant ses lunettes.

— Eh bien... Je pense que ton papa s'était fait une idée sur la façon dont les choses devaient se passer, avec sa vie, et quand ça ne s'est pas passé comme il l'espérait, il n'a pas su s'adapter. N'a pas su comment prendre la vague, tu vois ?

— Sauf qu'il a changé...

— C'est juste, mais...

Elle réfléchit un moment.

— Il existe différentes sortes de changement, reprit-elle. Face à un événement, bon ou mauvais, tu peux t'adapter et trouver le moyen de poursuivre ton chemin en prenant une autre voie. Voilà, ça, c'est positif. Mais parfois, tu prends peur face au changement, tu te sens menacé. En colère. Et ces sentiments négatifs qui t'étouffent, tu les reportes sur les autres. Et ça, ce n'est pas bien.

— Mais c'est ce que papa a fait.

— Oui, mon chéri, répondit-elle en reprenant Coop dans ses bras. Pourtant, je suis sûre au fond de moi que ton papa était toujours le même. Malheureusement, il a laissé la peur et l'incertitude le dévorer.

— Mais si tu l'aimais, pourquoi ne pas l'avoir aidé ?

— J'ai essayé, mon trésor, répondit-elle, soudain les larmes aux yeux. Tu peux me croire. Grand-mère aussi. Toutes les deux, nous l'avons supplié d'aller consulter un psychologue. Il a toujours refusé.

— Pourquoi ?

— Je ne sais pas, mon ange. Je ne sais pas.

Cooper secoua la tête.

— Et maintenant alors ? On va juste... recommencer ailleurs, encore ?

— Je ne crois pas que nous ayons vraiment le choix. A nous de nous adapter... ou pas. Mais nous serons ensemble, pas vrai ? Et nous allons emmener toutes nos affaires dans notre nouvelle maison. Et tu verras grand-mère chaque fois que tu en auras envie. Tu vois, toutes ces choses importantes ne changent pas. Et puis... Il y a Alf...

Un petit sourire se dessina sur les lèvres de Cooper. Puis de nouveau, il fronça les sourcils.

— Bon, dit-il. Mais après ça, plus de changement, d'accord ?

— Je ferai tout pour l'éviter, tu as ma promesse.

Coop laissa alors échapper un profond soupir de soulagement.

Ils se relèveraient de ces épreuves. Parce que Kelly en avait assez d'être le jouet des aléas de l'existence, d'être ballottée par le destin. Mais après cet énième déménagement, à l'exception d'une autre mauvaise surprise toujours possible, elle le jurait, plus de déménagement. Coop en avait suffisamment souffert comme ça, et elle voulait que ça cesse. A présent, elle n'avait qu'un seul but, retrouver un peu de paix et de stabilité pour ses enfants et elle.

Et dans ce scénario, il n'y avait pas de place pour un flic ténébreux et surprotecteur... Aussi tentante que soit cette idée.

Matt regarda Kelly à la dérobée, elle était perdue dans ses pensées, nez collé à la vitre de son Explorer alors qu'ils roulaient vers Maple River. Il n'était pas tard, mais déjà l'horizon se teintait de mauve. Après avoir aidé Lynn à ranger la maison, ils l'avaient emmenée au resto chinois, une idée de Kelly. Résultat : ils étaient tous maintenant épuisés. Surtout les enfants, profondément endormis sur le siège arrière.

— Tu n'as pas froid ?

— Mmm, répondit-elle avant de porter une main sur sa bouche quand elle bâilla. Pardon.

— On dirait que tu tombes de sommeil toi aussi, remarqua-t-il.

— En effet, soupira-t-elle, réprimant un autre bâillement, avant de se redresser sur son siège en s'étirant. Mais ça attendra. Je dois d'abord m'occuper de la chambre et du lit des enfants.

— Rien ne t'oblige à emménager dans l'appartement dès ce soir. Tu pourrais rester à la maison...

— Non. Enfin, merci, mais... Je pense qu'il est grand temps pour les enfants de se recréer leur univers, avec leurs affaires.

— Et toi ?

— Et moi quoi ? demanda-t-elle en le regardant.

— Tu te sens prête à...

Il haussa les épaules, cherchant ses mots.

— A tourner la page ? termina-t-il.

— Il le faut, répondit-elle avec un long soupir. Pour le bien de mes enfants, plus que pour le mien. En espérant que tout se passera bien. Je ne veux plus leur faire subir ça. Partir, recommencer, encore et encore. Avec au bout du chemin, l'incertitude comme un brouillard épais. Même si le brouillard malgré tout semble vouloir se dissiper un peu...

Il sourit, résistant à l'envie de lui prendre la main.

— Je pourrais m'occuper des lits si tu veux, suggéra-t-il.

— Comment ? Oh non Matt, tu en as déjà fait suffisamment comme ça.

— Il s'agit de faire le lit de deux gamins, Kelly. Pas de repousser une invasion extraterrestre.

Elle éclata de rire.

— Mais qui es-tu donc, Superman ?

— Et toi, Superwoman ? Quand je pense à tout ce que tu as traversé la semaine dernière, y compris un déménagement. Sans parler d'aujourd'hui. Tu dois être épuisée. Moi, je le suis, et pourtant, ça ne me touchait pas personnellement. Donc, je m'occuperai des lits. Point barre.

— Qu'est-ce que tu aimes faire ton petit chef ! dit-elle, sans pouvoir cependant réprimer un sourire. Mais je suis trop fatiguée pour argumenter. Presque trop fatiguée d'ailleurs pour respirer. Et parler...

Elle le regarda, comme pour s'excuser.

— Tu m'en veux si je dors un peu ?

— Dès lors que tu ne ronfles pas, pas de problème, répondit-il.

— Message reçu, dit-elle.

Elle croisa les bras et appuya la tête contre la vitre avant de fermer les yeux.

— Je te suis infiniment reconnaissante, ajouta-t-elle dans un soupir.

— Pour quoi ?

De nouveau, elle bâilla et s'enfonça sur le siège.

— Pour tout. J'ai tellement l'habitude de gérer tout moi-même...

Les yeux toujours clos, elle tendit la main et serra doucement son bras.

— Tu es un véritable ami, Matt Noble...

Touché par sa sincérité, il se tourna vers elle. Mais elle dormait déjà, son souffle régulier faisant voleter quelques cheveux égarés sur sa joue. Quelque chose s'anima en lui, cocktail bizarre de sympathie et d'agacement, d'admiration et de désir. Pas un élan sexuel, non, même s'il y avait quelque chose de profondément érotique dans ces quelques cheveux sur ses lèvres, mais un besoin terrible de la toucher. De la tenir dans ses bras. De la...

Quelque chose dont elle ne voulait absolument pas.

Laissant à son tour échapper un long soupir, il se concentra sur la circulation plutôt intense du début de soirée. Elle n'en savait rien, mais il avait entendu une bonne partie de sa conversation avec Cooper, un peu plus tôt. Pourtant, loin de lui l'idée de les espionner, il voulait simplement s'assurer que la mère et son fils allaient bien. Il avait rapidement compris le cœur du problème. Coop en avait assez de ces changements permanents qui rythmaient son existence, et sa mère lui avait promis qu'il n'y en aurait plus.

Ce malaise, il ne le comprenait que trop bien. Après tout ce qu'ils avaient traversé, il était naturel d'aspirer au calme, à la stabilité. Du moins pour un temps. Les épreuves avaient beau forger un caractère, venait un moment où la coupe était pleine. Et cela, Matt le savait non seulement par expérience, mais aussi pour avoir assisté cent fois aux retombées néfastes qu'une vie familiale stressante avait sur les enfants. Sur les adultes aussi. La promesse de Kelly s'adressait autant à son fils qu'à elle. Et comment le lui reprocher ?

Il serait donc bien avisé de contrôler l'attirance qu'il éprouvait pour elle. Les choses n'en seraient que plus faciles pour tout le monde. Tout en écoutant les petits ronflements des enfants à l'arrière, la respiration régulière de Kelly à côté de lui, il sentit une sorte de bien-être le gagner en repensant à ce qu'elle avait dit : il était un ami. Elle lui faisait confiance.

Il comprit alors avec stupeur et satisfaction que leur lien était mille fois plus fort, plus vrai que celui qui le liait à son ex. En réalité, jamais il ne s'était réellement impliqué avec aucune femme. Mais étrangement, avec Kelly, il aspirait... Deviendrait-il un peu plus responsable ?

Quelques minutes plus tard, il se garait devant la maison,

ses passagers encore profondément endormis. Il regarda Kelly et repensa à sa patience avec son fils. Une vague de tendresse le submergea. Un sentiment... fraternel, tenta-t-il de se convaincre. Mensonge. En tout cas, quoi que ce soit, il devait absolument l'étouffer dans l'œuf.

— Ohé, murmura-t-il en effleurant sa main.

Kelly se réveilla en sursaut et le regarda, l'air confus.

— Nous sommes arrivés..., reprit-il.

Il faillit dire « chez nous », mais se tut.

— Oh...

Elle cilla plusieurs fois.

— On dirait que j'ai bien dormi, dit-elle avec un petit rire.

Derrière elle, tout en bâillant, Coop détacha sa ceinture de sécurité et essaya d'ouvrir la portière. Matt descendit pour aider le garçon.

— Non, ça va, répondit Cooper avant de s'élancer, bousculant presque Matt.

Puis le gamin se dirigea vers l'appartement. Matt entendit Alf aboyer furieusement et faire bien plus de bruit qu'elle en avait jamais fait pour lui, songea-t-il tandis qu'il rejoignait Kelly pour prendre le bébé.

— Non, ce n'est pas la peine...

— Qu'est-ce que tu lui donnes à manger ? demanda-t-il en riant. Elle pèse une tonne. Coop ?

Quand le gamin se retourna, Matt lui lança les clés.

— La noire pour la serrure du haut, la rouge pour celle du bas. Si tu ne veux pas que ta chienne devienne folle, dépêche-toi d'aller lui dire bonjour. Pardon ?

Aislin dans ses bras, ses cheveux fins caressant doucement sa joue, il se tourna vers Kelly. Et à cet instant, l'espace d'une fraction de seconde, il eut un sentiment de déjà-vu. N'était-ce pas ainsi qu'il avait rêvé sa vie autrefois, avec femme, enfants, chien et maison... ?

— Sa chienne ? répéta Kelly, la brise nocturne jouant avec ses boucles rousses, sa peau si claire dans la lumière du perron, ses lèvres si...

— Oui, et alors ? répondit-il en détachant son regard de sa bouche.

Apercevant Coop, la chienne derrière la fenêtre se mit à bondir, comme montée sur ressorts. Matt sourit.

— Alf n'a d'yeux que pour lui. Bien, allons nous occuper de ces lits...

Ils entrèrent, et aussitôt Alf fit une fête de tous les diables au garçon. La fillette toujours dans les bras, Matt monta le thermostat, puis il regarda Kelly à la dérobée, elle avait les mains dans les poches de son manteau noir et les yeux brillant de larmes.

— Après une telle journée, oh que dis-je, toutes ces journées éprouvantes... Le voilà qui rit..., chuchota-t-elle, les yeux rivés sur Coop en pleine effusion avec Alf.

— Je crois que c'est pour cette raison que mes parents ont toujours eu des animaux à la maison, dit Matt, en observant les deux comparses en train de chahuter sur la moquette beige, usée jusqu'à la trame, qu'il projetait de retirer.

Une fois qu'il aurait repeint. Et dans la foulée, il jetterait aussi ces rideaux trop gnangnan.

— Surtout les chiens, poursuivit-il. Difficile d'avoir peur, d'être en colère ou de se sentir perdu face à l'amour d'un chien.

— Oui, je me souviens, répondit-elle. Chaque fois que je rentrais de chez vous, ma mère se plaignait des poils sur mes vêtements... Je parie qu'à votre arrivée, à Sabrina et à toi, les Noble avaient un chien...

Remontèrent à la surface des images enfouies dans sa mémoire.

— Après l'accident, Bree refusait de parler. A tout le monde, y compris à moi. Durant quelques jours, nous avions été hébergés par une famille d'accueil. Des gens gentils, mais ma sœur et moi étions encore sous le choc, déconnectés...

— C'est compréhensible, dit Kelly en retirant son manteau.

— Je me rappelle, reprit-il, touché par la compassion de son regard. J'essayais de la faire parler. J'avais si peur qu'elle ne le puisse plus. Même si les gens autour de moi me disaient de ne pas m'inquiéter, que ça passerait. Je ne les croyais pas. Puis quatre jours plus tard, ils nous ont placés chez le colonel. Pourquoi, je l'ignore. Et il y avait ce chien, chez eux...

Dans ses bras, Aislin gémit doucement dans son sommeil. Matt sourit et respira son odeur, en réalité l'odeur du parfum de sa mère.

— Un golden retriever. A peine arrivée, Sally, c'était son nom, s'est précipitée vers nous en remuant la queue. Elle ne nous a pas lâchés d'une semelle, jusqu'à ce que nous la caressions. Et Bree...

Matt se tut, le temps de faire passer la boule en travers de sa gorge.

— Elle s'est agenouillée devant Sally et s'est accrochée à son cou comme si sa vie en dépendait. Puis elle s'est tournée vers maman et a demandé : « Comment elle s'appelle ? »

Matt se força à rire, avant d'ajouter.

— Depuis, elle n'arrête pas de parler, impossible de l'arrêter...

— Coop avait deux ans quand il nous a demandé un chien, remarqua Kelly en souriant. Nous avions prévu d'en accueillir un. Mais Rick préférait attendre que Cooper grandisse. Je n'ai pas insisté... Enfin, bref, dit-elle avec un haussement d'épaules. J'avais oublié cette joie en eux, cet amour absolu et désintéressé...

— Exact, dit Matt.

Au même instant, Aislin se réveilla juste assez pour glisser son pouce dans sa bouche, et même si elle semblait se trouver bien dans ses bras, il supposa que Kelly voulait probablement coucher les enfants pour enfin pouvoir se reposer elle-même.

— Tiens, dit-il en lui passant le bébé. Où puis-je trouver les draps et tout le tralala ?

— Dans un carton marqué « draps et tralala », répondit-elle en riant, dans la grande chambre. Les draps d'Aislin sont roses, ceux de Coop bleus...

Elle haussa les épaules comme pour s'excuser.

— Que veux-tu, toute mon énergie créatrice passe dans mon activité traiteur, désolée...

— Donc, je suppose que tes draps sont blancs ?

Surprise par sa question, elle écarquilla les yeux avant de rougir.

— Euh, ivoire, ils sont ivoire en fait. Mais merci, je ferai mon lit moi-même.

Comme elle était jolie. Mais ce n'était certainement pas le moment de lui dire une chose pareille. A supposer qu'il y en eut un.

— Assieds-toi pour l'instant. Je reviens.

Un quart d'heure plus tard, les lits étaient faits, y compris celui de Kelly. Mais que ces chambres étaient tristes. Pas de meuble, excepté les lits et les commodes, une table et des chaises au rabais qu'elle avait achetées au centre commercial la veille. Bien sûr, la richesse du mobilier ne faisait pas une maison. Les enfants et sans doute Kelly elle-même se fichaient bien de la déco en ce moment. N'empêche. Par le passé, il s'était rendu chez elle à deux ou trois reprises, avec Sabrina. Kelly avait grandi dans une maison coquette, bien arrangée et meublée avec goût. Autant de choses qu'elle méritait aujourd'hui.

Il retrouva Kelly assoupie sur le canapé, pas de la dernière mode lui non plus, remarqua-t-il, alors que Coop continuait de jouer avec Alf. En le voyant, elle se redressa et lui sourit. Sa robe était toute froissée et ses cheveux en désordre. Pourtant, cela ne faisait que la rendre plus vraie... Plus elle. Mais lorsqu'elle détourna son regard, il comprit qu'elle avait peur de quelque chose. Et il eut alors le sentiment que ce quelque chose était lui. Pourquoi ?

Elle ne dormait pas vraiment, flottait plutôt dans une bulle, un espace cotonneux, ses pensées dérivant doucement. Puis elle aperçut Matt devant elle, avec ce sourire si doux, et la bulle soudain éclata.

— Tu as fini ? demanda-t-elle en tentant de défroisser sa robe.

— Les lits sont faits, ne manque que le chocolat sur l'oreiller, répondit-il. Je n'en ai plus, désolé.

— Idiot, chuchota-t-elle, souriant malgré elle. Allez, mauvaise troupe, dit-elle aux enfants en se levant, un peu chancelante. Au dodo !

Les joues rouges, les cheveux en bataille, Coop serra Alf entre ses bras.

— Elle peut dormir avec moi ? demanda le garçon.

— Mon chéri, Alf appartient à Matt, tu sais...

La chienne marmonna quelque chose d'inaudible et se colla à Coop, puis elle se tourna vers Matt avec un regard implorant genre *S'il te plaît, je peux rester avec lui, je t'en prie…* En fait, le même genre de regard que Coop.

— C'est maman qui décide, dit Matt. En plus, Alf est un excellent chien de garde… Mais peut-être préfères-tu que je reste… ?

— Pour laisser ta sœur toute seule dans cette grande maison ?

— En réalité, si je retourne là-bas, c'est surtout pour faire plaisir à papa. Si un voleur s'avisait d'entrer dans la maison avec Abby pour l'accueillir, je le plains, ajouta-t-il.

Kelly éclata de rire, avant de réprimer un soupir.

Cela ne faisait aucun doute. Ce courant entre eux. Cette électricité… Enfin, quoi que ce soit, c'était bien là. Et à l'éclat de son regard, à cette tendresse dans ses yeux, elle sut que lui aussi ressentait la même chose. Et que s'il ne tenait qu'à lui…

— Tout se passera bien, dit-elle. Voilà deux ans que nous nous débrouillons seuls, tous les trois. Et avant ça, Rick s'absentait souvent pour son travail. Mais si…

Elle regarda Alf.

— Si ça ne t'ennuie pas de la laisser…

— Absolument pas…

Mais elle comprit au ton de sa voix le sacrifice que cela représentait pour lui. Elle l'observa quand il alla caresser Alf, son sourire ému lorsque celle-ci lui lécha la joue.

— Si elle t'embête au milieu de la nuit, c'est qu'elle a besoin de sortir, dit-il. D'accord ?

— D'accord, répondit Coop en hochant gravement la tête.

Kelly remit son manteau, et tous se dirigèrent vers la porte. Quand Matt l'ouvrit, un air glacial les enveloppa, quelques flocons voletèrent autour d'eux. Aislin aussitôt poussa un cri de joie, et son frère s'exclama :

— Demain, je ferai un bonhomme de neige ! Tu nous permets d'aller jouer un peu, dis oui maman, s'il te plaît…

— Entendu, dit Kelly en tendant à Coop la clé de l'appartement.

Les enfants accompagnés d'Alf s'élancèrent dans le jardin, Cooper hurlant de joie en tournant sur lui-même pour essayer d'attraper des flocons dans sa bouche. Emue, Kelly sentit son cœur se serrer. Son petit garçon avait l'air si heureux.

— On peut rester dehors un peu, maman ? demanda-t-il.

— Pas longtemps alors. Et attention à ne pas perdre cette clé !

— Promis, merci maman !

Coop prit sa sœur dans ses bras et la fit virevolter, leurs éclats de rire se mêlant aux aboiements de joie d'Alf. Kelly rit de bon cœur en les regardant faire, puis elle ferma les yeux et respira un moment en silence l'air de la nuit. Tout en évitant soigneusement de regarder Matt, trop effrayée de ce qu'elle pourrait voir. Ou pire, de ce que lui pourrait voir dans son regard. Elle n'avait jamais été très douée pour dissimuler ses émotions. Elle se tourna finalement vers lui, apaisée parmi les rires des enfants dans ce paysage voilé de blanc.

— J'ai aussi fait ton lit, dit-il.

Elle sentit son début de sérénité voler en éclats.

— Je t'avais dit de ne pas t'en occuper.

— Tu peux le défaire si ça te chante, répondit-il.

Elle détourna les yeux. A cet instant, Aislin glissa et tomba sur les fesses, laissant aussitôt après échapper un éclat de rire auquel Kelly fit écho. Avant de soupirer de nouveau.

Un long soupir qui lui valut un regard interrogateur de la part de l'homme à côté d'elle, si près qu'elle pouvait sentir les effluves de son after-shave.

— Un problème ? l'interrogea-t-il.

— Non. Aucun.

— Je n'en suis pas convaincu... Mais... Que vient-elle faire ici ? demanda-t-il lorsque la Subaru de sa sœur se gara devant la maison.

Abby en descendit, une énorme écharpe enroulée autour du cou, très androgyne avec son jean et ses après-skis aux pieds.

— Hello ! appela-t-elle, et chien et enfants se précipitèrent vers elle.

Coop aussitôt l'implora, essayant de l'enrôler pour le super bonhomme de neige qu'il comptait bien réaliser le lendemain. Abby promit, puis elle les rejoignit sous la véranda.

— Je suis à court de chocolat, peut-être vous pouvez me dépanner...

Soudain, elle se tut, se renfrogna en observant tour à tour Kelly puis Matt.

— Tout va bien ?

— Euh... Oui, répondit Matt. Pourquoi ça n'irait pas ?

— Maman ! lança Coop. Il fait froid, on rentre...

— Vous ne voulez pas de chocolat chaud ? répondit Abby. Question idiote, bien sûr que vous en voulez. Ne bougez pas. J'arrive !

— Non, c'est inutile, je..., commença Kelly.

— Je m'en allais de toute façon, dit Matt.

Le regard foudroyant d'Abby les réduisit au silence.

— Je vois bien que j'ai interrompu quelque chose, dit-elle entre ses dents. Vous allez donc prendre le temps de finir. Et pas d'histoire, compris ?

Puis elle disparut à l'intérieur de la maison avant d'en ressortir trois secondes plus tard avec la boîte de Nesquik. Elle passa devant eux avec un furtif hochement de tête pour leur donner le feu vert et leur intimer de poursuivre leur conversation, puis elle descendit d'un pas lourd les marches et s'éloigna en direction de l'appartement.

— Elle était bien plus mignonne, petite, remarqua Matt.

— Certes, mais elle avait déjà un caractère bien trempé, à l'époque, répondit Kelly en souriant.

— Exact.

Un lourd silence suivit, que Matt finit par briser.

— Bien. Que devons-nous finir, au fait ?

— Je ne sais pas, dit-elle en descendant les marches, les pas de Matt résonnant derrière elle, ainsi que le bip des portières déverrouillées à distance.

Et soudain, elle eut l'impression que des années de silence, des années de frustration explosaient dans sa tête. Elle se retourna vers lui.

— Pourquoi avoir fait mon lit, je t'avais dit de le laisser ?

Sur le point de monter en voiture, Matt, surpris, la regarda.

— Peut-être par gentillesse...

— Evidemment. Tu es toujours si gentil, répondit-elle avec un soupir excédé.

Elle s'assit sur la dernière marche de la véranda. Dans la neige.

Il referma sa portière et s'adossa à la clôture, bras croisés.

— Un problème ?

Resserrant le col de son manteau, elle passa les bras autour de ses genoux.

— Oui, il y a un problème, répondit-elle du tac au tac. Toi.

— Je te demande pardon ?

— Toi, oui. Parce que tu es gentil. Trop gentil peut-être. Oh ! bien sûr, je te suis reconnaissante pour tout ce que tu as fait... Mais la cuisine de l'appartement par exemple... Elle m'allait très bien comme elle était...

— Euh, désolé.

— Oh ! mais tant pis, enfin je veux dire...

Elle se balança une ou deux minutes, comme si elle cherchait ses mots.

— Je ne peux pas te laisser faire toutes ces choses pour moi. Non que je n'apprécie pas... Vraiment, j'apprécie. Mais laisser les autres prendre soin de moi... J'ai fait cela toute ma vie. Et aujourd'hui... Je ne veux plus.

— Je vois, dit Matt.

Il ne voyait rien du tout, mais en cet instant, il lui parut plus prudent de faire comme si.

— Parce que c'est ce comportement qui m'a valu des problèmes. Avec Rick, je veux dire. C'est ainsi que j'ai été élevée, laisser l'homme gérer les choses essentielles du quotidien, prendre les décisions...

Elle secoua la tête.

— Et voilà où j'en suis aujourd'hui...

Matt s'avança pour venir s'asseoir à côté d'elle, mais elle leva une main pour l'empêcher d'approcher.

— Non, reste où tu es, s'il te plaît...

Il retourna s'adosser à la voiture, de la neige plein les yeux.

— Rick avait fait le serment de veiller sur moi, expliqua-t-elle. Et ça me convenait parfaitement. Chacun avait son rôle au sein de notre couple. Et pendant longtemps, tout a bien fonctionné. Mais...

Levant enfin les yeux vers lui, elle secoua la tête.

— Mais tout ceci n'était qu'une illusion. Une mise en scène.

Avec toute l'apparence du vrai, mais... Un décor en carton-pâte qui s'écroule au moindre coup de vent...

Elle frappa dans ses mains pour ponctuer ses propos, puis les glissa sous ses bras pour les mettre au chaud.

— Ce n'est que lorsque les choses ont commencé à se dégrader entre nous que j'ai finalement compris. Je devais réagir. Sans perdre de temps. Pour mes enfants surtout. Et aussi étrange que cela paraisse, j'ai découvert que j'étais tout à fait capable de veiller sur moi-même, et mes enfants. Capable de beaucoup de choses, contrairement à ce que je croyais. Mais...

De l'appartement au-dessous, ils entendirent les rires des enfants et les aboiements d'Alf. Un sourire se dessina sur ses lèvres.

— Je suis loin d'être au point... Je veux dire, je me sens encore si vulnérable...

— Enfin, Kelly, dit Matt avec calme. Qui ne le serait pas, en de telles circonstances. La semaine a été rude. Et d'après ce que tu m'as raconté, ce cauchemar durait même depuis bien plus que ça... Deux ans, tu te rends compte...

— Je sais. Je sais aussi qu'il y aura forcément d'autres moments où j'aurai besoin de chaleur humaine. Je suis comme tout le monde. On ne peut pas vivre sans les autres. C'est pourquoi j'ai éprouvé le besoin de conduire mes enfants ici, chez ton père. Le problème...

Elle se tut, laissa échapper un petit rire gêné qui brisa le cœur de Matt.

— En fait, tu es un prince. Vraiment. Et je pense que c'est plus fort que toi. D'être toi, gentil, généreux. Malheureusement, c'est aussi plus fort que moi, d'être moi. Et ce que je suis aujourd'hui, et sans doute pour toujours, c'est une femme qui refuse de dépendre d'un homme comme toi...

Elle esquissa un sourire.

— Tu es trop, Matt. Trop gentil, trop bon, trop bien et... Trop Noble.

— On dirait que c'est un défaut.

— En réalité, ça l'est, oui... Pour moi. Parce qu'il y a cette petite voix insidieuse dans ma tête qui ne cesse de me répéter combien il serait facile de te laisser prendre soin de moi. De te laisser être l'homme. Mais… Jamais je n'arriverai à m'assumer, à m'affirmer si les gens ne me laissent pas cette liberté.

— Et ces gens, c'est moi, je parie ?

— Tout le monde. Mais tu es là, ici, avec moi…

Elle se tut et plongea ses yeux dans les siens. L'espace d'une seconde. Avant de détourner le regard.

Il n'avait jamais été adroit pour lire dans les pensées. Surtout en ce qui concernait les femmes, son mariage catastrophe en était la preuve. Pourtant, il eut à ce moment le sentiment qu'il y avait autre chose derrière l'objection de Kelly à le voir jouer le chevalier servant avec elle. Mais il n'allait certainement pas l'interroger à ce sujet. D'autant que ce sujet-là, lui-même n'était pas sûr à 100 % de vouloir l'aborder. Ni elle d'ailleurs. Et puis, il pouvait se tromper et prendre certains de ses regards pour ce qu'ils n'étaient pas. Mieux valait donc s'en tenir à du concret.

— Si cela te pose tant de problèmes, pourquoi es-tu ici ? demanda-t-il.

Elle fixa ses bottes un moment avant de le regarder.

— Parce que les écoles dans le quartier ont bonne réputation. Parce que le loyer n'est pas cher. Et parce que je sais que tu ne laisseras pas le robinet de la cuisine fuir pendant trois semaines avant de venir le réparer… Peut-être.

— Effectivement, répondit-il en riant.

— Remarque, je pourrais le réparer moi-même, mais ce n'est pas à moi de le faire.

— C'est juste.

— Enfin, je refuse de laisser mes angoisses personnelles interférer dans la vie de mes enfants.

Cela, il en était convaincu. Il repensa à la conversation qu'il avait surprise entre Kelly et son fils. A sa complicité avec ses enfants. Aux risques qu'elle avait pris pour eux.

A cet instant, son téléphone sonna. Il sortit l'appareil de sa poche et lut le texto avant de se tourner vers elle.

— C'est Abby. Prête ?

Elle se leva avec un hochement de tête, bras toujours croisés.

— Est-ce que… Tu comprends ce que j'ai voulu dire ?

— Que tu as besoin de respirer ? Tout à fait, répondit-il.

Il se remémora les paroles du colonel qui attendait de lui qu'il veille sur elle. Non qu'il ait besoin d'un quelconque encouragement.

— Ce que tu vas pouvoir faire, puisque je m'en vais.

— Oh Matt, je...

— Une chose encore, dit-il, mains enfouies dans les poches de sa veste, le vent se renforçant. Veiller sur les gens est une seconde nature, chez moi. Depuis toujours.

— Je sais, je me rappelle, dit-elle en s'approchant de lui. Ethan était l'aîné, mais c'était toujours toi qui surveillais les plus petits, surtout les orphelins...

— Papa me disait souvent que j'avais dû être un border collie, dans une autre vie, dit-il, la gorge serrée.

Elle rit, un vrai rire venu du cœur, et se tourna vers lui.

— Maintenant que tu le dis... Oui, effectivement, il y a quelque chose. Au niveau des yeux.

Il l'accompagna jusqu'à la porte de l'appartement. Elle se tourna vers lui. Ses joues à cause du froid étaient rouges. Il sentit une nouvelle vague de tendresse le submerger. Totalement déplacée.

— Si c'est vraiment ce que tu veux, je resterai en dehors de ton chemin. Mais si tu as besoin de moi, je suis là. D'accord ?

Puis il tourna les talons et s'éloigna, digne. Intègre.

Entre autres sentiments.

6

Aux alentours de la mi-février, Kelly avait le sentiment de commencer à prendre ses marques et qu'un semblant de routine, plutôt agréable, s'était installé. Même si ce matin-là, songea Kelly, avec le fracas de la pluie diluvienne sur le toit du van et les vocalises d'Aislin à l'arrière, agréable n'était pas vraiment le qualificatif approprié.

Elle avait reçu l'agrément des autorités sanitaires du comté pour son activité de traiteur et avait devant elle suffisamment de commandes pour ne pas redouter les lendemains. Elle avait également déniché une baby-sitter de rêve, en la personne de Mme Otero, son adorable voisine. De son côté, Matt tenait parole et prenait bien garde à ne pas se montrer trop envahissant. Lorsqu'ils se rencontraient, ce qui arrivait souvent puisqu'il retapait sa maison, il s'efforçait de ne pas lui demander constamment si elle avait besoin de quelque chose.

Il se contrôlait. Excepté pour les textos. Un texto par-ci, pour lui donner le numéro de Mme Otero, ou celui du plombier ou encore lui apprendre que son frère Tyler entraînait les benjamins au foot, des enfants de l'âge de Coop, au cas où cela l'intéresserait.

Oh ! et il avait aussi insisté pour donner à Coop le vieux vélo de Ty.

Oui, Matt était un ange. Un ange qui avait consacré plusieurs heures à redonner une certaine modernité à un vélo de plus de vingt ans aux couleurs des Power Rangers. Et apparemment, Cooper semblait apprécier d'avoir un vélo qui n'était pas de la première jeunesse.

D'ailleurs, ces derniers temps, Coop ne manquait pas de la surprendre. Avant même qu'elle aborde le sujet, il lui avait annoncé vouloir essayer de retourner à l'école. Et après trois semaines, les choses semblaient plutôt bien se passer.

A travers le pare-brise noyé par une pluie qui se déversait à seaux sur toute la côte Est, elle aperçut son fils fendre la foule des autres enfants et courir vers elle. Elle déverrouilla la portière côté passager.

— Comment s'est passée ta journée ? demanda-t-elle à Cooper en train de boucler sa ceinture.

— Super. On a eu un contrôle de maths. Où est Alf ?

Kelly s'extraya de la longue file de voitures pour s'engager dans la rue.

— Si tu crois que je vais faire monter un chien de cent vingt kilos sur le siège, répondit-elle, Linnie continuant à chanter à tue-tête, tu te trompes. Alors, ce contrôle ?

— J'ai eu 9,5, dit-il et Kelly leva le pouce. Est-ce que je peux aller faire du vélo en rentrant ?

— Avec ce temps ?

— C'est que de la pluie. Et j'ai eu 9,5.

— Non.

— Je mettrai mon casque et...

— Non.

— Pff, soupira le garçon. Bon, à part ça... Je me suis fait un autre copain. Tad. Je crois qu'il habite pas loin de chez nous. Il pourra venir me voir ?

— Bien sûr. Des devoirs à faire à la maison ?

— Non, je les ai faits. Mais je dois travailler sur le résumé d'un livre et...

Le reste du trajet, Cooper le passa à lui raconter en détail le cours de gym et à se plaindre de la nourriture de la cantine. Emettant au passage l'idée d'emporter son casse-croûte à l'avenir. Bref, une conversation banale entre une mère et son fils. Une banalité telle que Kelly en eut les larmes aux yeux. Des larmes de bonheur, qu'elle chérit comme un bien précieux.

— Oh... Que fait Matt sur le toit ? s'exclama Coop quand elle se gara devant la maison.

A peine eut-elle coupé le contact que son fils descendit de voiture pour observer l'hurluberlu à huit mètres au-dessus du plancher des vaches. Certes, la pluie à présent tombait moins dru, mais le moment était plutôt mal choisi pour se promener sur un toit.

— Coop ! appela-t-elle tout en détachant Aislin de son siège-auto... Au cas où tu ne l'aurais pas remarqué, il pleut ! Rentre.

— Mais maman, je vais pas fondre ! se lamenta Coop, mains en visière sur le front, le nez en l'air. Et je ne vais pas tomber malade. On tombe malade à cause des virus, pas de la météo.

Kelly marmonna quelque chose à propos de cette sale manie qu'avait son fils d'avoir toujours réponse à tout.

— Cooper Eugene Harrison ! Rentre. Tout de suite !

Quelques secondes plus tard, la douce chaleur de l'appartement les enveloppa. Etonnant comme celui-ci était devenu en très peu de temps leur nid douillet. Elle essuya ses lunettes embuées, puis retira leurs vêtements trempés. Ouf. Enfin au chaud. En sécurité. Chez soi.

Soudain, Alf bondit en aboyant si fort qu'elle faillit en avoir une attaque.

— On a frappé ! s'écria Coop tandis qu'Aislin s'échappait. J'y vais, j'y vais !

— Eh, toi, tu restes ici ! protesta Kelly en rattrapant la fillette.

Mais de qui aurait-il pu s'agir, étant donné les aboiements de joie d'Alf qui grattait telle une furie à la porte ? Et comment s'y prenait Matt pour ne pas avoir la tête d'un monstre à travers un judas ?

— Il ne faut jamais ouvrir la porte avant que ta maman ne t'y autorise, dit-elle en embrassant la fillette sur le bout du nez. D'accord ?

— Euh... Je peux ouvrir ?

— Puisque c'est Matt, oui, répondit-elle. Vas-y.

L'opération prit un peu de temps, les petites mains d'Aislin parvenant à peine à déplacer le lourd panneau de bois. Puis la porte s'ouvrit enfin sur Matt. Mouillé, mais beau, comme toujours. Un grand sac en papier dans les bras avec l'enseigne d'un magasin de jouets.

— Bonjour Matt, dit la fillette, tandis qu'Alf se précipitait sur son maître. Maman dit que je ne peux pas ouvrir la porte avant qu'elle me donne la permission…

Kelly sourit tout en caressant les cheveux de sa fille.

— Il peut entrer maman, s'il te plaît… ? reprit la fillette.

— Oui, ma chérie, répondit-elle en riant. Il peut entrer.

— Tu peux entrer, répéta Aislin en regardant Matt.

— Merci, dit ce dernier de façon solennelle.

Mais il n'alla pas plus loin que le paillasson. Kelly l'en empêcha et lui tendit la serviette d'Aislin, regrettant soudain de ne pouvoir le déshabiller pour le sécher entièrement…

— Merci, répéta-t-il et il s'essuya scrupuleusement le visage et les cheveux.

Puis il reprit le sac en papier qu'il avait posé à terre et le lui tendit.

— J'ai acheté ça pour les enfants il y a quelques semaines déjà. Mais avec tout ce qui s'est passé, ça m'était sorti de la tête. Et quand j'ai vu que vous étiez rentrés…

— Oh ! maman ! Qu'est-ce que c'est ?

Kelly ouvrit le sac et retint son souffle en découvrant la boîte de Lego. Précautionneusement, elle sortit le singe en peluche, aux couleurs de l'arc-en-ciel, qu'elle tendit à Aislin qui en resta bouche bée avant de pousser un hurlement et de se précipiter dans les jambes de Matt.

— Merci ! s'époumona-t-elle. Je vais vite le présenter à mes autres jouets !

Elle disparut dans sa chambre.

Kelly, la gorge serrée, tendit alors le sac à Coop.

— C'est tellement gentil de ta part, Matt, dit-elle.

Après avoir sorti la boîte du sac, Coop, abasourdi, la retourna dans tous les sens.

Les yeux de Kelly s'emplirent de larmes. Elle toussota.

— Coop ?

Cooper ne réagit pas tout de suite, puis d'une voix tremblante, il murmura :

— C'est génial… J'en voulais un depuis si longtemps… Merci, dit-il en se tournant vers Matt.

— Content que ça te plaise, répondit celui-ci, soulagé. Si tu as besoin d'un coup de main, n'hésite pas. Mes frères et moi, on a construit des centaines de trucs avec ça, quand on était gosses.

— Merci, répéta Coop qui regarda ensuite sa mère. Est-ce que je peux jouer avec, maman ?

— Bien sûr, mon trésor.

Il s'éclipsa, Alf sur les talons. Puis Kelly entendit Coop fermer la porte de sa chambre.

Matt la regarda, abasourdi.

— Tu... Tu pleures ?

Kelly prit un mouchoir dans la boîte posée sur la table basse, retira ses lunettes pour s'essuyer les yeux, puis se moucha.

— Il y a quelques années, répondit-elle, il y a eu un incident avec le père de Coop. A propos de Lego.

— Oh mon Dieu, Kelly, si j'avais su...

— Comment l'aurais-tu pu ? Les petits garçons adorent les Lego. Et manifestement, Cooper semble aujourd'hui en paix avec ça...

— Que s'était-il passé ?

Kelly regarda dans le couloir pour s'assurer que la porte de Coop était bien fermée.

— Lynn en avait offert une boîte à Coop, pour Noël. Un jeu de briques un peu trop évolué pour un enfant de cinq ans... Ainsi que pour un homme en train de sombrer, ce que je n'ai pas réalisé à l'époque. Un jour, devant conduire Aislin chez le médecin pour sa visite mensuelle, j'ai laissé Cooper avec son père. De retour une heure plus tard, on aurait dit qu'une explosion avait eu lieu dans le salon. Rick était en rage et Coop, dans un coin, pleurait toutes les larmes de son corps.

Matt marmonna un juron.

— Je n'ai même pas eu le temps de demander ce qui s'était passé, reprit-elle. Rick est sorti de la maison en claquant la porte, me laissant avec un petit garçon en pleurs, sans parler d'Aislin, tout bébé alors, qui à son tour s'est mise à hurler. Il m'a fallu beaucoup de temps pour les calmer. Peu après, j'ai découvert que Rick savait déjà alors qu'il était sur le point de perdre son emploi. Ne voulant pas m'inquiéter, il avait préféré se taire. Mais le stress... Bref, il est devenu fou à essayer d'assembler ces Lego...

— Et c'est à ce moment que tout a commencé, dit Matt.

— Oui, le début de la fin en quelque sorte...

Elle avait alors compris qu'elle aurait beau faire, le rêve se disloquerait irrémédiablement. Mais elle ignorait encore l'ampleur du cauchemar qui l'attendait. Coop était pétrifié, recroquevillé sur lui-même, par terre, contre le canapé.

— D'abord, j'ai cru que Rick l'avait frappé, expliqua-t-elle. Et en y repensant aujourd'hui, si je n'étais pas rentrée, je me demande s'il n'aurait pas fini par le faire... Jamais, jamais les adultes ne devraient passer leur frustration sur un enfant. Ce soir-là, je n'ai pas laissé Rick rentrer à la maison. Et je n'ai plus jamais laissé Coop seul avec son père.

— Tu as bien fait, dit Matt, sans détacher ses yeux des siens.

— J'étais furieuse, j'avais peur... Et j'avais mal aussi. D'ailleurs, ça fait toujours aussi mal...

Elle se passa la main dans les cheveux.

— Il n'y a plus eu de crises, ajouta-t-elle. Durant un certain temps en tout cas, mais le mal était fait. La confiance de Coop en son père... C'était terminé. Coop n'a plus jamais voulu toucher à ses Lego, pourtant il adorait ce jeu. Aussi, quand il a sorti tout à l'heure cette boîte du sac... J'ai cru qu'il allait éclater en sanglots ou se mettre en colère...

— Tu veux dire que tu ne lui as jamais racheté de Lego, depuis cette histoire ?

— Je ne voulais pas réveiller son traumatisme, tu comprends ?

Une seconde ou deux passèrent, puis Matt croisa les bras.

— Oui, mais comme tu l'as dit, ç'a l'air d'aller aujourd'hui. Et même s'il avait mal réagi, j'aurais survécu, rassure-toi...

Il haussa les épaules.

— La fille aînée d'Ethan n'est pas tendre avec moi, tu sais, expliqua-t-il. J'ai l'habitude ! Enfin bref, pour le toit...

Il ferma les yeux, inspira profondément.

— Qu'y a-t-il ? demanda Kelly, intriguée.

— Cette odeur, mon Dieu, soupira-t-il avant de rouvrir les yeux. Qu'est-ce que tu cuisines ?

— Un pot-au-feu, répondit Kelly. Rien d'extraordinaire.

— Un pot-au-feu, comme ça ? Tu es un vrai cordon-bleu, dit-il avec un tel regard admiratif qu'elle éclata de rire.

— Oh ! le plus dur, c'est d'abattre le bœuf... Bien, alors, ce toit ?

— Ah oui, le toit, soupira Matt en se massant la nuque. J'espérais pouvoir tenir jusqu'au printemps avant de le faire réparer, mais c'est pire que ce que j'imaginais. Encore des intempéries comme celles d'aujourd'hui et... En fait, le couvreur viendra la semaine prochaine. Je voulais te prévenir.

— Entendu. Merci.

Elle s'attendait à ce qu'il s'en aille. Mais il enfouit les mains dans ses poches et demanda :

— Comment ça se passe à l'école, pour Coop ?

— Bien, répondit-elle, en réalisant subitement combien il devait se sentir seul.

Entre les enfants, son travail et tout le reste, elle n'avait jamais un moment à elle, rien qu'à elle.

— Tu retournes dormir chez ton père, ce soir ? s'enquit-elle, en songeant qu'il devrait peut-être s'inscrire sur un site de rencontres en ligne.

Quelque chose dans son regard... Ce n'était pas bon signe pour lui. Ni pour elle.

— Non, non, répondit-il. Il est rentré ce matin. Une surprise, car il m'avait confié vouloir rester plus longtemps en Floride. Franchement, quelle idée de revenir ici en plein mois de février ! enfin, je suis donc de retour chez moi et...

De nouveau, il leva le nez en l'air.

— Dieu que ça sent bon...

Difficile de ne pas saisir l'allusion ! Tous les efforts qu'il avait faits depuis qu'elle avait emménagé pour rester en dehors de son chemin, sa gentillesse, les cadeaux pour les enfants... Oui, le moins qu'elle pouvait faire, c'était l'inviter à dîner.

— Le pot-au-feu ne sera pas prêt avant deux bonnes heures encore, mais si tu n'as rien d'autre de prévu...

Il la regarda avec une telle intensité qu'elle se sentit rougir.

— Rien de rien. Aucun projet d'aucune sorte pour ce soir...

Ce serait tellement plus facile s'il n'était pas aussi adorable.

— Dans ce cas, tu pourrais venir dîner...

Une éternité plus tard, alors qu'il continuait de la fixer, il demanda :

— Tu es sûre ?

— Absolument, répondit-elle le plus naturellement possible. Je ne t'inviterais pas sinon. Disons... 18 h ?

Il sourit. Pas un sourire avec sous-entendus, pas un sourire sexy non plus, juste un sourire comme il en avait le secret. Un sourire qui la troubla au plus haut point et la terrifia en même temps. Parce que l'innocence de son sourire risquait de mener à des choses bien moins innocentes si elle n'y prenait garde.

— Qu'est-ce que je peux apporter ?

— Rien du tout. J'ai préparé des tartes plus tôt.

— Des tartes ? Au pluriel ? demanda-t-il, pupilles dilatées.

— Oui. Pomme canneberge et crème brûlée rhum.

— Oh mon Dieu ! soupira-t-il, une main sur le cœur. Si j'avais une bague sur moi, je te demanderais de m'épouser sur-le-champ. Je ferais n'importe quoi pour une tarte à la crème brûlée au rhum.

Elle eut un petit rire et le regarda, fascinée par l'éclat de ses yeux. Pour un peu, elle aussi, elle se serait laissée aller à faire n'importe quoi.

— C'est une grande première, parvint-elle à articuler. Mais attention, il m'arrive d'être miss catastrophe en cuisine.

— Je pourrais apporter de la glace, au cas où, suggéra-t-il, toujours avec ce maudit sourire.

— Pourquoi pas. D'autant que les enfants ne raffolent pas des tartes.

Il rit de bon cœur, et son rire déclencha un frisson dans tout son corps. Il siffla Alf. La porte de la chambre de Coop s'ouvrit, et la chienne dévala le couloir avant de s'arrêter net quand elle comprit ce qui se tramait.

En riant, Matt s'accroupit, mains sur les genoux.

— Je te ramènerai un peu plus tard, promis.

Pour un peu, Kelly aurait juré entendre la chienne soupirer avant de se résigner à suivre son maître. Un maître qui lui adressa un clin d'œil avant de disparaître.

Matt finit sa deuxième part de tarte à la crème brûlée. Un vrai miracle. En fait, le pot-au-feu, le dîner tout entier avait été un vrai délice, et il vivait sa soirée la plus agréable depuis bien longtemps. Quel moment privilégié que ce repas, entre les rires d'Aislin et les mimiques de Coop. Et même si aucune promesse d'une autre sorte n'était au menu, comme c'était bon de pouvoir se changer les idées.

Après avoir débarrassé, ils étaient passés dans le salon où Matt avait installé un grand tapis. A l'autre bout de la pièce, Coop était absorbé par ses Lego. Aislin ne quittait pas Matt d'une semelle. Elle avait rapporté de sa chambre une bonne dizaine de livres, qu'elle avait étalés par terre, et elle les lui tendait les uns après les autres pour qu'il lui fasse la lecture. Ce à quoi il s'efforçait, entre deux bouchées de tarte, s'arrêtant à chaque ligne de manière à ce que la fillette puisse faire ses commentaires.

— Celui-là, c'est mon préféré, ça parle de chiens, dit Aislin en lui tendant un énième bouquin.

Au mot chien, Alf dressa les oreilles. La chienne somnolait au pied du canapé déniché dans une brocante, canapé bleu-vert qui autrefois devait décorer le salon d'une vieille dame excentrique. Pour tenir compagnie au canapé, il y avait un fauteuil en cuir couleur tomate ainsi qu'un rocking-chair jaune citron. L'ensemble, à défaut d'être assorti, était joyeux avec ses couleurs vives.

— ... et parfois les livres sur les chiens sont tristes, expliquait la fillette. Ils me plaisent pas. Mais celui-là est drôle...

— Linnie, pour l'amour du ciel ! soupira Kelly, de retour de la cuisine avec une autre part de tarte.

Elle s'assit sur le canapé, jambes repliées sous elle, l'air détendu. Un peu plus détendu en tout cas que tout à l'heure, lorsqu'elle avait raconté ce jour terrible, à propos de Rick et des Lego.

A cet instant-là, Matt avait dû faire un effort surhumain pour ne pas la prendre dans ses bras, une manière de lui exprimer son soutien, comme sa mère adoptive le faisait avec les enfants qui venaient vivre sous son toit. Comme le faisait aussi sa propre mère, se souvint-il, même si ses souvenirs de cette période étaient flous aujourd'hui. Car il fallait se méfier des mots. Certains pouvaient vous échapper. Et d'autres ne parvenaient pas à transmettre vraiment ce que vous vouliez dire. Tandis que prendre dans ses bras, se toucher, voilà qui était bien plus naturel, en tout cas pour un homme.

— Il t'en a déjà lu trois, dit-elle à sa fille en souriant, fourchette à la main. Ça suffit, non ?

— Je te le promets, dit Matt en effleurant les cheveux d'Aislin. Je te ferai la lecture un autre jour...

A cet instant, le sourire de la fillette le fit fondre, en même temps qu'il réveillait de vieux regrets. Puis il regarda Kelly, et une émotion d'une tout autre nature le submergea. Il retint son souffle en admirant l'éclat de ses cheveux. Sa façon de se tenir aussi, la volupté de ses formes en dépit de son jean large et de son sweat. Des formes qui n'y étaient pas encore un mois plus tôt.

Elle lécha le bout de sa fourchette, et il serra les dents.

— Tu ferais mieux de faire attention à tes promesses, dit-elle en riant.

Il était subjugué par le va-et-vient de ses lèvres autour de la fourchette. Maudits fantasmes.

— Pas vrai, mon trésor ? demanda-t-elle à Aislin.

— Oui maman, répondit la fillette en serrant le livre des chiens sur son cœur. Maman me fait pas trop la lecture...

Elle se pencha vers Matt et, en chuchotant, lui confia :

— Et souvent, en me lisant une histoire, elle s'endort...

— Aislin Marie ! Enfin !

Matt éclata de rire, et regarda Kelly, dont les joues s'étaient empourprées. A cet instant, il se surprit à l'imaginer habillée, enfin, vêtue autrement que de cet éternel jean ou de cette robe lugubre qu'elle portait pour l'enterrement. Manifestement, elle appréciait les couleurs foncées. Il est vrai que le noir allait très bien avec ses cheveux roux et le teint de sa peau. En outre, le noir était une couleur très sexy...

— Dites donc jeune fille, reprit-elle. Il est presque l'heure d'aller au lit. Va donc te mettre en pyjama, et dans une minute, je viendrai te brosser les dents...

— Euh...

— Il n'y a pas de euh qui tiennent. Allez, ouste !

Avec un profond soupir, Aislin se leva pour gagner sa chambre.

— Toi aussi, mon chéri, dit-elle à Coop. Il est tard.

— Maman ! Depuis quand je dois me coucher à la même heure que Linnie ?

— Depuis ce soir, car il est tard. Et pas d'histoires ! Tu sais bien que je dois vous déposer très tôt chez grand-mère afin de pouvoir aller travailler.

— D'accord, soupira Coop.

Il se leva, jeta un dernier regard à son château en Lego avant de rejoindre sa chambre.

Matt s'étira et vint s'asseoir sur le canapé, suffisamment près de Kelly pour pouvoir lui toucher les genoux, mais se gardant bien de le faire. Se gardant bien même d'y penser. Toujours est-il qu'elle fut surprise par son approche qui, au demeurant, n'en était pas une : il avait simplement mal aux fesses à force d'être assis par terre.

— Je vais ranger la cuisine, pendant que tu t'occupes d'eux, dit-il en se levant.

— Mais non, voyons, répondit Kelly en se levant à son tour. Tu es invité, ce n'est pas à toi...

— Kelly ?

Il la prit par les épaules, et instantanément elle se raidit. Entrouvrit les lèvres. Effet de la surprise, sans doute. Sans trop de difficulté, il se rappela qu'il était un gentleman. Le colonel leur avait inculqué nombre de règles, dont celle qui consistait pour un homme à toujours respecter une femme. A contrôler ses pulsions. Toujours.

— Chut ! lui dit-il, avant de la relâcher et de se réfugier dans la cuisine.

Lorsque Kelly revint de la chambre des enfants, il l'attendait, assis sur un coin de canapé, tout en feuilletant un magazine déco.

— C'est l'un de mes pêchés mignons, dit-elle, le cœur battant à toute allure, rangeant un peu autour d'elle afin de se donner une contenance.

Elle s'efforça de se convaincre qu'elle ne s'était pas dépêchée de coucher les enfants, craignant que Matt ne soit parti quand elle aurait fini.

— C'est toujours un peu pareil, en fait je crois que ce genre de revue me rassure...

— C'est là-dedans que tu as puisé tes idées pour ici ? Je veux dire, ces couleurs ?

— Euh, c'est possible, répondit-elle.

— J'aime bien. Même si je n'y connais pas grand-chose, dit-il en posant le magazine sur la table basse. Quoi qu'il en soit, pour moi, tu es aussi bonne décoratrice que cuisinière.

Elle rougit, avant d'éternuer, bruyamment.

— Sans doute les poils de chien, remarqua Matt en riant.

— Pardon, dit-elle en se dirigeant vers la cuisine, s'arrêtant net sur le seuil. Oh !

— Le colonel et maman nous ont appris à faire le ménage.

— Je me rappelle. Merci. Et merci à eux aussi...

— Non, c'est moi qui te remercie... Les enfants dorment ?

Difficile de savoir s'il cherchait simplement à se montrer poli ou s'il attendait une sorte de signal. Plus difficile encore pour elle de savoir ce dont elle avait le plus envie. Devait-elle mentir, en prétendant que les enfants étaient encore éveillés, ou dire la vérité, de manière à voir comment les choses allaient tourner. Elle ne plaisantait pas l'autre jour, quand elle lui avait fait part de son besoin de tranquillité, pour mieux se retrouver. Pourtant... Se décidant pour l'option n° 2, elle répondit :

— Oui, tous les deux. Ils dorment bien mieux depuis quelque temps.

Elle rangea les jouets dans un coin et regarda Matt qui s'était levé et attendait, mains dans les poches, veste sur le bras. Elle soupira discrètement. Il s'apprêtait visiblement à prendre congé.

Ce qui ne l'empêcherait pas de continuer à se torturer, ambivalente, entre désir et besoin de sécurité. La vérité est qu'elle se sentait seule. En dépit de toutes ses revendications pour que Matt respecte son besoin d'intimité.

— Hmm... Tu veux emporter un morceau de tarte ? Je ne la finirai pas, ce serait bête de la jeter.

Il sourit. Un sourire tendre, à peine esquissé. Kelly observa le coin de ses lèvres, réalisant combien sa peau à cet endroit devait être sensible, et son cœur alors se mit à battre si fort qu'elle faillit s'évanouir.

— Sacrilège.

— Pardon ? Oh ! oui, bafouilla-t-elle. Je vais te l'empaqueter...

Elle se dirigea vers la cuisine, mais au dernier moment, vint se blottir contre le torse de Matt.

Elle gémit en silence contre lui, subjuguée par la douce mélodie de son cœur, par la chaleur de ses bras autour d'elle. Elle en aurait presque pleuré tant c'était bon, tant ça faisait longtemps, tant cela lui avait manqué... Puis, au prix d'un effort surhumain, elle s'arracha à ses bras.

Il plongea les yeux dans les siens.

— C'est à toi de me dire, chuchota-t-il alors.

— Qu... Quoi ?

— Si tu as envie que je reste ou pas, répondit-il. Euh, par rester, je ne veux pas dire jusqu'au bout de la nuit. Avec, euh, ce que cela sous-entend...

Il se tut, le temps pour elle de bien assimiler ses paroles.

— Je sais, nous avons chacun notre vie aujourd'hui. Et puis, il y a les enfants. Non, ce que je veux dire, c'est rester ici avec toi pour discuter. Regarder la télé. Oh ! pourquoi pas, faire une partie d'échecs... bref, ce que font tous les amis...

— Oh ! dit-elle, tout en se demandant pourquoi elle ne se sentait pas plus soulagée.

— Oh... ? répéta Matt avec un sourire irrésistible. J'ai l'impression que derrière ce « oh », il y a de quoi écrire une saga russe.

Un peu surprise par la comparaison, elle s'assit dans le fauteuil en cuir.

— Je crois que tu devrais y aller..., chuchota-t-elle.

— Si c'est ce que tu veux...

« Ce qu'elle voulait... » Une formule toute faite, tant d'interprétations possibles...

Elle enfouit son visage dans ses mains, si lasse soudain qu'elle se demanda comment elle pouvait encore se tenir droite. Puis elle inspira profondément et le regarda.

— En fait, voilà la situation, dit-elle. Une partie de moi a envie que tu restes. Mais cette partie-là... Je ne peux pas lui faire confiance. C'est une partie de moi qui m'a valu un tas de problèmes par le passé. T'inviter à dîner, avec les enfants, est une chose. Me retrouver en tête à tête avec toi, une autre... Mais toi, que veux-tu, toi ?

— Venant de toi ?

— Oui.

— Maintenant ? Rien que ta compagnie.

— Et c'est tout ?

— Je l'avoue, non, répondit-il avec un rire gêné. Mais franchement, je ne crois pas que tu sois le genre à coucher pour coucher, pour le fun. Car ce ne serait pas autre chose, non... ?

— Pour qui ?

— Pour nous deux, j'imagine, répondit-il après une hésitation.

— Parce que ton ex t'a brisé le cœur ?

— Pardon ? dit-il en se renfrognant. Comment sais-tu... ?

— Par Abby. Par Bree. Toutes les deux s'inquiètent pour toi...

— Ah, les sœurs ! marmonna-t-il en remettant lentement sa veste. Bien. Merci pour le dîner.

— Hmm... Je t'en prie.

— Alf ? Tu viens ? lança-t-il à la chienne qui aussitôt leva la tête et parut s'interroger tout en remuant la queue, avant de se rallonger avec un « hmmphh ».

— Quelle ingrate, dit Matt en souriant tout en ouvrant la porte. Tu sais, en te regardant faire avec Coop et Linnie, ce soir, j'ai pensé combien ces enfants avaient de la chance de t'avoir pour mère. Je me rappelle aussi de ta gentillesse autrefois, avec les enfants placés chez le colonel. Avec Abby. C'est pourquoi je...

Il se tut, hésita avant de conclure.

— Tu mérites mieux qu'un moment de fun, Kelly.

Stupéfaite, elle ne put que le regarder, bouche bée, quand il sortit ses clés de sa poche et se tourna pour partir. Mais à peine eut-il mis un pied dehors qu'une sorte de rage explosa en elle.

— Hé !

Matt lui fit face, sourcils froncés.

— Toi aussi, tu mérites mieux, espèce d'idiot…

Puis elle referma la porte derrière lui, les battements de son cœur de plus en plus frénétiques, avant de se souvenir. La tarte. Il avait oublié d'emporter une part de tarte.

7

Dans son salon, Matt reposa son rouleau à peinture dans le bidon sur la table, protégée d'un papier journal. Le temps s'était réchauffé depuis une semaine. Il attrapa sa cannette de soda sur le rebord de la fenêtre et s'étira, tout en regardant le mur repeint à neuf. D'une couleur papier kraft, pas vraiment très gaie selon lui, mais avec une bordure blanche, ça devrait passer. Au magasin de bricolage, une vendeuse avait tenté de lui vendre du gris, et même un vert caca d'oie, en affirmant qu'il s'agissait de couleurs très tendance. Sophistiquées. Mais surtout, de l'avis de Matt, à fort potentiel dépressif.

Le soleil était en train d'apparaître derrière les nuages, un soleil encore convalescent en ce mois de mars. Un rayon éclaira le mur humide, dont la teinte peu à peu virait à celle de la cacahuète bien cuite.

Sur la table basse, il remarqua l'album photo du colonel. Cannette en main, il alla s'asseoir sur le canapé et, pour la énième fois, tourna les pages de l'album, sourire aux lèvres. Pourquoi l'avait-il apporté ici ? Mystère, car il n'était pas particulièrement enclin à la nostalgie. Mais toutes ces photos de ses frères et de ses sœurs, enfants... Il en avait été tout ému. Sa mère riant aux éclats, le colonel à côté d'elle qui la couvait des yeux. Abby tout bébé, avec ses cheveux blonds bouclés, pareils à ceux d'un ange.

Des photos aussi de Kelly, souriant timidement, entre Matt et Bree, le jour de la remise des diplômes, au collège, avec ses cheveux roux comme une aura autour de sa tête. Kelly déguisée en Thelma et Bree en Louise, pour Halloween. Ou encore Kelly assoupie sur un transat, dans le jardin, Abby alors à peine âgée d'un an dans un couffin, à ses pieds, elle aussi en train de dormir... Il ne se rappelait pas avoir pris cette photo. Encore moins l'avoir rangée dans l'album de famille.

Au même instant, Alf se précipita vers la porte en gémissant et en grattant telle une forcenée. Trois secondes plus tard, il entendit la portière du van de Kelly s'ouvrir, puis les cris des enfants. Il se leva, s'approcha de la fenêtre et sourit quand Aislin courut vers une flaque d'eau laissée par l'averse de la veille et qu'il entendit Kelly, exaspérée, lancer « N'y pense même pas ! » avant d'attraper la fillette par le col de sa doudoune. Coop à côté d'elle n'arrêtait pas de parler, sac à dos sur l'épaule. Il l'observa. Il semblait avoir perdu un peu de poids. Et il avait surtout l'air nettement plus heureux. En tout cas, moins malheureux, ce qui devait être un immense soulagement pour sa mère.

Deux semaines s'étaient écoulées depuis le dîner à l'appartement. Et, apparemment, elle semblait aller bien, faisant ce qu'elle avait à faire quand Coop était à l'école, sortant presque tous les samedis avec les enfants dans sa tenue de chef traiteur, rentrant tard le soir, souvent sans eux. Elle les déposait le matin chez leur grand-mère, lui avait-elle expliqué un jour, à l'occasion de l'un de leurs échanges par e-mail. Et si, ces soirs-là, il n'arrivait pas à fermer l'œil tant qu'il n'avait pas entendu le van se garer, c'était son problème. Pas celui de Kelly.

Il l'avait à peine revue depuis le fameux soir. La plupart du temps, il ne faisait que l'apercevoir par la fenêtre, quand elle rentrait avec ses enfants, et parfois il regardait Coop faire du vélo dans la rue devant la maison. Il lui arrivait aussi de confier Alf au garçon, il échangeait alors quelques mots avec sa mère. L'occasion de surprendre dans ses yeux cet éclat qui y brillait déjà, adolescente. L'occasion aussi d'admirer la mère courage que cette adolescente était devenue.

Oui, suffisamment courageuse pour lui dire ce qu'elle avait à lui dire.

Après leur dîner, il n'avait pratiquement pas fermé l'œil de toute la nuit. Furieux, même s'il n'avait aucune raison, aucun droit de l'être. Surtout vis-à-vis de Kelly. Puis, vers 2 heures du matin, il avait commencé à comprendre. Peut-être avait-elle raison. Même si elle ne savait rien des détails qui avaient conduit à son divorce avec Marcia, ses propos avaient fait mouche.

Une chose était sûre, il n'était pas responsable de l'échec de son mariage. Vouloir veiller sur sa femme ne faisait pas de lui un mauvais homme. Et oui, sans doute méritait-il d'être heureux. Comme Kelly. N'était-ce pas ce que Jeanne leur disait toujours : « Vous méritez d'être heureux » ? C'était aussi ce que Kelly lui avait dit, l'autre soir.

Son besoin de respirer, de se retrouver, il le comprenait. Il le respectait. Mais cette fille sur les photos... Déjà à l'époque, elle le touchait, elle le troublait, elle lui plaisait. Même s'il n'en comprenait pas bien la raison. Et, aujourd'hui, elle était de retour et le fascinait plus encore...

A cet instant, elle leva les yeux et croisa son regard, et il s'écarta aussitôt de la fenêtre.

— Enlevez vos chaussures ! hurla Kelly tout en retirant les siennes dans l'entrée. La température extérieure avait grimpé de plusieurs degrés et partout la neige fondait, transformant Maple River en Gadouville. Sale et surtout pénible.

Tout aussi pénible était sa réaction, tout à l'heure, quand apercevant Matt à sa fenêtre, elle avait réalisé, a) qu'elle le désirait toujours autant, si ce n'était plus, b) que si elle lui était reconnaissante de respecter ainsi son besoin d'espace et de solitude, elle était folle de rage contre lui exactement pour la même raison. Juste à cause de a).

Les enfants firent le siège de la cuisine, affamés, même si Aislin avait goûté une heure plus tôt. A ce rythme, d'ici une semaine, elle serait plus grande que sa mère. Cooper lui aussi ne tarderait pas à la dépasser, songea-t-elle tout en ouvrant le Tupperware dans lequel elle rangeait ses cookies spéciaux, raisin secs, noix de pécan et airelles.

— Un seul. Ce soir, c'est spaghettis, pas question de se couper l'appétit, dit-elle en ébouriffant des deux petits.

Elle leur servit à chacun un verre de lait, puis elle s'appuya au comptoir, regardant ses enfants, songeuse. Et si Matt fréquentait une autre femme ? Cette pensée suscitait en elle... Oui, une certaine tristesse. Ainsi qu'une réelle irritation. Elle croqua avec rage dans son biscuit.

Bien sûr, en réalité, elle ne savait pas ce que Matt faisait, ni qui il fréquentait ni même s'il existait « une autre femme ». En revanche, elle savait qu'il lui manquait. Et cette idée de faire certaines choses pour le plaisir la hantait. Elle y pensait à tout moment de la journée et de la nuit. De jour en jour, la tentation de s'abandonner se faisait plus forte... Et, à vrai dire, son besoin d'intimité commençait à se faire de plus en plus pressant.

D'autant que, dans son esprit, il ne s'agissait pas que de sexe. Elle aspirait à plus qu'une simple partie de jambes en l'air. Mais, en même temps, ce besoin la renvoyait à tout ce qu'elle s'était juré de ne plus faire. Pour elle qui voulait être une femme libre et indépendante, il était inconcevable d'accepter d'être protégée par un homme, et de retomber dans les mêmes pièges encore et toujours. Matt n'était pas plus attiré qu'elle par le sexe pour le sexe, même si les choses devaient être un peu différentes pour un homme. Mais, tel qu'elle le connaissait, il ne se contenterait pas d'une nuit de plaisir, il voudrait veiller sur elle, l'entourer d'attentions, etc. Tel un ange, se dit-elle quand on sonna à la porte. Elle se dépêcha d'engloutir le reste de son cookie et prit une grande inspiration. Pas de panique.

Coop se précipita, regarda par le judas et ouvrit la porte.

— Matt ! s'écria le garçon, ravi.

Car oui, elle en avait la conviction, Matt manquait également à son fils. Sans parler d'Alf. Il apparut, ténébreux, flic du New Jersey au sang italien, la chienne sur ses talons. Immédiatement, il posa son regard sur elle. Il eut alors un sourire extraordinaire, et elle pensa, désespérée : *Je suis foutue...*

Mais puisque la fuite n'était pas plus une solution dans ce cas qu'elle ne l'avait été dans son mariage, peut-être le moment était-il venu pour elle d'aller de l'avant et d'affronter la situation.

Sans cesser de mastiquer, elle releva ses lunettes sur son front et lui tendit le Tupperware.

— Un cookie ?

Car, comme le disait le proverbe, « s'il est plus fort que toi, gave-le ».

Matt n'avait pas la moindre idée de ce qu'il faisait ici. Encore moins de ce qui le poussa à proposer, sur un ton enjoué :

— Il fait bon, si on allait se balader ?

Tel un automate, il s'avança vers Kelly et prit un cookie. Mordit dedans et manqua défaillir tant ce biscuit était savoureux. Puis, derrière lui, il entendit deux voix enthousiastes s'exclamer :

— Oui !

Manifestement, les enfants étaient fatigués de rester calfeutrés à cause du froid et de l'hiver, comme lui à leur âge.

Kelly regarda par la fenêtre de la cuisine. Pas de noir aujourd'hui, mais un gilet mauve, parfaitement assorti à ses cheveux.

— C'est un peu tard pour une promenade, remarqua-t-elle.

— S'il te plaît, maman ! protesta Coop.

— Je n'ai pas dit non, mais...

— Je peux prendre mon vélo ? demanda aussitôt Cooper.

Kelly soupira. Elle avait acheté à son fils un équipement protecteur avec genouillères et casque.

— Oui, si tu veux. Mais dépêchons-nous, il fera bientôt nuit...

Matt hocha la tête en souriant bêtement, des idées incongrues et pas très chastes lui traversant l'esprit, par exemple sur les bienfaits de la lenteur en certaines circonstances. Comme si elle lisait dans ses pensées, Kelly le foudroya du regard. Il retint son souffle, penaud et regarda un moment le bout de ses pieds, plein de gratitude envers les enfants lorsqu'ils le tirèrent par la main, impatients d'aller prendre l'air.

Quelques minutes plus tard, ils étaient dehors, Alf ouvrant la marche avec Aislin et Cooper, dix mètres devant Kelly et lui. A cet instant, Matt ne put s'empêcher de penser avec mélancolie à ce que serait cette promenade avec sa famille, ses enfants. Sa femme. Quelque chose qu'il avait été tout près d'atteindre, pensa-t-il avec un petit pincement au cœur. Mais peut-être pas si prêt que cela, au fond... La preuve. Il était seul aujourd'hui, pas de famille à lui, pas d'enfants non plus, pas de...

Il observa Kelly à la dérobée, mains dans les poches, et se demanda à quoi elle pouvait penser. Il se demanda aussi pourquoi ce silence entre eux ne le gênait pas le moins du monde, même si elle ne disait rien sans doute à cause des enfants.

— Alors, quoi de neuf ? demanda-t-elle subitement en replaçant une mèche derrière son oreille.

— J'en aurai bientôt fini avec l'escalier. Euh, désolé pour la poussière et le bruit, l'autre jour, avec la perceuse...

— Non, c'est rien. J'ai passé la journée avec Aislin chez sa grand-mère.

— Oh ! bien, répondit Matt. Comment va-t-elle ?

— Difficile à dire, répondit-elle en haussant les épaules. Oh ! en apparence, ç'a l'air d'aller, mais les femmes...

Une rafale de vent les enveloppa, obligeant Kelly à mettre sa capuche.

— Je disais, nous les femmes, nous sommes très douées pour cacher notre douleur...

Matt pensa au colonel qui, plus d'un an après la mort de sa femme, ne parvenait toujours pas à prononcer son nom. Il pensa également à lui-même, au traumatisme que lui avait causé l'échec de son mariage, et combien aujourd'hui encore il lui était difficile d'aborder le sujet.

— Tu crois que c'est l'apanage des femmes ?

Elle le regarda, puis détourna les yeux.

— Non, tu as raison, peut-être pas, répondit-elle.

Devant eux, Alf et les enfants s'arrêtèrent pour traverser la rue déserte. Juché sur son vélo, Coop prit néanmoins la main de sa sœur, et il sentit Kelly respirer, soulagée.

— Je crois que je passe trop de temps à tourner et retourner les mêmes choses dans ma tête, ajouta-t-elle.

— Oh ! je connais ça, dit-il. Ecoute, je me suis efforcé de rester à l'écart, parce que je pensais que c'était ce que tu voulais. Ce que tu veux encore, autant que je sache. Mais... Si tu ressens le besoin de parler, de penser à autre chose, je suis là. J'ai un vrai talent pour écouter les gens. Demande à Bree, elle me parlait des heures entières parfois. Avant qu'elle fasse ta connaissance et celle de... Comment s'appelait-il déjà, ce garçon débile avec lequel vous traîniez ?

— Cole, répondit Kelly avec un éclat de rire. Cole Rayburn. Oh mon Dieu, ça fait des années que je n'ai pensé à lui. Il vit toujours ici ?

— Cole, c'est ça. Je n'en sais rien. Bref, par la suite, Bree ne se confiait plus beaucoup à moi. Au début, je m'en suis réjoui. Puis, j'ai réalisé que ça me manquait... Cette confiance,... Je connais pas mal de gens et j'ai une grande famille, mais des amis, je n'en ai pas tant que ça. De vrais amis, je veux dire. Pourquoi, je ne sais pas. C'est comme ça...

Ils arrivèrent au parc, au bout de la rue, avec son herbe rare et ses arbres dénudés en cette saison. Les enfants et le chien s'élancèrent vers l'aire de jeux. Matt se dirigea vers un banc juste à côté pour s'asseoir, mais Kelly hésita, retirant l'un de ses gants pour tester la résistance du bois détrempé, avant de s'asseoir à son tour. Langue pendante, Alf les rejoignit et s'affala à leurs pieds.

— Je n'ai jamais été très douée pour me confier, avoua-t-elle quelques secondes plus tard, tout en caressant la chienne entre les oreilles. Déjà adolescente. Mais Bree se confiait pour deux. Plus tard, je n'ai jamais eu personne avec qui parler... J'aurais bien aimé, pourtant.

— Tu veux dire, avec ton mari... ?

— Oui.

— Mais je pensais...

— Il y a une différence entre manipuler et protéger quelqu'un, dit-elle avec calme.

Du haut du toboggan, Aislin l'interpella :

— Maman, regarde-moi !

Kelly soupira.

— Mais à l'époque, poursuivit-elle, je ne faisais pas la différence. Le temps que je me réveille, nous avions déjà un enfant.

— Un enfant ?

— Linnie est plus précieuse pour moi que ma propre vie, répondit-elle. Mais les circonstances entourant son... arrivée ne doivent rien au hasard. Je t'épargnerai les détails, mais... Quand j'ai réalisé que j'étais enceinte, après la colère, le choc...

Elle se tut, sortit un bonnet de sa poche qu'elle se vissa sur la tête.

— J'ai pensé que ce bébé représentait une nouvelle chance pour notre couple. Elle secoua la tête, avant de reprendre. Je me trompais. En y repensant... Un an avant que Rick perde son travail, la situation était déjà compliquée. Avec la crise, il n'arrivait plus à vendre. Ce n'était pas sa faute, mais il ne voyait pas les choses de cette façon. Et tu sais ce que l'on dit, quand tu as une mauvaise image de toi-même, aimer devient impossible.

Matt réfléchit à ses paroles. En dépit de ce qu'elle avait dit sur son manque de confiance en elle, une chose était sûre : Kelly aimait ses enfants. Comme si elle devinait ses pensées, elle reprit :

— Enceinte de Cooper, j'étais pétrifiée. Peur de ne pas être à la hauteur, de ne pas être capable de suivre l'exemple de ta mère. De son côté, Rick nageait dans l'euphorie. Car à ce stade, tout se déroulait exactement selon ses plans. Mais lorsque son monde, notre monde, s'est effondré, lui aussi. Et je n'ai alors pas eu d'autre choix que d'apprendre à voler de mes propres ailes. Ou du moins à voleter de branche en branche. Mais auparavant...

Elle se tourna vers Matt et ajouta :

— La peur n'a pas disparu comme par magie la première fois où j'ai pris Coop dans mes bras. Mais l'amour...

Elle esquissa un sourire forcé, puis regarda en direction de l'aire de jeux.

— Cet amour-là... Il m'a submergée, plus fort que mes peurs, plus fort que moi. Il m'a donné la force... Et maintenant, tu dois me prendre pour une folle !

— Pas du tout, répondit-il en regardant la brise jouer avec ses cheveux. Tu n'en as jamais parlé à ton mari ?

— Non, soupira-t-elle. Ni à personne d'autre. D'abord parce qu'à l'époque, j'aurais été bien en peine de trouver les mots pour exprimer mes sentiments. Et lorsque j'y suis arrivée, je savais que Rick ne comprendrait pas... Et je ne voulais pas creuser un peu plus le fossé entre nous...

— En lui parlant avec franchise ?

— Oui, répondit-elle avec un rire amer.

— En tout cas, ce problème, tu ne l'as pas avec moi.

Un court silence s'ensuivit, puis elle remarqua :

— Avec toi, je n'ai rien à perdre. Si tu me crois folle… ce n'est pas grave !

Matt décida de ne pas relever. L'essentiel était qu'elle lui fasse suffisamment confiance pour lui parler de certaines choses qu'elle avait été incapable de dire à l'homme auquel elle tenait. Il était conscient qu'il ne se passerait probablement rien entre eux. Il songea qu'il était sans doute prêt à tourner la page de l'échec de son mariage. Mais était-il prêt pour plus ? A vrai dire, rien n'était moins sûr. En revanche, il savait une chose, on ne pouvait forcer le cours du destin. Mais parfois il suffisait de faire le premier pas, sans penser au lendemain.

— Bien, dit-il en se rasseyant face à l'aire de jeux, mains jointes sur les genoux. A mon tour. Je n'ai jamais dit à personne ce que je m'apprête à te dire. Mais après mon divorce, après avoir essayé de devenir ce que Marcia pensait que je devais être, après une année à m'accabler de reproches, j'ai découvert qu'elle m'avait trompé pratiquement depuis le début de notre mariage.

— Oh ! Matt…

Elle le regarda, l'air catastrophé.

— Vraiment ?

— C'est la pure vérité.

— Et tu n'en as jamais parlé à personne ? Pas même à Bree ?

— Je crois qu'elle s'en doute. Mais elle ne m'a jamais interrogé à ce sujet, et je n'allais certainement pas lui avouer ce qu'il en était. Car connaissant Bree, elle n'aurait eu de cesse de traquer Marcia pour lui arracher et les yeux et les cheveux, dit-il avec un petit rire désabusé. Bref, voilà pourquoi je me suis mis à travailler autant. Pour m'empêcher de penser. M'empêcher de réaliser quel idiot j'avais été.

— Mais pour quelle raison penser une chose pareille ?

— Peut-être n'avais-je pas su interpréter certains signes, je ne sais pas, répondit-il, la gorge serrée. J'avais le sentiment qu'elle voulait se sentir aimée, désirée. Alors, c'est ce que j'ai fait. Je l'ai couverte de cadeaux, fleurs, bijoux, le grand jeu. Au début, ça semblait fonctionner. Sans doute feignait-elle d'être flattée… Mais bon, tu me connais, j'adore faire des choses pour les autres.

— Oui, j'avais remarqué, dit Kelly avec un léger sourire.

— Sauf que je…

Il secoua la tête avant de poursuivre.

— Voilà. Nous étions mariés depuis un certain temps, lorsqu'elle a commencé à me reprocher de l'étouffer. Mais aujourd'hui, je crois que ce qu'elle voulait dire c'était « trois, c'est un de trop ». Et j'étais le n° 3…

Il regarda fixement devant lui.

— Il y a une erreur que je ne commettrai plus jamais, poursuivit-il. Veiller sur quelqu'un, bien sûr, je suis fait comme ça. Mais la prochaine fois, s'il y a une prochaine fois, les concessions devront se faire des deux côtés. Je pense avoir assez donné.

Elle demeura silencieuse un moment, puis elle posa sa main gantée sur la sienne. Lorsqu'il l'interrogea du regard, elle dit :

— L'idiote, c'était elle, pas toi… Et parfois, je ferais mieux de m'arracher moi-même les cheveux… Et les yeux.

Puis, toujours en lui tenant la main, elle observa les enfants devant eux, le visage radieux sous les derniers rayons du soleil couchant. Et si l'instant d'après, elle lâcha sa main et que le soleil disparut à l'horizon, il n'en cessa pas moins de sourire. Avec une sorte de chaleur au cœur.

Cette balade au parc était géniale, pensa Cooper en faisant des acrobaties sur son vélo, derrière les adultes, en regardant Aislin accrochée au cou de Matt tel un ouistiti. Un ouistiti bavard. Sa sœur n'arrêtait jamais de parler. Sauf lorsqu'elle dormait.

Mais il avait maintenant comme une impression bizarre, comme toujours à ce moment de la journée, « entre chien et loup », disait sa grand-mère. Sauf que cet étau autour de son cœur ce soir, c'était différent… Pourquoi sa mère et Matt se tenaient-ils la main ? Qu'est-ce que ça voulait dire ?

Si tous les deux décidaient qu'ils s'aimaient, ce genre de trucs, sa vie allait encore changer, alors que les choses commençaient à peine à être normales. Retourner à l'école avait été un grand changement, mais plutôt positif. Et puis, il aimait bien cette ville, et la famille de Matt. Et aussi Matt. Mais il ne le connaissait pas bien. Pas suffisamment pour l'imaginer en père… A cette seule pensée, son cœur se mit à cogner dans sa poitrine.

Il pourrait interroger sa mère, lui demander des explications, mais quand on leur posait une question, les adultes avaient le chic pour répondre à côté et cacher la vérité aux enfants.

Par exemple, sa mère avait longtemps fait comme si tout allait bien, alors que déjà tout petit, Coop sentait bien que quelque chose n'allait pas entre ses parents. Et aujourd'hui, la même chose allait-elle se reproduire ? Sa mère et Matt allaient-ils faire comme s'il n'y avait rien, entre eux, et un beau jour, ils diraient, « Les enfants, nous allons nous marier », comme sa mère un jour leur avait dit : « Les enfants, nous allons divorcer ». Elle ne l'avait pas annoncé en ces termes, mais c'était ce qui s'était passé.

Bien sûr, Coop ne racontait pas toujours tout à sa mère, lui non plus. Peut-être même ne lui dirait-il jamais certaines choses. Mais ça n'avait rien à voir, parce que…

— Coop ? Tu veux parler à grand-mère ?

Il vit sa mère brandir son téléphone. Il ne l'avait même pas entendu sonner tellement il pensait fort.

— Salut, mamie, dit-il, une fois le vélo rangé, avant d'entrer dans l'appartement, où se trouvait également Matt, remarqua-t-il.

— Comment vas-tu, mon trésor ?

— Bien. On est allé au parc avec Alf.

— Alf ? Oh ! le chien de Matt ?

— Oui…

Laissant les autres dans le salon, Coop remonta le couloir pour rejoindre sa chambre.

— Je peux te dire quelque chose, mamie ? demanda-t-il après avoir fermé la porte.

— Bien sûr, mon chéri.

Coop regarda son château en Lego posé sur l'étagère, à l'abri des mains de Linnie.

— J'ai vu maman et Matt se donner la main.

— Ah, d'accord…

Grand-mère demeura silencieuse quelques secondes, comme si elle réfléchissait.

— Et cela t'embête ?

Coop s'allongea sur son lit, grimaça aux étoiles que sa mère avait collées au plafond, comme s'il n'était pas un peu trop grand pour ce genre de choses maintenant.

— Et toi, ça t'embête ?

— Oh ! mon chéri... Les gens peuvent se toucher, se tenir la main, pour une foule de raisons, tu sais. Tu... Peut-être y vois-tu quelque chose qui n'y est pas...

— Et si elle y est, cette chose ?

Il l'entendit soupirer.

— Bien. J'adore ta maman, tu le sais ça ?

— Oui.

— Et ton père, qu'il repose en paix... Il a fait du mal à ta maman, à nous tous, ces dernières années. Y compris toi, n'est-ce pas ?

— Mouais, marmonna Coop en sentant les larmes lui piquer les yeux.

— Bien sûr, et je sais que tu en as beaucoup souffert. Et Matt... Ecoute-moi, mon trésor. Je ne l'ai rencontré qu'une seule fois, et je n'étais pas au mieux de ma forme ce jour-là. Mais j'ai trouvé admirable qu'il accompagne ta mère aux obsèques de ton père, pour qu'elle ne se retrouve pas toute seule à s'occuper de tout. C'est quelqu'un de bien, mon chéri. Un gentil garçon. Et tu sais quoi ? Ta mère a bien mérité d'avoir un gentil garçon dans sa vie. Toi aussi d'ailleurs, et ta sœur.

— Mais quand même... ! Papa vient juste de mourir ! s'exclama Coop.

— Oui, mais en réalité, si tu y réfléchis... Le papa dont tu te souviens nous a quittés depuis longtemps. Est-ce que tu comprends ce que je dis ?

Coop hocha la tête, de grosses larmes roulaient maintenant sur ses joues.

— Euh, oui...

— Oh ! mon trésor, je ne voulais pas te faire pleurer. Je voudrais que tu saches une chose. Ton papa est libre, maintenant. De tout ce qui lui faisait peur. Et en réalité, toi aussi. Tu es libre, je veux dire. Et ta maman. Ecoute, je ne suis pas là-bas, j'ignore ce qui se passe entre ta maman et Matt. Peut-être rien du tout, je n'en sais rien. Et tu n'en sais rien non plus. Mais tu as la vie devant toi mon chéri, et plein de bonheur qui t'attend. Alors promets-moi de garder ton cœur ouvert pour ne pas passer à côté de toutes ces belles choses. Tu veux bien faire ça pour moi ?

Coop inspira profondément, avant de répondre.

— Je... J'essaierai.

— Tu es adorable, dit sa grand-mère. Au fait, ta maman t'a dit ? Je viendrai vous chercher, ta sœur et toi, vendredi. Nous passerons le week-end ensemble. J'en profiterai pour visiter votre nouvel appartement. Alors, range bien ta chambre mon chéri.

— Promis. Je t'aime mamie.

— Je t'aime aussi, mon bébé. A vendredi !

Cooper raccrocha, puis il s'assit sur son lit, regrettant de ne pouvoir remonter le temps. Quand il avait quatre ans et que la vie était simple.

Tout en remuant la sauce des spaghettis, Kelly sourit en entendant les éclats de rire de sa fille, dans le salon. Ravie apparemment du spectacle mis en scène par Matt, une super-production réunissant toutes les peluches de la maison, avec une armée menée par le général Ouistiti et des batailles faisant rage sur le tapis, avec voix et cascades, s'il vous plaît.

Oh mon Dieu ! Matt. Une poule mouillée, voilà ce qu'elle était. Comment pouvait-elle se sentir menacée par quelqu'un d'aussi inoffensif ? C'était comme avoir peur d'un lapin en peluche. Un lapin en peluche qui aurait les yeux noirs et un sourire hypersexy.

Ceci dit, l'ex de Matt s'était senti menacée, elle aussi. Par quoi ? Son amour, sa franchise, sa générosité... ?

Coop apparut dans la cuisine pour lui rendre son téléphone, l'air un peu trop grave pour un enfant de huit ans.

— Que se passe-t-il ? Ta grand-mère a dit quelque chose ?

Il la fusilla du regard, avant de soupirer.

— Rien, dit-il avec un haussement d'épaules.

Elle dut faire un effort pour se contrôler et ne pas soumettre son fils à un interrogatoire en bonne et due forme.

Se contrôler, pensa-t-elle en regardant Matt de nouveau, assis par terre, un ours en peluche entre les mains, tentant de résister aux assauts du ouistiti brandi par Aislin. Se contrôler, se répéta-t-elle, tout le secret était là. Et tant pis si elle avait envie de choses interdites, de ses mains, de sa bouche, de ses bras. Tant pis si elle, au contraire de son ex, saurait apprécier à leur juste valeur sa générosité, sa tendre...

Elle ne pouvait se le permettre.

Tournant le dos pour ne plus le voir, elle sortit un spaghetti de l'eau bouillante et le glissa dans sa bouche.

— C'est prêt ? demanda Matt à cet instant derrière elle, la faisant sursauter.

— Mmm-hmm, répondit-elle avec un hochement de tête, tout en respirant son odeur dans la minuscule cuisine.

Mal lui en prit, elle en eut soudain comme un vertige.

— Laisse, je vais le faire, dit-il. Il s'empara du faitout sur le gaz pour renverser les pâtes dans la passoire, déjà dans l'évier, la frôlant avec son corps superbe et conquérant, elle toute frêle et si indécise... Ses réserves de contrôle s'évaporaient plus vite encore que la vapeur de ces spaghettis au fond de la passoire.

Elle ferma les yeux. Manifestement, elle n'avait pas plus retenu les leçons du passé que cette bouilloire l'eau de cuisson de ces satanés spaghettis.

Perplexe, Matt ne put décider qui de Kelly ou de Cooper émit au cours du dîner les vibrations les plus bizarres. Un moment, le garçon fuyait ostensiblement son regard, la minute d'après, il le fixait comme s'il cherchait à disséquer son cerveau. Mais aussi déstabilisant que cela soit, plus étrange encore était le bavardage incessant de Kelly.

Il avait bien conscience que ce qui s'était passé dans la cuisine était à l'origine de tout ça. Au départ pourtant, il n'avait pas eu d'autre intention que de rincer les pâtes. D'aider Kelly, comme il le faisait pour sa mère qui avait l'habitude de préparer des spaghettis pour un régiment. Mais il avait oublié une chose : l'exiguïté de la cuisine. Et, de fait, certains frôlements inéluctables.

Il sourit à quelque chose que dit Aislin, puis continua de

manger, résistant à la tentation de faire du pied à Kelly, sous la table, juste pour la voir sursauter.

Au parc, elle lui avait exprimé son soutien concernant l'infidélité de Marcia, allant jusqu'à lui prendre la main, puis elle l'avait invité à dîner... Mais ce n'était que gentillesse de sa part. Elle avait éprouvé de la peine pour lui.

D'ailleurs, pour être franc, il avait été horrifié en réalisant, un peu tard, qu'il lui avait peut-être donné l'impression de jouer la carte de la pitié. Oh bien sûr, certains hommes ne voyaient pas de mal à user de tels stratagèmes. Mais il préférerait s'autoflageller que de recourir à une tactique aussi méprisable.

Surtout avec quelqu'un comme Kelly, quelqu'un qu'il aimait bien. Plus qu'il ne le devrait sans doute, plus qu'elle ne le soupçonnerait jamais. Mais jouer la comédie, manipuler ou faire semblant d'être ce qu'il n'était pas pour arriver à ses fins, non, ce n'était pas le genre de la maison. Il préférait la solitude jusqu'à la fin de ses jours plutôt qu'une relation basée sur l'imposture.

Le repas terminé, il proposa de tout ranger, puis de faire la lecture à Aislin si elle en avait envie, ensuite il partirait. Propre, net et sans bavures. Pas de malaise.

Une demi-heure plus tard, il achevait de nettoyer le comptoir lorsque Kelly réapparut, après avoir couché la fillette. Elle se hissa sur l'un des tabourets en soupirant. Il repensa à la nuit où elle avait débarqué chez son père avec ses enfants, les cheveux en bataille, les traits tirés. Une différence pourtant, la peur qui brillait alors dans ses yeux avait disparu aujourd'hui.

Remplacée par autre chose, une sorte de fébrilité.

— Où est Coop ? demanda-t-il.

— Il prend un bain. Enfin plus exactement, à force de menaces, il a daigné s'immerger dans la baignoire.

— Oui, les petits garçons et l'eau ne font pas bon ménage.

— Pourtant, quand l'eau tombe du ciel, cela ne dérange pas le petit garçon en question de faire du vélo dessous.

— Il aime faire du vélo sous la pluie ?

— Il aimerait... Mais je reste vigilante. J'ai déjà bien assez de mal comme ça à le laisser en faire par temps sec.

— J'avais remarqué...

Au même instant, un cri perçant leur parvint, en provenance de la chambre d'Aislin, suivi d'appels désespérés.

— Linnie fait parfois des cauchemars quand elle s'endort, expliqua Kelly devant le regard effaré de Matt, tout en descendant de son tabouret. Je reviens...

Une minute plus tard, les cris s'apaisèrent et le silence revint. Matt essora son éponge, puis se pencha sur le lave-vaisselle pour le fermer, manquant avoir une attaque quand, se retournant, il se retrouva nez à nez avec un petit garçon dégoulinant, drapé d'une serviette.

— Je te croyais dans la baignoire...

— L'eau est trop froide maintenant, répondit Coop en s'essuyant une oreille. Où est maman ?

— Avec ta sœur, dit Matt, mains dans les poches. Tes lunettes ?

— Dans ma chambre. Ou la salle de bains, peut-être. Je n'en ai pas besoin tout le temps, à l'école surtout... Ou pour faire du vélo.

— Tu as besoin de quelque chose ? demanda alors Matt en souriant.

— Euh, maman a oublié de mettre mon pyjama à la salle de bains. Je crois qu'il est dans le sèche-linge... elle a fait une lessive tout à l'heure...

Il se tut, tressaillit.

— Et je... Je n'aime pas aller dans la buanderie.

La buanderie, au sous-sol, abritait lave-linge, sèche-linge et réchaud. Un endroit pas vraiment effrayant en soi, pour un adulte. Peut-être pas la nuit tombée, pour un enfant.

— D'accord, viens avec moi...

Matt entraîna le garçon dans le salon où il l'enveloppa bien de sa serviette pour qu'il ne prît pas froid, puis il descendit récupérer dans le sèche-linge son pyjama, ainsi qu'un caleçon à l'effigie de Bob l'éponge.

A son retour, Cooper s'était installé sur le canapé, jambes allongées, et jouait avec ses orteils. Dès qu'il le vit, le petit garçon se redressa, toussota, puis il se leva et arracha ses affaires aux mains de Matt en marmonnant un « merci », avant de s'éloigner d'une démarche de pingouin, emmitouflé dans sa serviette, en direction de la salle de bains. Une minute plus tard, il en ressortit, en pyjama et presque sec, tout en s'essuyant les cheveux.

— Tu veux autre chose ? demanda Matt tout en attrapant sa veste, sur le dossier d'un fauteuil.

— Euh, alors… Tu l'aimes, ma maman, c'est ça ?

Matt en resta tout bête. Ou plutôt abasourdi.

— Qu'est-ce que…

— Tu lui tenais la main. Au parc.

En réalité, c'était Kelly qui lui tenait la main…

— Parfois, tu vois, les amis se donnent la main. C'est une façon de montrer qu'ils s'aiment bien…

Coop plissa les yeux. Manifestement, il ne voyait pas très bien.

— Ah… Tu es ami avec maman ?

— Je l'espère.

— Euh…

Le garçon semblait si préoccupé, que Matt dut se faire violence pour ne pas le prendre dans ses bras. Pour le rassurer, lui dire que tout irait bien, même si personne n'était en mesure de définir précisément en quoi consistait ce « tout ». Mais il savait une chose, les petits garçons n'étaient pas très à l'aise avec les embrassades, il parlait d'expérience, aussi s'assit-il sur la table basse face à Coop.

— Oui, j'aime beaucoup ta maman. Comme je vous aime beaucoup, ta sœur et toi. J'aime passer du temps avec vous. Je sais, les choses peuvent te paraître encore un peu… trop nouvelles, non ?

Après un moment, le garçon hocha la tête.

— Une nouvelle école, une nouvelle ville, une nouvelle maison, poursuivit Matt.

— Et puis, il y a papa…, murmura Coop, en le regardant droit dans les yeux, avec une certaine hostilité.

— Oui, bien sûr, répondit Matt. Et puis, toi et moi, on se connaît à peine. Pour toi, je suis un parfait inconnu, pas vrai ?

— Euh, pas un parfait inconnu, mais bon, oui, je ne te connais pas. Pas vraiment.

— Il est donc normal que tu sois sur tes gardes. De vouloir protéger ta maman et ta sœur. Et toi-même, dit-il avec calme.

Derrière ses lunettes, les yeux de Coop se radoucirent un peu.

— Mais je peux te promettre une chose, je ne vous ferai jamais de mal, à aucun de vous, termina Matt.

Le regard rivé à celui de Matt, l'enfant réfléchit un moment, avant de demander.

— Donc, euh... Toi et maman... ?

— Nous sommes amis. Rien de plus.

Coop jeta un bref coup d'œil derrière lui, puis il regarda de nouveau Matt :

— Tu promets ?

Matt posa la main sur son cœur, qui battait à tout rompre. Il aperçut une ombre sur le mur en face, dans le couloir. Kelly. Sans doute écoutait-elle.

— Je te le promets, mais...

L'ombre demeura immobile. Et quelque chose en Matt se figea. Quelque chose qui les concernait, cette ombre et lui. Et forcément le petit garçon face à lui.

— Je veux être franc avec toi, reprit-il avec douceur. En fait, j'aimerais bien faire un peu plus partie de votre vie, c'est vrai. Mais ça, c'est à vous de décider.

— Tu le penses vraiment ?

— Tout à fait. Quoi qu'il arrive...

Il se leva et enfila sa veste.

— Si vous ne voulez pas de moi, je comprendrai... Voilà. On est d'accord ?

Une ou deux secondes passèrent, puis le garçon lui tendit la main et serra la sienne avec une vigueur étonnante.

— On est d'accord, dit-il, et Matt sentit son cœur se serrer.

Tapie dans un coin du couloir, Kelly retint son souffle, une main sur la bouche. Elle ne pouvait pas les voir, mais elle avait entendu chaque mot de leur conversation. Et ces mots, ceux de Matt notamment, ne firent qu'éroder un peu plus ce contrôle qu'elle s'efforçait de garder.

Eroder ? Pulvériser oui. Parce que si son cerveau n'en finissait pas de ressasser les millions de raisons pour lesquelles elle ne devait absolument pas tomber amoureuse de cet homme, son cœur lui ne cessait de la narguer.

Et comme si cela ne suffisait pas à la rendre folle, voilà que son petit garçon, brave et perspicace, s'y mettait. Pour une mère, son enfant restait son bébé, mais... Peut-être se montrait-elle un peu trop protectrice ?

Mais Cooper n'avait que huit ans. Et même si les circonstances lui avaient ravi un peu de son innocence, elle refusait qu'il la perde tout à fait. Ce n'était pas de la responsabilité de son fils à veiller sur elle. Ce que très clairement il faisait. Dans un certain sens, oui, c'était adorable. Mais surtout, c'était terrifiant, pour lui comme pour elle.

— Hello, vous deux, dit-elle en pénétrant dans le salon, tout sourire, telle une comédienne faisant son entrée en scène. Oh ! mon chéri, tu es en pyjama ? Merci Matt, cette histoire de buanderie m'était sortie de la tête.

— Pas de problème, répondit-il avec un drôle de sourire. Linnie va bien ?

Elle eut un moment de surprise quand elle l'entendit appeler sa fille par son petit nom. Seule la famille le faisait...

— Bien. Allongée avec elle, je me suis assoupie, dit-elle, comme l'attestait sans doute l'état de ses cheveux.

Des cheveux en désordre qui semblaient fasciner Matt.

— Allez, Coop, dit-elle en tentant de se recoiffer. Il est temps d'aller dormir.

Le garçon hocha la tête, puis se tourna vers Matt.

— Bonne nuit, Matt. Et merci pour... Merci pour le pyjama.

— Avec plaisir.

Ils suivirent Cooper des yeux qui s'éloignait dans le couloir. Puis un silence pesant s'installa entre eux, que Matt finit par rompre.

— Je vais y aller moi aussi. N'oublie pas de mettre le verrou derrière moi.

Et il disparut, laissant derrière lui son odeur et sa gentillesse et aussi... ce qu'il avait dit à Coop. Qu'il aspirait à plus. Mais que cela ne dépendait pas de lui. Mais d'elle. Enfin, d'eux.

Excepté... Ce n'était pas à elle d'apaiser sa souffrance. De combler le vide que sa femme avait laissé dans son cœur, dans sa vie. Peu importait l'envie qu'elle avait de le faire. A tous les points de vue. Parce que...

Parce qu'il méritait quelqu'un... D'entier. Quelqu'un qui pourrait l'aimer, sans avoir peur de se perdre au passage.

Car il n'était pas le seul ici à ne pas vouloir répéter ses erreurs.

Au bord des larmes soudain, elle se précipita dans la cuisine et plongea la tête dans le freezer.

8

Deux jours plus tard, de bon matin dans la buanderie, Kelly était en train de sortir du sèche-linge sa lingerie quand Matt apparut au pied de l'escalier, corbeille à linge calée sur la hanche. Et elle... Elle était toute décoiffée, une pomme entre les dents, et vêtue d'un sweat de ses années de fac et d'un pantalon de pyjama troué au genou. Charmant.

Mais après le savon qu'elle s'était passé l'autre soir, sans parler du pot de glace qu'elle avait dévoré pour apaiser sa frustration, le style négligé ne pouvait que jouer en sa faveur...

— Tsst, très séduisante, dit-il en lui souriant, derrière son panier rempli de linge, tout en posant le sien au sol.

Manifestement, il aimait le genre négligé.

Elle se dirigea vers la planche à repasser, puis retira la pomme de sa bouche. En revanche, pour les cheveux et la tenue, il n'y avait pas grand-chose à faire. Elle sortit du panier l'une de ses culottes gainantes, à peu près aussi sexy qu'une boîte de purée en flocons. Et peu ou prou de la même couleur. Chair écrasée.

— Tu dois être vraiment en manque...

Matt rit de bon cœur et jeta ses affaires dans le tambour du lave-linge, couleurs et noir mélangés. A l'évidence, sa mère avait oublié ce chapitre de son éducation domestique.

— Tes affaires risquent de déteindre, le mit-elle en garde.

— C'est ce qu'il y a à l'intérieur qui compte, répondit-il. L'emballage a peu d'importance pour moi.

— Je vois.

— Serait-ce déplacé de te faire remarquer que tu as rougi ?

— Extrêmement…

Elle se tut, avant de réaliser qu'à bientôt trente-cinq ans, elle devrait pouvoir parler de lingerie avec un homme sans pour autant prendre la couleur d'un radis. Elle continua à plier son linge un moment, tandis que Matt glissait dans le lave-linge un T-shirt blanc apparemment neuf avec son jean.

— Tu es sûr ?

— Quoi ? demanda-t-il en se tournant vers elle, l'air perplexe.

Elle désigna le désastre qui se préparait dans le tambour.

— On ne mélange pas blanc et denim.

— Regarde-moi, répondit-il.

Elle soupira, et il ajouta :

— Le résultat n'est pas si mal, non ? Mais rassure-toi, je connais la règle. Que veux-tu, c'est mon côté rebelle.

— Un rebelle en bleu layette. Impressionnant.

— En fait, j'aime bien les couleurs délavées, dit-il en haussant les épaules devant son air horrifié. De toute façon, comme il n'y a que moi pour voir le résultat… Je m'en moque…

Il continua de charger la machine. Du rouge, maintenant. Des boxers peut-être ?

— Alors, ne t'en fais pas pour ça, mon ange, conclut-il.

Que la vie était bizarre ! Elle était là, au sous-sol d'une maison du New Jersey, à badiner sur les boxers et les culottes.

Elle mordit dans sa pomme, en arrachant un bon quart à pleines dents.

— Alors, dit-elle tout en mastiquant avec rage, car cette conversation lui portait sur les nerfs. Tu achetais de la lingerie à ton ex ?

— Ça m'est arrivé, une fois…

Il versa la lessive, sans prendre la peine de la doser. Pas d'assouplissant non plus. Referma la machine. Puis il s'y appuya, bras croisés sur sa chemise en flanelle, peu pressé de partir.

— Mais elle m'a expliqué qu'elle avait des goûts particuliers. Elle a donc procédé à un échange, contre des articles qui lui plaisaient plus…

Il secoua la tête en ricanant.

— En réalité, cela résume bien toute notre relation.

— Oh ! Matt ! s'exclama Kelly, sans même essayer de masquer son exaspération. Pourquoi alors t'a-t-elle épousé ? Et réciproquement d'ailleurs ?

— J'ignore pourquoi elle m'a épousé, répondit-il, le regard noir. Peut-être pensait-elle pouvoir me faire changer. Certaines femmes ont cette obsession. Mais un homme n'est pas une maison, on ne peut pas réaménager son cerveau comme on le fait d'une chambre ou d'un salon. Quant à moi, si je l'ai épousée… En fait, aussitôt après, elle a commencé à changer, pour redevenir qui elle était, j'imagine. Au début, tout se passait plutôt bien entre nous. C'était même chouette. Et je pensais que nous étions sur la même longueur d'onde, que nous aspirions aux mêmes choses…

Il esquissa une grimace.

— Les enfants, par exemple.

— Elle n'en avait pas envie ?

— Apparemment non. Et après tout, c'était son choix. Son droit. Mais j'aurais préféré qu'elle me le dise avant le mariage, tu comprends ?

— Combien d'enfants voulais-tu ?

— Quinze, répondit-il, impassible.

Kelly fut saisie d'une quinte de toux, et Matt s'approcha pour lui taper dans le dos.

— En fait, reprit-il, je n'ai jamais réfléchi à un nombre exact. Mais j'ai la nostalgie de la maison autrefois, toujours pleine de vie… Tu te souviens ?

— Très bien, répondit-elle, remise de son émotion. J'étais là souvent, tu te rappelles ?

— Eh bien, ça me plaisait d'être entouré de monde… Et ça me manque…

Détournant le regard, elle se lança dans le tri des affaires d'Aislin, avant de se mettre à les plier consciencieusement. Comme si cette occupation avait le pouvoir de la prémunir contre la solitude qu'il éprouvait.

L'une de ses chemises de nuit s'était invitée dans le lot. Longue. Souple. Impression délicate, brins de violette sur fond blanc. Furieusement virginal.

— Très joli, dit Matt. En fait… Non, ça te ressemble, je trouve.

Elle brandit la chemise de nuit.

— C'est le genre de choses que porte une mère quand ses enfants ont tendance à venir se faufiler dans son lit en pleine nuit.

— Voilà pourquoi c'est le genre de tenue qui te correspond.

Réprimant un sourire, elle se dépêcha de plier la chemise de nuit et la posa sur les affaires d'Aislin.

— Au début, Rick m'achetait toutes sortes de tenues sexy. Euh, bien après le début, en réalité.

— Tu les mettais ?

— Bien sûr. Cela le rendait heureux. Et quand il était heureux, je l'étais aussi.

— Je n'y crois pas !

Elle sourit en entendant l'incompréhension mêlée de colère dans la voix de Matt.

— J'ai fini par réaliser combien c'était absurde, dit-elle en passant plus de temps que nécessaire à plier un tout petit jean aux fleurs brodées sur les poches. Je ne suis pas fan de satin et de dentelle. Je ne l'ai jamais été. Je sais que beaucoup de femmes recourent à ce genre de choses pour se sentir... désirables. Jolies. Mais bizarrement, ç'a un effet contraire sur moi.

— Je comprends, dit Matt. Tu avais l'impression de jouer la comédie.

Kelly secoua énergiquement un sweat à capuche rose bonbon et le pressa contre son cœur.

— Tout à fait. Pire encore... J'avais l'impression d'être invisible. Il s'agissait d'autre chose que de fantasmes. De s'amuser entre nous. C'était...

Une larme roula sur sa joue. Surprise, elle se raidit, puis se remit à plier son linge avec fébrilité.

— Manifestement, c'était toutes ces tenues qui excitaient Rick. Pas moi...

Matt garda le silence. Elle s'essuya les yeux, puis le regarda.

— Pas de commentaires ?

— Si, dit-il en venant vers elle. Ce...

Il noua alors ses mains brûlantes autour de son cou, puis les enfouit dans la masse informe de ses cheveux. Et avant qu'elle ait pu le mettre en garde — « Je ne me suis pas brossé les dents ! »

« Je n'ai pas pris ma douche ! » —, elle sentit sa bouche se plaquer sur la sienne. Manifestement, il se moquait qu'elle ait pris ou non sa douche. Ce qui était injuste, car lui avait fait les deux. Mais elle était descendue uniquement pour récupérer le linge et, oh, que ses lèvres étaient douces, et son baiser divin et... Savait-il qu'elle ne portait pas de soutien-gorge ?

— Tu penses trop, murmura-t-il, et elle plongea ses yeux dans les siens, le souffle court.

— Par pitié, ne me dis pas que tu lis aussi dans les pensées...

Il haussa un sourcil. Peut-être, car si près, difficile de savoir. Et aucune crème glacée, fût-elle au chocolat avec des éclats d'amande, ne serait jamais à la hauteur des sensations que cette proximité éveillait en elle.

— Aussi ?

— Parfaitement, aussi. Car tu es génial avec les enfants et... Et tu es patient.

Tu embrasses comme un dieu, à supposer que les dieux embrassent...

— Pas si patient que ça, murmura-t-il, avec un sourire coquin.

— ... Et tu es gentil, et... Oh ! quantité de choses encore qu'il ne faut pas...

Sa main descendit sur sa taille, se faufila sous son sweat. Juste un peu. Juste assez. Oh mon Dieu, pensa-t-elle en se pressant contre son torse. Son torse magnifique, robuste et qui sentait si bon qu'elle passerait des journées entières à le lécher.

— Tu n'as pas encore bu ton café, je parie...

— Qu'en sais-tu ? s'exclama-t-elle avant de rougir de nouveau en plaquant une main sur sa bouche.

Une main qu'il retira de façon à lui donner un deuxième baiser. Aérien. Merveilleux.

Mais fini de rire. Elle devait savoir.

— Pourquoi ? chuchota-t-elle quand il retira ses lèvres des siennes.

— Parce que... Tu es toi, répondit-il simplement en la tenant entre ses bras, bien au chaud, en sécurité. Parce que tu dis toujours ce que tu as en tête... Contrairement à beaucoup de femmes.

Pas tout, mon ami, pas tout...

— Je présume que c'est un compliment.

— Oh ! bien sûr... Mais je... En fait, je ne voulais pas faire ça...

— Faire quoi ?

— Le premier pas, répondit-il, ses mains allant et venant sur son dos, divines caresses. Parce que je m'étais bien promis, si ça devait se faire, d'attendre que toi, tu viennes à moi.

Oui. Elle s'en doutait. Même s'il ne devinait pas qu'elle s'en doutait.

— Mais je n'ai pas pu m'en empêcher, ajouta-t-il. Je voulais que tu saches... Enfin, tu vois.

— Maman !

Elle sursauta et s'arracha à la bulle de douceur qui l'enveloppait, pour revenir à la réalité de la buanderie.

— Je suis en bas ! Je plie le linge !

Un vague sourire passa sur les lèvres de Matt. Il lui caressa doucement la joue, puis tourna les talons et disparut dans l'escalier. En sifflotant.

Elle rangea les vêtements pliés dans le panier, puis remonta à l'appartement. Elle retrouva Cooper dans la cuisine, perché sur l'un des tabourets, au comptoir.

— Maman ? Pourquoi tu souris comme ça ?

Grâce au ciel, avec une foule de choses à faire les deux jours qui suivirent, les hormones de Kelly retombèrent dans leur léthargie coutumière. Y voyant plus clair, elle remit à sa juste place « l'incident » de la buanderie, à savoir dans la catégorie « n'importe quoi ». Une folie. Même si certains baisers à vrai dire...

Pourtant, elle n'était plus une gamine de quatorze ans, prête à s'émouvoir au moindre effleurement. Mais une chose était sûre, certains baisers... N'étaient que des baisers. Et d'autres baisers étaient plus... complexes. Comme des promesses.

Des promesses dont elle pressentait qu'elles pourraient lui faire ressentir des choses qu'elle n'avait jamais ressenties. En fin de compte, ses hormones n'étaient peut-être pas si endormies...

L'horloge du four bipa. S'arrachant à ses rêveries, elle en sortit deux ramequins de hors-d'œuvre qu'elle pensait proposer à l'occasion de la fête d'anniversaire des Thomas, le lendemain soir, et referma la porte du four d'un coup de hanche. Elle sourit en entendant les beignets de crevettes grésiller. Pas mal, se dit-elle en posant les ramequins sur la grille, sur le comptoir. La réception était organisée au domicile du couple, dans le quartier le plus huppé de la ville, et elle devait confectionner la plus grande part du menu sur site. Dès lors, tester ses recettes au préalable relevait de la simple prudence. Matt avait fait de son mieux en lui installant une cuisine qui, si elle n'était ni haut de gamme ni high-tech était robuste et fiable.

Un peu comme Matt lui-même.

Cent fois elle se l'était juré, elle ne ramasserait pas le gant jeté par Matt. Et y penserait encore moins. Puis le baiser de Matt lui revint à la mémoire, le souvenir de ses mains si douces qu'elle en frémissait encore...

Au même instant, une voiture remonta l'allée et vint se garer derrière le van. Impossible cependant de voir quelque chose, la fenêtre de la cuisine donnant sur la cour derrière. Au bout de trois secondes, son portable sonna.

— Me voici, annonça sa belle-mère d'un ton enjoué. Dois-je passer par la porte principale ?

— Non, prenez la petite allée sur votre gauche.

Et peu après, Lynn apparut, très chic avec ses gants en cuir, son sac bobo, jean et ballerines aux pieds.

— Je sais, je sais, je suis en avance. J'espère que ça ne pose pas de problème ?

— Bien sûr que non, répondit Kelly en la serrant dans ses bras. Mais Linnie fait encore la sieste et Coop ne sort pas de l'école avant une heure...

— Oh ! comme ça sent bon...

Kelly sourit et débarrassa sa belle-mère.

— Je suis chargée du menu lors d'une réception demain. J'étais en train de tester deux ou trois plats. Si ça vous tente. Mais attention, ça sort du four, c'est encore chaud.

— Aucun problème, répondit Lynn qui ne se fit pas prier et attrapa aussitôt une serviette en papier sur le comptoir.

— Il reste du café, proposa Kelly. Les tasses sont dans le placard, au-dessus de la cafetière.

— Super.

Un moment plus tard, Lynn vint la retrouver dans le salon, serviette dans une main, tasse dans l'autre, tout en regardant autour d'elle avec curiosité.

— Lorsque tu m'as parlé d'un appartement aménagé sous une maison, je l'avoue, j'étais sceptique. Je me souviens de ce taudis où nous vivions, à Manhattan, Jack et moi, juste après notre mariage. Quelle horreur... Mais cet endroit est charmant, vraiment. Très lumineux. Et toutes ces couleurs, c'est fantastique. Quant à ça, ajouta-t-elle en brandissant un beignet de crevettes, un vrai délice !

— Alors, que se passe-t-il, Lynn ? demanda Kelly, en s'asseyant sur l'accoudoir du fauteuil où elle avait déposé les affaires de sa belle-mère.

Sa belle-mère avait plus tendance à être en retard qu'en avance. Elle n'était probablement pas venue à cette heure sans motif.

Lynn soutint un moment son regard, avant de laisser échapper un soupir, puis elle s'assit sur un coin de canapé, posant café et crevette devant elle, sur la table basse.

— Oh ! je ne peux rien te cacher, dit-elle avec un petit rire nerveux. Eh bien voilà. Cooper t'a-t-il parlé de notre conversation téléphonique, l'autre soir ?

— Pas du tout, répondit Kelly. Coop est un garçon secret. Mais j'ai bien vu après votre coup de fil que quelque chose le tracassait.

Lynn jeta un coup d'œil furtif derrière elle.

— Tu es sûre qu'il n'est pas rentré ?

— Certaine, puisque c'est moi qui dois aller le chercher. Alors, Lynn...

Nouveau soupir, puis Lynn arrangea sa frange, joua avec le bracelet autour de son poignet.

— Voilà... Il m'a expliqué que Matt et toi vous étiez donné la main. Au parc.

— Pardon ? Oh...

— Tu n'es bien évidemment pas obligée de me...

— Une minute, mais j'y tiens. Il n'y avait rien d'ambigu dans ce geste. Matt venait de me raconter quelque chose à propos de son ex... Qu'elle l'avait trompé, enfin bref... J'en ai eu beaucoup de peine pour lui. Alors oui, c'était une façon de lui manifester ma compréhension. Mon amitié et...

— Tu n'as vraiment pas à me donner d'explications, l'interrompit Lynn en souriant. Et rassure-toi, je ne pense pas que Coop soit traumatisé.

— Il était... fâché ?

— Disons un peu perturbé. Il voulait comprendre. Voilà pourquoi j'ai décidé de t'en parler...

— Comme je vous l'ai dit...

— Je sais ce que tu as dit, là n'est pas le problème.

— Quel problème ?

— Je ne sais pas si tu me dis la vérité, toute la vérité..., répondit Lynn avec douceur. D'ailleurs, j'ignore même pas si tu connais cette vérité toi-même...

— Mais je...

— Ma chérie, je ne suis pas là pour te juger. De quel droit ? Et comme je l'ai fait remarquer à Coop, je ne sais rien. Mais... j'ai vu comment Matt te regardait, le jour des obsèques. Ses attentions vis-à-vis des enfants...

Elle prit sa tasse de café et secoua la tête.

— Ne rougis donc pas comme ça. Mon Dieu ma chérie, ça fait plus de deux ans que Rick et toi étiez séparés. Il est peut-être temps de passer à autre chose, non ?

— Lynn, je...

— Non. Il m'a fallu près d'une semaine pour préparer ce petit discours, alors tu vas m'écouter, l'interrompit sa belle-mère en baissant les yeux sur sa tasse. Je n'ai jamais rien dit quand tu as demandé le divorce...

Elle releva la tête et la regarda.

— Je savais ce qu'il vous faisait endurer, à toi et aux enfants. N'empêche cette initiative m'a beaucoup contrariée à l'époque. J'ai eu l'impression que tu l'abandonnais.

— Mais... je pensais...

— Oui, je sais. Je sais qu'avant d'en arriver là, tu t'es battue comme une lionne pour tenter de sauver votre mariage. Mais ce que j'ai ressenti alors n'avait rien de logique, de raisonné. C'est pourquoi je me suis tue. Tu n'avais pas d'autre choix, je le sais.

Je l'ai toujours su. Mais tu vois, je pressentais les dégâts que ce divorce occasionnerait chez Rick. Et étant sa mère...

Elle se tut, au bord des larmes, avant de reprendre :

— Mais tu es mère toi aussi, je ne t'apprends donc rien. Quoi qu'il en soit, ni toi ni moi ne pouvions grand-chose pour lui. Rick était adulte et responsable, capable de faire ses choix. Et toi, tu devais d'abord penser au bien-être de tes enfants. Ce que tu as fait... Et continues de faire.

— Mes enfants sont mon unique priorité, murmura Kelly, avant de laisser échapper un soupir. Mais ce que vous ignorez, c'est que j'ai surpris une conversation entre Matt et Coop, peu après votre coup de fil. Coop est allé demander à Matt, comme ça, de but en blanc, s'il m'aimait bien.

— Et ?

— Et... Après avoir répondu oui, mais comme amie, Matt a reconnu qu'il aimerait bien être plus. Pour nous trois.

— Cela a l'air de te surprendre ?

— Oh non, pas vraiment, mais...

Elle rougit devant le regard amusé de Lynn.

— En fait, il a assuré à Coop qu'il ne ferait rien si on ne l'y encourageait pas, si je ne lui donnais pas le feu vert. Enfin, pas en ces termes, mais quelque chose comme ça.

— Et ce feu vert, il peut espérer l'obtenir ?

— Je ne suis pas actuellement en position de le lui donner...

— Est-ce que tu en éprouves l'envie ?

— Il ne s'agit pas de ça...

— Vraiment ? Et pourquoi ?

— Parce que Coop a suffisamment souffert ces dernières années. Si vous l'aviez entendu tenir tête à Matt tel un brave petit bulldog protégeant sa maman... Et même si... Rick m'avait promis de prendre soin de moi... Alors non, plus jamais... Je ne veux plus revivre ce genre de situation. Je ne veux plus croire à ce genre de promesse, de la part d'aucun homme.

— Si je comprends bien, tu as décidé de sacrifier ton bonheur de femme en excluant tout homme de ta vie... ?

— Sacrifier est peut-être un peu fort. Mais après tout ce que j'ai traversé...

— Je sais ce que tu as traversé, j'étais là. J'ai vu ce que le comportement de mon fils a fait à cette jolie jeune fille et maman épanouie, mais... Si je peux me permettre un conseil, même si aujourd'hui tu as retrouvé énergie et confiance en toi, tu fais fausse route en voulant exclure un homme de ta vie...

— Venant de vous, ce conseil a de quoi surprendre, dit Kelly en riant. Vous qui ne vous êtes jamais remariée, après le décès de votre époux...

— Oh ! ma chérie, si tu savais, répondit Lynn avec un clin d'œil. D'abord, je n'ai jamais exclu cette possibilité. Ensuite, je n'ai pas non plus pris le voile. En réalité, j'ai même un chéri depuis de nombreuses années...

— Pardon ?

— Tu as bien entendu. Nous avons conclu une sorte de pacte lui et moi, et ma foi, nous nous en arrangeons plutôt bien, dit-elle, souriant à Kelly aux yeux ronds de stupéfaction. Mais tu peux me croire, quel choc ç'a été, pour moi, quand l'opportunité s'est présentée et que j'ai réalisé que j'étais partante pour une relation amoureuse. Que j'aspirais à une chaleur masculine. Et que je pouvais avoir tout cela sans y perdre mon indépendance.

— Et... Qui est au courant ?

— Personne.

— Rick ? Il savait ?

— Tu plaisantes. Surtout pas Rick.

— Eh bien... quelle nouvelle ! s'exclama Kelly. Et ce monsieur a un nom ?

— Bien sûr, mais je ne t'en dirai rien. Pas encore. Et non, il n'est pas marié. Et tu ne le connais pas non plus, dit Lynn en riant. Ecoute, je n'ai pas la moindre idée de ce qui se passe, ou ne se passe pas, entre ton très séduisant propriétaire et toi. Et je comprends ton désir d'indépendance, ta volonté avant toute chose de protéger tes enfants. Mais crois-moi, tu peux faire et être toutes ces choses sans pour autant t'interdire quelques petits plaisirs. Le plaisir notamment d'être chérie et désirée et couverte de cadeaux. Ah, les femmes modernes ! Intransigeantes sur leur autonomie, mais au fond d'elles, nostalgiques de la vieille époque, elles rêvent toutes d'un héros, d'un chevalier servant...

— Et si moi, je n'ai que faire d'un héros ? marmonna Kelly en croisant les bras.

Lynn la dévisagea, l'air perplexe.

— Si c'est réellement ce que te dit ton cœur, alors très bien. Tu es la seule à savoir ce qui est le mieux, pour toi...

— Il ne s'agit pas que de ça. Ni même des enfants. Matt est...

Elle se tut, soudain au bord des larmes.

— Je ne me sens pas assez forte pour m'engager dans une autre relation.

— Oh ! s'il te plaît. Si tu n'essaies pas, comment peux-tu savoir si tu n'es pas assez forte... ? On ne parle ni de faire-part ni de robe de mariée, seulement de flirt, Kelly... Quel mal peut-il y avoir à se faire du bien de temps en temps... ?

— Lynn ! s'exclama Kelly, choquée.

— Et alors ! répliqua Lynn. Tu ne crois pas avoir mérité un peu de répit ? Un peu de plaisir... Et puis, qui sait, Matt est peut-être suffisamment fort pour deux ?

— Non, Lynn. Je refuse de me laisser aller à de telles pensées. A imaginer... Non, plus jamais ça.

— Je ne suis pas certaine que ce soit le bon choix et... Oh ! mais regardez donc qui voilà !

Après un regard qui signifiait clairement « La discussion est loin d'être close », Lynn posa sa tasse sur la table basse et ouvrit grand les bras à Aislin, en train de bâiller au bout du couloir, singe en peluche dans les bras. Un sourire se dessina sur son visage tout chiffonné de sommeil quand elle aperçut sa grand-mère, et elle courut vers elle.

— Oh ! dit Lynn en déposant un baiser sur le front de la fillette. Mais tu es en nage, ma chérie...

— Comme d'habitude après la sieste, remarqua Kelly qui vit là l'occasion de s'esquiver. Je vais chercher des vêtements propres...

Dans la chambre d'Aislin, elle prit tout son temps, mais ses pensées l'avaient accompagnée, au lieu de rester sagement dans le salon. Dommage qu'elle ne puisse les troquer contre de nouvelles, comme avec des vêtements.

Un peu plus tard, lorsqu'elle partit chercher Coop à l'école, confiant Aislin à la garde de sa grand-mère, ses tourments s'étaient un peu apaisés. Seules les paroles de Lynn continuaient à clignoter dans sa tête :

« Si tu n'essaies pas, comment peux-tu savoir si tu n'es pas assez forte... ? »

N'était-ce pas ce qu'elle s'était dit, l'autre soir ?

Secouant la tête, elle se gara dans la petite rue de l'école, en attendant la sortie des classes. Un peu stressée, elle abaissa sa vitre et inspira une bouffée d'air frais. Sa belle-mère avait peut-être raison. Mais elle avait été gravement échaudée, après avoir cru dur comme fer au grand jeu pour toujours. Et elle doutait fortement que Matt soit intéressé par un... flirt. Un mot, un concept auquel elle-même n'adhérait pas, en fait. Elle repensa à leur baiser, dans la buanderie. Son corps semblait d'un tout autre avis.

La cloche de l'école sonna, l'arrachant à ses divagations. Coudes sur le volant, elle regarda les enfants sortir en courant. Elle sourit lorsque Coop se précipita vers le van et grimpa à l'arrière.

— Où est Linnie ? demanda-t-il en bouclant sa ceinture.

— Avec grand-mère. Elle est arrivée un peu plus tôt. Toi et ta sœur passez le week-end avec elle, tu te rappelles ?

— Euh... Oui.

— Alors, il paraît que vous avez eu une grande conversation, l'autre soir. Après le parc... ? demanda Kelly après s'être extraite des embouteillages.

— Oh... Qu'est-ce qu'elle t'a dit ?

— Que tu nous avais vus, Matt et moi, nous tenir la main et que tu ne savais qu'en penser.

— Ah...

Elle l'entendit gesticuler derrière elle.

— C'est pas important...

— Ce n'est pas l'impression qu'a eue grand-mère, répondit Kelly avec douceur. Mon chéri... Tout d'abord, chaque fois que tu vois ou entends quelque chose que tu ne comprends pas, je suis là. Tu ne dois pas hésiter à venir me parler, de tout...

— Je sais.

— Bien, ne l'oublie pas. Ensuite, tu as raison. Ce n'est pas important... Matt venait seulement de m'avouer quelque chose qui m'avait fait de la peine pour lui et... J'ai seulement voulu lui manifester mon soutien. C'est tout.

— Alors, tu ne le veux pas comme petit ami ?

En dépit du bruit, elle entendit l'inquiétude dans sa voix. Et entendit dans ses oreilles l'écho frénétique des battements de son propre cœur.

— Je ne...

Elle toussota et pesta contre la voiture qui la précédait.

— Matt et moi sommes juste amis, mon ange...

— Oui, c'est ce qu'il m'a dit, lui aussi.

— Tu vois bien...

Il sembla à Kelly que Cooper soupirait, puis il demanda sur un ton enjoué :

— Tu as fait d'autres cookies ?

— Désolée, pas aujourd'hui. J'ai dû préparer la réception de demain. Mais je suis sûre que grand-mère va vous gâter ce week-end.

— Oui, sûrement...

Quelques minutes plus tard, une fois à la maison, Kelly se dépêcha de descendre de voiture pour intercepter Cooper avant qu'il coure vers l'appartement. Tenant son fils par les épaules, elle se pencha vers lui de manière à le regarder dans les yeux.

— Sais-tu combien je suis fière de toi ?

— Fier ? répéta-t-il ? Comment ça ?

Elle sourit, lui caressa les cheveux, consciente que Coop, en grandissant, ne tolèrerait bientôt plus ces « trucs de bébés ».

— Parce que tu es l'une des personnes les plus courageuses que je connais. Tu dois savoir une chose, mon chéri. Aislin et toi, vous êtes ma priorité absolue. Je ne ferai jamais rien sans considérer d'abord les conséquences que cela aura sur vous. Tu as compris ?

— ... Oui.

Et le début d'un sourire se dessina sur sa bouche de chérubin.

— Je t'aime tant, mon bébé ours.

— Je t'aime aussi, maman, mais...

Il grimaça.

— Oh ! bien sûr, j'avais oublié. Par contre, j'ai encore le droit de faire ça, dit-elle en lui ébouriffant les cheveux.

Il grimaça de nouveau, puis lui sourit avant de s'échapper en direction de l'appartement.

Elle se redressa, goûtant deux ou trois secondes le souffle du vent sur son visage. Puis elle regarda du côté de chez Matt, la fenêtre du salon, mais tout ce qu'elle vit fut le reflet aveuglant du soleil sur la vitre. Et parce qu'il n'était pas là, sa déception fut telle qu'elle en eut le souffle coupé.

Elle n'était pas dans le déni. Elle savait ce qu'elle voulait. Ou dans le cas présent, qui. Et elle le voulait si fort que la seule idée de se l'interdire la rendait folle. Deux ans, en réalité pas loin de deux ans et demi, qu'elle n'avait fait l'amour. Et elle pensait que cela ne lui manquait pas. Mais quand vous n'aviez personne avec qui vous aviez envie de faire l'amour, comment cela pouvait-il vous manquer ?

Tout en soupirant, elle suivit son fils à l'intérieur, où Lynn avait pris en charge sa couvée. Elle avait déjà préparé le sac de Linnie et aidait maintenant Coop à faire le sien. Dix minutes plus tard, ils avaient disparu, la laissant seule avec ses pensées et des dizaines d'hors d'œuvre à concocter.

Plus tard, elle entendit l'Explorer se garer, puis l'éclat de rire de Matt quand apparemment Alf se lança à la poursuite d'un oiseau dans le jardin. Son cœur cogna dans sa poitrine. Elle prit alors conscience d'une chose. Ce n'était pas le sexe en soi qui lui manquait. Ce qui lui manquait, ce dont elle avait tant envie, c'était l'intimité. Une relation. Une vraie relation, profonde et sincère, avec un autre être humain.

Le genre de relation qu'elle n'avait jamais eue avec son mari, même si au début, elle aimait Rick de tout son cœur. Subitement, tout s'éclaircit autour d'elle.

Elle méritait bien un peu de bonheur.

Au-dessus de sa tête, elle entendit les pas étouffés de Matt, la course effrénée d'Alf. Elle l'imagina parler à son chien et sourit. Le cœur au bord de l'implosion, elle regarda les Tupperwares devant elle. Elle était responsable et indépendante, maîtresse de son destin. Plus qu'elle ne l'avait jamais été en réalité. Elle était seule à pouvoir décider. S'abandonner ou résister et faire le choix de la sécurité.

Excepté... Toute sa vie, elle avait opté pour la sécurité, et où cela l'avait-il menée ?

Nulle part.

Forte de ce constat, elle sortit son téléphone de sa poche.

9

Il aurait dû se douter que sa grand-mère répéterait tout à sa mère, songea plus tard Cooper, alors que sa grand-mère les avait emmenés, Linnie et lui, faire une promenade au lac, tout près de son appartement. Mais après tout, il l'avait bien cherché. Il aurait dû garder tout ça pour lui.

Il jeta un morceau de pain rassis aux canards qui se précipitèrent comme des affamés. Le soleil brillait et il ne faisait pas froid. Bientôt, ce serait le printemps. Il dressa l'oreille en entendant un rouge-gorge chanter tout près. Riant aux éclats, Linnie frappa des mains en sautillant comme un petit moineau.

— Moi aussi, je veux lancer du pain aux canards ! hurla-t-elle.

Quelle chance elle avait d'être trop petite pour comprendre ce qui se passait. Ou pour s'en inquiéter. Coop tendit un bout de pain à sa sœur qui aussitôt courut vers le lac en appelant les canards.

— Linnie ! cria-t-il. Attention, tu vas tomber à l'eau !

— Mais si je m'approche pas, gémit-elle, je peux pas lancer loin et les canards n'auront pas à manger.

— C'est juste, remarqua leur grand-mère en souriant.

A cet instant, sa petite sœur hurla de terreur. Cinq canards étaient sortis de l'eau et se dirigeaient vers elle avec des coin-coin assourdissants.

— Non, méchants canards, non !

Linnie recula, tenant le morceau de pain au-dessus de sa tête, alors que les canards l'encerclaient, criant de plus en plus fort. Partez ! Au secours ! Ils vont me manger !

— Mais non, ma chérie, ils ne vont pas te manger, dit leur grand-mère en riant. Cooper, va aider ta sœur.

Il obtempéra. Décidément, Aislin devenait de plus en plus lourde, se dit-il en la soulevant. Presque trop pour lui, ce qui le rendit un peu triste. Puis, venu on ne sait d'où, un souvenir lui revint, confus, de lui bébé dans les bras de son père. Avant les problèmes. C'était au zoo... Peut-être, impossible de se rappeler précisément. Mais il sentit alors sa gorge se serrer.

— Ecoute-moi, dit-il à sa sœur. Découpe ton pain en petits morceaux et jette-les aux canards. Tu vas voir, ils vont se calmer.

Une minute plus tard, Aislin se retrouva à semer ses bouts de pain, tel un brave Petit Poucet, les canards faisant la ronde autour d'eux. Et soudain, elle demanda :

— Papa est mort, dis ?

Cooper faillit la lâcher.

— Oui, il est mort, répondit-il en la regardant. Tu sais ce que ça veut dire ?

— Maman dit qu'il est quelque part où on peut pas le voir, dit-elle en continuant de semer son pain. Et qu'il reviendra pas, parce qu'il peut pas...

Elle se tut un moment, puis lui montra un canard à tête verte, les plumes chatoyant sous le soleil.

— Qu'il est joli ! Je veux descendre maintenant.

— Tu es sûre ?

— S'ils veulent me faire du mal, tu me protègeras ?

Coop ignorait comment fonctionnait le cerveau des petits enfants, mais bizarrement Linnie semblait plus se soucier des canards que de la mort de son père. Mais peut-être était-ce mieux ainsi.

— Bien sûr que oui. Mais ce ne sont que des canards, tu sais.

— Oh oui, je sais, dit-elle, vexée, comme si elle ne l'avait pas appelé à l'aide, paniquée, cinq minutes plus tôt.

Il la lâcha et la regarda faire, sûre d'elle maintenant.

— Ton papa serait fier de toi, chuchota grand-mère en passant un bras autour de ses épaules.

Il se tut, mal à l'aise, à cause de cette boule dans sa gorge et de son cœur qui lui faisait mal. Un moment, il voulut se confier à sa grand-mère, il avait tellement besoin de parler à quelqu'un de tout ce méli-mélo de sentiments qui se bousculaient en lui. Mais comment le pourrait-il ? Tout le monde avait déjà tellement de soucis, il n'allait pas en rajouter...

Il décida donc de sourire, puis s'avança sur la berge, là où personne ne pourrait le surprendre à essayer si fort de retenir ses larmes. Bien sûr, sa vie n'était plus aussi triste, mais il voulait mieux encore. Plus. Un immense bonheur, brillant comme un soleil. Même s'il ne savait pas trop ce qu'il entendait par là.

Mais apparemment, les adultes eux-mêmes ne le savaient pas plus.

Matt aurait été bien en peine d'expliquer pourquoi il suggéra à Kelly d'apporter ses amuse-gueules quand elle appela pour lui demander s'il aimerait y goûter. Mais à quoi bon se cacher la vérité. Car en l'invitant ici, il avait une idée derrière la tête, et pas simplement l'envie de tester ses talents culinaires. Il était motivé par un tout autre appétit. Il la voulait dans son lit. Si, par miracle, il se pouvait que la soirée se termine ainsi.

Mais si ce n'était pas le cas, tant pis. Pourtant, il lui avait semblé entendre dans sa voix comme l'expression d'un peut-être. A moins que ce ne soit dans sa tête...

De toute façon, il était partant, quoi qu'il se passe.

Ou ne se passe pas.

Il regarda autour de lui. En dépit des aménagements, on voyait bien que les lieux étaient occupés par un célibataire. Pas de boîtes de pizza vides qui traînaient néanmoins, ni de cannettes esseulées dans le salon, mais côté ménage, l'ensemble laissait à désirer. Et s'il faisait régulièrement sa lessive, il négligeait souvent de ranger son linge et choisissait chaque matin ses vêtements directement dans la pile, sur le comptoir de la cuisine.

Et puis, il n'avait pas encore changé ses draps, cette semaine.

Juste après son coup de fil, il avait foncé au supermarché. Avait fait une halte à la pharmacie. Un homme moderne se devait d'avoir des préservatifs dans le tiroir de sa table de chevet. Au cas où...

Nerveux, il se dépêcha d'aller ouvrir, Alf dans son sillage, quand le carillon de la sonnette retentit. Puis il s'écoula un certain temps avant que son cerveau n'enregistre ce que ses yeux captaient.

— Oh ! s'exclama-t-il, subjugué, ce qui la fit rougir.

Oh ! elle n'était pas d'une élégance transcendante non, mais comparé à d'habitude, cheveux en pétard, jean ample et sweat informe, sans la moindre trace de maquillage, le résultat était...

Oh !

Certes, elle portait un jean, mais celui-là était moulant comme une seconde peau. Et son top blanc de soie à frous-frous présentait une amorce de décolleté intéressante. Et par-dessus, un gilet vert clair, de la même couleur qu'une prairie au printemps... Il s'imagina avec elle, allongé dans l'herbe, sous le soleil, à compter les nuages entre deux baisers... Elle avait fait quelque chose à ses cheveux, qui paraissaient plus lumineux. Elle avait également ombré ses cils. Et passé un voile de gloss sur ses lèvres.

Comment devait-il prendre cette métamorphose ? se demanda-t-il, la gorge serrée.

Recouvrant ses esprits, il la débarrassa de son plateau d'amuse-gueules et s'écarta pour la laisser entrer. Saisissant, quand elle passa devant lui, de délicats effluves. Floraux. Prometteurs.

— Tu sens bon, dit-il.

Elle rit.

— Les enfants partis, je me suis aussitôt plongée dans mon bain moussant.

— Et c'était bien ?

— Divin. Un cadeau de Lynn. C'est la première fois que je trouve le temps de m'en servir... J'aime beaucoup cette couleur de peinture, ajouta-t-elle en regardant les murs.

— Ah... Merci.

Alf lui tournant autour telle une furie, sans doute pour protéger son maître d'une attaque d'aliens, il alla déposer le plateau de hors-d'œuvre sur la table du salon, à côté de la bouteille de vin qu'il était sorti acheter en urgence, avec divers articles en sus.

— J'ignorais quel genre d'amuse-gueules tu apportais, dit-il en débouchant le vin. J'espère que le rouge va bien avec...

— Pardon ? Oh ! bien sûr. C'est parfait.

Bouteille à la main, il se retourna et la surprit devant la toute première aquarelle réalisée par Ethan, à l'âge de six ans. Une œuvre comme on en voit des milliers en maternelle. Elle semblait fascinée, roulant et déroulant une mèche de cheveux autour de son index.

— Ohé, dit-il doucement, la faisant sursauter. Alors, que se passe-t-il ?

— Pourquoi ?

— Parce que tu portes du rouge à lèvres, répondit-il.

Elle haussa les épaules avant de s'asseoir sur le canapé.

— Tu parlais de vin, je crois ?

Matt remplit un verre et le lui porta. L'observa quand elle le vida d'un trait.

— Tu n'as pas l'habitude de boire, il me semble, non ?

Elle secoua la tête, puis poussa un long soupir avant de fermer les yeux.

— C'est sans doute pour cette raison que j'ai une tolérance à l'alcool égale à celle d'un moucheron... Mais bon, je ne fais pas ça non plus d'habitude...

— Quoi donc ? Rendre visite à ton propriétaire ?

— Ça ne te fait pas plaisir ?

— Si c'est pour le plaisir, évidemment...

Lorsqu'elle pouffa, il lui prit son verre qu'il posa sur la table.

— Mais assez de vin...

— Pourquoi ?

— Parce que je tiens à ce que tu apprécies cette soirée pleinement.

— Oh ! gémit-elle en plongeant son visage entre ses mains. Mais que suis-je en train de faire... ?

Matt s'assit à côté d'elle et lui écarta les mains.

— Mange un peu, dit-il en lui présentant l'assiette.

— Je n'ai...

— Tu es déjà presque ivre morte. Mange.

— Non, je...

Elle rouvrit les yeux et s'agrippa aussitôt à l'accoudoir.

— Tu as peut-être raison...

Elle choisit, parmi l'assortiment d'amuse-gueules, une

sorte de feuilleté au poulet, au goût étonnant, puis il l'imita. Après une minute à manger en silence, il prit son verre sur la table basse, et demanda, dans un murmure :

— Que se passe-t-il, Kelly ?

— J'ai peur, répondit-elle après une courte hésitation.

— De quoi ?

— De prendre la mauvaise décision...

Matt proposa un amuse-gueule à Alf, qui le prit du bout des dents, en le regardant bizarrement avant d'aller déguster le feuilleté à l'autre bout de la pièce où il retrouverait les restes demain matin. Puis il prit la main de Kelly, glacée, et la serra dans les siennes.

— Mais le vin ne t'empêchera pas d'avoir peur...

Son éclat de rire résonna dans le salon.

— Que tu es donc perspicace...

Tout en réchauffant sa main, il demanda :

— Et tu sais pourquoi ?

— Parce que ça fait plus de deux ans que je n'ai pas couché avec un homme ? Parce que mon mari fut le premier et le seul... ?

— Tu es sérieuse ?

Elle se tourna subitement vers lui et le fusilla du regard.

— Oui, Matt. J'étais vierge jusqu'à l'âge de vingt et un ans. Un problème ?

— Aucun, répondit-il en secouant la tête.

— Et je ne veux pas te faire de mal.

— De mal ? A moi ? Comment ça ? demanda-t-il, désarçonné par sa réflexion.

— Je ne peux rien te promettre après... Après ce soir, dit-elle, les yeux embués de larmes.

— Je n'attends rien de tel de ta part, répondit-il avec douceur, tout en pensant le contraire, toujours ce maudit espoir chevillé à l'âme. Tu sais, plein de gens... font ça, sans jamais s'engager.

— Les gens, oui, répliqua Kelly. Mais pas moi. Et toi non plus, j'en suis sûre. Bref, tout ça me... fait un peu tourner la tête, termina-t-elle, ponctuant ses propos d'un geste de la main.

— A mon avis, c'est le vin, dit Matt.

Quand elle eut une sorte de hoquet, Matt eut l'impression

qu'une petite voix dans sa tête lui ordonnait de faire quelque chose. Il l'attira à lui et la berça tendrement. Elle renifla un peu, soupira, avant de glisser les bras autour de sa taille, puis elle se pressa contre lui :

— Tu mérites tellement mieux que ce que je suis en mesure de te donner.

— Et si ça me va, à moi ? s'entendit-il répondre.

Elle s'écarta et le regarda droit dans les yeux.

— Tu en es sûr ? Vraiment sûr ? Parce que…

— De ce que j'ai dit à Coop ? Eh oui, je savais que tu nous écoutais…

Après un soupir, elle se blottit de nouveau contre lui, ses cheveux lui chatouillant le bout du menton.

Il prit alors son visage dans ses mains, et regarda, fasciné, les pulsations du pouls, à la base de son cou.

— *Si j'ai dit ce que j'ai dit à Coop*, c'est parce que je tiens à toi. A vous tous bien sûr. Mais en particulier à toi… Et il en sera toujours ainsi. Donc si tu as changé d'avis, ce n'est pas grave. Bien sûr, je serais extrêmement déçu…

Elle esquissa un sourire.

— Mais ça dépend entièrement de toi.

— Pourquoi ? demanda-t-elle, ses yeux cherchant les siens. Pourquoi moi ?

Une question qu'elle lui avait déjà posée. Avec le même regard incrédule.

— Parce que tu es courageuse, drôle et sexy, même quand tu es habillée comme un sac…

Son éclat de rire mourut dans sa gorge.

— Et par-dessus tout, parce que tu es franche et directe. Dès lors que tu restes honnête avec moi, ça me va. Quoi qu'il arrive, ou n'arrive pas… Ne fais pas semblant.

Après un long moment, un sourire se dessina sur sa bouche.

— Jamais, Matt, jamais je ne ferai une chose pareille. Je t'en fais le serment.

— Dans ce cas, je ne vois pas le problème.

— Moi si, dit-elle.

Il sentit son cœur se serrer. Jusqu'à ce qu'il se rende compte qu'elle avait entrepris de déboutonner sa chemise. Et qu'elle avait enlevé ses lunettes.

— Nous sommes beaucoup trop habillés, toi et moi, ajouta-t-elle avec un petit rire nerveux. Et si tu voyais ta tête...

Un soupir plus tard, Matt plongea ses mains dans l'océan de ses cheveux et s'empara de sa bouche. Etouffant un cri, elle s'abandonna contre lui et lui rendit son baiser. Un baiser dans lequel il mit toute la passion, tout le désir qu'il y avait en lui.

— Encore une promesse, murmura-t-il en s'écartant d'elle quelques instants plus tard. Je voudrais que nos doutes, nos peurs, nos problèmes, tout ça reste à la porte de la chambre, d'accord ?

— Promis, dit-elle en riant.

Il la souleva dans ses bras.

Peut-être s'était-elle un peu avancée en promettant de laisser ses problèmes dans le couloir, se dit-elle quand Matt referma la porte de la chambre du bout du pied...

Du moins, tous ses problèmes...

— Je n'ai pas envie qu'Alf nous dérange. Elle a l'habitude de dormir avec moi, dit-il.

Il alluma.

A part Rick, aucun autre homme ne l'avait jamais vue nue. Aucun autre homme ne l'avait jamais touchée. Et elle était un peu anxieuse à cette perspective. Fébrile aussi, et euphorique. Mais inquiète.

Il la fit asseoir sur le bord du lit, à côté de lui. Dessus de lit déjà rabattu. Draps bronze, typiquement masculins. Et sentant l'assouplissant, nota-t-elle en souriant...

— Tu recommences..., murmura-t-il en faisant glisser son gilet sur ses épaules, sur ses bras.

— Je recommence quoi ?

Sa bouche, chaude, douce, experte, déposa un chapelet de baisers sur sa gorge.

— A penser, marmonna-t-il. Arrête.

Comme si c'était facile !

— D'accord.

— Je parle sérieusement, dit-il en riant. Si je vais trop vite...

— Non, non, ce n'est pas ça. C'est...

Elle croisa les bras.

— Tu ne comptes pas diriger toutes les opérations, n'est-ce pas ?

— Eh bien... D'accord. Comment souhaites-tu procéder ? Toi d'abord, puis moi, et de nouveau toi. Ça te convient comme ça ?

— Et tu crois que ça va marcher ?

Une lueur passa dans son regard. Avec tendresse, il repoussa une mèche derrière son oreille.

— Je pense qu'entre toi et moi, nous devrions arriver à quelque chose, non ?

Elle se dit qu'il devait avoir raison. Une seconde plus tard, elle retira son top de soie, tressaillant à l'électricité statique sur sa peau, dans ses cheveux...

Elle frémit sous son regard.

— Comment veux-tu que je te montre combien je suis doué pour dégrafer un soutien-gorge d'une seule main, si tu n'en mets pas ? demanda-t-il avec un sourire craquant.

— Je trouve ça... superflu, dans mon cas, répondit-elle.

Il rit.

— Tu ne l'avais pas remarqué ? Avant ce soir ?

Matt haussa les épaules. Et la regarda encore. Et bizarrement, plus il la regardait, moins elle se sentait nue, vulnérable. Et au contraire... A l'abri, protégée.

— Je pensais que c'était l'un de ces modèles invisibles. En dentelle, ce genre-là.

— Je ne porte jamais de dentelle...

— Oh ! exact. J'avais oublié.

En un clin d'œil, il se débarrassa de sa chemise et du reste. Puis, en souriant, il l'allongea et recommença à l'embrasser encore et encore, sans même effleurer ses seins, ses baisers se faisant de plus en plus intenses, de plus en plus passionnés.

Un rire s'échappa alors de sa gorge, chassant sa peur.

— Oui ? demanda Matt tout en lui mordillant le lobe de l'oreille. Tu as dit quelque chose ?

— Que c'est bon...

— Ah ! Attends un peu, dit-il.

Elle l'embrassa, s'agrippant à ses épaules aussi dures que le granit.

— Caresse-moi.

— Pas tout de suite.

— Je t'en prie...

— Hé, c'est mon tour, non ?

Comme si elle ne le savait pas.

— Sauf que tu ne fais rien.

Il lui sourit, puis, du bout des doigts, dessina le contour de sa mâchoire, descendit sur sa gorge.

Elle gémit, supplia.

— Patience, mon ange, lui murmura-t-il à l'oreille. Ce n'est pas tous les jours qu'un homme peut vivre son fantasme d'adolescent...

Elle mit quelques secondes à comprendre.

— Oh ! vraiment ?

— Bien sûr, il y a eu d'autres fantasmes, plus tard. Mais à treize ans... Oui... Ta bouche me rendait fou, dit-il en effleurant ses lèvres.

— Et pas... ?

Elle baissa les yeux vers ses seins.

— Oh ! ça ? Bien après...

— Jamais, j'en suis sûre.

— Détrompe-toi. Tes seins étaient très mignons...

Il rit en voyant sa grimace, puis roula à côté d'elle et la regarda. Elle vit une lueur dans ses yeux. Il ne souriait plus.

— Cet instant, maintenant... Il est pour toi. A toi, dit-il en prenant son visage dans ses mains. C'est ce dont tu as envie, toi.

Soudain mal à l'aise, elle s'assit et attrapa un oreiller pour s'en couvrir.

— Mais... Et toi ? De quoi as-tu envie, toi ?

Son sourire réapparut. Moins espiègle, plus... Quelque chose. Un quelque chose qui la fit frémir d'impatience et d'appréhension. Quoi qu'il se passe, plus rien ne serait pareil.

— Rien de plus que ce que j'ai maintenant, murmura-t-il, avant de s'asseoir.

Il caressa sa joue, puis l'embrassa de nouveau. Peut-être n'était-elle pas l'amante la plus experte de cette planète, mais si on voulait lui faire croire qu'il n'y avait pas autre chose derrière ce baiser qu'une sorte de « Je me contente de ce que j'ai et si ça ne va pas plus loin, je m'en moque », alors elle voulait bien manger le lapin en peluche de Linnie.

Parce que ce baiser était plein de promesses... Des promesses également, quand il retira l'oreiller de ses mains, la fit s'allonger et qu'il commença à caresser longtemps, très longtemps ses seins... Au début, un simple effleurement de ses doigts, pendant que ses lèvres jouaient avec les siennes... Avant de s'égarer sur son cou, ses épaules... Et quand sa bouche enfin se referma autour de son sein, elle soupira et enfouit les mains dans ses cheveux épais. Puis elle se laissa aller. Emporter. Le laissa faire, la prendre. S'autorisa à vivre ce précieux moment.

Puis, après un petit rire diabolique, il pressa les lèvres sur son ventre, fit descendre la fermeture Eclair de son jean, centimètre par centimètre... Et ce qu'il lui fit, ce qu'elle ressentit, était magique. Ce qu'elle ressentit... C'était la vie.

Des larmes s'échappèrent de ses yeux, des larmes de joie, d'étonnement et peut-être même de gratitude.

Puis il lui enleva son jean et sa culotte, les deux à la fois, en véritable expert, écarta ensuite ses jambes et l'embrassa « là », et elle pensa *oh oui, s'il te plaît*, avant de le dire à haute voix, parce qu'elle voulait qu'il sache combien elle le désirait. A un moment, elle dut mentionner les préservatifs dans son sac, car il rit et dit « C'est fait ». Et c'est là qu'elle réalisa qu'il était nu, lui aussi.

Alors, elle s'ouvrit un peu plus à lui.

— Pas encore, murmura-t-il.

— Non, tu ne comprends pas, dit-elle, tendue.

— Fais-moi confiance, je comprends.

Sa bouche experte continua de lui prodiguer de délicieuses caresses. Elle s'abandonna, et une vague de plaisir inouï la submergea.

Alors, il lui écarta les genoux. Aussitôt, elle rouvrit les yeux.

— Tu... ?

— Fais-moi confiance, répéta-t-il.

Il plongea en elle, mais pas assez, pas comme elle avait besoin de le sentir.

— Plus loin, chuchota-t-elle en se cambrant.

Il empoigna ses fesses.

— Oui, comme ça.

— C'est bien là ?

— Mmm-hmm...

Il se figea, frémissant. Elle ouvrit les yeux et le surprit en train de la regarder comme si elle était un miracle. Soudain, elle réalisa, folle de rage, que Rick jamais ne l'avait regardée de la sorte quand ils faisaient l'amour, et encore moins comme si elle était un miracle. Il ne pensait qu'à lui, à son propre plaisir, jamais au sien. Elle sentit alors sa rage redoubler, contre elle cette fois, d'accepter ça.

— Ça va ? demanda Matt en lui caressant la joue.

— Oui. Pourquoi ?

— Parce que tu as un air boudeur...

Elle l'attira contre elle et se perdit dans son regard si loin, si profondément, qu'à cet instant, elle sut. Il n'y aurait plus de retour possible.

— Non, ce n'est rien...

Et elle s'abandonna.

Lorsque Matt se réveilla, en sursaut, le ciel était encore d'une couleur hésitante. Tout de suite après, il réalisa qu'il était seul dans son lit. Il se laissa retomber sur l'oreiller en soupirant. Cela n'avait rien d'étonnant, se dit-il. Et au lieu de broyer du noir de si bon matin, il devrait se réjouir d'avoir partagé un tel moment avec elle...

Minute. Où était Alf ? Et cette odeur... Ne dirait-on pas du bacon en train de griller ?

Un bonheur fou l'envahit alors.

Car à moins qu'Alf ait appris à faire la cuisine au cours des douze dernières heures, la femme qui lui avait fait tutoyer les étoiles la nuit précédente était en train de s'occuper du petit déjeuner.

D'un bond, il se leva et gagna la salle de bains, puis il enfila son jean et son sweat. Il s'engagea ensuite dans le couloir, le nez en l'air, les narines titillées par des odeurs de café et de cannelle et de bacon grillé, jusque dans la cuisine. Dos tourné à la porte, Kelly ne le vit pas arriver. Elle s'affairait, tout en parlant à Alf. Apparemment, elle était allée chez elle pour se changer. Elle avait jeté son dévolu sur un sweat qui faisait trois fois sa taille, particulièrement hideux. Quel dommage de cacher un si beau corps, se dit-il en souriant.

Il pressa une main sur son ventre que la faim fit gargouiller et s'appuya à la porte pour l'observer.

A son âge, il savait faire la différence entre sexe et amour. Avant son mariage, il avait eu quelques aventures sans lendemain. Pas des tonnes, mais suffisamment pour savoir de quoi il parlait. Même avec Marcia, ils avaient fait l'amour jusqu'à la fin, si bien qu'il était à des lieues d'imaginer ce qu'elle trafiquait derrière son dos, et que la date de validité des sentiments entre eux avait expiré depuis longtemps. S'il y en avait eu un jour. En d'autres termes, l'amour n'était donc en rien un *prérequis* au sexe.

Néanmoins, il commençait à penser que l'amour avait la capacité de magnifier le sexe. Et la vie elle-même. Adolescent, il avait eu des sentiments pour Kelly… Rien à voir pourtant avec ce qu'il éprouvait aujourd'hui.

L'amour oui, avec un grand A, du moins en ce qui le concernait.

Fascinée par les tranches de bacon mises à égoutter sur une feuille de papier essuie-tout, Alf daigna enfin lui lancer un bref aboiement en guise de bonjour. Aussitôt, Kelly tourna la tête.

— Hello, dit-elle, avec un sourire presque timide.

Il se précipita pour la prendre entre ses bras et lui donner un baiser. Qu'elle lui rendit avec fougue. Ce qui n'empêcha pas de surprendre quelques interrogations dans ses yeux. Les femmes se posaient déjà trop de questions sur tout en temps normal, il n'était donc pas étonnant qu'elle soit un peu désemparée ce matin.

— Oui ? dit-il, et elle rougit.

— Je n'arrête pas de penser à la nuit dernière.

Quel chouette petit déjeuner en perspective.

— Oh ! vraiment ? murmura-t-il en l'attirant contre lui.

— Oui, répondit-elle en rougissant plus encore. Je me suis laissée aller à explorer de nouvelles… perspectives, il me semble. Une ou deux fois.

A y repenser maintenant, elle avait eu l'air en effet un peu désarçonnée à une ou deux occasions. Mais il n'avait pas eu l'impression d'être allé trop loin.

— Il fallait me le dire, si quelque chose t'a choquée...

Il sursauta presque quand elle éclata de rire.

— Tu n'imagines pas comme j'étais bien, dit-elle en nouant les mains à son cou. Et franchement, crois-tu que je serais encore ici si ça n'avait pas été le cas ?

Il se pencha pour attraper une tranche de bacon, derrière elle. Elle en avait fait pour un régiment.

— Tu n'étais pas obligée de préparer le petit déjeuner.

— Pour toi, peut-être pas. Mais pour moi, oui. Je meurs de faim.

Il mordit dans un morceau de bacon, ignorant les œillades d'Alf. Ignorant aussi ce nœud à la gorge au seul fait de penser que si elle était retournée chez elle se changer, elle aurait aussi bien pu y rester pour prendre son petit déjeuner.

— En tout cas, merci, dit-il avant de l'embrasser encore. C'est génial...

— Oh ! mais attends...

Elle s'arracha à ses bras pour ouvrir le four, et des effluves savoureux se répandirent dans la pièce. Alf jappa. Matt se pencha vers elle et lui donna son dernier morceau de bacon.

— Œufs brouillés au fromage et échalotes, ajouta-t-elle. Et pain grillé.

Et lui qui croyait que leur nuit de sexe était fantastique !

— D'habitude, je les mange avec des céréales.

Elle leva les yeux au ciel, puis sortit les ramequins du four. Et entre le soleil, les odeurs et l'éclat de ses cheveux, il crut qu'il allait mourir.

Il se pencha pour humer les œufs brouillés tout chauds.

— Tu es presque pardonnée pour avoir mis ce sweat atroce.

Elle baissa les yeux vers le vêtement.

— Ne l'écoute pas, Gertie, chuchota-t-elle. Tu es parfaite...

— Tu donnes des noms à tes vêtements ?

— Celui-là uniquement, répondit-elle avec un haussement d'épaules. Gertie a toujours été là, lors de moments particulièrement difficiles.

— Et ce matin, c'est un moment difficile ? demanda-t-il.

Elle lui sourit, radieuse. Un peu trop radieuse pour être honnête en réalité.

— Le petit déjeuner est prêt, dit-elle.

Il sentit son cœur se serrer. Peut-être se faisait-il des idées. Noires bien sûr. Pas question de se laisser abattre. Ce bacon... Un vrai délice.

Kelly referma les mains autour de sa tasse et sourit en le regardant finir ses œufs brouillés. Les siens, car il avait déjà englouti sa part. Pourtant, elle croyait être affamée. Elle espérait aussi que manger lui remettrait les idées en place. Suffisamment pour analyser froidement la situation. Avec recul et objectivité.

Un flirt. Ah, Lynn et ses théories !

Bien sûr, elle avait le choix. Tout d'abord, elle pouvait décider de ne pas rallumer le feu, l'incendie majeur, de la nuit dernière. Ce qui n'empêchait pas, à l'occasion, de changer d'avis. Ce matin, elle aurait pu s'esquiver aux premières lueurs de l'aube. Ou encore, tout à l'heure, jouer la comédie, en faisant comme si tout allait bien, comme si tout était normal. Elle avait décidé de jouer la carte du compromis. Rester chez lui, préparer le petit déjeuner. Et aborder sans détours les sujets qui fâchaient.

Cet homme, avec une sérénité remarquable, s'était montré suffisamment gentil pour s'asseoir et déguster tranquillement son petit déjeuner, prenant son temps, évitant de la presser de lui fournir des réponses qu'il savait qu'elle n'avait pas, ou du moins qu'elle n'était pas prête à lui donner. Ils bavardèrent de choses et d'autres, comme de son retour imminent au travail ou de son banquet pour le lendemain soir, et même du temps, comme si aujourd'hui n'était pas différent d'hier.

Comme si elle-même ne l'était pas.

Dans le silence étonnamment confortable, elle l'observa. Elle n'allait pas lui mentir : des moments d'extase avec Rick, elle en avait eu, en tout cas au début. Il est vrai qu'elle était innocente alors en matière de sexe, au point de prendre le moindre frisson pour du plaisir… Il lui avait fallu un certain nombre d'années pour comprendre qu'il y avait autre chose. Et qu'elle voulait plus.

Et M. Plus justement était là, assis face à elle. Cet homme avait révolutionné son univers, redéfinissant tout ce qu'elle croyait connaître de la tendresse, de la générosité et du don de soi. De la confiance aussi. Car une chose était sûre : elle pouvait totalement compter sur lui. Il ferait probablement n'importe quoi pour elle. Dans les limites de la légalité, bien sûr.

Alors pourquoi ces doutes qui la tenaillaient ? Pourquoi, après une telle nuit, ce sentiment de malaise…

— Et voilà que ça recommence, remarqua Matt en croisant les bras.

Elle comprit que c'en était fini de son répit.

— Quoi ?

— Tu penses.

— Oh ! et toi, tu ne penses donc jamais ?

— Pas aussi bruyamment que toi…

Avec un sourire, il tendit la main vers elle.

— Le moment est venu d'avoir une conversation, ajouta-t-il quand elle glissa sa main dans la sienne.

De nouveau, elle sentit cette tentation contre laquelle elle luttait depuis son retour à Maple River, celle de laisser Matt être ce qu'il avait envie d'être, tout pour elle, parce qu'elle était lasse, si lasse de porter ce fardeau seule. Lasse de prendre toutes les décisions, de retenir son souffle tant elle avait peur de faire le mauvais choix, de mettre en péril le bien-être de ses enfants… Lasse de n'avoir personne à qui parler. Autre que Lynn, bien sûr, qui avait perdu son fils et n'avait pas besoin d'une belle-fille anxieuse et pleurnicheuse.

— Je me sens un peu perdue, dit-elle.

C'était la vérité, et il n'en méritait pas moins. Elle refoula ses larmes, des larmes de rage.

Son regard rivé au sien, Matt pressa tendrement sa main.

— A cause de quoi ?

— De tout… Tu n'imagines pas combien de fois, la nuit dernière, je… Je me suis donnée… Abandonnée à toi.

— Mais moi aussi. Et en quoi est-ce un problème ?

— Je parle sérieusement, Matt...

— Je sais. Mais... Oh ! viens ici.

Elle hésita, puis se leva et alla s'asseoir sur ses genoux.

— Je suis peut-être fou, mais je pensais que c'était comme ça que ça devait fonctionner. En s'abandonnant l'un à l'autre, dit-il, un bras autour de sa taille.

— Et tu... Tu as déjà ressenti ça, avant ?

Une lueur passa dans ses yeux.

— Avant toi ? Non.

— Oh ! allez...

— Tu crois que je te raconte des histoires ? Non, Kelly, jamais. Je pensais que ça ne faisait plus aucun doute pour toi. Et ne fais pas cette moue, comme si tu ne me croyais pas. Mais je comprends. Tu te sens perdue, et moi aussi. Tout ça fait un peu peur, et tu sais pourquoi ?

Elle retint son souffle. Elle ne connaissait que trop bien la réponse.

— Parce qu'il s'agit de donner le contrôle à l'autre.

— Exactement, dit-il en la serrant contre lui. Et toi et moi... Tous les deux, nous avons de bonnes raisons de ne pas vouloir nous laisser aller à ce genre de choses. Aussi, ce matin, quand je me suis réveillé, j'ai cru que tu étais partie et... Je ne souhaite à personne ce que j'ai ressenti... Car pendant un moment, j'ai cru que je t'avais perdue.

Elle le dévisagea, stupéfaite.

— Tu ne m'as donc pas entendue, cette nuit ? Comment as-tu pu croire une chose pareille ?

— Ce dont je te parle n'a rien à voir avec mes talents d'amant, dit-il avec un sourire penaud. J'ai pensé que je t'avais perdue sur un autre plan... Plus essentiel... Enfin, tu vois...

— Non...

Elle rit, et Matt à son tour rit.

— Bien, reprit-il. Je vais essayer d'être plus clair. Lorsque tu es arrivée hier soir et, même avant, quand tu as appelé... J'étais conscient de la difficulté que cela représentait pour toi, de faire ce premier pas. Et j'en ai été terriblement ému. Comme si tu me faisais don de la plus précieuse des chances. En me permettant d'essayer d'être celui dont tu as besoin. Comme...

Il effleura sa joue, et son regard était empreint d'une telle gravité qu'elle en eut le souffle coupé.

— Comme si la balle était dans mon camp, poursuivit-il. Et que je devais prendre toute la mesure de ce qui arrivait, de ce qui se passe entre nous, au lieu de simplement me laisser porter par le courant.

— Oh Matt...

Horrifiée, elle prit son visage dans ses mains.

— Jamais je n'ai voulu faire peser une telle pression sur toi...

— Non, pas de la pression. En tout cas, je me suis senti... motivé comme jamais.

Elle rit, en dépit des larmes qui perlaient à ses paupières, puis elle soupira et posa la joue contre ses cheveux.

— Tu ne peux pas t'empêcher d'être ce que tu es, attentionné, protecteur. Mais... C'est aussi ce qui te rend dangereux, pour moi, dit-elle avec douceur.

Elle le sentit aussitôt se rétracter. Alors elle le regarda dans les yeux et effaça du bout des doigts les rides sur son front.

— Parce que, en toute franchise, je ne crois pas être assez forte pour résister... Pour te résister.

— Je te le répète, Kelly, je n'ai jamais voulu te forcer à faire une chose pour laquelle tu n'étais pas prête...

— Je sais... Et j'ai envie de te le prouver, là, maintenant, tout de suite...

Il la regarda, incertain, puis un sourire radieux illumina son visage.

— Tu es sûre ?

En guise de réponse et malgré l'angoisse qui lui nouait le ventre, elle retira son sweat. Matt se figea, et elle se sentit... toute puissante. Sûre d'elle. De lui.

— A ton avis ? dit-elle.

Il rit et la fit descendre de ses genoux. Puis il se leva, fit sortir Alf et se dirigea vers la chambre. Mais elle l'arrêta en chemin, dans le salon inondé de soleil.

Il la regarda, décontenancé.

— Ici ? Vraiment ?

Souriant en dépit de sa nervosité, elle sortit un préservatif de la poche de son jean et le lança à Matt qui l'attrapa au vol. Puis elle se débarrassa de ses baskets et enleva son jean. Et savoura le délicieux cocktail d'air frais, de soleil brûlant et du regard torride de son amant sur sa peau, avant de se blottir dans ses bras.

— Vraiment, répondit-elle.

Elle sentit les mains de Matt dans ses cheveux, puis il l'embrassa avec une passion telle qu'elle en eut le vertige. Et soudain, il se retrouva à genoux devant elle, à couvrir son ventre nu de baisers. Elle gémit et le supplia, ce qui le fit rire. Il l'emporta alors sur le tapis chauffé par le soleil derrière les vitres et la fit s'allonger avec de multiples précautions, comme si elle était le plus précieux des trésors.

Quelque chose frémit en elle, comme si la peur se rebiffait et cherchait à la retenir entre ses serres.

Non. C'était son choix. Se donner, s'abandonner à lui. Et lorsque le regard de Matt croisa le sien, à l'instant de venir en elle, sa reddition, à lui, au destin fut si complète, si troublante, sa faim de lui si entière, si vorace, que tout ce qu'elle fut en mesure de penser alors se résuma à *Oh oui...*

Parce que envie et besoin étaient si inextricablement liés dans son esprit qu'elle n'avait plus la moindre idée de ce que l'un et l'autre signifiaient.

10

Vers la mi-avril, Matt, comme apparemment toute la ville en ce samedi après-midi, dans le magasin de bricolage, semblaient y croire : le printemps ne tarderait plus.

— Mais tu ne peux pas planter des pétunias maintenant, dit Kelly à côté de lui, alors qu'il poussait leur Caddie dans les allées de la jardinerie, entre les odeurs de roses, d'engrais et de terre fraîche.

Il avait décidé d'aménager le jardin, et elle s'était portée volontaire.

— C'est bien trop tôt. Il peut encore y avoir des gelées matinales.

Quel maudit hiver, avec plus de neige encore cette année que les précédentes. La semaine précédente, un blizzard terrible s'était abattu sur Maple River, anéantissant le cerisier en fleurs qui, attendri par le redoux la semaine avant, avait commis l'erreur de bourgeonner un peu trop tôt.

— Ohé ! lança-t-elle aux enfants, fascinés par les fontaines exposées au bout de l'allée.

Une légère brise faisait danser ses cheveux et jouait avec sa longue jupe aux couleurs de l'arc-en-ciel.

— Ne vous éloignez pas, d'accord ?

Matt sourit en voyant l'air exaspéré de Coop. Et sourit aussi à maman poule. En dépit d'une certaine angoisse. Redoutant que ce bonheur, comme le temps, ne soit qu'une illusion, temporaire. Il n'était pas idiot. Il avait bien senti que quelque chose n'allait pas, ce matin-là, juste après avoir fait l'amour avec elle, dans le salon. Tout n'était pas réglé, loin de là.

Oh ! tout se passait bien entre eux. Et avec les enfants aussi. En fait, quand ceux-ci étaient retournés voir leur grand-mère, le week-end dernier, c'était Kelly qui avait suggéré de passer ces deux jours ensemble. Qui était restée à faire la grasse matinée dans son lit le dimanche matin, nue, langoureuse. Jusqu'à ce qu'il comprenne que tout cela manquait de naturel. De spontanéité. Elle faisait ce qu'elle pouvait pour que ça marche, peut-être même trop. Et lui aussi, de son côté, ne ménageait pas ses efforts pour répondre à ses attentes, être celui dont elle avait besoin... Même s'il n'était pas encore très sûr de savoir à quoi cela correspondait...

— Oh ! des pensées, dit-elle en remontant son sac sur son épaule.

Elle se dirigea vers un assortiment de fleurs jaunes, violettes et blanches, puis lui sourit, et son sourire le fit tressaillir, comme toujours.

— Voilà ce qu'il nous faut...

Non, ce qu'il fallait à Matt, c'était des certitudes. En finir avec les doutes et les questions.

Non qu'il ne lui soit pas reconnaissant pour ses efforts, mais insidieusement, au fil des jours, des ombres s'étaient invitées entre eux, reléguant quelque part cette honnêteté, cette transparence à laquelle l'un et l'autre étaient pourtant si attachés. Surtout que le mensonge, le secret lui avaient déjà coûté un mariage. Marcia et lui ne s'étaient jamais vraiment parlé. D'ailleurs, ils n'avaient jamais été heureux non plus.

Refermant les mains autour de la poignée du Caddy, il l'observa en train de butiner entre les rayons, cherchant les meilleurs spécimens. Comme si la perfection, dans ce domaine comme dans les autres, était possible.

Mais lorsqu'elle revint vers lui, les bras chargés de fleurs, il comprit une chose : elle n'avait pas cessé d'être honnête avec lui. A propos des risques que tous deux prenaient dans cette histoire. Et elle lui avait avoué être encore hantée par certaines choses, faire du mieux qu'elle pouvait pour tourner la page. Il devait se montrer patient avec elle.

Elle déposa ses fleurs dans le Caddy pour rejoindre ses enfants, elle prit Aislin dans ses bras, la fillette en profitant pour tripoter de ses doigts maculés de terre les cheveux de sa mère. Puis Kelly se lança avec Cooper dans une grande conversation sur les atouts des différentes fontaines devant eux. Il sentit une profonde émotion le gagner. Les yeux de Kelly brillaient d'un tel amour pour ses enfants. Et à ce moment, lui revint à la mémoire un verset de la Bible que citait souvent sa mère... Quelque chose sur la patience qui accomplissait son œuvre.

Il inspira alors profondément, le cœur gonflé d'espoir.

Le lendemain, les mains dans la terre, Matt eut la surprise de voir arriver son père dans son éternel gilet, casquette sur la tête. Il n'était pas rare que le colonel vienne à l'improviste. Aussitôt, Matt se releva d'un bond.

— Papa ? ça va ?

— Quelle merveilleuse journée, répondit le vieil homme. Je me suis dit que je ferais mieux d'aller faire un tour avant que mère Nature ne se remette en pétard...

Mains dans les poches, le colonel d'un coup de menton désigna les plantations de Matt.

— Pas mal. Ça me rappelle notre jardin, quand ta mère...

Il s'interrompit, se renfrogna, avant de répéter :

— Pas mal.

— Merci, marmonna Matt intrigué par la posture inhabituelle de son père, épaules voûtées, dos rond. Assieds-toi un moment...

— Non, tu es occupé.

— Je creuse des trous. Je devrais pouvoir arriver à parler et à creuser en même temps.

Après une hésitation, le colonel s'avança dans l'allée.

— Si tu es sûr que je ne te dérange pas, dit-il en s'asseyant sur l'un des transats achetés au magasin de bricolage.

A cet instant, Matt perçut nettement la faille dans la cuirasse du colonel, car à l'évidence, le vieil homme ne s'était pas remis de la perte de sa femme, il était simplement trop entêté pour l'admettre.

— Tu veux un soda, ou quelque chose ?

— Un verre d'eau, c'est parfait. C'est neuf, ça, non ? demanda-t-il en observant le transat d'un peu plus près.

— Oui. On les a choisis avec Kelly, expliqua Matt en sortant une bouteille d'eau de la glacière.

En réalité Kelly, péremptoire, avait décrété en voyant ces transats « Il te les faut », et il avait obtempéré sans discuter.

— Comment ça se passe ? l'interrogea son père quand il lui tendit la bouteille.

Kelly et les enfants avaient rendu visite au colonel à deux ou trois reprises, depuis son retour, aussi connaissait-il les détails relatifs à son retour à Maple River. Qu'elle louait l'appartement en dessous. Mais rien de plus. Ce qui était très bien ainsi. Pour le moment en tout cas. Et si, un jour, il y avait autre chose à ajouter...

— Très bien, répondit Matt en se remettant à l'ouvrage. Alf joue avec les gamins, elle est aux anges...

En entendant son nom, la chienne, allongée un peu plus loin sous l'érable, leva la tête, grogna un peu et se rallongea.

— Kelly et les enfants sont là ?

— Non, ils sont allés au centre commercial. J'ai dit que je préférais me manger le bras plutôt que de mettre les pieds là-bas un dimanche.

— Comme je te comprends, dit son père en riant. Ces fleurs, elle t'a aussi aidé à les choisir ?

— Oui, tout à fait...

Il sortit une autre pensée de son godet en plastique, la planta dans la terre chaude où ses comparses semblaient sourire au soleil.

— Je n'y connais pas grand-chose, en matière de fleurs.

— Et alors... Tu penses qu'elle va rester ?

— Je n'en sais rien, répondit Matt, la gorge serrée. Mais j'imagine qu'habiter un appartement en sous-sol ne fait pas partie de ses projets à long terme.

— Tu as sans doute raison, remarqua son père avec une drôle de voix, au point que Matt tourna la tête pour le regarder.

— Que veux-tu dire ?

Posant la bouteille d'eau sur la table en fer forgé à côté de lui, son père abandonna le transat pour s'asseoir sur la première marche du perron, puis il enleva sa casquette.

— Je comprends parfaitement pourquoi Kelly a éprouvé le besoin de revenir à Maple River. Mais les appartements ne manquent pas dans cette ville. Elle n'était pas obligée de venir vivre ici, non ? Et aujourd'hui, elle choisit le mobilier de jardin. Et les fleurs. Tsst... Tu n'es quand même pas aveugle, non... ? Moi en tout cas, je ne le suis pas.

Matt éclata de rire. Un rire forcé.

— Tu crois qu'elle...

Matt se tut, quand son père hocha doucement la tête, avec l'expression de celui à qui on ne la fait pas.

— Je sais ce que c'est, fiston. Ce...

Le colonel se renfrogna, puis il regarda Matt dans les yeux :

— Ce satané vide. Et ce vide... Parfois il te pèse. Te rend vulnérable. Et tu te prends alors à penser, ce serait bien de le combler...

— Ce n'est absolument pas le cas, s'empressa de répondre Matt.

Et puis, de quel vide parlait son père, de celui de Matt ou de celui de Kelly... ?

— Ah, et de quoi s'agit-il alors ? demanda le colonel.

Matt esquiva la question. Comme toujours. Il marchait sur des œufs avec Kelly, prenant garde à ne pas l'envahir, à ne pas l'étouffer. Elle avait assez à faire avec tout ce qui lui tournait dans la tête. Cependant, à la façon dont son père le regardait, il comprit qu'il n'échapperait pas à quelques explications. Car pour arranger le tout, il savait combien Kelly était chère au vieil homme.

Qui manifestement n'était pas venu jusqu'ici pour discuter de jardinage.

Quelques minutes s'écoulèrent, puis Matt rejoignit le colonel sous la véranda. Et après avoir tourné autour du pot un certain temps, il lui raconta tout. Enfin, presque tout. Pas certaines nuits intimes, mais il lui parla des peurs de Kelly et de son espoir à lui. Peut-être un espoir fou, mais il croyait en cette maxime selon laquelle la patience pouvait faire des miracles. Et son père l'écouta jusqu'au bout, en silence.

— Donc, tu l'aimes, dit-il quand Matt eut terminé.

Matt laissa échapper un soupir.

— Oui.

— Tu le lui as dit ?

— Pour lui faire peur et risquer de la voir partir ? Surtout pas !

— Hmm...

Son père contempla sa casquette.

— Mais vous êtes amis, non ?

— J'ose le penser...

— Et ses enfants... Tu les aimes ?

Il pensa à Coop, à ses moments de joie purement enfantine succédant aux épisodes de noirceur, aux rires d'Aislin.

— Je les adore.

— Et eux, de leur côté ?

— Je crois qu'ils m'aiment bien.

— Et tu es certain que ce n'est pas juste en toi un profond besoin de combler ce... vide ? Je veux dire, après ce que cette... femme t'a fait subir...

Matt se figea. Il n'avait jamais raconté à son père les détails qui avaient amené à sa rupture avec Marcia.

— Que sais-tu de...

— Je ne suis pas aveugle, je te le répète. Alors ?

— Je ne sais pas, soupira Matt. Peut-être. Mais... Quel mal y a-t-il à vouloir combler ce vide ? Si le moment est venu ?

— Je dirais que ça dépend aussi de la femme...

C'était bien là tout le problème, pensa Matt. Car tout dépendait de Kelly. Ce qu'il n'avait pas manqué de dire et de répéter à la principale intéressée.

— Et alors, tu en penses quoi, papa ? demanda-t-il en regardant son père. Que je devrais renoncer ?

Le colonel lui donna une tape entre les omoplates. Le vieil homme n'avait jamais été très démonstratif. Et cette tendresse dans ses yeux à cet instant... Matt ne l'avait non plus encore jamais vue.

— Ne te méprends pas, j'aime beaucoup Kelly. Et j'imagine ce qu'elle a dû endurer. Mais tu es mon fils. Et je n'ai pas envie de te voir souffrir de nouveau. Comme tu le sais, certaines choses ne se forcent pas. Il faut beaucoup de persévérance pour préserver la flamme, mais si l'allumer demande trop d'effort...

De nouveau, le colonel lui tapota l'épaule, puis il promena son regard sur le jardin.

— Si tu n'es pas absolument certain que cela puisse déboucher sur quelque chose, peut-être devrais-tu envisager d'arrêter les frais. Avant que ça ne tourne mal. Surtout pour les enfants.

Au même instant, le van de Kelly apparut, et en dépit de tout ce que son père venait de dire, Matt sentit son cœur s'accélérer à la seule perspective de la revoir. De partager des moments précieux avec elle, comme le dîner, ou faire la lecture à Aislin, une promenade au parc pendant que les enfants faisaient du vélo, arpenter les rayons du supermarché…

Mais peut-être son père avait-il raison. Si préserver la flamme demandait trop d'effort…

Le van se gara dans l'allée, ses occupants en descendirent et Kelly se précipita, bras ouverts, vers le colonel qui se leva en la voyant s'approcher. Kelly le serra très fort, comme seule elle savait le faire.

— Vous restez dîner ? lui demanda-t-elle, radieuse.

Lorsque le colonel marmonna quelque chose, elle éclata de rire.

— Côtes de porc, déjà décongelées, rien de bien sorcier, dit-elle. Et je vous interdis de dire non.

Matt se leva à son tour, en sachant pourquoi il l'aimait. De tout son cœur. De toute son âme.

Et dût-il y passer les vingt prochaines années, il la conquerrait. Il descendit les marches du perron pour aller à sa rencontre, bien déterminé à se retrousser les manches. Au propre comme au figuré.

— Alors, tu vas me dire ce qui se passe entre mon frère et toi, ou dois-je venir dans le New Jersey pour vous tirer les vers du nez ? soupira Sabrina.

Téléphone à l'oreille, Kelly sortit sous la véranda. C'était une soirée de printemps parfaite, peu de vent, pas trop froide. Parfaite, comme sa vie aujourd'hui. Enfin, presque. Ses enfants étaient heureux et en bonne santé, les affaires marchaient bien et Matt…

En soupirant, elle s'assit sur la première marche du perron et resserra sa jupe à volants autour de ses jambes. Matt, les enfants et Alf étaient allés raccompagner le colonel chez lui. Une petite trotte à pied, mais ils ne tarderaient plus, maintenant. Tout près, un rossignol se mit à chanter. Probablement une aubade à sa belle. Comme si c'était le moment...

— Il n'était pas censé te dire quoi que ce soit. Pas avant... Que nous soyons sûrs.

— Eh bien, il a parlé, c'est comme ça, répondit Bree. Mais ça n'a pas été facile pour lui, et se confier lui a demandé beaucoup d'effort.

— Et qu'a-t-il dit exactement ?

— Que vous étiez ensemble depuis quelques semaines. Excepté qu'il n'avait pas l'air aussi heureux que ce que j'aurais cru. Et tu n'as pas l'air non plus d'être sur un petit nuage...

— Que veux-tu que je te dise ? Et puis, tu n'es pas tout à fait neutre dans l'histoire. Matt est ton frère jumeau et...

— Et alors ? Depuis longtemps, depuis toujours en fait, tu es comme ma sœur, dit Bree avec douceur. Je vous aime très fort tous les deux. Et si l'un de vous souffre, moi aussi.

— Voilà pourquoi nous avions convenu de garder tout ça pour nous durant un certain temps, remarqua Kelly. Et malheureusement, tu ne peux rien...

— Faux, je peux écouter, l'interrompit son amie. Ce que je suis en train de faire. Pas comme dans le passé. Oh ! quand j'y repense... Comment as-tu pu me supporter ? M'écouter des heures entières pleurer sur mon sort...

— Mais c'était passionnant, répondit Kelly dans un éclat de rire.

— Moque-toi, soupira Bree. Toujours est-il que je te dois bien ça. Alors vas-y, je t'écoute...

Kelly gardant le silence, elle ajouta :

— Tu le sais, tu peux me faire confiance. Parce que je sais aussi me taire... En tout cas, j'ai appris.

Kelly inspira à fond et se lança, parla de cette lutte qu'elle menait contre sa peur. Mais rien n'y faisait. Et plus son amour pour Matt grandissait, plus la peur augmentait. Tout était prématuré, et le danger de se perdre de nouveau trop réel. Matt était trop protecteur, ce à quoi Bree acquiesça. Et puis, si elle n'était pas en mesure d'apprécier sa sollicitude, de l'apprécier lui, comment les choses pourraient-elles fonctionner entre eux ?

— C'est juste, remarqua Bree.

A présent que Kelly avait ouvert les vannes, elle ne pouvait plus se retenir.

— Et il y a pire, Matt de son côté a si peur de dire ou faire quelque chose qu'il ne faut pas, que nous sommes tous les deux dans la retenue… Et cette relation somme toute se fonde sur des non-dits, des mensonges… Et puis, il y a les enfants… Les enfants qui jour après jour s'attachent un peu plus.

— Comme toi, dit son amie.

Kelly soupira.

— Je ne sais plus où j'en suis, chuchota-t-elle. Comment quelque chose peut sembler si évident et en même temps…

Elle se tut, avant d'ajouter :

— Je… J'ai trouvé une petite maison à louer, l'autre jour.

— Oh… Vraiment ?

— Oui.

Il s'agissait d'une toute petite maison, tout près de l'école de Coop et de son local professionnel. Avec un joli jardin. Ils pourraient même prendre un chien, si Coop en avait envie…

Au bout de la rue, la mauvaise troupe apparut, Linnie sautant à cloche-pied tout en tenant la main de Matt qui discutait avec Coop. Kelly eut l'impression de recevoir un coup de poignard en plein cœur.

— Je crois que c'est mieux ainsi, dit-elle à Bree. Mais je les vois qui arrivent, il faut que je te laisse.

— Nous en reparlerons, répondit son amie avant de raccrocher.

— Maman ! cria Cooper en courant vers Kelly. Matt dit que si tu es d'accord, je peux aller faire du vélo !

— Un petit peu alors, répondit-elle en se protégeant les yeux contre le soleil qui sombrait à l'horizon. Il va bientôt faire nuit.

— Je sais…

— Et mets ton équipement…

— Pfff, maman, pesta le garçon.

Il se dirigea avec Matt vers le garage, tandis que Linnie venait se blottir dans ses bras, le pouce dans la bouche.

— Ma jolie petite fille aurait-elle sommeil ? chuchota Kelly en caressant les cheveux de son bébé.

Elle souleva la fillette, qui devenait de plus en plus lourde, et entra pour la coucher, tout en s'efforçant de retenir ses larmes. Comment allait-elle annoncer à Matt qu'elle partait ? Sans lui briser le cœur.

Après une première rupture désastreuse, elle n'imaginait pas devoir revivre l'expérience si tôt.

— Je déteste tout cet équipement de protection, marmonna Cooper. On dirait un robot...

Accroupi devant le garçon, Matt sourit et lui tendit son casque. Coop le mit en soupirant. Un modèle sympa, heureusement, bleu métallisé. Mais avec la chaleur, il avait des démangeaisons. Et les coudières et les genouillères lui faisaient mal.

— Mieux vaut ressembler à un robot que risquer de te fendre le crâne, répondit Matt en tapotant le casque sur sa tête.

Coop sourit. Il ne comprenait pas pourquoi il s'était tant inquiété, à propos de Matt. Car aujourd'hui, il l'aimait beaucoup. Il aimait sa façon de parler, toujours avec calme. Et aussi quand ses yeux riaient. Et puis, Matt ne s'énervait jamais contre lui.

— Ou de t'écorcher les genoux ou les coudes, si tu tombes...

— Jamais je suis tombé ! Jamais ! Tu m'as vu, je suis un superpilote.

— Même les meilleurs pilotes portent un équipement de protection. Allez, hop, il ne te reste plus qu'un petit quart d'heure avant le coucher du soleil, dit Matt en se relevant.

— Tu vas me regarder, dis ?

— Pas question que je rate ça, répondit Matt.

Aussitôt, Coop s'élança sur le trottoir. Il adorait faire du vélo dans la rue, mais sa mère ne le trouvait pas encore assez grand pour ça.

En fait avec elle, il ne pouvait jamais rien faire !

Une fois au carrefour, il fit demi-tour. Les gens étaient dehors, à prendre l'air ou à promener leur chien. A l'autre bout de la rue, il aperçut Matt qui lui fit signe. Coop leva la main pour lui répondre, quand au même instant, deux filles sur le trottoir à côté se mirent à rire bêtement. Agacé, il donna un violent coup de pédale pour s'échapper... Sauf qu'au même moment, un chien surgi de nulle part se précipita vers lui en aboyant méchamment. Surpris, Coop donna un coup de guidon pour éviter l'animal, mais par malheur heurta la racine d'un arbre et se retrouva projeté sur la clôture d'en face. Tout ce dont il se souvint par la suite, c'est qu'il s'envola...

La gorge serrée, Matt descendit la rue en courant, Alf sur les talons. Déjà Cooper se rasseyait. Remerciant d'un geste un voisin témoin de l'accident qui accourait, Matt repoussa Alf qui, inquiète, n'arrêtait pas de lécher le visage du garçon, et s'agenouilla devant lui. Il ne pleurait pas, ne semblait pas souffrir, mais il était évidemment choqué et sûrement blessé dans son orgueil.

— Ça va ?

— Je... Je crois. Cet idiot de chien...

— J'ai vu...

Laissant échapper un soupir, Matt chercha l'animal des yeux. Volatilisé.

— Je vais aller rendre une petite visite à son maître, et tu peux me croire, ça va barder... Hé, mon grand, ajouta-t-il en posant une main sur l'épaule de Coop, au bord des larmes maintenant. Qu'est-ce que...

— Je voulais pas... Le vé-lo...

Coop regarda la bicyclette disloquée et essuya une larme sur sa joue maculée de terre.

— Pardon, j'aurais dû être plus prudent. Papa...

Un souvenir revint subitement à Matt. Il devait avoir cinq ans quand, par maladresse, il avait fait tomber le gros radiocassette de son père sur le carrelage, le réduisant en miettes...

Mais qu'est-ce qui cloche chez toi ? Tu es aveugle ? Ou juste abruti... ?

Matt attira Coop dans ses bras, ému par ses pleurs.

— Tout va bien, mon grand... C'est un accident...

Puis il plongea ses yeux dans ceux du gamin.

— Ce n'est pas ta faute, d'accord ? Et puis, un vélo, ça se répare... Ou ça se remplace. L'essentiel, c'est que tu n'aies rien.

— Oh mon Dieu, Coop !

Essoufflée, Kelly, tremblant de peur, se jeta aux pieds de son fils.

— Est-ce que ça va, mon chéri ?

— Mouais, je crois, répondit Coop en redressant ses lunettes sur le nez.

Puis il adressa un petit sourire à Matt, avant de se tourner vers sa mère.

— Tu n'as pas laissé Linnie toute seule ?

— Bien sûr que non. Elle dort, et Mme Otero est avec elle. Pour l'amour du ciel, que fais-tu ? s'exclama-t-elle quand Cooper essaya de se lever. Ne bouge pas. Tu t'es peut-être cassé quelque chose...

— Il va bien, Kelly...

— Et qu'en sais-tu, toi ? rétorqua-t-elle. Si tu le permets, laisse-moi prendre soin de mon fils, d'accord ?

Une demi-seconde plus tard, elle plaqua une main sur sa bouche. Puis elle secoua la tête, au bord des larmes, sous le regard perplexe de Coop.

— Je suis désolée, je ne voulais pas...

— Ce n'est rien, dit Matt avec calme en se relevant.

Un instant, il fut tenté de tourner les talons, de laisser cette entêtée gérer ça toute seule, puisque tel était son souhait. Mais tout vexé qu'il soit, il se voyait mal l'abandonner avec un petit garçon plein d'ecchymoses et ramener toute seule à la maison une bicyclette à l'état d'épave.

Il regarda Coop qui posa sa jambe blessée par terre. Il boitillait, mais apparemment rien de majeur.

— Tu crois pouvoir marcher ? s'enquit Matt.

— Oui, ça fait mal, mais ça ira, répondit-il, Kelly ne pipant mot.

— Je peux te porter, si tu veux, suggéra Matt, et une expression d'horreur se dessina sur le visage de l'enfant.

— Oh non ! protesta-t-il, puis il regarda le vélo, au bord des larmes de nouveau. Mais...

— Je te l'ai dit, répéta Matt en s'emparant de l'engin. Si on ne peut pas le réparer, je t'en trouverai un autre.

— Tu n'as pas à..., commença Kelly, mais Matt la réduisit au silence de son regard le plus noir.

Il savait ce qu'elle pensait. Cette promesse d'un vélo tout neuf, c'était du vent. Car jamais elle ne laisserait son fils prendre de nouveaux risques. Mais surtout, comprit-il à cette lueur de regret dans ses yeux, elle n'en prendrait elle-même aucun, et c'en était fini d'eux...

Telle était donc sa décision. Elle avait été claire depuis le début. Concluant avec lui un pacte selon des termes qu'il avait acceptés. Il serait vain et ridicule de revenir dessus aujourd'hui.

— La discussion est close, dit-il avant de s'éloigner, la laissant soutenir son fils pour rejoindre la maison.

Sa maison. Pas la leur.

Kelly savait que Matt l'attendait. L'attendait pour cette discussion que tous deux avaient reportée trop longtemps. Heureusement, Mme Otero se réjouit de rester avec les enfants, surtout lorsque Kelly lui fit miroiter en guise de prime un assortiment de petits fours récupérés la veille, au terme d'un banquet qui lui avait valu les félicitations de ses clients.

Elle le retrouva sous la véranda, mains croisées, immobile sur le rocking-chair. Quand elle s'approcha, Alf releva la tête et remua la queue. Kelly alla s'asseoir sur la première marche du perron, ainsi pourrait-elle s'éviter de le regarder en face. Non qu'elle ne devine sa silhouette, dans l'obscurité. Une douce brise portait des parfums de jacinthes et d'herbe fraîchement tondue, des odeurs de barbecue venaient d'un jardin voisin...

— Manifestement, ça ne va pas, dit-il derrière elle d'une voix douce.

Elle se tourna vers lui, ayant besoin maintenant de voir son visage.

— Je suis désolée, Matt. Je voulais tellement que ça marche entre nous.

— Vraiment ? dit-il et pour la première fois, elle entendit dans sa voix une colère qui devait couver depuis des semaines.

Et soudain, ce fut elle qui explosa :

— Je t'avais prévenu, Matt. Je n'étais pas sûre de pouvoir…

— Bon sang, Kelly…

Il soupira.

— Que dois-je faire pour te prouver que je n'essaie ni de te manipuler, ni de te diriger, ni de t'attacher les ailes ou je ne sais quoi encore qui te fait si peur. Que dois-je faire pour te prouver que je ne suis pas Rick ?

— Mais je le sais ! s'exclama-t-elle, les joues en feu.

— Alors pourquoi restes-tu toujours en retrait, pourquoi me rejettes-tu, quoi que je fasse, quoi que je dise ? Pourquoi ne me fais-tu pas confiance ? Et si je veux te protéger, moi ? Quel mal y a-t-il à cela ? C'est moi. C'est comme ça que j'ai été élevé. Et je suis convaincu que c'est ce que tout homme devrait faire… Surtout quand il aime quelqu'un. Quand il aime par-dessus tout une femme…

— Qu'as-tu dit ?

— Oui, je t'aime, et alors ! Je ne te l'ai jamais dit… Pour ne surtout pas faire peser trop de pression sur toi. Pour te préserver, après tout ce que tu avais traversé. Mais, manifestement, tous mes efforts n'ont servi à rien… Franchement, Kelly, je ne comprends pas. En quoi suis-je une menace, quand mon seul souhait est de te protéger, les enfants et toi ? D'autant que je me permets de te faire remarquer que tu agis de la même façon de ton côté, en mère protectrice.

— Je ne sais pas, dit-elle en lui tournant le dos, un étau autour du cœur. Car moi aussi, je t'aime. Et depuis longtemps. Et j'ai confiance en toi.

Les planches du parquet de la véranda grincèrent quand il se redressa sur son rocking-chair.

— Mais alors, mon ange, dit-il avec une telle tendresse qu'elle ferma les yeux. Où est le problème ?

Elle appuya doucement la tête à la rampe de l'escalier. Un rouge-gorge chanta, des notes d'une douceur cristalline qui lui donnèrent envie de pleurer.

— Sais-tu en quoi je n'ai aucune confiance ? En la vie. Chaque fois que j'ai cru en quelque chose, en retour, je me suis reçue une claque en pleine figure… Au propre comme au figuré.

Un lourd silence s'ensuivit.

— Tu m'as dit qu'il n'avait jamais levé la main sur toi...

— En fait, ça ne s'est passé qu'une seule fois, il y a des années. Il n'a jamais recommencé. Et... Linnie est en réalité le fruit des... excuses de son père.

— Enfin, Kelly ! Pourquoi ne m'as-tu rien dit, la nuit de ton arrivée ? Surtout que j'ai essayé de te faciliter les choses...

— Oh ! je ne sais pas, d'accord ? J'étais choquée, à bout de nerfs et... Peut-être aussi doutais-je de moi-même. Je m'étais peut-être trompée, j'avais mal compris ses paroles, au téléphone. Ou peut-être parce que ça faisait quatre ans et que si le tribunal refusait de prendre en compte ces coups, à quoi bon en parler ? Ou...

Elle secoua la tête.

— Ou peut-être avais-je trop honte d'être restée avec un homme qui m'avait frappée.

— Tu pensais... que j'allais te juger ?

— En général, les gens ne s'en privent pas, dit-elle avec lassitude. D'ailleurs, qui est allé voir sa sœur, le lendemain matin, pour vérifier mes dires ? Oh ! ça va..., soupira-t-elle quand il voulut se justifier. Tu es flic, nous ne nous étions pas revus depuis des années. Comment pouvais-tu savoir si je te disais la vérité ? Tu as fait ce que tu avais à faire...

— Je devais...

— Je comprends, je t'assure, l'interrompit-elle. Même si sur le moment... Bref, certaines choses parfois arrivent. Le ciel est bleu, le soleil brille, tout va bien et soudain, boum. C'est le drame, quelqu'un meurt ou se révèle être quelqu'un d'autre et...

— Et tu survis, l'interrompit Matt d'une voix tranchante. Tu apprends de tes épreuves, tu te relèves et tu avances.

— Mais comment veux-tu ? s'exclama-t-elle en lui faisant face. Tu as tout pris en charge, ma fatigue, mes angoisses, ma solitude, mes enfants... Moi ! Oh ! et j'ai tellement peur si je ne te laisse pas faire, pas être ce que tu es, si je, si nous ne trouvons pas cet équilibre... Le problème est insoluble.

Elle ferma brièvement les yeux, posa une main sur son cœur.

— Je suis tellement, tellement désolée, mais je crois que nous n'aurions pas dû réfléchir si fort, essayer si fort, vouloir à tout prix que ça marche, mais... Si nous ne pouvons être ce que nous sommes réellement, à quoi bon ?

Comme il ne disait rien, elle poursuivit :

— Autrefois je me suis battue pour une chose qui finalement n'était pas faite pour moi. Je ne fais pas de rapprochement avec notre situation aujourd'hui, non, mais... Mais je refuse de renouveler l'expérience. Pour moi, pour les enfants. Et aussi pour toi. Alors oui, parfois, tout ce que tu peux faire, c'est te relever et avancer...

Elle se tut, hésita.

— J'ai trouvé une autre maison..., finit-elle par dire.

Un moment, comme une éternité, s'écoula. Du coin de la rue leur parvinrent des éclats de rire, les voisins, de jeunes mariés. Au loin un chien aboya. Alf dressa les oreilles.

— Je vois, dit finalement Matt. Où ça ?

— Pas très loin, répondit Kelly en fermant les yeux. Je crois que c'est... mieux...

Elle se leva, frissonnant à cause de la fraîcheur de la nuit. A cause du chagrin aussi.

— Tu as raison, Matt, reprit-elle. Tu as besoin, tu mérites quelqu'un qui te permette d'être ce que tu es, pleinement. Qui sache s'en remettre à toi, totalement. Mais visiblement, je ne suis pas cette personne. Dieu sait combien j'aurais aimé l'être...

Puis, avant qu'il pût dire ou faire quelque chose, elle courut se réfugier derrière la maison et s'assit dans l'herbe, devant le parterre de pensées récemment plantées, une main sur la bouche pour étouffer ses sanglots.

11

Coop attendit le départ de Mme Otero, puis il sortit en catimini de sa chambre. Pour aller retrouver sa mère, dans le salon. Sa mère recroquevillée sur le canapé, dans l'obscurité. Assise là, comme ça, sans rien faire, pas devant la télé ou en train de feuilleter un magazine. En l'apercevant, elle sursauta puis se moucha.

— Que fais-tu debout, mon ange ? Ça va mieux. ?

— Euh, oui, répondit-il en prenant place dans le fauteuil, les pieds dans le vide. Mme Otero dit que les enfants sont en caoutchouc... Qu'ils rebondissent toujours quand ils se font mal.

— Quelle merveilleuse idée, répondit Kelly avec un sourire triste. Viens ici, mon chéri, ajouta-t-elle en tapotant le coussin à côté d'elle. Nous devons parler de certaines choses.

Il se renfrogna au son de sa voix, avant de la rejoindre. Elle passa un bras autour de ses épaules.

— Je nous ai trouvé une nouvelle maison, rien que pour nous, dit-elle tout doucement. Avec un jardin. Et c'est plus près de l'école, comme ça, tu pourras t'y rendre à pied, si tu veux...

— Attends.

Coop regarda sa mère dans les yeux.

— On va déménager, c'est ça ? Encore une fois ?

— Au début du mois, oui. Et comme je te l'ai dit, il y a un jardin. On pourrait prendre un chien, qu'en dis-tu ?

— J'en ai déjà un. Alf.

— Chéri, soupira Kelly en lui caressant les cheveux. Alf est à Matt. Elle devra donc rester ici.

Soudain, Coop ressentit comme une nausée.

— Toi et Matt... Vous vous êtes disputés ?

Elle éclata de rire, mais un rire forcé. Faux.

— Bien sûr que non...

— Tu mens !

— Coop !

— Tu t'es disputée avec lui et tu as décidé de partir, comme tu l'avais fait avec papa, et aujourd'hui...

Il se tut, des larmes lui brûlaient les yeux. Il voulut alors se lever, mais elle l'attira dans ses bras.

— Ceci n'a rien à voir avec ce qui s'est passé entre ton papa et moi, chuchota-t-elle. Matt et moi... C'est différent, tu vois...

— Ça, tu peux le dire...

— Qu'est-ce que je peux dire ? demanda-t-elle après un moment en prenant son visage dans ses mains.

— Que Matt et toi, c'est différent. Parce que lui et toi... C'était tellement mieux. C'est tellement mieux. Un million de fois mieux. Parce que Matt, il te fait rire, maman...

Il s'enfonça dans les coussins, une boule dans la gorge à l'idée que tout allait changer, encore.

— Et moi aussi, il me fait rire. Et je suis bien, quand il est là. Et... Je me sens en sécurité, avec lui.

— Oh ! mon bébé, je sais tout ça, gémit-elle. Crois-moi, je le sais.

— Alors pourquoi on doit partir ? demanda Cooper en la regardant, même s'il la voyait trouble à cause des larmes dans ses yeux. Pourquoi on peut pas rester ici, et toi et Matt vous vous marieriez et on pourrait être une vraie famille ?

— Nous marier ?

— Oui, parfaitement. Pourquoi pas ?

Sa mère laissa échapper un long soupir.

— Mon chéri... Les gens ne se marient pas, du moins ils ne le devraient pas, simplement parce que... Enfin, il faut d'autres choses...

— Comme quoi ?

Elle le serra très fort dans ses bras et déposa un baiser sur son front.

— Comme certaines choses qu'un garçon de huit ans ne peut pas comprendre. Ecoute, je me réjouis que tu aimes Matt.

Vraiment. Lui et sa famille sont des gens biens. Et tu pourras le voir, lui, le colonel et Abby chaque fois que tu en auras envie, je te le promets...

— Tu es sûre ?

— Sûre à 100 %, dit-elle et elle caressa ses cheveux un moment, avant d'ajouter : Je sais plus de choses aujourd'hui que lorsque j'ai épousé ton père. Du moins, je l'espère. Par exemple, pour que deux personnes soient bien ensemble, il faut que cela semble... aller de soi, tu comprends. Comme une certitude, venue du cœur. Et ce, dès le début. Et Matt... Il mérite plus que je ne peux lui donner, aujourd'hui. Sur ce point, tu dois me faire confiance...

Elle lui ébouriffa les cheveux.

— Et maintenant zou, retourne te coucher. Tu as école, demain...

— Je crois pas que je vais pouvoir dormir...

— Peut-être qu'un chocolat chaud t'aiderait, qu'en dis-tu ?

Mais Coop se leva et secoua doucement la tête.

— Un chocolat chaud ne servira à rien, là, maman, dit-il avant de s'éloigner pour rejoindre sa chambre.

De derrière la camionnette garée devant la « nouvelle » maison de Kelly, Matt entendit une portière claquer. Deux secondes plus tard, ce fut un éclat de rire. Rire crispé.

— On voit rarement un propriétaire aider sa locataire à déménager... Qu'en pensez-vous ?

Tout en marmonnant, Matt descendit le matelas d'Aislin et l'emporta sur ses épaules. Kelly lui avait dit que son ex-belle-mère passerait pour veiller sur Linnie, mais il ne s'attendait pas à ce qu'elle lui fasse subir un interrogatoire à peine arrivée.

— Dois-je considérer cela comme une réponse ? lança-t-elle dans son dos.

Matt déposa le matelas dans l'entrée, puis retourna à la camionnette chercher le sommier.

— C'est la seule que j'ai...

— Dommage, remarqua Lynn, pétillante et toute bronzée, minuscule certes, mais pleine d'énergie.

De l'énergie à revendre, comme sa mère autrefois.

— Je parie que Kelly et les enfants ne sont pas là...

— Gagné. Kelly et Coop sont à l'appartement, en train de charger les cartons dans le van. Linnie doit faire la sieste. Et vous, vous êtes sacrément en avance...

— Oh ! je ne crois pas..., répondit Lynn avec un sourire vaguement énigmatique.

Matt haussa les épaules. Sans chercher à comprendre. Il ne s'étonnait plus de rien. Car la situation, sa situation, vue de l'extérieur, pour quelqu'un sain d'esprit bien sûr, devait paraître un peu louche. Très louche même. Mais après sa petite conversation avec Kelly, dix jours auparavant, il lui avait semblé que libérer une femme d'une promesse, d'un engagement, était une chose et une autre de la laisser tomber, ses enfants et elle. En prenant bien garde à ne pas l'étouffer bien sûr, ni à lui prendre la tête.

Lynn sortit une glacière du coffre de sa voiture.

— Une bière ? proposa-t-elle.

— Il faut d'abord que je finisse de décharger, répondit-il en retournant vers la maison.

— Allez, cinq minutes, pas plus, insista-t-elle en s'asseyant sur les marches de la véranda, la glacière à côté d'elle. Vous aimez la bière allemande, j'espère... ?

— Oui, merci, répondit Matt en appuyant le sommier au chambranle.

Il prit la cannette que Lynn lui tendait et s'assit à côté d'elle.

— Je suppose que vous devez trouver tout ça un peu... Bizarre.

— De la part de quelqu'un qui vient aux obsèques d'un homme qu'il ne connaissait pas ? Pour soutenir la femme qu'il n'avait pas revue depuis leur enfance ?

Elle éclata de rire.

— Alors, que se passe-t-il ici ?

— Hmm... Ne le prenez pas mal, Lynn, mais... Cela ne regarde que Kelly et moi. Je ne veux pas vous impliquer dans cette histoire... Enfin, une histoire ancienne, en l'occurrence...

— Sauf que je suis déjà impliquée dans cette histoire depuis un petit bout de temps, remarqua-t-elle avec calme. En fait, j'ai un peu poussé Kelly à... se rapprocher de vous. Il faut dire que si elle n'avait été déjà bien disposée dans ce sens, j'aurais eu beau la pousser avec la force d'Hercule, elle n'aurait pas bougé d'un pouce...

— C'est vous qui... ?

— Je vous l'ai dit, je n'ai fait que l'inciter à écouter son cœur... Et en parlant de cœur, j'espère que le sien aujourd'hui n'est pas brisé. Sans parler du vôtre...

— Je doute qu'elle ait le cœur brisé. Je veux dire, nous ne... sommes plus ensemble, mais nous nous voyons tous les jours. Elle semble aller plutôt bien.

— Elle semble ?

— Lynn... J'apprécie votre démarche, je sais, vous ne pensez qu'au bien de Kelly. Au mien aussi, et je vous en remercie, mais me parler ne servira à rien. Kelly le sait, je serai toujours là, pour elle et les enfants. Mais je ne peux rien contre ses tourments, ses angoisses, ses fantômes. Dieu sait que si j'avais pu... Alors, merci pour votre sollicitude... et la bière...

Il leva sa cannette.

— Malheureusement, les choses ne se passent pas toujours comme nous le voudrions...

— Il ne s'est jamais beaucoup battu pour elle, vous savez.

— Qui donc ? demanda Matt en se renfrognant.

— Rick. Lorsque Kelly l'a quitté, il a réagi en boudant, exactement comme lorsqu'il le faisait, enfant, quand il n'avait pas ce qu'il voulait, dit-elle en soupirant. C'était toujours lui. Tout le monde lui en voulait et le faisait souffrir injustement. En fait, il voulait que Kelly soit là pour lui, mais lui n'a jamais été là pour elle. Pas comme il aurait fallu. Kelly en revanche...

Elle avala une gorgée de bière, puis lui sourit.

— Kelly ne s'est pas uniquement battue pour sauver leur mariage, mais pour sauver mon fils. Et quand elle a finalement réalisé qu'elle était impuissante, il s'est effondré. Et malheureusement, il l'a entraînée d'une certaine façon dans sa chute...

Elle secoua la tête.

— C'est une femme généreuse, mais manifestement, personne ne lui a jamais rendu la politesse. Ou ne lui a jamais dit : « Tu comptes plus pour moi que n'importe quoi ou n'importe qui d'autre ». Alors rien d'étonnant, si elle ne jure aujourd'hui que par son indépendance. Les gens en lesquels elle aurait dû avoir le plus confiance l'ont trahie.

— Je ne l'ai jamais trahie...

— Non. Mais vous l'avez... abandonnée, non ?

— Comment ça ? s'exclama Matt en montrant le matelas, le sommier et le ventilateur dans l'entrée. Vous trouvez que je ne suis pas présent à ses côtés ?

— N'importe qui peut aider quelqu'un à déménager. Mais on ne peut pas dire que vous vous soyez beaucoup battu pour la garder, non ?

— Mais je lui ai dit que je l'aimais !

— Et alors ? Vous ne trouvez rien de mieux à faire que vous effacer, hop, plus personne.

— Mais c'est elle qui le veut ! Qu'étais-je censé faire ? Refuser ?

Lynn haussa un sourcil. Il soupira.

— Désolé, Lynn... J'ai tout donné un jour pour quelqu'un, et le moins qu'on puisse dire, c'est que ça n'a pas été concluant. J'ai failli y laisser ma peau. Alors non, je n'ai pas envie de revivre ce cauchemar.

— Croyez-moi, mon cher, toutes ces histoires de besoin d'espace et de solitude pour se retrouver... Foutaises. Ce n'est pas d'espace, encore moins de solitude dont elle a besoin. Ce qu'il lui faut, c'est quelqu'un qui la soutienne. Pour qu'elle puisse s'épanouir, être elle-même. Oh ! et un autre scoop tant que j'y suis... Dire à une personne qu'on l'aime n'engage pas à grand-chose si rien ne suit par ailleurs...

Ses paroles lui firent l'effet d'une gifle. Il en était encore à se demander comment il avait pu être aussi stupide quand le van de Kelly se gara derrière la camionnette. Coop en descendit le premier. Il sourit à sa grand-mère, puis aida sa sœur à descendre. La fillette aussitôt courut se jeter dans les bras de sa grand-mère. A cet instant, le regard de Matt croisa celui de Kelly, un regard plein de désarroi et de chagrin, sans doute autant que dans le sien.

Une chose était sûre, quel que soit le type de leur relation maintenant, ça ne fonctionnait pas.

Une seconde plus tard, il comprit autre chose. En dépit de

toutes ses protestations, de ses discours et de ses bonnes excuses, le problème n'était pas Kelly.

Le problème, c'était lui.

La veille du déménagement, Kelly avait reçu un mot de la maîtresse de Coop l'invitant à venir la rencontrer. Aussitôt, elle avait culpabilisé en pensant à cette tension qui régnait entre son fils et elle, depuis l'annonce du déménagement.

Mais quel autre choix avait-elle ? se dit-elle en se garant devant l'école. Elle adorait ses enfants, mais elle ne pouvait quand même pas faire comme si tout allait bien, comme si elle allait bien, alors que ce n'était pas vrai. Elle avait commis cette erreur par le passé, elle ne recommencerait pas. Pour elle bien sûr, mais aussi pour ses enfants. Et pour Matt.

Et tant pis si, dans son cœur, c'était la débandade.

Inspirant profondément, elle traversa le parking, pénétra dans l'établissement et signa le registre de l'école.

— Salle 122, madame McNeil, lui dit la secrétaire en souriant. Mme Farmer vous attend.

— Merci.

Son pass visiteur à la main, Kelly s'engagea dans un long couloir vert et beige, aux murs tapissés d'œuvres d'art.

Salle 122. Porte vitrée. Très lumineux, très gai. Son fils était là, assis au premier rang, en train de travailler. Face à lui, sa maîtresse, une jolie jeune femme de couleur, les cheveux crépus. Lorsque Kelly frappa, Mme Farmer leva la tête et lui offrit un large sourire avant de lui faire signe d'entrer.

— Ta maman est là, Cooper, dit-elle.

Son fils la regarda, impassible, lunettes de travers, comme d'habitude. Kelly se raisonna pour ne pas aller les redresser sur son nez et, au passage, lui donner un baiser.

— Asseyez-vous, madame McNeil, dit la maîtresse.

Kelly se contorsionna pour prendre place à un pupitre taille fillette, puis elle croisa les mains.

— Si je vous ai demandé de venir, reprit Mme Farmer, c'est

à cause du décalage entre le bulletin scolaire de Coop et son travail ici, avec moi.

La culpabilité enfonça un peu plus ses serres dans le cœur de Kelly. Elle se tourna vers Coop, mais il était concentré sur son devoir, apparemment peu intéressé par la discussion. Kelly soupira et reporta son attention sur l'enseignante.

— Je suis... Désolée...

— Pour quelle raison ? demanda Mme Farmer. Oh ! mais peut-être aurais-je dû mieux m'expliquer. Voilà. Sur son bulletin scolaire, le conseiller d'éducation indiquait qu'un redoublement s'imposait au vu de ses résultats...

— Oui.

— Je sais qu'avant d'entrer chez nous, vous lui faisiez l'école à la maison... ?

— Exact. Durant environ six mois.

— Eh bien, ma question est, qu'avez-vous donc fait tous les deux pendant ce laps de temps ? Cooper est en avance au moins d'une année sur ses camarades. En réalité, j'aimerais le présenter pour notre série de tests destinés aux enfants surdoués.

Kelly en resta bouche bée... Puis une bouffée de panique la submergea. Fronçant les sourcils, Mme Farmer se saisit d'une large enveloppe kraft sur son bureau.

— Coop ? Aurais-tu la gentillesse d'apporter ça au secrétariat s'il te plaît ?

— Vous voulez parler en privé avec maman ?

— Tu as tout compris, mon chou, répondit-elle en riant.

Après un regard en biais à Kelly, Coop prit l'enveloppe et sortit.

— Coop m'a dit que vous l'aviez retiré de l'école parce qu'il était harcelé ?

— En effet. Un harcèlement verbal mais...

— Le harcèlement verbal est tout aussi grave que le harcèlement physique, vous pouvez me croire, dit Mme Farmer en la regardant avec bienveillance. Vous avez eu raison. Saviez-vous que notre école applique une politique de tolérance zéro pour ce genre de choses ?

— Oh ! faites-moi confiance, je me suis renseignée avant de l'inscrire.

— J'imagine. Bien. J'espère que vous n'en prendrez pas ombrage, mais Coop et moi en avons longuement discuté. De ces propos tenus à son égard par ces élèves. Je veux qu'il sache bien que tout ça n'était que mensonge.

C'était aussi ce qu'elle s'était efforcée d'expliquer à son fils. Sauf qu'avec tous les problèmes liés à son père, peut-être ne s'était-elle pas montrée suffisamment persuasive. Mais elle n'allait pas se confier à cette femme, une inconnue, gentille ou pas.

— Et maintenant, vous vous inquiétez qu'il soit de nouveau victime de harcèlement s'il entre dans notre section surdoués. Mais je peux vous assurer que non.

— Vous ne pouvez l'affirmer, répondit Kelly en soupirant. Une politique de tolérance zéro n'interdit pas ce genre de comportement. Certains enfants ne peuvent s'empêcher de tourmenter ceux qui sont différents...

— Mais vous voulez ce qu'il y a de mieux pour votre fils, non ?

— Bien sûr. Et j'en suis consciente, ce serait une merveilleuse opportunité. Mais... Il a déjà subi tant de changements au cours de l'année passée...

Elle secoua la tête, regarda par la baie vitrée avant de reprendre.

— Si Coop se sent bien dans votre classe... S'il est heureux comme ça...

— C'est l'impression qu'il donne en tout cas. Et il n'est pas question de le changer de classe. S'il réussissait les tests, il suivrait en parallèle un programme qui permettrait de stimuler ses capacités, sa curiosité. Car j'ai l'impression que c'est un enfant qui s'ennuie rapidement. Et ce n'est pas ce que nous voulons pour lui, n'est-ce pas ?

— Non, c'est certain, répondit Kelly avec un sourire las.

— Vous n'êtes pas obligée de décider tout de suite, reprit Mme Farmer en se levant. Mais nous pourrions lui faire passer ces tests, qu'en pensez-vous ? Ça n'engage à rien...

— Entendu, répondit Kelly après un moment. Mais un pas après l'autre, c'est tout ce que je vous demande.

— J'ai bien compris.

Kelly à son tour se leva et suivit la maîtresse jusqu'à la porte.

— Puis-je vous poser une question ? dit alors celle-ci.

— Bien sûr.

— Puisque l'école à la maison se passait bien, pourquoi l'avoir inscrit ici ? Je sais que vous êtes une mère célibataire et...

— Oh ! c'est une idée de Coop, en fait. Juste après notre arrivée à Maple River.

— Et sa demande vous a surprise ?

— Un peu, oui. Surtout après... tous ces événements. Bref, malgré tout, je crois qu'il avait envie de se sentir... De faire partie de quelque chose.

— Quel enfant courageux, dit la maîtresse, avant d'effleurer le bras de Kelly. Et quelle mère courageuse... Oh ! merci Coop, dit-elle quand le garçon réapparut. Va ranger tes affaires, ta maman et moi avons terminé.

— J'aime bien Mme Farmer, remarqua Kelly alors qu'ils traversaient le hall.

— Elle est cool, répondit son fils avec un haussement d'épaules. Ou est Linnie ?

— A la sieste, sous la surveillance de Mme Otero. Alors, c'est chouette, non ? Cette histoire de programme pour surdoués...

— Peut-être oui...

— Cela n'a pas l'air de beaucoup t'enthousiasmer, dit Kelly en poussant la porte d'entrée. Non, dit-elle quand son fils s'engagea sur le trottoir. Je suis venue avec le van...

Il soupira, fit demi-tour et tous deux rejoignirent le parking. Une fois dans la voiture, ceintures bouclées, Kelly l'entendit dire à l'arrière :

— Je sais pas si je veux suivre le programme pour surdoués...

— Oh ! et pourquoi ?

— Chais pas.

— Ça t'inquiète, ou bien ça te fait peur ?

— Un peu oui.

— Et tu sais pourquoi ?

— Parce que... Et si c'est trop difficile ? C'est réservé aux enfants intelligents, non ?

— Eh bien, oui. Et Mme Farmer pense que tu as toutes les capacités, justement parce que tu es un enfant intelligent.

— Moi, j'ai pas l'impression d'être très intelligent. Pas comme ça en tout cas.

Elle se gara dans l'allée de la maison. Un petit pavillon très agréable, coquet, peut-être juste un peu tristounet. Se souvenant qu'elle n'avait loué que pour un mois renouvelable, bien décidée à acheter d'ici quelque temps, Kelly descendit de voiture et attendit son fils. Quand il la rejoignit, elle passa son bras autour de ses épaules.

— Je crois que personne ne se sent intelligent ou courageux ou fort, dit-elle. Mais c'est peut-être là qu'est le piège, tu comprends ?

— Euh..., répondit Coop, perplexe.

— Viens, dit-elle en allant s'asseoir sur les marches du perron. Parfois, c'est comme si des voix te parlaient, dans ta tête, et te disaient de faire des choses que tu sais être mal. Comme manger trop de bonbons. Tu sais qu'il ne faut pas, mais la petite voix te pousse à le faire quand même...

— Comme je l'ai fait à Pâques, dit-il avec un sourire penaud.

— Exactement. Eh bien, ici, c'est pareil. Tu sais que tu es intelligent. Tu trouves tes devoirs « trop » faciles, tu me l'as dit. Tu lis aussi beaucoup pour un garçon de ton âge. Et tu as eu vite fait de savoir assembler ces Lego que Matt t'a offerts. Sans l'aide de personne, non ?

Et lorsqu'il acquiesça d'un hochement de tête, elle ajouta.

— Enfin, tu as fait preuve de courage en émettant le souhait de retourner à l'école. Qui plus est dans une nouvelle école, où tu ne connaissais personne.

— Oui, peut-être...

— Et aujourd'hui, tu as l'opportunité d'aller plus loin, d'apprendre une foule de choses nouvelles, et tu as peur de... De prendre le risque, dit-elle en pesant ses paroles. De ne pas être à la hauteur du défi. Parce que cette petite voix intérieure essaie de t'en dissuader et te retient. Mais cette voix, il ne faut pas l'écouter. Elle se trompe. Elle ment. Tu dois la faire taire. Tu dois réduire au silence cette voix qui veut nous enfermer dans ce que nous croyons être... La sécurité.

Coop la dévisagea un long moment.

— Comme toi, parce que tu as peur d'être avec Matt ?

Kelly éclata de rire.

— Et tu crois ne pas être intelligent ? Oh ! mon chéri...

Il sourit un peu, puis se blottit contre elle, chose qu'il n'avait pas faite depuis des années.

— Est-ce que je peux te dire un truc ?

— Tout ce que tu veux, répondit-elle, non sans appréhension. Tu le sais.

Coop se gratta le bout du nez et inspira profondément, avant de murmurer :

— Quand papa est mort... Je n'étais pas vraiment triste.

— Oh... Coop, gémit Kelly, le souffle coupé.

— Je veux dire, je voulais pas qu'il soit mort ni rien, mais... Je sais, tu m'as dit qu'il avait changé. Qu'il n'était plus lui-même. Mais celui qu'il était devenu... Je ne l'aimais plus beaucoup, avoua Coop, la lèvre tremblante, d'une voix à peine audible. Parce que avec lui, je ne me sentais pas bien. Et tu sais, à propos de la petite voix intérieure. Avant, j'entendais toujours la voix de papa, et elle me disait que je n'étais pas gentil, pas intelligent. Et que j'étais trop gros aussi. Alors quand il est mort, je...

— Il t'a semblé que tu respirais de nouveau, dit-elle, les larmes aux yeux, en l'étreignant.

— Oui, répondit-il.

Elle le berça en silence, et une larme tomba sur ses cheveux.

— Mon trésor... Pourquoi ne m'avoir rien dit de tout ça ? demanda-t-elle au bout d'un instant.

— Parce que... J'avais peur que les gens pensent que c'était pas normal, que quelque chose ne tournait pas rond, chez moi.

Prenant le visage de son fils entre ses mains, elle s'efforça de voir ses yeux derrière le verre embué de ses lunettes.

— Jamais personne n'aurait pensé une chose pareille. Et il n'y a rien qui ne tourne pas rond, chez toi, tu m'entends ? Demande à ta grand-mère si tu ne me crois pas.

— Vraiment ?

— A ta grand-mère et à tout le monde.

Un moment s'écoula, puis Coop la gratifia d'un autre petit sourire. Et d'un soupir de soulagement.

— Alors super.

— Super, parfaitement, dit-elle en le serrant de nouveau contre son cœur, avec toute la force de son amour.

— Eh bien, tu sais… Il en faut du courage pour m'avouer cela. Bravo.

Il hocha doucement la tête, puis soupira de nouveau.

— Avoir peur, c'est fatigant.

— Je suis bien d'accord avec toi, bébé ours, dit-elle, et elle rit quand il râla.

Combien de fois s'était-elle efforcée de rassurer ses enfants ? Leur promettant qu'aucun monstre ne se cachait sous leur lit ou dans l'armoire. Et qu'après la tempête qui dehors faisait rage, le soleil brillerait ? En réalité, ces petites voix, elle aussi les avait entendues. Celle de Rick notamment, qui ne faisait qu'attiser ses peurs de mère, celle de son père aussi avec sa misogynie à peine voilée.

Les exemples ne manquaient pas. Et le seul moyen de vaincre sa peur était de lui faire face. D'oser lancer la première pierre, pour ne pas laisser cette peur vous broyer, vous étouffer. Pour ne pas laisser ces voix se dresser entre elle et le bonheur.

La ferme ! ordonna-t-elle en silence à ses angoisses, puis elle sortit son téléphone de sa poche.

— Matt ! appela Coop en cet instant, et elle se figea en voyant Matt se garer dans l'allée.

Il descendit de voiture, claqua la portière derrière lui et s'avança vers eux, sans détacher ses yeux des siens, avec l'air d'un homme déterminé, que rien ni personne ne ferait changer d'avis. Une seconde plus tard, elle se retrouva dans ses bras. Et il l'embrassa avec tant de fougue, une passion telle qu'elle en eut le vertige. Sans parler de ce bonheur immense qui la submergea. Oh ! mais… Coop ? Il poussait des cris de joie.

Elle entendit aussi vaguement Mme Otero sortir sous la véranda, et les protestations de Coop quand elle le fit rentrer, puis Matt l'embrassa avec plus de ferveur et, longtemps après, une éternité sans doute, il murmura :

— Si tu crois que je vais te laisser partir juste parce que tu as peur, tu te trompes…

Alors, elle ferma les yeux et s'abandonna entre ses bras, à sa bouche, à ses mains, à ce qu'il était, à ce qu'il serait, pour ses enfants et elle.

Au soupir de Kelly, sans parler de la façon dont elle fondit entre ses bras, Matt de son côté eut l'impression de respirer cent fois, non mille fois mieux. Car ce n'était pas gagné. Et tout ça, à cause de son fichu ego. Mais la réaction de Kelly était... encourageante. Pleine de promesses.

Prenant sa main, il la fit asseoir à côté de lui sur la première marche du perron. Et là, elle vint se blottir en riant contre lui avant de chuchoter :

— J'allais t'appeler...

Alors, ce fut une explosion, un véritable feu d'artifice en lui.

— Oh ?

— Oui. Comme j'ai été bête...

— Moi aussi...

Devait-il lui parler de sa conversation avec Lynn ? Un jour, peut-être. Le choc passé, il avait tourné et retourné dans sa tête les paroles de l'ex-belle-mère de Kelly... Pour enfin entendre, et comprendre, ce qu'elle avait voulu dire. Et réaliser qu'elle avait raison. Sur beaucoup de choses. La première étant qu'il s'y était peut-être mal pris en voulant se comporter en homme. Aussi honorables que soient ses intentions. Et en réalité, dans l'histoire, c'était lui, et non Kelly qu'il voulait protéger.

Il inspira profondément puis, la main de Kelly dans la sienne, il murmura :

— Tu as une minute ?

— Une éternité, si tu veux.

Le cœur battant, il déposa un baiser dans ses cheveux.

— Ce que j'ai dit, tout à l'heure, ne pas te laisser partir, parce que tu avais peur...

La gorge serrée, il ferma brièvement les yeux.

— La vérité, c'est que je ne vais pas te laisser partir juste parce que moi, j'ai peur.

Elle lui caressa le bras en silence, puis elle plongea les yeux dans les siens et demanda :

— De quoi ?

Il aurait cru que la réponse viendrait plus facilement. Qu'après s'être remis en question, avoir tenté de cerner ce qui véritablement le définissait, dans une analyse sans concession, il lui serait facile de tordre le cou à la peur. Pas si facile.

Il lâcha la main de Kelly et regarda dans le jardin en face une fillette, pieds nus, jouer avec l'arrosage automatique. Un spectacle attendrissant, qui l'apaisa.

— Après le décès de mes parents… J'en voulais à la Terre entière et même à ces gens qui ne cherchaient qu'à être gentils avec moi. Mais surtout, j'en ai voulu à mon père, pour nous avoir emmenés dans cette voiture, alors qu'il était ivre…

— Oh ! chéri… Sabrina ne m'a jamais parlé de ça.

— Je ne crois pas qu'elle le sache. En fait, elle n'avait pas conscience de ce qui se passait, à cette époque. Elle était le petit ange de mon père. Et moi…

Il laissa échapper un soupir. Moi, pas vraiment.

— Bref, quoi qu'il en soit, après l'accident, je n'avais plus confiance en rien ni en personne. Je ne supportais même pas que Jeanne me prenne dans ses bras.

Il haussa les épaules.

— Je croyais dur comme fer ne pouvoir compter que sur moi-même… Mais cela doit te rappeler quelqu'un ?

— Oui, mais moi, je n'avais pas six ans.

— Exact. Et en y réfléchissant, je pense que ce besoin de protéger les autres chez moi date de ce moment-là. Avec Bree, d'abord, et tous les autres ensuite… Peut-être me disais-je que si je protégeais l'autre, je ne souffrirais pas…

Elle était là, et bien là, l'épine qu'il avait refusé de regarder, refusé d'essayer d'extraire depuis près de trente ans.

— Alors, tu t'es endurci.

— En fait, Jeanne m'appelait « petit dur ». Toujours avec le sourire. Et un baiser, que je le veuille ou pas. Plus tard, beaucoup plus tard, elle m'a expliqué qu'elle avait refusé de céder. D'accepter une seule minute de me laisser happer à jamais par la souffrance… Elle a été là pour moi. Et je l'adorais. Pourtant, je n'entendais pas ce qu'elle disait. Parce que je ne pouvais pas, ou ne voulais pas m'ouvrir... Ni à elle ni à personne d'autre.

— Matt... Tu es l'une des personnes les plus généreuses que je connaisse...

— Moins que toi. Mais si, insista-t-il quand elle voulut protester. Tout le problème réside dans... Un juste équilibre. Entre l'honnêteté et la confiance. Et je n'ai certainement pas le droit de te reprocher de vouloir garder tes distances, quand je fais la même chose. Pour des raisons différentes peut-être, mais le résultat est le même... Marcia ne méritait pas que je me batte pour elle. Toi, oui. Mais je n'arriverai à rien si moi-même je refuse d'aller de l'avant. A son silence, il se tourna vers elle. Pas de commentaire ?

— Alors... ça ne venait pas juste de moi ? chuchota-t-elle en se pressant contre lui.

— Mon Dieu non, dit-il en souriant. Tu te sens mieux ?

— Oui, répondit-elle en lui rendant son sourire. Merci.

— Avec plaisir...

— Ceci dit, j'étais prête à me prosterner devant toi et à te supplier de bien vouloir me reprendre...

— Vraiment ?

— Tout à fait. Mais à vrai dire, le fait que tu te prosternes toi aussi ne me déplaît pas. Je... J'ai mis de l'ordre dans ma tête, moi aussi. Et je me sens maintenant un peu plus légère, avoua-t-elle en riant. Et maintenant ? Où tout cela est-il censé nous mener ?

— A nous de décider, je suppose.

Au même moment, le chat du voisin bondit par-dessus la clôture, mais s'enfuit aussitôt en les apercevant.

— C'est de la folie, quand on y pense... Rompre à cause de la peur de ce qui pourrait arriver.

— Oui, soupira Matt. De la folie.

Durant un long moment, ils restèrent là en silence, à écouter le pépiement des oiseaux et les rires des enfants par la fenêtre ouverte. Puis Kelly prit sa main.

— Je ne te quitterai jamais, Matt. J'en fais le serment. Même si j'ai peur...

— Ravi de l'entendre. Parce que moi non plus. Même si j'ai peur.

— Alors...

Elle lui sourit de nouveau, radieuse.

— Nous sommes d'accord ?

Matt la dévisagea, puis il l'enlaça.

— Je ne dis pas que je ne commettrai pas d'autres erreurs. Mais je peux te le jurer, pas celle-là. Et je vais tout donner. Tout te donner. Pas à moitié, pas à 100 %, mais 1 000 %. Et si un obstacle se dresse en travers de la route, nous le franchirons ensemble.

Il sourit et se blottit contre elle avant de reprendre.

— Je te veux auprès de moi. Dans mon lit. Dans ma vie. Ce qui signifie que je ne vois qu'une issue à tout ça. Le mariage. Et pas la semaine prochaine ou je ne sais quand, mais...

— Oui, dit Kelly.

Il se tut, bouche bée. Puis il plongea ses yeux dans les siens.

— Vraiment ?

— Tu as une meilleure idée ?

— Eh bien non, répondit-il.

Il l'embrassa, et le sourire de Kelly quand il détacha sa bouche de la sienne finit d'effacer en lui les ultimes traces de peur, de doute et de solitude.

Définitivement.

Épilogue

— Montre-moi ça de plus près, dit Sabrina en prenant la main de Kelly. Elles avaient pris place sur la balancelle, sous la véranda du colonel, et bavardaient de choses et d'autres à la lueur du crépuscule, en ce mois de juin particulièrement doux. Le petit rubis rougeoyait de mille feux et les diamants tout autour scintillaient comme des étoiles.

— Oh ! sublime. Et c'est Matt qui l'a choisie ? Tout seul ?

— Presque, répondit Kelly en riant. A vrai dire, j'ai placé le mot rubis à deux ou trois reprises dans nos conversations...

La sœur jumelle de Matt rit, puis elle lâcha sa main et posa la tête sur son épaule, comme elles le faisaient enfants, tout en se laissant bercer par la balancelle. Des rires leur parvinrent de la maison, dans le jardin où se tenait la petite fête organisée pour le soixante-dixième anniversaire du colonel.

— Je ne sais pas pour lequel de vous deux je suis la plus heureuse, soupira-t-elle. Toi ou Matty. En fait... Non. C'est pour moi que je suis la plus heureuse, parce que...

Elle posa une main sur son cœur, les yeux brillant de larmes.

— Parce que je n'ai pas à choisir entre vous deux.

Kelly éclata de rire et s'étira tout en respirant le parfum ultrachic de Bree et celui des roses de Jeanne, juste devant elles. Leur amitié était elle aussi de nouveau en fleur, songea-t-elle, comme si toutes ces années n'avaient jamais eu lieu. Bree lui avait demandé de bien vouloir être sa dame d'honneur pour son mariage, l'année prochaine, à Long Island. Un honneur que Kelly s'était empressée d'accepter, à condition que Sabrina lui retourne la politesse pour le sien, dans six semaines et dans cette maison.

A cette pensée, elle tressaillit... Et tressaillit encore quand Matt apparut à la porte et secoua la tête en les regardant. Son héros, son ange. Un ange tout dévoué à elle. Un ange qui était là à ses côtés pour la soutenir et la chérir. Pour la protéger ses enfants et elle. Et il y mettait tout son cœur, tout son amour. Un amour qui la faisait se sentir plus belle, plus forte. Plus elle-même.

— Tu devrais y retourner, dit-il en souriant à sa sœur. Avant que les autres dévorent ton fiancé tout cru.

— Oh ! mon Dieu, soupira Bree en se levant aussitôt.

Puis ils l'entendirent crier.

— Hé ! Une minute, s'il vous plaît...

Kelly rit de bon cœur. Comme elle aimait ces gens. Cette famille. Sa famille pour de vrai, comme disait Coop.

La balancelle grinça quand Matt s'assit et glissa son bras autour de ses épaules. Elle sourit. Moment parfait, précieux, vibrant de promesses pour l'avenir. L'avenir. Ils avaient décidé d'attendre le mariage pour déménager une nouvelle fois.

— Hmm, tu sens le hamburger..., dit-elle en frottant son nez à son T-shirt. Les enfants, ça va ?

— Tu plaisantes ? Ils forment une sacrée troupe avec ceux d'Ethan.

Kelly ferma les yeux. Quelques mois plus tôt, jamais elle n'aurait imaginé une soirée aussi sereine. Une vie aussi parfaite. Que, de retour à Maple River, Coop s'épanouirait en un petit garçon rieur, avec une confiance non seulement en ses capacités, mais surtout, en lui-même. Que ce garçon dont elle était tombée amoureuse adolescente se révélerait être l'homme idéal. Son homme idéal.

A cet instant, Matt prit sa main et joua avec la bague autour de son doigt.

— Et toi ? murmura-t-il tout en déposant un baiser sur son front. Est-ce que ça va ?

— Comment oses-tu en douter ? répondit-elle en lui offrant sa bouche.

Quand il l'embrassa, elle s'abandonna entre ses bras et laissa le bonheur l'envahir, la submerger avec un sentiment de plénitude absolue.

Que le mot perfection ne saurait pas même traduire.

KAREN TEMPLETON

Pour te conquérir

LES AMANTS DE MAPLE RIVER
VOLUME 1

Traduction française de
FRANCINE SIRVEN

SAGAS

HARLEQUIN

Titre original :
MORE THAN SHE EXPECTED

Ce roman a déjà été publié en 2015

1

Une fraction de seconde, Tyler fut aveuglé par la fulgurance de l'éclair, puis le fracas du tonnerre se répercuta dans toute la maison, faisant vibrer fenêtres et murs. D'un bond, il se leva du canapé et se précipita sur la terrasse. Lorsqu'il avait laissé sortir le chien, quelques minutes plus tôt, le temps était calme et ensoleillé, une magnifique journée de juin...

— Boomer ! Viens ici, mon pote !

Une violente rafale de vent fouetta les branches des arbres, puis un nouveau coup de tonnerre monstrueux éclata. Le ciel était d'un noir d'encre. Tyler jura. Aucune trace de Boomer dans le jardin. Enfin, le jardin... Plutôt une espèce de carré de terre avec quatre brins d'herbe.

— Boomer ! hurla-t-il de nouveau, une main en visière pour se protéger les yeux du vent.

De nouveau, il laissa échapper un juron. Comment pouvait-on perdre un chien de trente-cinq kilos ? Surtout un animal, qui au moindre coup de tonnerre, courait se réfugier sous le lit. Ou dans les pieds de son maître.

Tyler dévala les marches du perron et contourna la maison, les feuilles virevoltant autour de lui. Derrière la haie de pyracanthes à l'abandon et la vigne vierge, la clôture de bois bancale gémissait, semblant l'accabler de reproches pour avoir négligé de la réparer. Un sac en plastique vola jusqu'à lui. Tyler le prit et, après l'avoir roulé en boule, le glissa dans sa poche. Un nouveau coup de tonnerre, bien plus près celui-là, le fit sursauter. Mais où était donc passé ce satané chien ?

Il regarda dans la canalisation sortant du sous-sol. Derrière l'abri de jardin. Sous la véranda. L'animal n'était nulle part. La gorge serrée, il appela une nouvelle fois. A cet instant, une énorme goutte de pluie lui tomba sur le front, aussitôt après suivie de milliers d'autres. Ty ouvrit le portail... doutant qu'un chien soit capable d'ouvrir un verrou, mais sait-on jamais...

— Boomer ! cria-t-il, les mains autour de la bouche, tandis que la pluie lui dégoulinait sur le visage et dans les yeux.

— Par ici !

Tyler sursauta puis regarda sur sa gauche, sa droite...

— Derrière vous, sous la véranda !

Il se retourna. Son chien. Il était là, l'air penaud, les oreilles tombantes et tout tremblant dans les bras de sa voisine. Laurel, si sa mémoire était bonne. Du moins était-ce ainsi qu'elle s'était présentée quand elle avait emménagé, quelques mois plus tôt. Dès qu'il le vit, Boomer redressa la tête et ses yeux ambre retrouvèrent leur éclat.

Ruisselant mais soulagé, Tyler ouvrit le petit portail en fer forgé et passa à gué le ruisseau qui s'était formé sur le trottoir défoncé. La maison de sa voisine était la réplique de la sienne, un petit pavillon d'un étage, avec grenier et véranda. Modeste mais robuste, typique des petites villes du New Jersey. Excepté que celle de Laurel ressemblait à une maison de poupée, toute pimpante, en jaune clair et bleu, tandis que la sienne était austère, sombre. En résumé, masculine.

— Il grattait à ma porte, expliqua Laurel en élevant la voix pour couvrir le bruit de la pluie martelant la véranda.

Elle sourit au chien, qui reconnaissant se mit à lui lécher le visage en remuant frénétiquement la queue. Riant aux éclats, Laurel pencha la tête en arrière, mais Boomer, dans sa fougue, lui fit perdre l'équilibre, et elle tomba sur les fesses.

— Oh ! désolé ! s'exclama Ty en se précipitant, tirant le chien par le collier pour dégager la malheureuse. Viens ici, Boom...

— Ça va, dit Laurel qui se releva aussitôt, toujours avec le sourire, en remontant le col de sa veste polaire.

Sa tenue préférée, assortie en général avec un legging ou un caleçon, d'après le peu que Tyler avait pu en voir. Il ne la dépassait que de quelques centimètres, réalisa-t-il soudain tout en observant ses cheveux, châtains, ni courts ni longs. Et raides comme des bâtons, pareils aux siens, même avec cette humidité. Agréable à regarder, mais loin de ce que certains qualifiaient de « canon ».

Pourtant, lorsqu'elle plongea ses yeux dans les siens, il faillit à son tour en tomber à la renverse. Il retint son souffle. Dire que ses yeux étaient bleus… Les yeux d'un ange. A supposer que les anges aient les yeux bleus.

— Boomer, c'est son nom, n'est-ce pas ? Oui, Boomer est adorable. De quelle race est-il ?

— Boxer, en grande majorité. Avec un peu de rottweiler au niveau de la corpulence. Et c'est mon petit bonhomme ça, pas vrai, espèce d'idiot ? dit-il en prenant la tête de l'animal entre ses mains pour l'embrasser sur le front.

Le chien aboya, les bajoues toutes flasques. Tyler surprit un sourire indulgent sur les lèvres de Laurel. Un sourire qui lui rappela ceux de sa mère adoptive, quand elle le prenait en flagrant délit de bêtise. Soit à cette époque à peu près toutes les cinq minutes, au début en tout cas.

— Eh bien quoi ? J'adore mon chien.

Laurel éclata de rire. Un rire gracieux et profond.

— Je vois. Et je suis désolée, mais… Vous m'aviez dit votre prénom, lors de notre première rencontre, mais…

— Pardon. Tyler, dit-il en lissant en arrière ses cheveux trempés. Tyler Noble. Et vous, c'est Laurel, non ? Laurel, euh…

Il sourit en hochant la tête.

— Kent.

— Quelle mémoire !

Quand il s'agissait de retenir le nom d'une femme ? Un champion. Ce talent, il l'avait perfectionné depuis l'éveil de ses premières hormones, à l'âge de dix ou onze ans. Des hormones précoces et bien décidées à les faire craquer, toutes !

En réalité, il se posait pas mal de questions sur sa voisine. Solitaire, presque recluse, elle sortait rarement de chez elle. Non qu'il l'épie, lui-même n'étant guère chez lui en semaine. Comme son magasin de récupération n'était pas loin, il rentrait souvent déjeuner chez lui ; chaque fois, la Volvo de sa voisine était garée dans l'allée. Par ailleurs, les seules visites qu'elle recevait étaient celles d'une dame d'un certain âge, au volant d'une Prius ultraclasse...

— Il déteste les orages, reprit-il quand Boomer lui lécha la main. Je ne comprends pas pourquoi il est sorti, ni par où il a pu s'échapper du jardin...

— Hmm, ce n'est pas la première fois qu'il vient me dire un petit bonjour.

— Vraiment ? s'exclama Tyler.

— Je vous assure, répondit-elle.

Malgré son sourire — aucune trace de gloss, des lèvres sensuelles —, il crut déceler une lueur de méfiance dans ses yeux. Cernés de fines ridules. Peut-être deux années de plus que lui. Trente et quelques années.

— Vous ne le laissez pas se promener dans le quartier ?

— Certainement pas !

Il sourit à Boomer, sage comme une image, assis, qui bâilla bruyamment, puis il reporta son attention sur Laurel... Chaque fois plus belle, à mesure qu'il la regardait. Sauf qu'elle n'était pas son style. Il en était sûr, ou presque. Pas plus qu'il n'était le sien, ce dont il était plus sûr encore...

— La clôture ! s'exclama-t-il en claquant les doigts. Il doit y avoir un trou quelque part...

— Oh ! c'est possible. Je n'ai pas de portail de ce côté-là.

Et, de nouveau, elle sourit, et l'espace de quelques secondes, il eut l'impression que son cerveau implosait.

— Euh... Oui. Bien. Dès que la pluie cessera, j'irai voir ça. Je réparerai cette maudite clôture afin que mon chien arrête de vous embêter.

— Oh ! oui, bien sûr, dit Laurel en baissant les yeux sur Boomer. Je comprends, mais...

Elle le regarda, oh, le bleu de ces yeux. Incroyable.

— En réalité, vous savez, je n'ai rien contre un peu de compagnie...

Après un court silence, elle reprit :

— Hmm... Voulez-vous entrer un moment ? Je peux préparer du thé...

Au loin, on entendit le grondement du tonnerre. La tempête s'éloignait.

Et tu devrais en faire autant, mon vieux.

— Non merci, je suis trempé jusqu'aux os. Et au cas où vous ne l'auriez pas remarqué, mon chien sent mauvais. Et puis, vous devez être occupée…

Un léger sourire effleura ses lèvres quand elle resserra le col de sa veste. Ce mois de juin était un peu frais. Et après l'orage, le vent était glacial.

— Comme vous voulez, une autre fois, alors…

— Euh, bien sûr.

N'était-ce pas ce que l'on disait quand deux personnes savaient qu'il n'y aurait pas d'autre fois ? Surtout quand l'une des parties avait un chien qui tirait sur son collier, impatient de retrouver ses pénates.

— Passez une bonne nuit, dit-il en descendant les marches de la véranda.

Ou, plus précisément, en prenant la fuite.

Laurel regarda Tyler et son chien regagner la maison voisine, puis elle laissa échapper un soupir. Que lui était-il donc passé par la tête, d'inviter cet homme à boire un thé ? D'ailleurs, elle doutait que le thé… soit sa tasse de thé.

Ses hormones, sans doute. Elle ne voyait pas d'autre raison pour expliquer cette attirance totalement déplacée pour son voisin. Un voisin mignon, blond et extrêmement séduisant.

Qui manifestement avait un faible pour les femmes mignonnes, blondes et menues. Plus jeunes que lui. Non qu'elles soient nombreuses à lui rendre visite. En réalité, elle en avait aperçu deux, pas plus, à ce jour. Et pas farouches apparemment, ainsi qu'elle avait pu le constater, en planque derrière le rideau de la fenêtre du salon. Des sottes en tout cas, qui gloussaient bêtement. Surtout l'une d'elles. Une chose était sûre, les conquêtes de son voisin n'avaient rien de commun avec elle, ni de près ni de loin. Et inversement. Laurel n'était ni blonde ni menue. Il était donc fort peu probable que Tyler s'intéresse à elle.

Même si elle n'avait pas été dans son état... Enceinte.

Secouant la tête, elle rentra et sourit à ses murs couleur coquille d'œuf et à son mobilier. Peu à peu, l'intérieur prenait forme. Certes, il y avait encore du travail. Elle avait encore du travail. Quand même... Trois mois qu'elle avait signé les papiers du crédit, et elle n'y croyait toujours pas. Sur une impulsion, oubliant toute prudence, elle était devenue propriétaire.

Elle caressa doucement son ventre, à peine rebondi sous son sweat. En parlant d'impulsion...

Tout en s'avançant dans la maison plongée dans le calme et le silence, elle sourit en réalisant que, très bientôt, il en serait fini du calme et du silence. Elle s'arrêta sur le seuil de la pièce dont elle voulait faire la chambre du bébé et tressaillit, entre impatience et panique. Sans parler de la répulsion que lui inspirait cette nuance de mauve aux murs. Elle soupira. Ce n'était pas ainsi qu'elle s'était imaginée devenir mère. Bien sûr, sa grand-mère l'aiderait, mais Marian McKinney avait plus de quatre-vingts ans aujourd'hui. Un mental d'enfer, oui, mais Laurel doutait cependant qu'elle soit en mesure de s'occuper d'un nourrisson. Elle frissonna.

Tout avait été si inattendu. Et maintenant, elle était là, enceinte et seule. Elle pouvait soit se lamenter sur la cruauté de l'existence, ou positiver en faisant le décompte de ses atouts et prendre les choses à bras-le-corps.

Elle sourit. Et si elle repeignait la pièce en jaune citron ? Ou en jaune soleil... A cet instant, on sonna à sa porte. Intriguée, elle retourna dans l'entrée et regarda par le judas. Son cœur s'affola quand elle reconnut Tyler.

— J'ai trouvé le problème, dit-il lorsqu'elle lui ouvrit, l'air sérieux comme un pape, bras croisés.

Le vent avait rabattu une mèche blonde sur son front. On aurait dit un ado. Le genre d'ado qui émoustille les filles de seize ans.

— Je vous montre ?

— Oui, bien sûr...

— Vous devriez mettre d'autres chaussures, ajouta-t-il en désignant d'un coup de menton ses petites ballerines. C'est trempé, dehors.

Chaussée de ses tennis, elle suivit son voisin dans le jardin qui avait bien besoin d'un coup de tondeuse. Encore une chose dont elle devait s'occuper. Tyler lui montra les planches à l'angle de la clôture, elles tenaient à peine. Moins bien encore que lorsqu'elle avait emménagé. Mais c'était justement ce genre de petits défauts qui lui avaient permis de négocier un bon prix pour la maison...

— Ah, soupira-t-elle. Bien, ça veut dire que je n'ai plus le choix, je dois la réparer.

— Boomer passe dessous, ça ne servira pas à grand-chose.

Elle se renfrogna et dévisagea son voisin. Radieux sous le soleil retrouvé.

— Vous n'avez pas remarqué le trou, de votre côté ?

— Eh bien...

Il se massa la nuque.

— En fait, j'ai un léger souci... de broussailles, par là. Mais, voilà ce que j'en pense. Imaginons. Je taille mes mauvaises herbes, vous réparez votre clôture, et nous bouchons le trou. Mon chien en creusera probablement un autre, pas vrai ? Et si je mettais plutôt quelques parpaings, comme un mur ?

— Non merci, j'aurais l'impression d'être en prison.

Il éclata de rire. Il avait un rire délicieux. Avec fossettes en prime. Tout droit sorties de l'attirail du diable, ces fossettes-là.

— On en fait des très jolis, de nos jours. Et comme j'ai un muret en briques de l'autre côté, ça aurait une certaine... cohérence. Comme ça, vous pourriez enlever ce machin, dit-il avec une grimace en désignant sa misérable clôture. Et ça réglerait le problème pour un bon bout de temps.

— Pourquoi pas ? dit-elle, déjà convaincue. Quand pourriez-vous vous y attaquer ?

— Le week-end prochain, s'il ne pleut pas ?

Il ponctua ses propos d'un clin d'œil.

— Vous pourrez m'aider, si vous voulez...

Oh ! Il la draguait ? Mais flirter devait être une seconde nature, chez lui. Ça devait faire partie de son patrimoine génétique, au même titre que ses cheveux blonds, façon surfeur. Et que ces yeux noisette pailletés d'or, avec lesquels le soleil s'amusait...

En soupirant, elle détacha son regard de ces yeux de rêve pour ne s'intéresser qu'à ce trou plein de boue, à ses pieds.

— Je ne crois pas être très douée pour ça, marmonna-t-elle.

En plus, elle était enceinte. Rassemblant tout son courage, elle se tourna vers lui.

— Vous savez construire un mur ?

Une main sur le cœur, il prit un air contrit.

— Oh… Vous ne me faites donc pas confiance ?

— C'est-à-dire, comme ça va sûrement me coûter quelques centaines de dollars, je préfère me renseigner.

— Bien sûr. Et oui, je sais construire un mur. Je suis même assez doué en maçonnerie. J'ai travaillé pas mal de temps dans une entreprise de construction…

— Vous pourriez me montrer quelque chose que vous avez réalisé ? Ainsi, je pourrais juger de votre travail par moi-même.

— Eh bien ! Vous n'êtes pas une cliente facile. Personne ne va vous escroquer, vous savez…

Lui seul pouvait l'affirmer.

— Simple mesure de précaution, je vous assure. Alors ?

— Eh bien… J'ai construit un muret pour… Pour quelqu'un, il n'y a pas si longtemps, répondit-il en glissant les mains dans ses poches. Elle n'habite pas loin. Je peux vous emmener voir, si vous voulez. Et vous pousserez dessus pour voir s'il est solide…

Elle éclata de rire.

— Après ça, nous pourrions aller acheter les parpaings ensemble, poursuivit-il. Ainsi, vous choisirez la couleur. Parce que moi, je m'en fiche.

— Cela me paraît envisageable. Mais… Puisqu'il s'agit d'un mur mitoyen, et que vous allez faire tout le travail, laissez-moi au moins payer les parpaings.

— Et puisque nous ne ferions pas tout ça s'il n'y avait pas mon chien, je me vois dans l'obligation de refuser.

— Ne faites pas l'idiot. Si je ne peux pas vous être utile à grand-chose sur le plan technique, le moins que je puisse faire, c'est de contribuer aux dépenses. Dépenses que j'aurais été bien obligée de faire à un moment ou à un autre. Non, j'insiste. Je me sentirais mal à l'aise sinon.

Il la dévisagea, perplexe :

— Pourquoi pas un repas fait maison en échange ?

De nouveau, elle éclata de rire.

— Etant donné mon absence radicale de talent culinaire ? Certainement pas.

Il parut si déçu qu'elle faillit rire de nouveau.

— Vous ne savez pas faire la cuisine ?

— Si votre définition de savoir faire la cuisine veut dire mélanger toutes sortes d'ingrédients pour en faire quelque chose de comestible, pas vraiment... Mais ça ne m'empêche pas de manger...

Toutes les heures à peu près en ce moment, mais ça, il n'avait pas besoin de le savoir. Ni que la perspective d'avoir Tyler Noble assis à sa table lui donnait un peu le vertige...

— Mais je suis sûre de pouvoir arriver à quelque chose. Dieu a bien créé les traiteurs pour y remédier...

Il sourit. Un sourire craquant qui devait probablement faire fondre sa mère quand il était enfant. Et qui la faisait d'ailleurs elle-même un peu plus que fondre.

— Tout à fait.

Elle lui sourit en retour, puis inspira profondément. A l'aube de cette relation avec son voisin, elle doutait que tout cela ait un quelconque lien avec... des relations de voisinage. Mais qu'était-elle censée faire ?

— Bien... Quand pouvons-nous aller voir ce mur ?

Son sourire s'estompa, quelques secondes à peine.

— Je vais appeler la personne, pour la prévenir de notre visite. Demain, ça vous irait ?

— Aucun problème, répondit Laurel.

Plus vite ils en auraient fini avec cette petite folie, mieux ce serait.

Sa tête de molosse coincée entre les sièges, Boomer se pourléchait bruyamment les babines quand Tyler gara le pick-up dans l'allée de Starla. Laurel était assise sur le siège passager, son sac à main façon cabas sur les genoux. Elle n'avait pas dû prononcer plus de dix mots au cours des dernières minutes, elle qui s'était pourtant montrée plutôt bavarde la veille.

En principe, ce n'aurait pas dû être un problème — ses profs avaient l'habitude de dire qu'il parlait pour dix —, mais le silence de Laurel avait quelque chose d'agaçant. Etait-ce sa faute ? Avait-il dit ou fait quelque chose qui l'aurait vexée ? Pourtant, ils n'étaient que voisins. Des voisins venus inspecter un mur en vue d'en construire un autre.

Dans la catégorie voisine, elle n'était pas banale. Pas le genre chochotte habillée comme une star. Et pourtant, quelle classe elle avait. La classe. Quelque chose qu'il n'avait jamais eu et n'aurait jamais. Non qu'il soit un voyou, même s'il avait failli l'être, au grand désespoir de ses parents, mais comme le disait l'adage, on avait beau mettre un épi au pli, la racine restait la même. En d'autres termes, chassez le naturel, il revient au galop. Et dans son cas, il s'agissait d'une nature fondamentalement rebelle. Et si, dans le passé, cela ne semblait pas avoir posé de réels problèmes à un certain nombre de femmes, il en mettrait sa main au feu, c'en serait un pour Laurel.

Alors, si son ego souffrait qu'elle soit apparemment la première femme, depuis sa mère adoptive, à être totalement imperméable à son bagou, eh bien... Tant pis pour son ego.

— Jolie maison, dit-elle en ouvrant la portière. La tempête d'hier avait dégagé le ciel, mais le vent était frisquet, pour un début d'été. Le petit pavillon blanc de Starla — un rêve pour elle, devenu accessible grâce en grande partie au prêt primo accédant — resplendissait sous le soleil de cette fin d'après-midi et les nouvelles fenêtres que Tyler avait posées scintillaient comme des diamants.

— Oui, en effet, répondit-il.

Mais apparemment, son ton avait dû être un peu ambigu, car elle le regarda bizarrement en secouant légèrement la tête. Quand elle voulut descendre de voiture, Boomer se précipita vers Starla qui venait juste à leur rencontre, tout sourire comme à son habitude. Elle sortait juste du travail, jean et polo blanc, ses longs cheveux blonds tirés en arrière. Jolie. Bizarrement, souvent elle ne faisait pas ses quarante-huit ans, d'autres fois elle semblait beaucoup plus âgée.

Les ravages de la drogue, sans doute.

Après avoir échappé aux effusions de Boomer, elle tendit la main à Laurel.

— Ravie de vous rencontrer, trésor ! Quelque chose à boire ? Thé glacé, soda... ?

— On est juste passé voir le mur, dit Tyler.

— Et alors ? répliqua Starla avec vivacité. Elle ne peut pas déguster un coca tout en le regardant ?

— Merci, dit Laurel en souriant. Mais ça va, vraiment. En revanche... Puis-je utiliser votre salle de bains ?

— Mais bien sûr ! Suivez-moi...

Il se renfrogna. Dix minutes à peine qu'ils avaient quitté la maison de Laurel. Le plan, son plan, consistait à lui montrer le mur pour qu'elle l'inspecte en long en large et en travers, puis ils s'en iraient. Avant que quelqu'un se mette à poser des questions. Auxquelles, à choisir, il préférerait ne pas répondre.

Un peu réticent, il emboîta le pas aux deux femmes. Une fois à l'intérieur, Starla conduisit Laurel à la salle de bains. De son côté, Boomer se mit à fureter du côté du canapé, dans le seul but d'énerver Mme Slocombe, l'énorme chat tigré de la maison, paisiblement endormie jusqu'à l'arrivée de cet idiot de chien.

— Je suppose qu'elle n'est pas au courant ? demanda Starla derrière lui.

Il se retourna, laissant chien et chat à leurs amabilités.

— Pourquoi le serait-elle ? Elle n'est que ma voisine, marmonna-t-il, maussade.

Starla croisa les bras et lui décocha son regard le plus acéré. Un regard encore moins commode que d'habitude, avec de la tristesse en plus. Une tristesse dont il était responsable. En partie, du moins.

— Tu as tellement fait pour moi, Ty, dit-elle avec douceur. Bien plus que je n'aurais osé l'espérer. Alors pourquoi ne tournes-tu pas la page ? Franchement. Qu'est-ce que ça changerait ?

Depuis le temps que le sujet revenait sur le tapis, il aurait dû être immunisé contre la douleur. Contre cette culpabilité qui ne le lâchait pas. Et oui, contre la colère, car il lui avait dit pourquoi, chaque fois qu'elle lui posait la question. Et chaque fois, ils en revenaient toujours à la même impasse. Elle demandait pardon et lui faisait toujours et encore la même réponse frustrante — parfois en pleurs, parfois avec lassitude, souvent en colère — à cette éternelle question : « Qui est mon père ? »

Question qu'il s'apprêtait à lui reposer quand Laurel réapparut. Non, en réalité, il avait entendu la porte de la salle de bains, et avait compris qu'elle s'était arrêtée quelques secondes pour regarder les photos au mur, dans le couloir. Des photos qui ne lui diraient sans doute rien. Puis elle fut là, dans son pantalon noir skinny et son top ultra large d'une couleur indéfinissable, pas de maquillage, pas de bijou... et un sourire à son intention. Un sourire amical. Mais il en eut le souffle coupé. Complètement inattendu, presque déplaisant.

— Ça va mieux ? s'enquit Starla.

— Oui, merci bien, répondit-elle, avant de se tourner vers lui : Alors ? Vous me le montrez, ce mur ?

— Bien sûr.

Il la précéda dans la cuisine orange et turquoise de Starla, avec son rebord de fenêtre tellement encombré de pots de fleurs que la lumière passait à peine. Il ouvrit la baie vitrée. Le jardin n'avait rien de spécial, de la pelouse et des herbes folles par endroits. Comme le sien. Sauf qu'il prenait plus soin du jardin de Starla que du sien — il n'avait pas le temps pour les deux —, et le rosier grimpant avait belle allure.

Sans un mot, Laurel traversa la pelouse humide et... s'appuya des deux mains contre le mur. Puis elle se pencha et regarda tout au bout. Pour vérifier s'il était droit, sûrement. Enfin, elle se tourna vers lui pouce en l'air. Et il rit.

Il entendit la porte du patio s'ouvrir et vit Starla avec un plateau. Une carafe, des verres et une assiette de petits gâteaux dessus. Elle s'était changée et portait une jupe ample et souple, les cheveux détachés. Son look *peace and love*, disait-elle. Hommage à ses parents disparus depuis longtemps.

— Je sais, je sais, dit-elle en posant le plateau sur la table basse. Mais si quelqu'un ne m'aide pas à manger ces cookies, je vais les dévorer jusqu'au dernier. Et ça, ce n'est pas bon.

— Des cookies ? lança Laurel en se précipitant.

— Aux pépites de chocolat, répondit Starla.

— C'est vous qui les avez faits ?

— Bien sûr, ma chérie.

Délicatement, presque avec respect, Laurel prit un biscuit et croqua dedans.

— Oh... Ils sont délicieux !

— Merci, répondit Starla, radieuse. C'est ma recette secrète. Mais servez-vous, je vous en prie...

Laurel éclata de rire, un rire profond et naturel que Ty trouva charmant. Touchant. Trop charmant, trop touchant.

— Ne dites pas ça, vous pourriez le regretter, dit-elle en se resservant, ne s'embarrassant pas de formules hypocrites et coquettes, genre *oh, je ne devrais pas...*

— Je vais vous en mettre quelques-uns dans un sac...

Starla disparut à l'intérieur, sa longue jupe bruissant dans son sillage.

— Vous avez l'air d'avoir faim, remarqua Ty.

Laurel sourit... et mordit dans son troisième cookie.

— Ils sont délicieux. Vraiment. Mais... Goûtez, dit-elle en lui tendant son cookie.

— Je ne suis pas fan de biscuits, mais merci. En tout cas, grâce à vous, Starla est aux anges.

— Ses cookies sont fameux, je n'ai fait que lui dire la vérité, répondit-elle, sourcils légèrement froncés. Ce n'est pas grand-chose.

Pour elle, peut-être pas.

Tyler pensa aux filles qu'il fréquentait habituellement. Cheveux laqués, visage maquillé et seins pigeonnants. Toujours soucieuses de lui plaire. Ce qui lui avait toujours plu. Leur relation devenait rapidement ennuyeuse, à part quelques moments d'euphorie, purement sexuels. Puis après un certain laps de temps, toujours le même, à quelques heures près, venaient les adieux, les « On reste amis, d'accord ? » Et la vie était bien plus simple comme ça. Avec une date d'expiration connue de lui seul, dès le début de l'aventure.

Mais voilà qu'une jeune femme surgissait. Avec l'impression de se moquer de son apparence comme de sa première chemise. Sans se soucier de plaire, encore moins à lui. Dans sa poitrine, il sentit son cœur s'emballer. Que lui arrivait-il ?

De retour avec un sachet plastique, Starla y mit presque tous les cookies et le tendit à Laurel. Et Tyler fut forcé d'admettre que la joie que cet enthousiasme provoqua chez leur hôte le toucha. Starla n'avait pas vraiment été très heureuse au cours de son existence.

Chassant ces pensées, il se tourna vers Laurel.

— Bien. Mon travail vous convient-il ?

Une brise s'éleva, balayant une mèche qui vint lui fouetter le visage.

— Je ne suis pas experte en mur, mais... Lançons-nous. Vous avez dit qu'on pouvait acheter des parpaings...

— A dix ou quinze minutes. On peut s'arrêter à la maison en passant et déposer le chien. D'accord ?

— Entendu...

Elle hésita.

— Juste le temps de retourner aux toilettes...

Elle rougit.

— C'est ma faute, j'ai bu trop de thé.

Il la suivit des yeux quand elle disparut dans la maison. Elle était nature. Rares étaient les femmes qui avouaient un besoin d'aller aux toilettes sans se liquéfier de honte. Laurel ne jouait pas la comédie. Elle ne feignait pas. Elle était comme elle était. Une qualité qui fit redoubler les coups de tambour dans son cœur.

Parce que Tyler, lui, ne savait pas qui il était. Pas entièrement. Toute son existence... reposait sur une imposture, un énorme mensonge. Enfin. Peut-être pas un mensonge. Mais, en tout cas, un mystère.

Il observa Starla qui refermait la boîte de cookies. Elle, la seule personne en ce monde à détenir la clé du mystère. Mais d'ici là, si un jour le voile voulait bien se lever sur ce mystère, interdiction formelle d'approcher toutes les Laurel de la création.

Et tant pis si leur rire lui faisait chaud-brûlant au cœur.

2

— Ça vous ennuie si je mets un peu de musique ? demanda Tyler, lorsqu'ils furent remontés dans le pick-up.

Il devenait urgent de se rafraîchir les idées, ainsi que certaines parties de son anatomie. Et s'il ne pouvait pas faire en sorte que Laurel arrête de sentir aussi bon, ou que ses yeux soient moins bleus et son rire moins troublant, peut-être la musique détournerait-elle son attention.

— Pas du tout, répondit-elle en serrant son sac contre elle.

Il surprit l'ombre d'un sourire sur ses lèvres quand, depuis son iPod embarqué, son groupe préféré commença à jouer. Sourire accompagné d'un imperceptible mouvement de tête désapprobateur.

— Vous n'aimez pas Green Day ? demanda-t-il.

— Il y a une éternité que je ne les ai écoutés, répondit-elle, sans cesser de sourire.

Aussitôt, Tyler appuya sur un bouton pour couper la musique.

— Non, ne... !

— De toute façon, je n'ai pas la tête à ça.

Arrivés au bout de la rue, ils prirent l'avenue. Derrière eux, le chien haletait.

— Starla est vraiment adorable, remarqua Laurel.

Voilà qu'elle daignait lui adresser la parole, à présent... Alors que parler était la dernière chose dont lui avait envie. Voir Starla lui faisait toujours cet effet, c'était plus fort que lui. Mais au lieu de prendre comme une incitation à changer de sujet le grognement qu'il lui fit en guise de réponse, elle enchaîna :

— Elle me rappelle un peu ma mère. Sauf que maman aujourd'hui aurait euh... soixante et un ans. C'est bizarre...

— Aurait eu ? bougonna Tyler en se tournant vers elle.

— Oui, répondit-elle en soupirant, mais pas avec le genre de soupir larmoyant qui lui tapait sur les nerfs.

— J'avais onze ans quand elle est décédée, expliqua-t-elle.

— Oh ! dit-il en reportant son attention sur la route. Désolé.

— C'était il y a longtemps. Plus de vingt ans... C'est étrange. On dit souvent que le temps cicatrise les blessures. Mais je n'y crois pas. Le temps ne fait qu'éroder la douleur et rien de plus...

Soudain, elle se tut.

— Pardon, c'est sans intérêt.

— Pas de problème...

Tant qu'elle parlerait, il ne serait pas obligé de le faire. Ou d'essayer d'y voir clair dans ces pensées complètement folles qui se bousculaient dans sa tête. Mais puisque c'était elle qui avait abordé le sujet...

— Et votre père ?

Elle hésita, puis répondit sans la moindre trace d'émotion :

— Emporté par un infarctus quand j'avais seize ans. Mais je ne le voyais presque plus de toute façon, après le décès de ma mère.

La douleur se réveilla, une sorte de décharge électrique.

— Pour quelle raison ?

— Difficile à dire. Lui et moi n'en avons jamais vraiment discuté. Je pense qu'il ne supportait pas d'être père célibataire. Ni père tout court, car franchement, il n'avait jamais montré la moindre aptitude, avant.

— Que s'est-il passé, alors ? demanda-t-il en la regardant à la dérobée.

— Je suis allée vivre chez ma grand-mère. La mère de ma mère.

— Et... C'était bien ?

— En réalité, c'est la meilleure chose qui pouvait m'arriver. Je l'adorais, et c'était réciproque. Mon grand-père étant décédé un an plus tôt, nous... Nous nous sommes mutuellement soutenues. Personnellement en tout cas, ma grand-mère m'a beaucoup apporté.

Ty s'arrêta à un feu rouge.

— C'est vraiment nul de faire ça à un enfant. Votre père, je veux dire.

— Les gens sont ce qu'ils sont, répondit-elle après un court silence. Ce n'est pas parce que vous le voulez qu'ils changent… Mais bon, comme je le disais, tout s'est bien passé pour moi, à partir de là…

Boomer se mit à aboyer contre un chien, dans la voiture à côté.

— La rue n'est pas à toi, espèce d'idiot ! le gronda Tyler. Allez, ferme-là ! Couché !

Après un soupir de frustration, le chien obtempéra, avec quelques humph-humph, ce qui fit rire Laurel.

— Et votre grand-mère ? Elle est toujours de ce monde ? demanda Tyler alors que le feu passait au vert.

— Oh oui. Peut-être l'avez-vous aperçue ? Petite, cheveux blancs. Au volant d'une Prius.

— C'est votre grand-mère ?

— Oui. Après avoir vendu sa maison il y a quelques mois, elle s'est installée à Sunridge…

— La résidence senior, après le centre commercial ?

— Oui, celle-là. Vous connaissez ?

Quand il secoua la tête, elle éclata de rire.

— Je vous assure que, si l'âge d'accès n'était pas fixé à cinquante-cinq ans, je m'y verrais bien. Ma grand-mère dit que c'est le paradis… Bref. C'est à ce moment-là que j'ai acheté la maison.

— Attendez… Vous viviez encore avec votre grand-mère ?

— Oh ! pas vraiment. J'ai été absente quelques années. D'abord, il y a eu l'Université. Puis je me suis installée un temps à New York. Avant de revenir, dit-elle avec simplicité. Je ne supportais pas de la savoir seule à son âge. Et aussi parce que je faisais ainsi l'économie d'un loyer. J'ai même pu me présenter à la banque avec un apport conséquent, pour mon crédit immobilier. Un crédit que j'ai négocié au taux le plus bas. De ce fait, mes mensualités sont minimes.

— Mais, ça n'a pas dû être évident, cette cohabitation, pour votre vie privée ?

Elle garda le silence.

— Pardon, je franchis la ligne jaune, dit-il pour s'excuser.

— Encore faudrait-il que j'en ai une, dit-elle avec un petit rire désabusé.

— Une ligne jaune ou une vie privée ?

— Les deux. En fait, ma grand-mère m'a toujours répété que ma vie m'appartenait. Enfin, dans les limites du raisonnable. Et pas avant que je n'atteigne ce qu'elle appelait « l'âge de raison ». Mais elle m'a toujours encouragée à faire mes propres choix, à suivre mon instinct, sans me soucier de ce que pensaient les autres. J'ai donc choisi de revenir dans le New Jersey et de vivre avec elle aussi longtemps qu'elle voudrait de moi...

— Puis elle a décidé de s'installer à Sunridge... Et vous avez dû faire vos cartons.

— Parfaitement. Il est temps de prendre ton envol et de me laisser vivre ma vie, m'a-t-elle dit un beau jour. Mais nous nous voyons au moins une fois par semaine. Elle est mon pilier, mon roc, ajouta-t-elle en souriant. Même si souvent, elle me fait tourner en bourrique. Et parfois, c'est vrai aussi, j'en ai marre de n'avoir personne à qui parler...

— Vous n'avez pas de petit copain ? demanda-t-il.

Elle leva les yeux au ciel.

— Hé ! s'exclama-t-il, c'est vous qui avez dit « pas de ligne jaune ». En fait, je m'étonne, car apparemment, vous ne sortez jamais ou presque de chez vous. Vous êtes plutôt sympa...

Il avait parlé sans réfléchir, même s'il ne cherchait nullement à la draguer.

— Et plutôt bien faite aussi...

De nouveau, elle éclata de rire.

— Je savais que j'avais affaire à un séducteur...

— Et vous avez un rire merveilleux...

— Pas autant que le vôtre...

— Sans parler d'un joli sens de l'humour.

— Merci.

— Je vous en prie... Vous trouvez que je suis un séducteur ?

— Il m'est arrivé de vous apercevoir en galante compagnie. Vous semblez savoir y faire...

— Oh ! vous m'espionnez ?

— « Demande l'homme qui prétend que je ne sors jamais de chez moi… »

— Touché…

Il tourna dans leur rue, et Boomer, reconnaissant son environnement, posa le menton sur l'épaule de Tyler et se mit à geindre.

— N'empêche, reprit-il, à vous entendre, on dirait que vous n'avez jamais fréquenté que votre grand-mère. Attention, c'est sûrement quelqu'un de très bien, mais…

— J'aime la solitude, expliqua-t-elle. Pas tout le temps, non, mais… La solitude est un cocon, pour moi. Vraiment. Et puis, je suis écrivain. Je ne sors pas beaucoup, car je travaille chez moi. Et mes copines de classe, les amies que j'avais à New York, toutes sont parties. Se sont mariées, ont fondé une famille… Oh ! nous nous étions promis de rester en contact, mais…

Comme il se garait devant chez lui, elle haussa les épaules.

— C'est la vie, non ?

Ne sachant que répondre, il marmonna un « Sûrement » qui ne l'engageait pas, puis il descendit de voiture et fit rentrer le chien, refermant aussitôt la porte. Boomer, outré, hurla aussitôt à la mort.

— Bébé n'est pas content, on dirait, remarqua-t-elle quand il remonta dans le pick-up.

— En principe, je l'emmène partout, répondit-il en reculant pour sortir. Mais je n'ai pas envie qu'il m'échappe au magasin de bricolage et je n'aime pas le laisser seul dans le pick-up.

— Je comprends, dit-elle puis, après une pause. Alors, je parie que vous connaissez Starla depuis longtemps ?

— Eh bien ! Vous ne perdez pas de temps en préliminaires…

— Désolée. Mais j'en ai assez de parler de moi. Encore une conséquence de la solitude, vous finissez par oublier les règles les plus élémentaires de savoir-vivre. De plus, en tant que romancière, la curiosité est mon fond de commerce. Les relations me fascinent. Les gens me fascinent.

— Vous me trouvez fascinant, moi ?

— Je n'étais pas en train de vous parler de Starla ?

— Oh ! exact.

— J'aimerais connaître son histoire. Qu'est-ce qui a fait d'elle ce qu'elle est aujourd'hui… C'est comme si… Elle avait son passé à fleur de peau. Vous n'avez pas cette impression ?

Il éclata de rire, en dépit de l'étau qui lui enserrait le cœur.

— Et vous avez senti ça en si peu de temps ?

— Oui. Mais en réalité, je pense que c'est le cas pour chacun d'entre nous. J'adore les gens, vraiment…

— A condition de rester loin d'eux ?

— Oh ! je comprends que cela vous paraisse bizarre, répondit-elle en riant. Mais comme je vous l'ai dit, Starla me rappelle un peu ma mère. Cet anticonformisme chez elle, ça me plaît. Je suis si peu anticonformiste moi-même…

— Si je m'en tiens à notre conversation, pas tant que ça. Ne serait-ce que par votre manière de vivre… Libre.

— Cela ne signifie pas que je n'aime pas ce qui est structuré. L'ordre. En fait, je suis une maniaque de la propreté… Mais sans doute est-ce pour cette raison que je vis seule. N'importe qui à mes côtés deviendrait fou… Ma grand-mère pourrait vous en parler…

Une image surgit dans l'esprit de Tyler. Sa maison. Il était tout sauf un maniaque de la propreté.

— Si je comprends bien, vous ne devez pas aimer prendre de risques.

Il ne cherchait qu'à plaisanter, à suivre la voie qu'elle avait ouverte. Aussi, son silence subit le prit-il de court, et il la regarda discrètement.

— Pas trop, non, répondit-elle enfin en lui souriant.

Puis, regardant de nouveau droit devant elle, elle désigna l'enseigne du magasin de bricolage.

— C'est là ?

— Euh, oui.

Il se gara sur le parking, un peu agacé quand elle descendit de voiture sans attendre qu'il vînt lui ouvrir la portière. Mais pourquoi l'aurait-elle fait ? Et pourquoi cette envie subite de jouer les chevaliers servants ?

De la même façon, pour quelle raison esquiver ses questions innocentes à propos de Starla ? Autre que l'habitude. Et le besoin de se protéger. Qui était aussi une habitude. Il n'avait jamais été doué pour parler de ce qui le touchait. Surtout avec des inconnus.

Peut-être devrait-il faire un effort, se dit-il tout en se précipitant pour ouvrir à Laurel la porte vitrée du magasin. Sinon elle n'allait pas tarder à comprendre qu'il se dérobait.

Ce qui l'ennuierait fortement.

Laurel promena son regard sur la salle d'exposition, médusée.

Des parpaings par centaines, de toutes les formes, tailles et couleurs imaginables s'étalaient devant elle en monts et châteaux et tourelles. Elle s'était entendue avec Tyler pour un marron, plutôt qu'un gris, trop... carcéral. Mais quelle nuance de marron ? Claire, foncée, plutôt taupe... ?

Elle sursauta, bousculant Tyler quand un chariot élévateur surgit derrière elle à grands coups de bip-bip avant de s'éloigner en direction du terrain vague, juste derrière le magasin. Ty la retint suffisamment longtemps entre ses bras pour qu'elle retrouve son équilibre... et perde un peu de son sang-froid. Elle repensa à leur conversation dans son pick-up, en chemin. Ce petit jeu d'attaques et de parades — qu'elle n'avait jamais expérimenté avec aucun homme — les taquineries et les franches dérobades, comme celles de Tyler quand...

— Ça va ? s'enquit celui-ci, mains toujours sur ses épaules.

— Très bien...

Non que quelqu'un dans l'histoire doive quelque chose à l'autre. Après tout, s'il n'avait pas envie de répondre à ses questions, c'était son droit. Ils étaient venus acheter des parpaings. Afin d'ériger un mur de clôture. Pour empêcher son chien de se faire la belle...

— Alors, que pensez-vous de celui-là ?

Tyler s'était avancé vers des parpaings couleur argile, agencés autour d'une fontaine... Pas terrible.

— Euh...

— Ou celui-là, peut-être ? suggéra-t-il en se penchant pour lui montrer un modèle plus clair, dans les beige.

Il avait de belles fesses, ne put-elle s'empêcher de penser en fixant la partie charnue de son anatomie.

— Ou celui-ci ?

— Vous… Vous pensez que ça ira avec ceux que vous avez déjà ? demanda-t-elle en détournant les yeux de ses fesses musclées.

— Ça devrait aller, répondit-il en se frottant les mains, pleines de poussière. Et vous, qu'en pensez-vous ?

— Je crois aussi. Et le prix ?

— C'est le même. Mais vous savez…

Il glissa ses doigts dans les poches de son jean. Déjà bas sur sa taille. Puis il la regarda avec un sourire espiègle qui, combiné à ses cheveux blonds, sans parler de son jean taille basse, réveilla un essaim de papillons au creux de son ventre. Elle soupira… Mon Dieu, mais quel âge avait-elle ?

— Rien ne nous empêche d'en choisir deux…, termina-t-il.

Le bébé bougea, la ramenant d'un coup à la réalité.

— Deux ?

— Utiliser deux couleurs, pour créer une sorte de motif. Rien de loufoque ni de trop original… Juste un mur un peu moins triste que les autres.

— Oh… Oui, pourquoi pas ?

— Alors, c'est d'accord ? demanda-t-il, avec un sourire lumineux.

On aurait dit un gamin chez le glacier à qui ses parents venaient de permettre de choisir deux parfums différents. Elle éclata de rire.

— D'accord. Vous avez raison. D'une seule couleur, ça serait trop triste.

Et elle rit de nouveau quand il leva un poing victorieux, avant de sortir un bout de papier de sa poche arrière, avec tous les chiffres nécessaires. Un quart d'heure plus tard, la commande passée, de retour dans le pick-up, il proposa d'abattre la vieille clôture le soir même, si elle n'y voyait pas d'inconvénient. Puis il commencerait à creuser la tranchée pour le nouveau mur auquel il s'attaquerait ce week-end.

Si elle ne le partageait pas vraiment, son enthousiasme faisait plaisir à voir. Pourtant, il se calma soudain et se tourna vers elle.

— Tout ça n'a pas l'air de vous intéresser le moins du monde, dit-il.

— La construction du mur en lui-même ? Pas vraiment. Mais

je trouve votre attitude formidable. On dirait que vous vous lancez… dans le chantier du siècle.

Il sourit, haussa les épaules, en regardant droit devant lui.

— J'aime… assembler les choses. Quand les pièces s'intègrent les unes aux autres. Même pour un simple mur. Je trouve gratifiant de construire quelque chose à partir de rien. Peu importe le temps que ça prend, les efforts que ça demande, dit-il.

Elle rit.

— Je comprends parfaitement, croyez-le ou pas. Sauf que je travaille avec des mots et des idées, et non avec du ciment et des parpaings. Mais ça revient au même, non ?

— Je n'avais jamais vu ça sous cet angle, mais oui. Je suppose que oui.

Ils roulèrent un moment en silence, puis elle remarqua :

— Vous savez, la chanson de Green Day, tout à l'heure ? Ça fait si longtemps que je ne l'ai entendue. Vous pourriez la remettre ?

— Vous êtes sûre ? demanda Tyler en fronçant les sourcils.

Une minute plus tard, l'habitacle résonna des échos du passé de Laurel. En ce temps-là, elle avait l'avenir devant elle, plein de promesses. Non qu'il n'y en ait plus. De nouveau, le bébé bougea, presque en rythme avec la musique. Jamais elle n'avait imaginé que sa vie prendrait cette tournure.

— Hé… ça va ? s'enquit Tyler.

C'est alors qu'elle réalisa qu'elle pleurait.

Elle attrapa un mouchoir dans son sac et s'essuya les yeux. Se moucha.

— Oui, ça va. Ce morceau me ramène en arrière, voilà tout.

— A des jours meilleurs ?

— … Différents, mais pas meilleurs, répondit-elle. Ni pire. Et je ne sais pas pourquoi je réagis comme ça, ajouta-t-elle avec un petit rire. Ce n'est qu'une chanson. Et j'écoute beaucoup de musique. Comme celle qu'écoutait ma grand-mère, du bon vieux jazz de La Nouvelle-Orléans. Perry Como, dit-elle. Mais… C'était son histoire à elle, sa nostalgie… Pas la mienne. Non ?

— Euh, pardon ?

— Désolée. Encore un danger de la solitude. Je passe beaucoup trop de temps à monologuer. Et ça peut paraître louche, parfois…

— Vous m'en direz tant, marmonna Tyler alors qu'il se garait devant chez elle. De sa maison, ils entendirent Boomer aboyer. Cet idiot reconnaît le bruit de la voiture...

— Ce qui prouve qu'il est loin d'être idiot. Juste un peu désorienté, étant donné que ce n'est pas le bon endroit.

— Vous avez raison.

A ce moment, elle aurait dû descendre du pick-up, lui aurait alors reculé pour aller se garer devant chez lui. Le non-événement par excellence.

Mais ils se tournèrent l'un vers l'autre au même instant, et elle s'entendit lui proposer :

— Que diriez-vous d'un hamburger ? C'est moi qui invite.

La musique s'arrêta. En revanche, le chien continua d'aboyer...

— Euh... Il n'est que 15 h...

— Oh...

Elle se gifla mentalement. Et pas uniquement pour ne pas savoir l'heure qu'il était.

— Bien sûr, vous avez raison. Mais mon estomac lui s'en fiche...

— En fait, dit-il avec beaucoup de douceur, comme pour s'adresser à une aliénée mentale. Je dois retourner travailler un peu...

— Bien sûr, désolée...

— Non, non. Une autre fois ?

— J'espère bien...

Et elle descendit du pick-up avec toute la grâce dont elle se sentait encore capable et referma la portière.

Il se pencha sur le levier de vitesse pour lui parler par la vitre entrouverte.

— Mais nous sommes d'accord, je commence à démonter la clôture dès ce soir. Vous n'avez pas besoin d'être là. Et si je fais trop de bruit, n'hésitez pas à venir me le dire...

— Vous pouvez compter sur moi, dit-elle en s'écartant du véhicule, impatiente soudain de retrouver la sécurité de son petit nid où elle pourrait ruminer sur son humiliation sans témoin. Et merci pour tout.

Après un petit signe de la main, il fit une rapide marche arrière puis disparut. Elle rassembla ce qui lui restait de dignité et prit tout son temps pour traverser le jardin et gravir les marches du perron… Au lieu de détaler comme un lapin.

— Oh ! tu en fais une tête !

Tyler marmonna un salut à sa sœur Abigail, assise en lotus sur le sol poussiéreux de l'entrepôt. Elle ponçait un chandelier en fer forgé de la fin du XIXe siècle qu'elle mettrait plus tard en vente sur eBay… A dix fois le prix où elle l'avait acheté. Elle se leva et le suivit jusqu'au bureau, tel un fidèle terrier blond en queue-de-cheval et bottes commando.

— Alors, tu as trouvé les parpaings pour ton mur ?

Ty la fusilla du regard en grognant.

— Jolie manière d'entamer la conversation, commenta Abby.

De nouveau, il émit un grognement.

— Hmm, ç'a l'air grave…, ajouta Abby.

Elle posa ses fesses maigrelettes sur la chaise en plastique boiteuse, face à son bureau en métal tout rouillé.

— Tu m'intrigues. Mais par pitié, ne me dis rien…

Il se renfrogna, mais préféra ne pas relever. Quoi qu'il se passe dans sa pauvre tête, ce n'était pas les affaires de sa sœur.

— Lâche-moi, Abs, tu veux bien, dit-il en sortant un tube d'aspirine du tiroir.

Il avala deux cachets, à sec, sans eau. Abs se leva en soupirant pour aller se servir un verre d'eau fraîche au distributeur.

— Tiens, dit-elle en lui tendant le gobelet, qu'il vida.

— Rien de particulier pendant mon absence ?

— Non. Un couple de curieux. Un autre qui projette de retaper une maison et qui cherche des trucs vintage. Je pense qu'ils reviendront…

Elle se tut et, à la façon dont son regard soudain s'assombrit, Tyler fronça les sourcils.

— La banque a appelé, termina-t-elle.

— Oh !

— Oui.

Sa sœur croisa les bras sur son T-shirt maculé de peinture sous lequel on devinait sa maigreur.

— Pourquoi m'avoir caché que tu avais tenté de renégocier le prêt ?

— D'accord, j'ai compris, ils ont dit non, soupira Tyler.

— Je n'en sais rien, ils ne me l'ont pas dit. Je te rappelle que, dès le début, tu as refusé de m'impliquer dans...

— Je voulais juste me renseigner, Abs. C'est tout. Voir si c'était même faisable. Je n'ai rien signé, ce n'est pas comme si je t'avais délibérément laissée de côté...

— Oh ! tu ne m'as pas juste laissée de côté, tu m'as carrément exclue de ta démarche. Comme d'habitude. Je croyais que nous étions associés... Je veux dire, avons-nous des problèmes pour le paiement du crédit ? Parce que personnellement, je n'en sais rien, étant donné que tu as changé le mot de passe de notre logiciel de compta...

— J'ai changé ce mot de passe il y a un mois. Et je t'ai communiqué le nouveau. Mais ça n'a pas eu l'air de t'intéresser...

— Parce que je ne pensais pas en avoir l'utilité, répliqua-t-elle, vexée. Car vois-tu, je te fais confiance, moi...

— C'est surtout, de ton propre aveu, que tu as toujours détesté les chiffres.

— Je déteste aussi aller chez le dentiste, mais je me raisonne. Et puis, j'ai le droit de savoir. Sans pour cela être obligée de me prendre la tête avec un logiciel de compta pour prix Nobel. Bon sang, Ty, j'ai travaillé aussi dur que toi pour que cette affaire fonctionne. Moi aussi, j'y ai investi tout ce que j'avais. Sur le plan affectif comme financier !

— Je sais bien, petite sœur, marmonna Ty en se massant les tempes. C'est précisément pourquoi je n'ai pas jugé bon de te dire quoi que ce soit, puisqu'il n'y avait rien à dire. Je ne voulais pas t'inquiéter inutilement...

— Tu... Tu me prends pour une chochotte ? Ou pire, une irresponsable ?

— Ecoute, je cherche juste à te protéger...

— Je n'ai pas besoin d'être protégée, j'ai besoin de participer ! Et pas uniquement quand ça te convient, espèce de crétin. Mais pourquoi je me fatigue... Jamais tu ne m'as vraiment considérée comme ton égale dans cette aventure soi-disant commune. Vous êtes bien tous les mêmes...

— De quoi parles-tu ?

— De toi, d'Ethan, de Matt et même de Bree... On dirait toujours que vous formez une société secrète, tous les quatre, tout ça parce que vous avez été adoptés et moi pas. Et que je suis la plus jeune. Pas de chance, double peine...

Tyler pouffa, ce qui lui valut de la part de sa sœur un regard assassin.

— Si ça peut te rassurer, nous ne partageons pas tant de choses tous les quatre. Sauf peut-être Sabrina et Matt, parce qu'ils sont jumeaux. Mais pour le reste...

Il secoua la tête.

— Tu peux me faire confiance, tu ne rates rien...

Enervée, Abby continua de le regarder droit dans les yeux, puis elle retourna au distributeur se servir un gobelet d'eau fraîche qu'elle vida en trois gorgées, avant de le broyer entre ses doigts et de le lancer dans la poubelle, près du bureau de Ty. *Panier !* pensa-t-il, amusé.

— Tu as raison, dit-elle, un peu radoucie. Et il n'y a que des psychopathes dans cette famille, voilà...

— Pardon ?

— C'est la vérité. Oh bien sûr, tout le monde parle à tout le monde, mais en réalité personne ne dit rien à personne. Pas vraiment. Enfin, je ne sais pas pour Matt, maintenant qu'il a Kelly et les enfants, peut-être qu'il s'est amélioré. En tout cas, je l'espère pour eux...

Elle soupira.

— Et je sais, continua-t-elle, ce n'est pas parce que nous sommes une famille que nous sommes obligés de nous confier sur nos sentiments et nos tourments et tout le reste. Et puis, je suis aussi coupable que les autres, dans l'histoire. Mais...

Plaquant les mains sur le bureau, elle se pencha presque sous son nez.

— Ce magasin de récup est censé être un partenariat. Alors, plus de secret ni de mystère sur cette affaire, sinon j'arrête tout.

Elle se redressa, bras croisés.

— Pigé ?

Il réprima un sourire. Le petit bout de chou qui le suivait comme un chiot, quand il était ado et rebelle et détestait les bébés, avait bien changé. Et il ne s'inquiétait pas trop pour sa menace, car comme elle l'avait dit, elle avait mis tout son cœur dans l'aventure. En faisant preuve parfois de plus d'enthousiasme que lui. Il en faudrait donc certainement plus qu'une innocente cachotterie pour la faire partir. Oh ! elle se mettrait encore en colère, si l'occasion se présentait, mais elle n'irait nulle part.

Quant à lui, il n'avait pas l'intention de changer quoi que ce soit à son mode de fonctionnement. Pas dans l'immédiat, du moins. Parce que, aussi maligne et perspicace que soit Abby, et avec tout le respect qu'il avait pour elle, sa sœur avait la mauvaise habitude de se laisser déborder par ses sentiments. Chose que Tyler s'interdisait depuis le CM1. Qu'Abby s'épanche librement ne lui posait aucun problème, dès lors que tout cela se limitait au domaine privé. Mais dans les affaires et en matière d'argent... Pour tout ça, il fallait garder les idées claires. Ne pas se laisser distraire. Eviter comme la peste la confusion des sentiments.

Car l'affect était synonyme de naufrage. Les émotions vous faisaient perdre le contrôle. Et pas question de replonger là-dedans. Jamais.

Alors oui, les vis et les boulons qui permettaient de garder la machine à flot... C'était son domaine. Et il n'était pas prêt à passer la main. Néanmoins, au nom de la famille, sans parler de la paix sur le lieu de travail, peut-être pouvait-il lâcher un peu de lest...

— Bon...

Il décrocha le téléphone et appuya sur le bouton micro.

— Tu veux entendre ma conversation avec la banque ?

Après quelques secondes, Abby hocha la tête, puis elle se rassit, apaisée, et Tyler laissa échapper un long soupir de soulagement, sa migraine montrant enfin des signes de capitulation.

3

Assise à la table de sa cuisine, une tasse de thé dans les mains, Laurel sourit en observant sa grand-mère, quatre-vingt-cinq ans, en train de se contorsionner pour regarder par la fenêtre, tout en rinçant la vaisselle du déjeuner.

— Tu sais que j'ai un lave-vaisselle, grand-mère ?

— Et toi, tu sais qu'il est torse nu ?

— Maintenant, je le sais, oui.

Marian McKinney se tourna vers sa petite-fille.

— Et tu n'as pas envie de regarder ?

— Pas particulièrement, répondit Laurel avec le haussement d'épaules le plus nonchalant dont elle fût capable.

Tyler en T-shirt moulant affolait déjà son imagination. Alors, Tyler sans T-shirt...

Depuis quelques jours, elle avait plus ou moins tenté de faire taire ses hormones, mieux valait donc ne pas tenter le diable.

Ni laisser son esprit vagabonder...

— Et toi, grand-mère, tu es une vieille dame indigne...

Sa grand-mère balaya l'air d'un geste. Elle avait apparemment un rendez-vous un peu plus tard, d'où un brushing impeccable, sans parler de sa tenue, un tailleur-pantalon violet du dernier chic et, aux oreilles, les diamants offerts par son époux pour son cinquantième anniversaire.

— Il n'y a pas de mal à regarder...

— Voilà qui ferait plaisir à... Comment s'appelle-t-il déjà ?

— Thomas. Et si Thomas n'est pas content, c'est pareil,

renchérit-elle en s'essuyant les mains, ses yeux bleu clair pétillants derrière ses lunettes à triple foyer.

— Pauvre garçon...

— Au contraire, il a beaucoup de chance de m'avoir, décréta Marian.

Après avoir soigneusement plié le torchon, elle rejoignit Laurel avec sa tasse de thé, pour s'asseoir cinq minutes avant de partir. Chaque samedi, qu'il neige ou vente, elles déjeunaient ensemble, tradition qu'elles perpétuaient depuis que Laurel était à la maternelle, interrompue seulement le temps de son séjour à New York. Un moment privilégié, rien qu'à elles... Et pas sûr que celle qui l'appréciait le plus soit celle que l'on croyait.

Marian avait exprimé clairement sa désapprobation quand Laurel lui avait fait part de sa décision de devenir mère célibataire. Non parce qu'elle était prude — pas pour un sou — mais parce que...

— Comment as-tu dit qu'il s'appelait, déjà ?

— Tyler. Noble.

— Noble, Noble, répéta Marian, sourcils froncés, avant de claquer les doigts. Des parents de Preston et Jeanne Noble, tu crois ?

— Aucune idée. Qui sont ces gens ?

— Lui venait juste de prendre sa retraite de l'armée de l'air quand j'ai fait leur connaissance, oh, il y a longtemps. Avant que tu ne viennes vivre avec moi, Harold, le pauvre, était encore de ce monde. Jeanne et moi avions parfois l'occasion de travailler ensemble, sur des collectes de fonds. Un soir, le colonel et elle nous ont invités à dîner, Harold et moi...

Elle rit.

— Ils ont passé la soirée à parler de « leurs » enfants, reprit-elle. Ils avaient été famille d'accueil un moment, mais à cette époque, ils venaient d'en adopter deux ou trois, je me souviens. Pas des bébés, de jeunes enfants. Des gens adorables. J'aurais aimé rester en contact avec eux, mais Harold est tombé malade...

Elle haussa les épaules.

— Ce serait drôle, non, ajouta-t-elle, si ce Tyler était l'un de leurs enfants... Je veux dire, il a l'air d'un jeune homme très bien...

— Comment peux-tu le savoir ? Tu l'as vu quoi, vingt secondes, quand tu lui as porté ce sandwich…

— Tu serais surprise de ce que tu peux apprendre en vingt secondes, répliqua-t-elle. Il n'en faut même pas dix pour repérer un salaud. Tu verras, quand tu auras mon âge. Et de toute façon, s'il est le fils du colonel et de Jeanne…

— Oh ! grand-mère, s'il te plaît…

— Tu aurais pu au moins l'inviter à manger avec nous…

— Je t'ai dit que Ty n'avait pas le temps. Il doit rencontrer un client tout à l'heure…

— Mmm, Ty… ? Comme c'est mignon…

— Pour l'amour du ciel, grand-mère ! s'exclama Laurel en riant. Arrête.

— Mais mon ange… C'est si difficile, d'élever un enfant seule…

— Tu m'as bien élevée, moi…

— Mais tu n'étais pas un nourrisson. Jamais je n'y serais arrivée…

— J'en doute…

Laurel se leva pour rincer sa tasse, en prenant bien soin d'éviter de regarder par la fenêtre, cette silhouette athlétique et en sueur, vingt mètres plus loin… Mais ce fut plus fort qu'elle, elle jeta un rapide coup d'œil. Ultrarapide, mais suffisant néanmoins pour voir son voisin hocher la tête tout en prenant des mesures, sans doute en rythme avec la musique que diffusaient les écouteurs sur ses oreilles. Soupirant intérieurement, elle se tourna vers sa grand-mère.

— Et ce n'est pas comme si j'étais adolescente, ou sans le sou ou SDF…

— Non. Juste entêtée.

— Hmm, je me demande de qui je tiens ça…

La grimace que lui fit sa grand-mère passa presque inaperçue sur son visage tout ridé, après tant d'étés passés sur la plage en plein soleil.

— Et puis, reprit Laurel en souriant. Tyler est manifestement plus jeune que moi et…

— Bêtise. Harold avait six ans de moins que moi. La belle affaire.

— Ah, je l'ignorais...

— Oui, eh bien, lui aussi. En fait, je lui ai toujours menti sur mon âge, dit-elle avec un petit geste de la main, qui semblait signifier que ce n'était pas la peine d'en faire une histoire. C'était plus facile, à l'époque. Personne n'est allé vérifier. Et comme j'étais une ménagère accomplie, entre autres choses, eh bien, il n'a jamais eu le moindre doute. Grâce à Dieu, il est parti avant moi, car cela aurait pu être embarrassant. Bref, notre différence d'âge ne s'est jamais fait sentir. Jusqu'à ce qu'il tombe malade, bien sûr. Mais avant ça, eh bien, tu peux me croire...

Elle gloussa et rosit même un peu.

— Ouh la la...

— Sauf que je ne suis pas en quête de ouh la la, grand-mère.

— Tsst, mensonges, répondit-elle.

Elle se leva et attrapa son sac Kate Spade que Laurel lui avait offert pour ses quatre-vingts printemps et qu'elle emportait partout avec elle.

— Tout le monde est en quête de ouh la la...

Elle hocha la tête vers le ventre de Laurel, sa grossesse à peine visible sous son top XXL. Même toi à un moment donné, manifestement...

— Bien, il se fait tard ! décréta Laurel en pressant sa grand-mère vers la porte. Si tu ne pars pas tout de suite, tu vas rater le début du film.

Pas dupe de cette tactique de diversion, sa grand-mère éclata de rire. Mais au moment de partir, elle prit les mains de sa petite-fille entre les siennes.

— Tu comprends, ma chérie, c'est plus fort que moi. Je m'inquiète pour toi, pour le bébé, dit-elle, ses yeux s'emplissant de larmes, derrière ses verres cerclés d'argent.

— Tu dois arrêter de t'inquiéter, dit Laurel avec douceur. Je n'ai plus onze ans. Et crois-le ou pas, ajouta-t-elle en se tapotant le ventre. Je suis heureuse. Vraiment.

— Mais pas aussi heureuse que tu pourrais l'être...

Laurel déposa un baiser sur sa joue.

— Je vais bien. A présent, va retrouver ton prince charmant. Je t'appellerai...

— Tu es une incorrigible tête de mule, voilà…

— J'ai été à bonne école.

Après un dernier signe de la main, sa grand-mère descendit les marches du perron d'une allure encore dynamique, bien qu'un peu plus précautionneuse depuis quelque temps. En revanche, c'est en pilote de F1 qu'elle s'éloigna au volant de sa Prius, vitres ouvertes et radio à fond. Un morceau de Billie Holiday, pleurant sur son amour perdu…

Secouant la tête, Laurel rentra, évitant de regarder son ordinateur portable qui semblait lui faire des reproches, sur la table basse dans le salon, puis elle retourna dans la cuisine. Pour… ranger la vaisselle propre, voilà. Et, par le plus grand des hasards, son regard s'égara par la fenêtre.

Elle sursauta quand son téléphone sonna.

— C'est moi, dit Tyler. Votre grand-mère est encore là ?

— Non, elle vient juste de partir…

— Vous avez une minute ? J'ai besoin de votre avis.

— Vraiment ?

— Il me faut quelqu'un qui ait une vue d'ensemble. Allez, venez me dire ce que vous pensez de mon agencement…

Elle glissa ses pieds nus dans ses tongs en cuir, attrapa une bouteille de thé glacé dans le réfrigérateur et sortit sur la terrasse, pratiquement à l'ombre à cette heure, à cause du platane planté au centre du jardin. L'été prochain, elle installerait le berceau juste ici, pensa-t-elle avec un petit sourire. Le bébé serait bien pour dormir, pendant qu'elle écrirait…

Tyler se tourna vers elle en souriant, le torse luisant de sueur, et elle sentit sa gorge se nouer. Quelle injustice. Non mais, quel âge avait ce garçon ? Vingt-cinq, vingt-six… ?

— Très beau, dit-elle avant de rougir. La tranchée, je veux dire…

Car a priori, c'était là qu'en était le chantier. Sans cesser de sourire, Tyler secoua la tête, amusé par sa déconfiture.

— Soif ? demanda-t-elle en brandissant la bouteille.

— Oui, merci.

Elle descendit les marches — ce qu'elle ne serait sans doute plus en mesure de faire très longtemps — et traversa le jardin, l'herbe fraîche, trop longue, lui chatouillant la plante des pieds.

Elle n'avait toujours pas passé la tondeuse. Mais la seule idée de tondre son propre jardin… Oui, elle en avait encore le vertige.

Elle tendit la bouteille à Tyler, regarda les muscles de son cou trempé de sueur quand il rejeta la tête en arrière, le mouvement de la glotte quand il avala. Prise de tournis, elle alla s'asseoir sur le banc de la vieille table de jardin de sa grand-mère, un mètre plus loin, rendant grâce à la fraîcheur de la brise sous le feuillage. Tyler la rejoignit, posa la bouteille à moitié vide sur la table, puis se pencha derrière elle pour récupérer sa tablette, cachée sous son T-shirt froissé. Eh bien ! ne put-elle s'empêcher de penser. Et encore, son odorat n'était plus ce qu'il était, après le premier trimestre. Mais grâce au ciel, après deux heures de travail en plein soleil, les phéromones de cet homme semblaient chanter un opéra de Verdi.

Et elle adorait l'opéra italien.

— Ah, ça fait du bien, dit-il en fermant les yeux un moment.

Puis il ramassa son T-shirt et s'en essuya le torse.

— Joli jardin… C'était comme ça, quand vous êtes arrivée ?

Le jardin ? Ah oui, de ça, elle pouvait en parler.

— Grosso modo. Mais il a été longtemps laissé à l'abandon. Et il a fallu que j'emménage cet hiver, le plus terrible depuis une décennie. Chaque fois que j'étais décidée à agir, il se mettait à neiger… Mais visiblement, mère Nature a fini son caprice. Je vais pouvoir l'arranger, petit à petit. Je voudrais qu'il ressemble au jardin de ma grand-mère. Bon, le sien était plus grand, mais… Mais ça me convient…

— Votre grand-mère… Une sacrée personnalité, pas vrai ?

— Que c'est joliment dit, répondit-elle en souriant. Mais prenez garde. Elle vous adore…

— J'ai l'habitude, les vieilles dames sont folles de moi, dit-il en souriant à son tour. Une vraie malédiction.

— J'imagine, dit Laurel en soupirant discrètement quand il se pencha pour lui passer la tablette, l'enveloppant d'une nouvelle bouffée d'odeur virile.

Une odeur vraie, pas mâtinée d'eau de Cologne.

— J'ai pensé à certains agencements, la nuit dernière, dit-il.

Elle cessa de sourire bêtement et força son attention sur les croquis à l'écran.

— Celui-là me semble bien..., dit-elle en désignant le dessin du haut, d'une seule couleur excepté les deux rangées supérieures, avec alternance de parpaings noirs et clairs, un peu comme sur un échiquier.

— Vraiment ? Moi aussi. Et vous savez ce qui ferait bien aussi, juste là ? dit-il, coudes sur la table, en lui montrant le milieu du mur. Une fontaine. Comme on en voit dans les jardins italiens. Ou anglais...

Il lui sourit, un sourire adorable, un peu en biais, cheveux adorables, un peu hirsutes. Oh ! elle pourrait attribuer cette émotion face à son voisin à sa nature maternelle, mais ce serait mentir.

— Vous voyez, avec l'eau qui surgit de la gueule d'un lion, quelque chose de ce genre...

— Et où vais-je pouvoir trouver ça ?

— En fait, j'en ai une au magasin...

— Oh ! je n'en doute pas.

— Attendez, écoutez-moi. Je l'ai récupérée dans une propriété de Weehawken, il y a un an environ. Si elle vous plaît, je vous en ferai un prix...

Il lui fit un clin d'œil, et elle rit — cette façon de flirter comme ça, c'était ridicule — puis, un autre sourire en prime, il reprit sa tablette.

— Je vais vous montrer...

Il déroula une série de photos, puis tourna l'écran vers elle.

— Oh ! c'est de toute beauté...

— N'est-ce pas ? Et elle irait très bien dans votre jardin, au milieu de rosiers et d'autres fleurs. Mais on ne voit pas le détail, sur la photo. Vous devriez venir la voir en vrai. Si ça vous intéresse, bien sûr.

— Eh bien, en fait, ça dépend du prix...

— Comme je vous l'ai dit, je peux vous faire un prix. Disons, 20 dollars ?

— Vous n'êtes pas sérieux ?

— C'est trop ? 15, alors.

— Mais non, Tyler ! Mon Dieu... Vous ne pouvez pas vendre un tel objet à un prix si bas. Ce serait comme m'en faire cadeau...

— C'est un très bel objet, oui, dit-il avec calme, mais pour être franc, il n'est pas en parfait état. Il manque une partie du nez du lion et la pierre par endroits est fendue ou écaillée. Joli donc, mais pas... parfait.

— N'est-ce pas justement ce qui lui donne son caractère ?

— Sans doute. Et nous avons vendu des pièces en bien plus mauvais état. Je me demande pourquoi ce pauvre lion n'a jamais trouvé preneur. A moins...

Il la regarda derrière ses cheveux en broussaille.

— Peut-être attendait-il de trouver la bonne maison...

— Et vous pensez que mon mur va lui plaire ?

— Je le crois, répondit-il avec un haussement d'épaules et un nouveau clin d'œil, avant de s'écarter et d'attraper la bouteille qu'il finit d'un trait.

Elle soupira.

— Quoi ? dit-il en revissant le bouchon.

— Etes-vous conscient de flirter avec moi ?

— Désolé, je... Non, bafouilla-t-il en rougissant. Je veux dire, c'est naturel chez moi, enfin, non...

Ce qui correspondait à ce qu'elle pensait.

— Ne le prenez pas mal, je...

— Oh ! je ne le prends pas mal du tout. Cela m'amuse. Et voyons, je dirais même que je suis flattée... Du moins jusqu'à ce que vous m'expliquiez qu'il n'y avait rien là de personnel...

— Pas du tout. Hmm, je veux dire... Je vous en prie. N'allez pas croire n'importe quoi et mal interpréter ce que je dis ou ce que je fais...

N'était-ce pas là toute l'histoire de son existence ?

— Ça va, j'ai compris. Je vous assure. Mais vous devriez faire attention avec ce penchant naturel à flirter. Parce qu'un jour, quelqu'un va mal l'interpréter. Et ça pourrait mal se passer.

— Oui, bien sûr, madame...

Trente-cinq ans et déjà taxée de « madame ». Quelle tristesse.

— Bon. Bref, dit-il. Je m'occuperai des fondations demain. Une fois le béton pris, je pourrai m'attaquer à la construction du mur proprement dit. Je n'ai pas l'intention de faire traîner... Mon chien va s'ennuyer sans moi.

— Oh ! c'est vrai. Où est Boomer ?

— Chez mon frère. Le terre-neuve de Matt et Boomer sont de vrais potes.

— Un terre-neuve ? Eh bien !

— Comme vous dites. Alf a des pattes de la taille de la tête de Boomer.

— Vous avez donc un frère, remarqua-t-elle en se levant à son tour. Je suis fille unique. J'ai toujours rêvé d'avoir des frères et des sœurs...

Il marmonna quelque chose d'inaudible, puis prit son T-shirt et l'enfila.

— En fait, j'ai deux frères et deux sœurs.

— Vraiment ? Félicitations à votre maman...

A cet instant, le bébé entama sa séance de gym, mais elle s'abstint de poser une main sur son ventre. Sans savoir pourquoi d'ailleurs, car sa grossesse n'était pas un secret.

— Ça en fait, dites-moi, des bébés à mettre au monde...

— En réalité, à part pour Abby, la plus jeune, nous avons tous été adoptés. Et de temps à autre, la maison accueillait des enfants placés aussi...

— Votre famille est donc bien celle dont parle ma grand-mère !

— Pardon ?

— Lorsque je lui ai dit votre nom, elle s'est demandé si votre père n'était pas Preston Noble...

— Oui, c'est lui en effet. Et, euh, j'avais dix ans quand ils m'ont adopté.

— Elle se souvient de lui et votre mère. Ils avaient dîné ensemble, un jour, quand mon grand-père était encore de ce monde. Il y a longtemps. Comment vont-ils ?

— Papa va bien, je suppose. Mais maman... Elle est décédée il y a quelques années.

— Oh... Je suis désolée.

— Oui... Une épreuve pour le vieil homme. Et pour Abby qui n'avait que quatorze ans à l'époque... C'est dur de perdre sa mère, quand on n'est encore qu'un enfant. Mais vous savez déjà tout ça, pas vrai ?

— En effet.

— Ma mère était géniale, reprit-il en attrapant sa tablette. Le colonel aussi, bien sûr, mais elle était plus cool. Mon père... C'est un homme bon, ne vous méprenez pas, mais il a un peu trop d'a priori sur la façon dont les choses doivent être faites...

Son téléphone vibra, et il le sortit de sa poche.

— Zut, il est plus tard que ce que je pensais. Il faut vraiment que j'y aille.

— Bien sûr. Je ne voulais pas vous retarder.

— Ecoutez, je parlais sérieusement, pour la fontaine. Venez donc la voir. Inutile que je la transporte jusqu'ici, si elle ne vous plaît pas. Passez quand vous voulez...

Il sortit une carte de visite de sa poche et la lui tendit.

— Si je ne suis pas là, Abs s'occupera de vous. D'accord ?

— Entendu, répondit-elle, et il sourit.

Un sourire éclatant. Puis il franchit la tranchée d'un bond et rentra chez lui. Elle finit par en faire autant et enclencha aussitôt la climatisation, un système réversible installé par les précédents propriétaires, bénis fussent-ils.

Tout en déboutonnant son chemisier, elle se plaça au milieu du salon et soupira d'aise quand de l'air frais balaya son ventre nu. Pas aussi protubérant que peuvent l'être certains ventres, à cinq mois, peut-être, mais on voyait bien maintenant qu'elle était enceinte.

Et tout le monde allait commencer à le voir.

A commencer par son séduisant voisin.

Un séduisant voisin avec lequel, étonnamment, il était très agréable de discuter, elle qui pourtant d'habitude ne se sentait jamais à l'aise en présence de personnes du sexe opposé.

Sans reboutonner son chemisier — personne n'était là pour la voir —, elle retourna dans la cuisine pour aller se chercher une bouteille de thé, tout en laissant ses pensées vagabonder. Si elle n'avait pas été enceinte, jamais Tyler et elle ne se seraient rencontrés. Pour un tas de raisons, dites, non-dites, à moitié dites... Et aussi adorable soit-il, il était bien plus jeune qu'elle.

Presque un enfant. Or, elle n'était plus elle-même une enfant depuis... Eh bien, depuis jamais en fait.

Elle but une longue gorgée de thé, puis revissant le bouchon, elle fit rouler doucement la bouteille froide sur son front brûlant. Car depuis des années, excepté une seule fois où elle avait manqué terriblement de jugeote, elle avait toujours eu la tête sur les épaules et su faire preuve de bon sens.

Ce qui n'était probablement pas le cas de Tyler Noble.

De retour dans le salon, son regard fut de nouveau attiré par son ordinateur portable. Elle devrait essayer d'écrire au moins deux pages par jour. Sauf qu'elle avait encore un mois devant elle. Et la semaine dernière, elle avait bien avancé. Donc a priori, son prochain roman devrait être terminé avant la naissance du bébé, et ensuite...

Ensuite, pensa-t-elle en retenant son souffle.

C'était toute sa vie qui changerait, pour toujours.

Un peu anxieuse, elle se laissa tomber sur le sofa et attrapa la télécommande, zappant d'une chaîne à l'autre avant de s'arrêter sur une émission de cuisine. Car si elle voulait mériter le nom de mère, elle ferait mieux d'apprendre dès à présent comment nourrir son petit.

C'était une question de bon sens.

Après le travail, lorsque Ty s'arrêta chez son frère pour récupérer la bête, à en juger les bruits et les odeurs, tout le monde devait se trouver dans le jardin. Il contourna la maison, et sitôt qu'ils l'aperçurent, les enfants de la fiancée de Matt et les deux chiens l'assaillirent pour lui faire la fête, comme s'ils ne l'avaient pas vu depuis des mois.

Devant le barbecue, Matt faisait griller assez de hamburgers pour nourrir toute la population de Maple River. Après des caresses à Boomer, Ty prit la petite Aislin, trois ans, dans ses bras et se dirigea vers son frère, avec l'impression d'avoir des bulles dans la tête, comme toujours en présence d'enfants. Surtout adorables comme ceux-là.

— On ne t'attendait pas déjà, dit Matt en retournant un hamburger. Tu n'avais pas un rendez-vous ?

— Elle a annulé, répondit-il, et quand Matt lui jeta un coup d'œil sceptique, il ajouta : C'était presque fini, de toute façon...

Son frère pouffa.

— Quoi ?

— Rien, rien. Tu restes pour dîner ? Kelly a préparé une salade composée. Un chef-d'œuvre, sans mentir. Et je ne te parle pas du dessert...

La future belle-sœur de Ty était traiteur de profession. Et sacrément douée avec ça.

— Je t'assure, si tu ne nous aides pas à manger tout ça, je ne pourrai plus rentrer dans mon uniforme.

— Je ne peux pas rester. Et puisque me voilà célibataire et libre comme l'air...

— Une fois de plus...

— Je vais en profiter pour m'attaquer sérieusement à la construction de ce mur, enchaîna Tyler, ignorant la remarque de son frère. Mais tu es détective il me semble, pourquoi portes-tu un uniforme ?

— Peu importe...

— Hé, oncle Ty !

Tyler sourit à Cooper, huit ans, le fils de Kelly, qui traversa le jardin en courant, le soleil de cette fin d'après-midi se reflétant dans le verre de ses lunettes.

— Comment va, mon pote ? s'enquit Ty.

— Super ! Tu sais, papa a dit qu'il allait monter une piscine, juste là !

Il désigna un coin du jardin où Alf et Boomer étaient en train de chahuter.

— Super, non ?

— Super super, répondit Ty qui regarda son frère du coin de l'œil, avant de reporter son attention sur Coop. Tu sais nager ?

— Pas encore, mais papa nous a inscrits, Linnie et moi, à la piscine pour apprendre...

— Hé, les hamburgers sont presque prêts. Coop, va voir si ta mère a fini...

— Tout de suite !

Linnie gigotant pour descendre, Ty la déposa sur l'herbe fraîche, puis il regarda les enfants courir vers la maison.

— Papa ? dit-il, réprimant une sorte de pincement au cœur.

Derrière ses joues mal rasées, Matt sourit.

— C'est sorti comme ça, l'autre jour. J'ignore lequel des deux a été le plus surpris...

— J'imagine. Et quel effet ça fait ?

Son frère rabattit le couvercle du barbecue et croisa les bras.

— Un choc. Merveilleux, terrifiant et... J'espère être à la hauteur, répondit Matt en regardant vers la maison.

Comme Tyler, Matt et Sabrina, sa sœur jumelle, qui vivait à Manhattan, avaient été adoptés déjà grands, dans leur cas suite au décès de leurs parents, dans un accident de la route. Et comme Matt n'avait jamais rien dit sur son père, Tyler suspectait un problème non résolu de ce côté-là. Certes, frère et sœur n'avaient que six ans à la disparition de leurs parents, mais certaines choses de la vie s'imprégnaient très tôt, de façon indélébile. Il était bien placé pour le savoir.

— Etre à la hauteur ? Tu plaisantes ? Tu as un don pour ça, c'est évident, dit Ty en donnant à Matt une claque amicale sur le dos.

Matt soupira, avec un léger sourire. Ty en fait ne l'avait jamais vu aussi heureux. A vrai dire, le pauvre en avait bavé, avec son ex qui n'avait pas hésité à le tromper dès le début de leur mariage. Son frère n'avait jamais fait de mal à personne. Il méritait sa part de bonheur...

— Alors, tu es prêt pour le mariage ?

— Hé ! Tout ce que j'ai à faire, c'est de venir, répondit Tyler en subtilisant un morceau de fromage sur l'assiette, près du grill. C'est toi qui te maries, je te rappelle. *Une fois de plus.*

— Ton heure viendra, mec. Oh oui, ne fais pas cette tête. Tu es sûr que tu ne veux pas rester dîner ? Au lieu de manger tout mon fromage...

— Tu ne restes pas ?

Kelly apparut, un saladier apparemment plein de bonnes choses dans les mains, qu'elle posa sur la table de verre.

— Il faut que j'aille m'occuper de ce mur, répondit-il en salivant.

— Oh ! entendu, dit-elle. Mais je vais te préparer deux trois choses à emporter...

— Non, ce n'est pas la peine...

— Pas d'histoire. Il y a à manger pour quarante. Et j'ai bien vu comment tu regardais ma salade. Coop, chéri ? Veux-tu... Oh ! laisse, je vais le faire...

Elle agita son doigt sous le nez de Ty en rajoutant.

— Et toi, ne bouge pas d'ici...

Matt rit de bon cœur en la suivant des yeux quand elle repartit vers la maison.

— Un vrai cordon-bleu. J'ai une sacrée chance.

Rien n'était plus vrai, songea Tyler un peu plus tard, avec suffisamment de victuailles dans le sac, posé à côté de lui sur le siège passager, pour tenir jusqu'à l'hiver prochain. S'engageant dans l'allée, il se gara devant la maison, et Boomer, à l'arrière, aussitôt se mit à piaffer. Son frère avait eu de la chance. Matt avait toujours rêvé de fonder une famille. D'avoir des enfants. Et ça ne faisait aucun doute. Si on devait s'en tenir à la façon qu'avait son frère, ado déjà, de veiller sur eux tous, il ferait un super père. En ce qui le concernait lui, en revanche...

Il frémit en y songeant. Certes, il adorait ses neveux et ses nièces, son frère aîné, Ethan, avait quatre enfants, mais quant à avoir, lui, des enfants ? Pas question. Il écarta Boomer qui furetait dans les sacs. Non vraiment, être père, très peu pour lui. D'ailleurs, ça voulait dire quoi, être père ? Il ne connaissait même pas le sien et...

— Boomer ! Viens ici !

Le chien s'arrêta, à quelques mètres à peine du jardin de Laurel, puis il s'assit tranquillement dans l'herbe fraîche et le regarda avec des yeux de merlan frit. Au loin, le tonnerre gronda. Des nuages noirs s'amoncelaient à l'horizon. Encore un orage. Pour travailler dehors, il repasserait. De toute façon, le temps de manger, on y verrait plus rien.

Au même instant, derrière le ronronnement du climatiseur de Laurel et un autre roulement de tonnerre, il entendit de la musique. Pas assez fort pour identifier le morceau, même lorsqu'il se rapprocha — afin de récupérer cette tête de mule de chien —, mais à coup sûr, ce n'était pas du punk rock.

Il prit Boomer par son collier et tourna les talons pour rentrer chez lui. De sa terrasse, il avait vue sur la jolie petite maison de sa voisine. Et, en se penchant un peu, sur son salon, par la fenêtre. Où elle se trouvait d'ailleurs en ce moment même. Eclairée par une lampe, elle travaillait à son ordinateur. Coiffée de deux couettes ridicules, elle se dandinait au rythme de la musique. Et... chantait. A cet instant, elle s'étira et il sourit.

Boomer gémit et tira sur sa laisse pour lui échapper. Tyler regarda son chien dont les grands yeux le fixaient plein d'espoir et la langue pendante... Kelly lui avait donné de la nourriture pour douze. Jamais il n'en viendrait à bout seul... Pourquoi ne pas partager ? Ce serait un crime de devoir jeter tout ça...

Téléphone à la main, il déroula ses contacts et sourit en voyant Laurel sursauter. Elle fouilla sur la table basse, sous une pile de papiers, pour trouver enfin son iPhone, mais comme elle lui tournait le dos, il ne put voir son expression quand elle découvrit sur son écran la provenance de l'appel.

— Ty ? Que...

— Vous avez dîné ?

Un silence.

— Pourquoi ?

— Retournez-vous.

— Pardon ?

— Retournez-vous.

Elle obtempéra, et eut un léger mouvement de recul quand elle le vit en train de la regarder. Téléphone à l'oreille, elle se leva pour venir à la fenêtre. L'ouvrit. Il entendit alors clairement la musique. Du jazz. Sensuel. Vibrant. Elle était... en pyjama ?

— Que faites-vous ?

Glissant son téléphone dans la poche, Tyler lui montra le sac. Un souffle de vent lui balaya les cheveux.

— Je vous invite à partager un festin. Et vous pouvez poser votre téléphone, maintenant.

— Oh ! oui. Quel genre de festin ?

— Hamburgers. Salade composée. Avec vinaigrette maison. Ainsi qu'un dessert qui défie l'imagination.

— Et où avez-vous... ?

— Chez mon frère et ma belle-sœur. Enfin, presque. Ils seront mariés dans un mois. Elle est traiteur. Et vraiment douée. Vous allez vous régaler, croyez-moi.

L'air songeur, elle mit un certain temps à répondre :

— C'est-à-dire... Je suis déjà en pyjama.

Elle défit ses couettes, essaya de donner du volume à ses cheveux.

— Oh ! je vois, dit-il. Vous savez, il est 19 h 30...

— Oui, mais je n'attendais pas de visite...

— Si vous voulez, je peux mettre le mien, suggéra-t-il en souriant.

— Je suis sûre que vous n'en portez pas...

— Vous gâchez la surprise, marmonna-t-il, et elle éclata de rire. Alors ? Vous voulez bien nous aider, Boomer et moi, à manger tout ça ?

— Dois-je m'habiller ?

— Pas en ce qui me concerne. Et moi, dois-je rester habillé ?

— Oui.

— Rabat-joie, marmonna-t-il.

De nouveau, elle rit.

— Amenez le chien, nous mangerons dehors.

Laurel bien sûr avait déjà dîné. Des heures plus tôt. Mais le bébé carnivore dans son ventre bondit de joie à la perspective de quelques hamburgers. Et de salade composée. Dès lors que la salade était fraîche et les hamburgers bien cuits. Car elle ne prendrait aucun risque.

Comme si elle ne savait pas ce qu'elle faisait, pensa-t-elle en essayant d'aplatir à coups de peigne rageurs les épis dans ses cheveux. Et c'était pire encore maintenant. En répondant favorablement à l'invitation de Tyler, elle mettait en péril le peu qui lui restait de raison et de sang-froid, déjà sérieusement malmenés par ses hormones.

Elle passa un peignoir sur son pyjama, propriété de son grand-père, déniché le jour où elle avait aidé sa grand-mère à faire ses cartons. En soie, s'il vous plaît. Terriblement confortable. Et suffisamment ample pour dissimuler un éléphant à l'intérieur. Ou dans ce cas, un petit passager clandestin.

On sonna. Le peignoir voletant autour de ses cuisses, pieds nus, elle traversa la maison et alla ouvrir, se penchant pour caresser Boomer avant de sourire à un Tyler nonchalant.

— Je croyais que nous avions conclu un accord. Vous construisez le mur et je fournis la nourriture...

— C'est toujours possible. Mais pas ce soir...

Il entra et lui tendit le sac.

— Vous tenez à manger dehors ? demanda-t-il. Je crois qu'un orage se prépare.

— Pas tout de suite.

— Exact.

Elle emporta la nourriture dans la cuisine, Boomer ne la lâchant pas d'une semelle quand elle vida le sac de toutes ses bonnes choses soigneusement empaquetées. Les hamburgers encore chauds sous papier alu, la salade dans un Tupperware. Laurel sourit, rassurée. Cette femme était une perle...

— Joli ! cria Tyler depuis le salon.

— Ça ressemble à chez vous, non ?

— Rien à voir. Je veux dire, on a vraiment l'impression que vit un adulte, ici...

Il s'arrêta à la porte de la cuisine, dos au mur, pouces dans les poches. Souriant. Sexy en diable.

— Même si je trouve les couleurs trop féminines à mon goût...

— Ce qui me paraît logique, une femme vivant sous ce toit. Bien, voyons... Je peux vous proposer du thé, du lait ou de l'eau. A vous de choisir.

— Pas de bière ? Ni même de soda ?

— J'ai bien peur que non, répondit-elle. Je déteste le goût de la bière et j'ai arrêté le soda il y a des années. Mais... Une minute.

Elle ouvrit le réfrigérateur, fouilla dedans un moment avant de trouver une bouteille de vin blanc à moitié pleine, tout au fond. Elle la sortit, triomphante. Ta-da !

— Euh…, dit Tyler, sourcils froncés.

— Quoi ?

— Euh, du vin blanc avec des hamburgers ? Et euh, quel âge à ce machin ?

— Bah, vous avez raison.

— Du thé, c'est parfait, dit Tyler en riant.

Il s'écarta de la porte et s'approcha du comptoir où il commença à déballer la nourriture. Aussitôt elle songea, *Peut-être, dans une autre vie…*

— Les couverts sont dans le tiroir de droite, devant vous, dit-elle en sortant une cannette de thé glacé pour son hôte, une bouteille d'eau pour elle. Les assiettes en carton dans le placard au-dessus…

Quelques minutes plus tard, l'orage ayant apparemment décidé d'aller ennuyer quelqu'un d'autre, ils s'installèrent sur la terrasse. Le soleil commençait à teindre les feuilles du platane d'un baume abricot. Laurel s'assit sur l'un des rocking-chairs en osier, également ravis à sa grand-mère, et Ty prit l'autre, après avoir posé nourriture et boissons sur la petite table en fer forgé, entre eux. Dans le jardin, deux merles vaquaient à leurs occupations, chacun de leur côté, se figeant parfois, tête dressée, avant de reprendre leur festin de vers de terre.

Aussi affamée que les volatiles, Laurel prit un hamburger, l'examina sous toutes les coutures pour en vérifier la cuisson, avant de mordre dedans. Tyler s'arrêta de mâcher pour demander :

— Un problème ?

— Non. Délicieux, répondit-elle, la bouche pleine. Merci.

— Matt a tendance à les faire trop cuire, désolé.

— Non, pas du tout. C'est parfait.

Tyler avala une gorgée de thé, puis il se balança sur son siège.

— Alors comme ça, vous êtes écrivain ? dit-il, un morceau de hamburger entre les dents, et Laurel hocha la tête. Et quel genre de truc écrivez-vous ?

Elle avala son morceau de viande — à se damner —, puis attrapa une serviette en papier pour essuyer la goutte de ketchup, sur le bout de son menton.

— Des romans jeunesse. A la commande, car ce n'est pas vraiment mon truc...

Quand il se renfrogna, elle sourit.

— Et... Vous ne comprenez rien à ce que je dis, c'est ça ?

— Euh... Des gens vous paient pour écrire des livres pour eux... ?

— Exactement. Mon éditeur me donne les grandes lignes du scénario, et mon rôle consiste à étoffer. Pour un lectorat ado, des filles entre neuf et douze ans. Une série intitulée *Hamilton High Good Luck Club*. Dont bien sûr vous n'avez jamais entendu parler... ?

— Non, en effet. Mais j'ai une nièce de quinze ans... Peut-être qu'elle connaît, elle.

— Possible. La série existe depuis une vingtaine d'années. Mais je n'écris pour elle que depuis cinq ans.

— Impressionnant.

— Pas vraiment, dit-elle en riant. J'écris vite, et ça paie bien. Et puis, je n'ai pas de soucis de... D'embouteillage. Ou de garde-robe, ajouta-t-elle en tiraillant son peignoir. Ni de rumeurs de bureau. Oui, en fait, c'est le job idéal. Pour moi, en tout cas.

— Et raconter les histoires de quelqu'un d'autre, ça vous convient ?

— Oh ! mais j'ai été publiée, deux trois fois. Sans grand succès. J'adore écrire, mais pas au point de mourir de faim. Alors bon, tout va bien. C'est souvent que Boomer fait ces yeux ?

Le chien était assis face à eux, gueule ouverte, tout baveux, sourcils froncés et promenait son regard de l'un à l'autre.

— Pfff, Boom, soupira Tyler. Arrête de faire cette tête. Va coucher !

Le chien s'éloigna de quelques pas et alla s'affaler un peu plus loin... Sans pour autant détacher ses yeux du hamburger que tenait Laurel.

— Oh ! le pauvre, gémit celle-ci. Comment pouvez-vous lui dire non, regardez ce regard triste...

Ty finit son hamburger et attrapa son assiette de salade.

— Ce regard-là m'a valu un tas de soucis...

— Vraiment ?

— Tout à fait. C'était il y a deux ans. je sortais alors avec une fille, hmm... Un jour, elle a décidé d'adopter un chien. Elle m'a demandé de l'accompagner à la fourrière, pour l'aider à choisir. J'ai accepté. Et pendant qu'elle s'extasiait devant ces bestioles qui ressemblent à des rats, vous voyez, ceux qui ont un drôle d'aboiement, bref. Soudain, je suis tombé nez à nez avec cette chose, dans sa cage... Qui ne me quittait pas des yeux.

Au même instant, Boomer leva la tête, toute son attention concentrée sur Tyler... Lui-même en train de fixer son chien. Laurel sourit.

— Il sait que vous parlez de lui...

Haussant les épaules, Tyler continua de manger sa salade.

— Et alors ? demanda-t-elle. Que s'est-il passé ?

— J'ai regardé ailleurs. Parce que ce satané chien me foutait les jetons à me regarder fixement comme ça. Il a de sacrés crocs...

A ces mots, Boomer dévoila ses crocs, et elle manqua s'étouffer.

— Enfin bon, la fille en question, Hannah, a fini par se trouver un chien. On a rempli les documents et nous sommes partis...

— Vous l'avez laissé là-bas ?

Ty l'observa, puis se tourna vers son chien et Laurel secoua la tête.

— Désolée. Continuez.

— Donc... J'ai ramené Hannah et le chien-rat chez elle, puis je suis rentré et... impossible d'oublier son regard. De lui, là, pas celui de la fille. Le sien, il m'est sorti de la tête à la minute où je l'ai déposée chez elle. Je ne voulais pas de chien, moi. Je n'en avais pas besoin. Je ne voulais pas de cette responsabilité, de cette pression...

Il laissa échapper un soupir.

— Mais ce regard... Oui, dit-il quand Boomer se leva et vint poser son menton sur ses genoux. Ce regard, répéta-t-il en prenant la tête de l'animal dans ses mains. J'ai craqué.

— Et vous êtes retourné là-bas le chercher.

— J'étais là à l'ouverture de la fourrière, le lendemain matin.

Il se redressa sur son siège, donna une caresse un peu bourrue à Boomer qui se mit à tourner sur lui-même, en remuant la queue comme un fou, avant de revenir quémander de nouvelles caresses à son maître. Que ce dernier lui donna. Et quand Boomer aboya, fou de joie, Tyler le saisit au cou pour le faire taire, avant de l'embrasser sur le front, quand il se calma.

— Vous êtes un papa chien exemplaire, dit Laurel.

— Je fais de mon mieux. Car c'est la seule paternité à laquelle je me destine.

— Vraiment ? Vous n'avez pas envie d'avoir des enfants, un jour ?

— Etant donné l'emmerdeur que j'étais, enfant, je n'ose imaginer la malédiction qui planerait sur les miens, dit-il avec une grimace.

Laurel l'observa tout en se gardant bien de faire une remarque stupide, du genre « Vous n'êtes pas un peu jeune pour de telles décisions ? » Après tout, de quel droit ? Elle n'avait rien d'un modèle.

Mieux valait changer de sujet.

— Boomer, viens ici bébé, dit-elle et aussitôt, le chien délaissa son maître pour venir vers elle, s'asseyant sagement à ses pieds, sans même qu'elle n'ait à le lui demander.

— Vous le gâtez trop...

— Oh ! et pas vous peut-être ? Tiens mon petit...

Elle tendit un morceau de hamburger à Boomer qui le prit du bout des dents avec une telle douceur, une telle délicatesse, que Laurel en fut toute retournée.

— Oh ! je suis impressionnée. Vous avez fait du bon travail...

— Je crains de ne pas y être pour grand-chose. Il était comme ça, quand je l'ai pris. Toujours à quémander, mais poli. Boomer, non, elle n'a pas envie que tu lui mettes ta gueule baveuse sur les genoux. Ni de t'embrasser, tssst, Boomer, dit-il, et il se leva vite pour attraper le chien par son collier, Boomer léchant avec entrain le visage de Laurel qui riait.

— Ah mais, le gronda Tyler, avant de se tourner vers elle. Ça va ?

— Très bien, répondit-elle, et elle s'essuya le visage d'une main, tout en réajustant son pyjama de l'autre. Vraiment.

Sauf qu'à cet instant, elle vit Tyler toujours accroché au collier de Boomer se figer, les yeux écarquillés, le regard rivé sur ses genoux. Non. Pas ses genoux. Son ventre.

Puis son regard croisa le sien.

— Oui, je suis enceinte, dit-elle en se levant. Un peu de dessert ?

4

Tel un automate, Tyler suivit Laurel dans la cuisine.

— Pourquoi ne m'en avoir rien dit ?

— Eh bien... Nous nous connaissons à peine. Et puis, en quoi cela vous regarde-t-il ? De toute façon, je n'en fais pas un secret. Ce n'est pas ma faute si vous n'avez rien remarqué...

Elle ouvrit le Tupperware qui contenait le dessert.

— Oh mon Dieu, c'est sublime. Avons-nous réellement besoin de fourchettes... ?

— Oubliez ce satané dessert, Laurel, vous voulez bien ! C'est super important, enfin !

— Entièrement d'accord, répondit-elle en plongeant ses grands yeux bleus dans les siens. Plus pour moi que pour vous... Elle s'appuya au comptoir, croisa les bras sur son petit ventre rebondi — oh oui, c'était tellement évident maintenant !

— A moins qu'il se soit passé quelque chose entre nous qui m'aurait échappé... ?

— Non ! Ce que je veux dire... Non. C'est juste...

Sa main tremblait un peu quand il la passa dans ses cheveux.

— C'est un choc. Voilà tout.

Elle se découpa une part de tarte — ou plutôt un clafoutis aux abricots — qu'elle déposa dans une assiette et l'attaqua aussitôt.

— Parlez, je vous écoute, dit-elle, la bouche pleine.

— Eh bien, hmm... S'agit-il d'une décision, euh, vous voyez... Faire un bébé toute seule, en faisant appel à une banque du sperme, ce genre de choses ?

— Non, répondit-elle dans un éclat de rire, un seul éclat, acéré.

— Mais alors… Où est le père ?

— En ce moment ? demanda-t-elle sans le regarder, en avalant un autre morceau de dessert. Je n'en ai aucune idée.

— Est-ce qu'il est au courant ?

— Oui. Est-ce qu'il s'en soucie ? Pas vraiment.

— Mais cet enfant a le droit de savoir qui est son père…

— Il existe une foule d'enfants qui grandissent sans l'un de leurs parents, répliqua-t-elle en le regardant droit dans les yeux. Pour quantité de raisons. Et qui grandissent bien…

— Exact, mais…

— Je peux prendre parfaitement soin de mon bébé toute seule, Tyler, dit-elle en lui passant devant le nez pour retourner sur la terrasse.

Elle s'assit sur la même chaise, suréleva les jambes et les pieds sur un tabouret. Puis, de nouveau, elle avala un morceau de clafoutis et soupira.

— Hmm, c'est vraiment extra. Votre belle-sœur est un chef…

Il approcha l'autre chaise et s'assit à son tour, face à elle.

— Comment pouvez-vous faire comme si ce n'était pas grave ?

Elle contempla un moment ce qui restait de sa part de clafoutis, puis regarda le jardin où des lucioles commençaient leur ballet dans la pénombre.

— Parce que si je me mets à penser que c'est grave, je vais céder à la panique. Or, je n'ai pas d'autre choix que de garder mon sang-froid. Et si vous n'êtes pas d'accord avec ça, je ne vous retiens pas…

Leurs yeux se croisèrent un quart de seconde, puis elle prit une nouvelle bouchée de gâteau.

— Je vous en fais la promesse, ce petit gars saura qui est son père. Ça au moins, c'est en mon pouvoir. En revanche, le connaîtra-t-il un jour, je n'en sais rien, et je n'y peux pas grand-chose. Je sais qu'il a pris un nouveau travail, dans un autre Etat, mais j'ignore quoi. Et où. Il a même changé de numéro de portable. Et qui a une ligne fixe, de nos jours ?

Elle haussa les épaules.

Une boule en travers de la gorge, il regarda au loin, et elle soupira.

— Il a plus de quarante ans. Les enfants qu'il a eus d'un premier mariage sont grands, et il n'a pas la moindre envie de recommencer en en élevant un nouveau. Et tout ça, je le savais..., dit-elle, plus pour elle-même que pour Tyler. En fait...

Sur sa bouche se dessina un sourire plein d'ironie.

— Il a même prétendu avoir subi une vasectomie. Et il est allé jusqu'à me montrer les documents.

— Vous plaisantez ?

— Je ne suis pas stupide. Vous croyez que j'ai gobé son histoire ?

— Comme c'est... romantique.

— Cette histoire n'a jamais rien eu à voir avec le romantisme. Ce n'était... Bah, je ne sais même plus ce que c'était...

Elle avala son dernier morceau de clafoutis.

— Et ça ne pouvait pas se terminer autrement...

— Quand même..., marmonna Tyler en désignant son ventre.

— Je sais. Et vous pouvez me croire, je n'étais pas très fière, au début en tout cas. Elever un enfant seule ne faisait pas vraiment partie de mes projets. Mais très vite, j'ai réalisé... que les choses se passaient rarement comme vous les aviez imaginées.

— Vous avez donc décidé de garder cet enfant ?

Son assiette vide, elle la posa sur la table de verre, puis se tourna vers lui avec un léger sourire.

— A part ma grand-mère, je n'ai aucune famille. En tout cas, je n'ai aucun contact avec eux. En août, j'aurai trente-six ans. Ce pourrait bien être mon seul enfant. Et je l'aime déjà si fort, ce bébé...

Elle baissa les yeux, caressa son ventre, puis de nouveau le regarda.

— Alors, oui, bien sûr que je vais le garder. Oh ! bien sûr j'ai peur, je sais que cela ne sera pas facile...

Son sourire s'élargit un peu.

— Mais si vous saviez comme je suis impatiente !

— Mais le père...

— J'ai fait tout ce que j'ai pu... La balle est dans son camp.

— Sauf que vous ignorez où il se trouve.

— Certes, mais lui sait où me trouver. Ici même. Je venais

d'emménager quand j'ai découvert que j'étais enceinte... De nouveau, elle caressa son ventre.

Il se demanda comment il avait pu être aveugle à ce point. Mais bon... On voyait rarement ce que l'on n'avait pas envie de voir...

— Ecoutez, dit-il. Mon frère est flic, peut-être pourrait-il vous aider à retrouver la trace de ce type et tenter de le ramener à la raison...

Quand elle secoua la tête, il soupira.

— Il a des obligations, Laurel. Sur le plan légal...

— Je suis au courant, merci. Je sais également que toutes ces obligations et l'amour sont deux choses distinctes. Incompatibles dans son cas...

Boomer apparut et vint poser la tête sur ses genoux. Elle sourit et le caressa.

— Mon père a épousé ma mère parce qu'elle était enceinte, sous la pression de ses parents, les siens, pas ceux de ma mère. Il fallait bien sauver la face, au club de golf ! C'est donc à cause de moi que mes parents sont restés ensemble. Non, en réalité, ils sont restés ensemble à cause de l'emprise que mes grands-parents avaient sur mon père... Elle s'interrompit et, de nouveau, regarda le jardin. Au moins, ce genre de préjugés a aujourd'hui disparu. On voit partout maintenant des gens qui font des enfants sans être mariés. Mais je sais ce que c'est, d'avoir auprès de soi quelqu'un qui n'a pas envie d'être là. Ce que l'on peut ressentir alors...

Elle plongea ses yeux dans ceux de Tyler.

— Je refuse d'imposer cela à mon enfant. Si Barry un jour décide de faire partie de la vie de son fils, bien. Mais de mon côté, jamais je ne le forcerai à quoi que ce soit. On ne peut pas être parent par culpabilité...

— Mais sur le plan financier...

Elle se pencha vers lui et couvrit sa main de la sienne.

— Vous êtes gentil de vous inquiéter, mais ne vous en faites pas. Je vais bien. Nous allons bien. Vraiment. Ma situation est bien meilleure que celle de beaucoup de femmes, ou de jeunes filles, qui se retrouvent enceintes. Et je vous remercie sincèrement pour votre sollicitude...

Elle lui tapota la main.

— Laissez-moi faire. Il s'agit de ma bataille, pas de la vôtre.

Exact. Mais cela n'empêchait pas son cœur de cogner comme un fou. Ni ses pensées de se bousculer dans sa tête.

— Bien. Et à combien en êtes-vous ?

— A mi-chemin...

— Un garçon, vous dites ?

— Oui. Elle sourit. Jonathon. Ça sonne bien avec Kent, non ? J'ai pensé d'abord à Clark, mais... C'est un peu démodé.

Ce fut plus fort que lui, il sourit.

— Et, hmm, vous vous sentez comment ?

Elle s'étira et le regarda, les yeux pétillants.

— Qu'entendez-vous par là ?

— Eh bien, Merry, la femme de mon frère Ethan, a été pas mal souffrante, lors de ses deux grossesses. Dès le début. D'après elle, il n'y avait rien là d'anormal...

— Pour chaque femme, c'est différent. Chaque grossesse en fait est différente. Et à part une fringale permanente, oui, je me sens plutôt bien, dit-elle avant de se lever. Même si je me fatigue vite...

— Oui, bien sûr, désolé...

Il se leva, appela le chien, et elle le raccompagna jusqu'à la porte. Lorsqu'il lui fit face, quelque chose dans ses yeux bleus l'interpella. Une sorte de... sérénité. Ou de résignation. Ce qui confirmait ses soupçons un peu plus tôt. A ce moment-là, il ignorait qu'elle était enceinte. Mais maintenant, il était au courant et la voir assumer ainsi un tel bouleversement dans sa vie...

Le plus étrange dans tout ça, c'était l'émotion que cette révélation suscitait en lui. Un peu groggy, il commença à descendre les marches, avant de se tourner vers elle.

— Je viendrai de bonne heure pour travailler au mur. Avant la grosse chaleur.

— Bonne idée. Oh ! La nourriture...

— Non, gardez-la...

Il baissa les yeux sur son ventre, sentit ses joues s'enflammer.

— Tous les deux, vous en avez besoin plus que moi.

Il était presque en bas de l'escalier quand elle l'appela :

— Hé, au fait… Qu'est devenue cette fille ? Celle avec qui vous étiez, quand vous avez trouvé Boomer ?

— Nous avons rompu juste après, répondit-il avec un haussement d'épaules. Ça ne fonctionnait pas. Vous savez comment ça se passe…

— Au moins, dans l'histoire, y avez-vous gagné un magnifique chien. Une chance…

Tyler regarda Boomer, assis en haut des marches, en train de humer l'air.

— C'est juste, dit-il, puis il attrapa son chien.

Le lundi, Laurel prit sa bonne vieille Volvo et alla chercher sa grand-mère, qu'elle complimenta pour son élégance, tunique indienne et créoles, puis toutes deux se mirent en route, direction la boutique de récup de Ty. Fan de brocante, sa grand-mère avait hurlé de joie quand Laurel l'avait invitée à l'accompagner. Et encore maintenant, même dûment ceinturée sur son siège, Marian était excitée comme une puce. Aux anges.

Mais apparemment pas pour la raison que croyait Laurel.

— Tu n'imagines pas combien je te suis reconnaissante de me faire sortir de là, dit la vieille dame, alors qu'elles arrivaient en vue de la zone commerciale. Franchement, toutes ces mémés ne font que se plaindre de leurs bobos ou cancaner sur les uns et les autres.

— Mais… Je croyais que tu te plaisais, là-bas !

— Oh ! le cadre est superbe. Et la nourriture convenable. Le problème, ce sont les gens. Tout le temps à geindre. Vraiment. Alors, oui, je me réjouis de prendre un peu l'air, soupira-t-elle en joignant les mains sur son sac Kate Spade. Et à l'idée de revoir ton voisin si sexy… Que du bonheur, vraiment…

— Grand-mère, voyons, soupira Laurel en réprimant un éclat de rire.

— Oh, mais ne sois pas si prude ! J'ai toujours été pour dire franchement les choses, tu me connais…, dit Marian.

Un court silence s'ensuivit, puis Laurel laissa échapper un soupir.

— Il sait que je suis enceinte...

— Oh... Et... ?

— Et n'avons-nous rien appris de nos précédentes tentatives pour me caser ? demanda Laurel en prenant la voie de dégagement. Et quand je dis « nous », toi surtout...

Marian haussa doucement les épaules, l'air triste soudain, et Laurel sentit son cœur se serrer. Sa grand-mère n'avait jamais pensé qu'à son bien. Avec trop de zèle, parfois.

— Bien, reprit-elle sur un ton enjoué. Le passé est le passé. Quelle journée sup...

— Tu ne m'en voudras pas si je regarde..., l'interrompit sa grand-mère avec une petite voix fluette. Parce que, là où je suis, les jolis petits culs se comptent sur les doigts d'une main...

— A ta guise, répondit Laurel en riant. Mais sois discrète, d'accord ?

— Entendu.

Le parking — un bout de terrain non bitumé — était vide, quand elles arrivèrent, à l'exception d'une superbe Subaru blanche, vaguement familière. Un panneau les dirigea vers l'arrière de l'entrepôt où une porte de garage servait d'entrée... et Boomer d'agent d'accueil.

Assoupi au soleil, à l'approche de Laurel et de sa grand-mère, le chien bondit sur ses pieds et se précipita vers elles tout en couinant de joie.

— Où est ton maître, mon garçon ? demanda Laurel en le caressant.

— Absent, répondit une petite blonde alerte, en salopette et Rangers, à la porte. Une jeune femme que Laurel avait vue un matin sortir de chez Tyler à l'aube. Puis-je vous aider ?

— Je m'appelle Laurel. La voisine de Ty...

— Ah oui. Il a dit que vous passeriez peut-être. Pour la fontaine, c'est ça ? Suivez-moi, elle est dans la cour de l'autre côté. Non, toi Boomer, tu restes ici. Oh ! je suis Abby. La sœur de Ty.

La sœur. D'accord...

— Voici ma grand-mère, Marian McKinney...

— Vous êtes si mignonne, mon enfant, remarqua soudain

Marian. Vous savez mon amie Edith Avery a un petit-fils d'environ vôtre âge...

— Grand-mère ! Pour l'amour du ciel ! Oh...

Laurel s'arrêta net en voyant les statues et les fontaines disposées tout autour d'un terrain vague. Mais où avez-vous déniché tout ça ?

— Foires, vide-greniers, faillites d'entreprises..., répondit la jolie blonde avec un haussement d'épaules. Et les gens parfois eux-mêmes nous apportent des choses. Voilà la pièce en question..., dit-elle en leur montrant la fontaine, installée contre la clôture.

Surmontée de fil de fer barbelé. Ainsi que d'une caméra de surveillance... Parmi de nombreuses autres, nota Laurel en regardant autour d'elle.

— C'est celle-là ? demanda grand-mère en s'approchant.

Laurel reporta son attention sur la fontaine, le lion avec son nez ébréché regardait droit devant lui. Pas très en forme le malheureux, tout cabossé.

— Oui, répondit-elle, aussitôt séduite. Qu'en penses-tu ?

— Nous en avions une du même genre, dit grand-mère en promenant ses doigts sur la vasque. Quand j'étais petite fille, dans le jardin de mes parents, à Princetown. Pas de la même couleur, un peu plus petite mais... Oh ! ça m'évoque tant de souvenirs.

Laurel glissa son bras autour des épaules de sa grand-mère et l'étreignit brièvement, puis elle caressa la tête du lion.

— Mais... C'est du marbre ?

— En effet, répondit Abby. Et vous imaginez l'allure qu'il devait avoir, jadis ? On ne trouve plus de pierres taillées avec autant de soin et de détail. Bon, elle est pas mal abîmée, et c'est sans doute pourquoi personne n'en veut...

— Les gens sont des imbéciles, décréta grand-mère, Laurel et Abby éclatant de rire.

— Et votre frère est fou, enchaîna Laurel, avant d'ajouter quand la jeune femme haussa les épaules : Même dans cet état, cette pièce vaut une fortune...

— Comme je vous l'ai expliqué, résonna une voix dans son dos, quel intérêt, si je n'arrive pas à la vendre... ?

Elle se retourna et découvrit Tyler, mains dans les poches,

son chien tout ébouriffé assis à côté de lui, en train de se gratter l'oreille.

— Sur la photo, j'ai cru que c'était du ciment. Pas du...

Elle regarda de nouveau la statue, son cœur accélérant encore un peu...

— Pas ça, quoi...

— Eh bien, en effet ce n'est pas du ciment. Mais si elle ne vous plaît...

— Pas du tout, pas du tout. Elle est magnifique. En fait...

A l'ombre, la pierre était froide sous ses doigts. C'est exactement ce que je voulais...

— Dans ce cas, où est le problème ?

— Et si je vous faisais visiter l'intérieur ? suggéra à cet instant Abby à grand-mère.

— Avec plaisir, répondit celle-ci.

Toutes deux s'éloignèrent, bavardant déjà comme de vieilles amies, Abby sifflant Boomer pour qu'il les suive... Et abandonnant Laurel en tête à tête avec un homme qui, en dépit de son air maussade, continuait à affoler ses pauvres hormones. Et c'était bien là le problème.

Tyler croisa les bras, tentant de rester distant face à Laurel, tellement jolie dans sa robe rouge vaporeuse, ses cheveux auburn scintillant sous le soleil. Il avait pris le temps d'observer la scène, souriant en entendant son petit « oh », quand elle avait vu la fontaine, à sa façon d'étreindre sa grand-mère, et l'espace d'une seconde, il en avait eu le souffle coupé.

Au même instant, le vent plaqua la robe sur son ventre rebondi, et il pensa : *Oui. Evidemment.*

— Le problème, répondit-elle en s'approchant suffisamment pour l'envelopper de son parfum, c'est que je n'ai pas le droit d'accepter quelque chose d'aussi précieux. Je suis sûre qu'un client finira par se présenter pour vous l'acheter au juste prix...

— Elle vous plaît, ou pas ?

— Il ne s'agit pas de ça.

— Il ne s'agit que de ça. Alors ?

— Je vous l'ai dit, oui.

— Dans ce cas, elle est à vous. Hé ! ajouta-t-il quand elle fit mine à nouveau de protester. Je fais ce que je veux de ce que j'aime... Et si vous la prenez, je pourrai peut-être venir la voir, de temps en temps...

— Mais si vous l'aimez tant que ça, pourquoi ne pas l'installer dans votre jardin ?

— Vous avez vu mon jardin ? Ce serait du gâchis... Et ne venez pas prétendre que c'est de la folie ou je ne sais quoi. Parce qu'un peu de folie de temps en temps dans la vie ne peut pas faire de mal... Parfois il suffit de ça pour vous rendre heureux.

— Et vous pensez que cette fontaine me rendra heureuse ?

— A en juger votre réaction quand vous l'avez vue, oui, je le crois. Et puis, vous la donner me rend moi aussi heureux.

— Parce que... ?

— Ça me rend heureux, point. Inutile de vous prendre la tête plus que ça. Vous voulez jeter un coup d'œil à l'intérieur ?

Après une hésitation, elle hocha la tête.

— Mais je n'ai pas dit oui, pour la fontaine. Pas encore.

— J'ai tout mon temps, marmonna-t-il en réprimant un sourire.

Comme chaque fois qu'il pénétrait dans l'entrepôt, il ressentit comme un frisson. Après des années de galère, il avait enfin trouvé quelque chose qui tenait la route. Dont il pouvait être fier. Qui lui plaisait. Et qui lui appartenait. Enfin, à lui et à la banque. Un nouveau frisson le parcourut. De frustration celui-là. Il n'avait pu renégocier ce prêt à son avantage, et à celui d'Abby, ce qui leur aurait permis d'engranger un peu d'argent, pour leur trésorerie...

— C'est impressionnant, dit Laurel en regardant autour d'elle, la poussière crissant sous leurs semelles alors qu'ils passaient devant une série de portes de bois de tous styles.

Vinrent ensuite les cheminées, les encadrements de fenêtres et même des escaliers, en merisier, ébène ou érable. A l'autre bout du hangar, Abby et Marian étaient en pleine discussion, et parfois, des rires fusaient.

— Ma grand-mère est ravie, déclara Laurel en souriant. Et j'ai l'impression qu'Abby et elle s'entendent bien... Toutes ces pièces, c'est votre sœur et vous qui les avez récupérées ?

— Pas tout, non. Nous avons racheté cette affaire à quelqu'un que je connais depuis longtemps, aussi avons-nous commencé avec du stock. Cette personne voulait vendre parce que lui et sa femme déménageaient sur la côte Ouest, pour se rapprocher de leurs enfants. Abby et moi, nous n'avons pas hésité. Nous avons une équipe qui nous aide à vider les maisons, quand nous remportons un marché. Et du personnel à mi-temps, à l'entrepôt...

Ils entendirent sa grand-mère pousser un cri d'exclamation.

— Votre grand-mère aimerait peut-être travailler pour nous ?

— Si vous le lui proposez, sans doute acceptera-t-elle, répondit Laurel en pouffant. Cet endroit est... magique, une caverne d'Ali Baba, ajouta-t-elle en s'arrêtant devant des étagères de poubelles remplies de quincaillerie.

Elle ferma les yeux et inspira profondément.

— J'aime cette odeur... L'odeur du temps et de l'histoire...

— L'odeur de la poussière, plutôt, dit-il et elle rit. Mais ses paroles le touchèrent, car il ressentait la même chose. De nos jours, dès qu'il est démodé, un objet est mis au rebut. Moi, je trouve normal de lui donner une seconde chance, non ?

— Vous avez raison, répondit-elle, puis soudain, elle se figea en portant une main sur son ventre.

— Hé, ça va ?

— Son pied. Ou son coude. Difficile de savoir, répondit-elle, juste avant de le regarder. Vous voulez sentir ?

— Non ! Enfin, je veux dire... Merci mais...

— Laissez, ce n'est rien. Les futures mères ont tendance à l'oublier parfois. Tout le monde n'est pas obligé de se passionner pour leur bébé.

Sans doute la hauteur de plafond expliquait-elle que sa voix résonne ainsi. Avec un écho presque douloureux.

— Oh ! j'adore cette lampe ! s'exclama-t-elle en faisant courir ses doigts sur une lanterne en laiton du début du siècle dernier. Elle serait super, à ma porte d'entrée, non ? Oh ! vous allez encore vouloir me la donner. Je vous l'interdis. Combien ?

— Cinquante dollars. Mais ça n'est pas drôle, si on ne marchande pas.

— Oh. Eh bien, disons dix.

— Vendu, répondit-il, et elle lui donna une claque sur le bras.

Elle attrapa son portefeuille et en sortit deux billets de vingt, puis tout en riant, elle les glissa dans la poche de sa chemise, en les enfonçant bien pour l'empêcher de les enlever. Oh ! il aurait pu, mais il n'en fit rien. Essentiellement à cause des décharges électriques dues à tous ces frôlements, ces effleurements, dès que sa main entrait en contact avec sa peau.

Elle plissa les yeux, ses joues rosirent, et elle retira prestement sa main, rangea son portefeuille dans son sac.

Lui-même saisi d'une onde de chaleur, Tyler reporta son attention sur la lanterne.

— Vous voulez l'emporter tout de suite, ou préférez-vous que je vienne vous la livrer ?

— Je veux bien que vous me l'apportiez. Vous connaîtriez quelqu'un qui pourrait me l'installer ?

— Oui, moi, répondit-il, et devant son air perplexe, il ajouta : Vous seriez étonnée de tout ce que je sais faire...

De nouveau, elle rougit à l'allusion à peine voilée. Pour chasser son trouble, elle se mit à chercher quelque chose dans son sac et, soudain, sans savoir pourquoi ni comment, il s'entendit lui demander :

— Me feriez-vous le plaisir de m'accompagner au mariage de mon frère ?

Elle se figea, puis plongea les yeux dans les siens.

— Vous... ? Vous accompagner, comme si... Si j'étais votre petite amie ?

— Oh non ! Enfin, un peu, oui, dit-il en maudissant sa langue et son cerveau qui trop souvent la jouaient solo au lieu de penser à se synchroniser. Je ne sais pas. Disons, comme amie. Ce sera une petite fête sans prétention, familiale, rien d'excentrique...

— Vous n'avez pas quelqu'un d'autre à inviter ?

— En fait, non.

— Pourquoi ?

— Pourquoi je n'ai pas quelqu'un d'autre... ?

— Non. Enfin, ça aussi. Mais pourquoi moi ?

— Je suis... Je me suis mis en mode pause, en matière de liaisons intimes. C'est comme ça. Et si je vous ai invitée...

Cette lanterne pesait une tonne. Il se dirigea vers le comptoir où se trouvait la caisse enregistreuse.

— Hmm, vous m'avez dit ne pas avoir beaucoup de famille et moi, j'en ai une à ne plus savoir qu'en faire. J'ai pensé que je pouvais partager...

Elle eut un petit rire.

— Vous êtes fou...

— Ce n'est pas un scoop, répondit-il, et une fois la lampe sur le comptoir, il lui fit face : Je crois que vous adorerez Kelly. Ma future belle-sœur. Et ma sœur Sabrina, aussi. D'ailleurs, maintenant que j'y pense, vous êtes toutes les trois à peu près du même âge. Et Kelly a eu deux enfants, aussi elle... Bref, elle a vécu ce que vous vivez. Par deux fois. Et... Et ça ne vous fera pas de mal de sortir de vos bouquins, de voir du monde...

— Qu'est-ce qui vous fait croire que je n'en vois pas ?

— C'est vrai ?

Ils se regardèrent en silence un long moment, puis elle soupira.

— Non, en fait...

A cet instant, le souffle d'un ventilateur sur pied juste à côté réveilla les effluves de son parfum, et il éprouva comme une sensation de vertige, d'ivresse plutôt, alors qu'elle glissait son sac sur son épaule.

— Et votre famille ne risque-t-elle pas de s'étonner de vous voir venir accompagné d'une femme enceinte qu'ils n'ont jamais vue ?

Il passa derrière le comptoir pour attraper une étiquette kraft et un stylo.

— Ça m'étonnerait..., dit-il tout en écrivant son nom sur l'étiquette qu'il noua ensuite à la lanterne. J'ai grandi dans une maison où la table familiale était une véritable auberge espagnole. Tous les soirs, il y avait de nouvelles têtes, des amis de mes frères et de mes sœurs, parfois des gosses placés à la maison pour un certain temps... Alors, faites-moi confiance, personne ne s'étonnera de quoi que ce soit. Cependant, je tiens à vous prévenir. Ensemble, nous sommes un peu bruyants.

Elle rit.

— Et vous m'avez dit que c'était quand ? demanda-t-elle.

— Samedi, dans trois semaines. Alors, c'est d'accord ?

— Hmm, il faudra que j'annule mon déjeuner avec ma grand-mère...

— Emmenez-la, c'est tout...

— M'emmener où ? demanda Marian en surgissant de derrière les portails en fer forgé, Abby sur ses talons, avec des chenets dans les bras qui devaient peser autant qu'elle.

— Au mariage de mon frère, répondit Tyler, et un sourire lumineux se dessina sur le visage de la vieille dame.

— Oh ! ça fait si longtemps que je n'ai été à un mariage ! s'exclama-t-elle, avec un regard appuyé à sa petite fille, que cette dernière ignora superbement. Ma chérie, peut-être pourras-tu attraper le bouquet... Oui ? dit-elle en se tournant vers Abby, prise d'une quinte de toux. Eh bien quoi, qu'est-ce que j'ai dit... ?

— Rien, grand-mère, répondit Laurel en riant doucement.

Tyler sourit, un sourire qui se figea sur ses lèvres quand il réalisa, juste avant qu'elle tourne la tête, qu'elle était au bord des larmes.

5

Ce n'était pas tous les jours que le jeune marié en personne s'occupait des grillades, le jour même de ses noces. Ni que la jeune mariée s'affairait en cuisine. De retour d'un énième arrêt pipi, Laurel retrouva Kelly Noble dans l'immense cuisine tout en granit et merisier de son beau-père, pieds nus, en robe de mariée, un sublime fourreau de soie, en train de disposer des brochettes de gambas dans un plat. A l'autre bout du comptoir, sa demoiselle d'honneur, une jolie petite brune, pieds nus elle aussi, Sabrina, la sœur jumelle de Matt, comme le lui avait précisé Tyler, était occupée de son côté à la cuisson de quelque chose, dans le four.

— Dois-je emporter ça dehors ?

— Oui, répondit Kelly en remontant ses lunettes cerclées d'écaille sur son nez. J'arrive dans un quart d'heure !

Le plat dans les mains, Sabrina sortit de la cuisine et passa sur la terrasse pour se rendre dans le jardin qui embaumait le chèvrefeuille et les roses... Et les grillades ! Tout au fond, les cris de joie des enfants se mêlaient aux aboiements des chiens. Les adultes quant à eux bavardaient sereinement, des éclats de rire venant parfois interrompre le doux bruit de leurs conversations. Enfant, Laurel rêvait de mariage dans une grande église et de robe de princesse. De réception somptueuse et de valses. Mais mille fois mieux, mille fois plus vraie était cette petite fête toute simple, réunissant une famille qui manifestement s'adorait. Et s'il n'y avait eu cette petite pointe d'envie ridicule logée en travers de sa gorge, sans parler de la tête du bébé coincée à la base de sa colonne vertébrale, la journée aurait été parfaite.

Kelly lui sourit, ce qui eut pour effet instantané de déloger ce nœud dans sa gorge.

— Approchez donc, et asseyez-vous !

— Je devrais peut-être vous laisser finir et retourner dehors…

— Dans le bruit, la chaleur et la folie ?

C'était exactement ça. Et en plus, dehors, il y avait Tyler qui ne la quittait pas des yeux. Maussade. Comme s'il regrettait son invitation, trois semaines plus tôt, parce que maintenant, il avait sur les bras une femme enceinte et sa grand-mère octogénaire. Le mur était achevé, la lanterne installée, il lui avait même posé un portail en fer forgé. Quelle raison avaient-ils de continuer à se voir ?

Aucune, selon elle.

Tout ce dont elle avait envie, c'était de rentrer chez elle pour se chouchouter, tout en rêvant de mains puissantes — disons, des mains capables de construire un mur, de faire une installation électrique et de chahuter avec son chien — lui massant le dos. Mais Tyler les ayant emmenés dans la voiture de grand-mère — et puisque entre la chaleur, ses chaussures et son mal de reins, elle ne se voyait pas marcher cinq kilomètres pour rentrer chez elle —, elle était coincée ici. Aussi demanda-t-elle, résignée mais souriante, à Kelly :

— Besoin d'un coup de main ?

— Ce qu'il me faudrait, c'est un psy, répondit la jeune mariée en écartant une mèche sur son front. Je dois être folle moi-même pour avoir accepté cette folie de mon mari… *Où est le problème ?* ajouta-t-elle en imitant la voix de Matt avec son accent du New Jersey. « C'est juste une petite fête. La seule différence, c'est qu'elle aura lieu le jour de notre mariage. »

— Il a vraiment dit ça ?

— Vraiment. Et à ce moment-là, ça ne m'a pas choquée, bref… Mais entrez, je vous en prie… Venez donc m'empêcher de m'apitoyer sur mon sort…

Quelle aubaine, si ça pouvait marcher dans les deux sens. Parce que tous ces gens heureux… Non que Kelly ne soit pas la plus heureuse de tous — en fait, elle nageait dans le bonheur —, mais au moins ici, il n'y avait qu'elle.

— Oh ! au fait, j'adore votre robe, ajouta-t-elle avec un signe de tête approbateur.

— Merci, répondit Laurel en passant la main sur cette robe vaporeuse bleu et violet qu'elle ne remettrait sans doute jamais.

Elle se hissa sur un tabouret, savoura l'air frais diffusé par la clim et sentit les muscles de son dos se détendre, tout en regardant Kelly sortir des légumes du réfrigérateur.

— Je ne suis pas bonne cuisinière, mais je sais éplucher des légumes, si vous voulez.

— Embauchée !

Kelly lui tendit un couteau, une planche à découper et des poivrons rouges, concombres et tomates fraîches.

— Une fois épluchés, reprit Kelly, taillez-les en petits cubes... Comme ça vous va, je ne suis pas stricte.

— Vous êtes même plutôt arrangeante pour laisser votre beau-frère venir à votre mariage en compagnie d'une parfaite inconnue...

Le bébé bougea, lui coupant le souffle deux trois secondes. Deux parfaites inconnues.

— Ce mot n'a pas sa place dans cette famille. Et puis, votre grand-mère connaît le colonel, donc tout va bien.

— Connaître est peut-être un bien grand mot. Il lui arrivait de croiser sa femme, dans le travail, il doit y avoir un million d'années. En fait, elle n'a rencontré le colonel qu'une fois...

Les yeux pétillant de malice derrière ses immenses lunettes, Kelly posa son index sur ses lèvres et fit signe à Laurel de la suivre. Elles traversèrent en silence le salon pour arriver dans une autre pièce donnant sur le solarium. Laurel reconnut tout de suite la voix de sa grand-mère, puis celle du colonel lui répondant. Au même instant, le père de Tyler — cheveux grisonnants, bel homme — rit à une remarque de Marian. Laurel en resta bouche bée. Kelly leva le pouce, puis elles regagnèrent en vitesse la cuisine en gloussant comme deux gamines qui auraient fait une grosse bêtise.

— Eh bien ! s'exclama Laurel.

— N'est-ce pas... D'après Matt, le colonel ne s'est jamais remis de la disparition de sa femme, Jeanne, il y a quelques années. Ce qui ne me surprend pas. C'était une grande dame, et il l'adorait. J'imagine comme ç'a dû être dur, pour lui. C'est bon de l'entendre rire de nouveau.

En dépit de ce pincement au cœur — car elle aussi, elle aimerait tant être adorée —, Laurel rit doucement.

— Ma grand-mère a un vrai don pour donner de la joie...

Elle repensa à l'énergie qu'avait montrée sa grand-mère après le décès de sa mère pour empêcher le chagrin de les étouffer toutes les deux, à ces rayons de soleil qu'elle s'efforçait jour après jour de déployer à la maison. Puis elle se souvint de l'allusion de sa grand-mère au bouquet de mariée et soupira.

— Mais parfois, c'est une parfaite enquiquineuse.

— Que vous adorez ! conclut Kelly.

Hochant la tête, Laurel pressa une main sur son cœur. Car c'était l'amour qui dictait tout ce que faisait ou disait sa grand-mère, y compris les choses les plus agaçantes.

— Et c'est agréable, reprit la jolie rousse, de voir Ty communiquer autrement que par petits rires gênés...

— Oh ! mais, nous ne... sommes pas... ensemble, bafouilla Laurel en se sentant rougir. Nous sommes juste voisins...

— C'est ce qu'il prétend, lui aussi. Mais bon, cette façon qu'il a de rire bêtement parfois..., soupira Kelly avec un clin d'œil.

— Je l'ai entendu faire en effet, une ou deux fois, mais... Aïe, bébé...

Instantanément, Kelly concentra toute son attention sur elle.

— Un problème ?

— Oh ! ce n'est rien. Mais je continue d'avoir des... élancements.

— Vers le bas ou plutôt vers le haut ?

— Le haut, répondit Laurel, une main au sommet de son ventre. Là exactement. Comme si j'avais un poing dans le ventre...

— Fausses contractions, diagnostiqua Kelly, l'air soulagé. Pénible, mais inoffensif. Alors, c'est pour quand ?

Laurel omit de parler de son mal de dos. D'ailleurs, maintenant qu'elle était assise, elle ne sentait plus rien. Ou presque.

Ce devait être à cause des escarpins. Elle n'avait pas l'habitude de porter des talons.

— Début octobre.

— Vraiment ? Moi, j'étais énorme à six mois. Avec Aislin, j'étais même certaine d'accoucher d'un hippopotame.

— Ne m'en parlez pas. Surtout avec cette chaleur.

— Oh ! les grossesses d'été, soupira Kelly. Je prenais des bains d'eau froide, en pleine nuit... ça me soulageait un peu.

— Bonne idée, j'essayerai...

Elle regarda Kelly mettre ses champignons de côté, son alliance scintillant à son doigt, et elle ressentit une nouvelle pointe d'envie, avant de se concentrer sur l'épluchage de ses légumes.

— Oh ! et félicitations. Matt semble être quelqu'un de chouette.

Kelly sourit et repoussa une mèche sur son front.

— En fait, ils le sont tous, dans la famille Noble. Jeanne et le colonel les ont bien élevés. Mais merci. Cela ne s'est pas fait en un jour, mais...

— En une bonne vingtaine d'années, l'interrompit Sabrina qui réapparut dans la cuisine, en rajustant le profond décolleté de sa robe bleue très moulante. Elle attrapa deux piques à brochette sur le comptoir et, suivant les directives de sa belle-sœur, en épingla ses longs cheveux noirs. Mais bon, certains individus ont la comprenette difficile...

— Ty dit que vous vous entendiez bien, tous, enfants, remarqua Laurel en riant.

La jolie brune prit une rondelle de concombre sur la planche à découper, l'énorme solitaire de sa bague de fiançailles semblant elle aussi narguer Laurel.

— Excepté que chacun gardait pour soi ses problèmes.

— Or, il faut parfois laisser le temps faire son œuvre, dit Kelly et quand Sabrina leva les yeux au ciel, elle ajouta : Qu'aurions-nous pu faire, enfants ? Matt et moi... ça ne pouvait pas... marcher à l'époque.

— Pas comme aujourd'hui, c'est certain, répondit Sabrina avec un sourire espiègle, avant de pousser un cri strident quand Kelly lui donna un coup de torchon.

Comme ce genre de complicité me manque, ne put s'empêcher

de penser Laurel. Oh ! elle chérissait sa solitude, ne se sentait d'ailleurs pas si seule... Mais il y avait longtemps qu'elle n'avait bavardé de tout et de rien avec une amie. Sa grand-mère était géniale mais... Ce n'était pas pareil.

— Vous savez, reprit Sabrina en l'observant, j'ai l'impression de vous connaître. Vous n'auriez pas été à Hoover High ?

— En effet. Mais une année en avance sur vous, je pense...

— Et moi j'en suis partie à seize ans, dit Kelly, quand le téléphone de Sabrina vibra. Mais nous avons sûrement été au lycée ensemble en même temps pendant une année...

— C'est Chad. Besoin d'être secouru, sans doute, gloussa la jolie brune.

Laurel en savait peu sur le fiancé de Sabrina, mais sa première impression avait été qu'il ne savait comment s'y prendre pour trouver sa place au sein de cette famille, aussi turbulente que soudée.

— Heureusement que notre mariage est l'été prochain, il faudra bien tout ce temps pour qu'il s'acclimate, le pauvre. Besoin de moi, Kelly ?

— Non, ça ira, merci.

Laurel ne réussit pas à interpréter l'expression de Kelly quand elle regarda sa belle-sœur sortir de la cuisine. Mais c'est en soupirant qu'elle alla ensuite prendre une bouteille d'huile d'olive et une autre de vinaigre balsamique dans un placard.

— Alors, est-ce que la chambre de bébé est prête ?

— Oh ! je sais quelle pièce utiliser, répondit Laurel avec une grimace. Je ne suis pas encore décidée sur la couleur de la peinture. Ni sur le berceau d'ailleurs. En fait, je ne suis décidée sur rien. Oh ! j'ai voulu aller chez Bébé & Cie, mais... C'est immense, j'ai failli en avoir une crise de panique.

— Comme je vous comprends. Il m'avait fallu deux heures pour trouver une poussette ! Mais, oh... Ma chérie !

Les larmes surgirent. Tel un tsunami ravageur. Kelly se précipita et la prit dans ses bras avant de lui tendre une feuille de papier essuie-tout.

— Je suis désolée...

— Oh non, répondit Kelly en l'étreignant brièvement. Vous

savez, quand j'étais enceinte, j'éclatais en sanglots rien qu'en voyant le distributeur de papier hygiénique vide.

Laurel pouffa, puis essuya ses larmes tandis que Kelly se perchait sur le tabouret voisin.

— Mais je ne suis pas... Je n'ai pas l'habitude de pleurer comme ça, soupira-t-elle.

Elle se moucha, la lèvre tremblante, avant de hausser les épaules.

— Mais qu'est-ce qui cloche, chez moi ? On dirait que des aliens se sont emparés de mon cerveau.

— Non, juste de votre utérus. Et ça va passer. Je vous en fais la promesse, dit Kelly avec douceur. Tyler m'a expliqué... Vous vous débrouillez seule, face à cette grossesse...

— Oui, je... je suis tellement...

Elle se tut. Bien sûr, Kelly était pleine de sollicitude, mais toutes deux se connaissaient à peine. Et cette femme venait juste de se marier...

— Terrifiée ?

— Pétrifiée, plutôt.

— Dans ce cas, répondit Kelly avec un grand sourire, bienvenue au club. Oh ! je suppose qu'il doit bien exister de futures mamans avec une confiance en elles inébranlable, mais personnellement, je n'en connais pas. En tout cas, je n'en faisais pas partie...

Elle tapota la main de Laurel, puis se leva pour assaisonner sa salade.

— Quelqu'un va organiser une petite fête en votre honneur, avant la naissance ?

— Euh, non, je... ça ne m'a même pas traversé l'esprit à vrai dire.

— Oh ! Eh bien, considérez que c'est chose faite et chut ! ordonna Kelly. Nous retournerons ensemble chez Bébé & Cie. Puis nous ferons une liste et vous inviterez toutes les femmes que vous connaissez, quitte à en menacer certaines pour qu'elles fassent un cadeau à ce bébé...

— Je ne peux pas faire ça !

— Bien sûr que si, vous verrez, dit Kelly en brandissant une fourchette. Le monde entier doit fêter la venue de ce petit être...

— Vous avez peut-être raison...

— J'ai raison ! décréta Kelly. Allez, dites une date. La fête aura lieu ici. Début automne, c'est magnifique, quand les roses de Jeanne refleurissent, vous verrez. Je m'occuperai de la nourriture...

— Une minute..., dit Laurel en se renfrognant. Est-ce que... C'est Tyler qui vous a demandé de...

Kelly éclata de rire.

— Tyler est un homme. Les hommes ne savent même pas ce qu'est une fête prénatale. Moi, si. Et il y a une éternité que je n'en ai organisé une, alors prenez garde... Mais puisque vous abordez le sujet... Les hommes ne savent pas non plus très bien parler des personnes qui leur tiennent à cœur. Mais je connais Ty, et je peux dire qu'en ce qui vous concerne...

— Ohé ! entendit Laurel derrière elle, et elle se figea.

Quand on parlait du loup...

— Matt se demande si c'est un jeûne ou un repas de noces, dit Tyler en arrivant.

Sachant qu'elle devait avoir le visage rouge écrevisse, Laurel ne se retourna pas. Surtout qu'elle en était restée au début de la confidence de Kelly à propos de Tyler. Et qu'elle ignorait comment elle pourrait donner le change s'il avait entendu...

— Désolée ! répondit Kelly sur un ton enjoué en prenant l'énorme saladier entre ses mains. J'ai perdu toute notion du temps ! Voilà, c'est prêt !

Puis elle sortit de la cuisine... et Tyler vint poser ses jolies petites fesses sur le tabouret occupé précédemment par Kelly, une bière à la main. Comme ses frères, il portait un pantalon à pinces et un polo noir, le col déboutonné. Et il la regardait, sourcils froncés derrière ses cheveux blonds.

— Vous pleurez ?

Elle s'essuya de nouveau les yeux.

— Un tic de femme enceinte. Nous pleurons souvent, et sans raison...

Elle sourit et descendit de son tabouret. Tout de suite, son mal de dos se réveilla.

— Je vais très bien.

— Dans ce cas, pourquoi faites-vous cette tête ?

— Quel genre de tête ? demanda Marian en entrant dans la

cuisine, vêtue d'une robe couleur saumon à la mode hippie et ballerines à paillettes aux pieds.

— Ce genre-là, répondit Tyler en l'imitant.

Aussitôt, Marian observa Laurel, le regard inquisiteur.

— Que se passe-t-il donc ? Et ne me mens pas.

— Mais rien, voyons, répondit Laurel en se massant discrètement le bas du dos. Peut-être n'aurais-je pas dû mettre ces chaussures. Et puis il fait chaud et...

— On devrait rentrer, suggéra alors Tyler qui posa sa bouteille sur le comptoir et se leva.

— A la maison ? Mon Dieu non ! répliqua Marian. Où as-tu mis ton téléphone, ma chérie ? Je vais appeler ton médecin et lui dire de venir nous retrouver à St. Luke. Vous connaissez ? demanda-t-elle à Tyler.

— Oui, c'est là que j'ai échoué quand je me suis cassé le bras...

— Mais arrêtez donc, tous les deux ! s'exclama Laurel, hésitant entre éclater de rire ou rouer de coups le premier qui s'approcherait. Je suis loin d'être sur le point d'accoucher, voyons, ce n'est pas encore le moment !

— Tu as déjà accouché ? demanda Marian.

— Non, bien sûr, mais...

— Dans ce cas, comment peux-tu savoir ? Bien. Où est ton sac ? Tyler, vous pouvez approcher la voiture ?

— Tout de suite. Je vous attends dehors...

— Parfait, dit Marian, tandis que Tyler disparaissait. Bon. Laurel ? Ce sac ?

— Je te dis...

De nouveau, un élancement lui déchira le ventre, si fort qu'elle en eut le souffle coupé. Elle fut incapable de faire un geste. Ou même de finir sa phrase.

Réprimant une bouffée de panique, elle s'appuya doucement au tabouret et attendit... Non. Pas maintenant. Non...

— Mon sac est avec le tien, grand-mère, chuchota-t-elle tandis que son cœur cognait et cognait de plus en plus fort. Sur le banc, près de la porte d'entrée.

— Mais, bien sûr, comme je suis bête ! s'exclama Marian. Nous le récupérerons au passage. Allez, viens maintenant, ma chérie...

Laurel vit alors sa propre peur se refléter dans les yeux de sa grand-mère.

— Tout va bien se passer, tu vas voir, je te le promets, ma chérie, ajouta-t-elle en prenant son bras.

Les mêmes mots, réalisa Laurel en prenant place sur le siège passager, à côté de Tyler, que la nuit où son père l'avait déposée chez sa grand-mère, après l'enterrement de sa mère, en promettant de revenir la chercher bien vite...

— Vous pensez que l'on va devoir attendre encore longtemps pour savoir ce qui se passe ? demanda la grand-mère de Laurel, les yeux rivés sur la porte battante derrière laquelle Laurel avait été emmenée, plus d'une heure auparavant.

Après l'appel de Kelly, inquiète, Tyler rangea son téléphone dans sa poche, en se demandant pourquoi c'était toujours à lui que l'on s'adressait pour être rassuré. Autrefois, c'était à celle qu'il avait appris à appeler « maman » que ce devoir incombait. Cette femme qui, avec une patience infinie, avait su le guider à travers les méandres obscurs de son adolescence tourmentée. Et aujourd'hui, elle saurait que dire, saurait que faire, il en avait la certitude.

Comme la plupart de ses semblables, Tyler abhorrait les salles d'attente des hôpitaux. Ce sentiment d'impuissance, ces relents de peur. Cette façon qu'avait son cœur de refuser de battre à un rythme décent. Et là, dans l'immédiat, il détestait par-dessus tout l'expression de désarroi de la vieille dame, la manière dont flottaient les pans de sa robe, alors qu'elle faisait les cent pas, bras croisés... Car il n'avait pas la moindre idée de ce qu'il pourrait dire ou faire pour l'apaiser.

Et s'apaiser lui, par la même occasion, tandis que des vestiges d'un effroi ancien brûlaient ses veines.

Bien sûr, aujourd'hui n'avait rien à voir avec la nuit où Jeanne s'était effondrée. Il n'y avait que le colonel et lui à la maison, lorsque l'ambulance était arrivée. Tyler avait conduit son père à l'hôpital, muré dans son silence tout le long du trajet. Comment avaient-ils tenu le coup ce soir-là, mystère. En tout cas, la terreur et le choc les avaient réunis. Comme leur détermination à se comporter le plus normalement possible, pour le bien de Jeanne, les semaines qui avaient suivi...

Il réalisa que Marian le regardait, sourcils froncés derrière ses lunettes cerclées d'argent.

— Je suis sûr qu'ils ne vont pas tarder à nous donner des nouvelles, dit-il. Vous voulez un café, quelque chose ?

Tout en secouant la tête, la grand-mère de Laurel reporta son regard sur la porte battante. L'infirmière lui avait bien suggéré d'accompagner sa petite-fille en salle d'examen. Mais Laurel s'était empressée de dire non. Un non ferme et définitif. Après plus d'une heure à voir la vieille dame faire les cent pas à grand renfort de soupirs, Tyler pouvait comprendre. Car son inquiétude était contagieuse et risquait bien de le rendre fou, lui aussi.

Mais au moins s'inquiétait-elle. Au moins Laurel l'avait-elle... Même si sa grand-mère parfois l'exaspérait.

Marian finit par venir s'asseoir à côté de lui.

— Vous n'êtes pas obligé de rester, vous savez. Allez boire un café, quelque chose...

— Je suis bien, ici, mentit-il.

Car il était tout sauf bien. A cause de mille autres choses, qu'il n'avait pas envie d'analyser. Et puis, c'est moi qui vous ai amenées, rappelez-vous. Dans votre voiture.

— Oh oui, exact. J'avais oublié, dit-elle en fixant de nouveau la porte. Quand même, pourquoi nous laisser dans le doute comme ça. A-t-elle commencé le travail, ou pas ?

Il n'était vraiment pas à la hauteur. Certes, Laurel ne semblait pas en détresse, en arrivant à l'hôpital. Un peu crispée peut-être, mais pas comme il imaginait une femme sur le point d'accoucher. D'après ce qu'il savait, dans ces cas-là, elles avaient tendance à gémir et à pleurer. Laurel, elle, avait plutôt l'air en rogne.

— Je ne m'y connais pas beaucoup... Mais peut-être qu'ils ne sont pas sûrs... ?

— Tout est ma faute, marmonna Marian.

— Pardon ?

— Oh ! évidemment, ça me tapait sur les nerfs de la voir vivre cloîtrée, comme si elle était parfaitement heureuse de son sort, alors qu'il n'en était rien. Ou quand elle fréquentait quelqu'un, de laisser tomber le pauvre garçon au bout d'une semaine, sans même lui donner une chance. Elle est tellement exigeante. Elle l'a toujours été. Ce n'est pas comme sa mère, croyez-moi…

Comprenant que parler ainsi à tort et à travers l'empêchait de penser trop fort à sa petite-fille — et qu'elle était aussi le genre de vieille dame à se confier sur ses tourments intérieurs avec quiconque lui tenait compagnie plus de trente secondes —, il attrapa un magazine sur la table basse et décida d'attendre que ça se passe. Et puis, il préférait l'entendre radoter que la voir arpenter la salle d'attente.

— … Et j'aurais mieux fait de ne pas m'en mêler, poursuivit-elle. Sauf que, comme je l'ai dit, elle n'était pas heureuse. Du moins, pas aussi heureuse qu'elle aurait pu l'être. Car lorsqu'elle était petite, avant de venir vivre avec moi, elle ne parlait que de mariage, de robe somptueuse et de grande réception et des enfants qu'elle aurait. Cinq, dit Marian en gloussant. Vous imaginez ? Elle avait une foule d'amis, adolescente. Attention, j'étais très stricte. En fait, je ne lui ai permis de sortir qu'à l'âge de seize ans. Mais que je sache, elle n'a jamais eu aucun flirt vraiment sérieux. Au début, j'étais heureuse, je pensais… Vous voyez. Puis…

Elle s'arrêta, perdue dans ses souvenirs.

— Après le lycée, reprit-elle, elle est partie pour New York, durant quelques années. Elle avait vingt ans alors et j'ai commencé à l'enquiquiner…

De nouveau, Marian rit et posa une main sur le bras de Tyler.

— Souvent, je lui demandais si elle n'avait pas fait une rencontre, un gentil garçon, enfin, vous voyez. Mais rien à faire, elle restait évasive, ne me répondait jamais de façon claire. Honnêtement, un moment, j'ai cru qu'elle était lesbienne et qu'elle n'osait pas me l'avouer…

— Quoi ? s'exclama-t-il.

— Je l'avoue, l'idée m'a traversé l'esprit. C'est à la mode, de nos jours, non ? dit-elle et Tyler réprima un sourire, mais la femme qui attendait à l'autre bout de la pièce pouffa. Oh ! je ne m'en serais pas offusquée. Les gens sont ce qu'ils sont, pas vrai ? Dès lors que vous êtes une personne convenable, honnêtement, en quoi cela me regarde avec qui vous couchez ?

Serrant contre elle son sac rose bonbon, de nouveau, elle effleura le bras de Tyler.

— Et c'est tellement plus facile à notre époque que de mon temps. Quand tout le monde parlait derrière votre dos ? Oh ! que les gens sont méchants parfois, soupira-t-elle. Bref, un jour, j'ai posé la question franchement à Laurel. Elle a éclaté de rire, en me disant que non... Mais c'est là que je l'ai vu pour la première fois. Cette tristesse dans ses yeux. L'une après l'autre, ses amies se mariaient et l'invitaient à leur mariage... Et cette tristesse s'accentuait. Oh ! cela m'a brisé le cœur. Parce que tout se passait exactement comme lorsque les jours défilaient et que son père n'appelait pas...

Tyler évita de la regarder, le cœur serré.

— J'ai eu une enfance merveilleuse, poursuivit Marian en secouant la tête. Avec des parents qui me choyaient. Et mon mariage... Parfois je n'en reviens pas de la chance qui a été la mienne, même si ça n'a pas duré aussi longtemps que je l'aurais aimé. C'est donc difficile pour moi d'expliquer ce que cette pauvre enfant a dû ressentir quand elle a compris que le mariage de ses parents n'était qu'une imposture. Que son père n'avait épousé sa mère que par devoir. Et qu'il ne les aimait pas, ni elle ni sa mère. Et pour arranger le tout, l'histoire qui d'une certaine façon se répète, avec ce Barry... Oh ! quelle honte.

— Mais, je..., commença Tyler, hésitant. Elle a dit que tout était réglé... Terminé, entre eux.

— Vraiment ? répondit Marian, avant de hausser les épaules. Mais ça ne m'étonne pas d'elle, de vouloir ainsi se préserver, protéger son cœur. Parce que vous pouvez me croire, mon petit, elle était folle de ce type. Et tant pis si je n'ai pas le droit de le dire, c'est la vérité. Et peut-être l'est-elle encore d'ailleurs... Mais c'est un sujet tabou. Entre elle et moi, en tout cas.

— Euh... Elle m'a expliqué qu'elle savait qu'il ne voulait pas d'enfants...

— Oh oui, bien sûr. C'est vous dire combien elle aimait ce salaud, pour consentir un tel sacrifice. Or, le mot sacrifice visiblement ne fait pas partie du vocabulaire de cet abruti..., dit-elle en secouant la tête. Une chose est sûre, Laurel ne représente rien pour lui...

— Ce bébé... est donc vraiment un accident ?

— Oh mon trésor, dit Marian en riant. Mais la moitié des bébés sont des accidents, heureux ou pas. Et ma petite fille a décidé de prendre les choses en main. Car il ne faut pas compter sur l'homme qu'elle aimait... Comme je m'en veux. Car c'est moi qui lui ai présenté ce salaud.

— Vraiment ?

— Oui ! Il est le fils de l'une de mes amies du club de lecture. Je la connais depuis toujours... Elle est adorable. Et Barry lui aussi m'a semblé gentil la seule fois où je l'ai rencontré, un jour qu'il était venu chercher sa mère pour aller au restaurant...

Elle ouvrit son sac, en sortit une boîte de pastilles à la menthe, en goba une et en proposa à Tyler, qui refusa.

— Je n'étais pas au courant bien sûr de la vasectomie, sa mère et moi ne sommes pas si proches. Mais je savais qu'il avait deux enfants d'un précédent mariage. Norma me montrait souvent les photos... Mais combien d'hommes fondent une deuxième famille, de nos jours ? Plein. Pour prouver qu'ils sont toujours dans le coup, ce genre de choses. Et il était cultivé, bien élevé, plutôt séduisant... Un vrai paquet-cadeau. Et puis, lui et Laurel se sont bien entendus, tout de suite...

Elle ferma les yeux, puis les rouvrit.

— Et si je ne m'en étais pas mêlée, si j'avais su rester à ma place, rien de tout ça ne serait arrivé. Oh ! n'allez pas croire que j'appréhende de devenir arrière-grand-mère, pas du tout. Mais pas à ce prix, car Laurel a eu véritablement le cœur brisé à cause de ce type... Oh ! dit-elle en donnant un coup de coude à Tyler quand une femme d'un certain âge de type asiatique franchit la porte battante. C'est peut-être pour nous !

— Mme McKinney ?

— C'est moi ! s'exclama Marian en se levant d'un bond. Alors ce bébé ? C'est pour cette nuit ?

— Non, grâce au ciel, répondit le médecin en riant. Votre petite-fille n'accouchera pas avant encore plusieurs semaines.

Je l'ai examinée, et nous avons procédé à différents examens et comme je le suspectais, elle souffre simplement de contractions abdominales supérieures, sans doute provoquées par la chaleur et le fait de rester debout trop longtemps. D'autre part, la tête de Junior pèse contre sa colonne vertébrale, une position responsable de ses douleurs au dos. Mais rien de vraiment inhabituel, franchement. Même si d'après moi...

Elle regarda avec attention Tyler et la grand-mère de Laurel, avant de reprendre :

— Il serait préférable de la garder sous surveillance. Afin de s'assurer qu'elle ne se fatigue pas, au cours des prochaines semaines. De lui éviter tout effort. Et si elle vous dit qu'elle n'a besoin de rien ni de personne, ne l'écoutez pas. Elle doit reprendre des forces.

— Entendu ! répondit Marian, au garde à vous.

— A part ça, reprit le médecin en souriant, la maman et le bébé vont bien. Je n'ai donc aucune raison de la garder ici...

Elle se tourna vers Marian.

— Laurel se rhabille, elle ne va plus tarder.

Et en effet, deux minutes plus tard, Laurel réapparut, l'air mortifié.

De son côté, Tyler eut l'impression que quelqu'un s'affairait dans sa tête et s'appliquait à remettre de l'ordre dans son cerveau. D'abord, il lui en voulait de lui avoir menti à propos de sa relation avec Barry, même si c'était stupide, il en était conscient. Elle pouvait lui dire ce qu'elle voulait, ou pas, quelle différence ? Ce n'était pas comme s'ils avaient une liaison. Elle ne lui devait rien. Mais ce qui le mettait en colère était qu'apparemment, ce salaud se fichait de l'avoir mise enceinte. Comme s'il pensait que puisqu'il ne voulait pas d'enfant, il était de son droit de s'en désintéresser. Que cet enfant, son enfant n'avait aucune existence. Enfin, après avoir entendu sa grand-mère évoquer son rêve, déjà enfant, de se marier pour fonder une famille...

Non, lui n'était pas fait pour ça, la vie de famille. Ce qui ne l'empêchait pas de comprendre que d'autres en rêvent. Ni de compatir au désarroi de Laurel.

A sa place… Sans doute se serait-il arrangé avec la réalité des faits.

D'ailleurs, n'était-ce pas ce qu'il faisait ?

Laurel accepta à contrecœur les effusions de sa grand-mère, puis elle soupira.

— Quel gâchis. Miss rabat-joie, voilà comment on devrait me surnommer, dit-elle en regardant Tyler, planté là comme un poteau.

Comme si… Comme si ce qui arrivait à cette femme le touchait. Au plus profond de son cœur.

— Je m'en veux tellement…

— Oui, je suis sûr que Kelly ne vous pardonnera jamais, dit-il, se reprenant. Elle est tellement égocentrique…

Elle lui sourit, un tout petit sourire, puis regarda ses pieds, dans ces chaussures idiotes d'hôpital.

— Je refuse de faire un pas de plus avec ça… Elles sont moches.

— Mais pratiques, répliqua Marian. Sais-tu combien de germes hantent les sols d'un hôpital ?

— Peut-être, mais… Oh ! dit-elle quand Tyler soudain la souleva dans ses bras. Tyler ! Enfin, je dois peser une tonne ! Vous allez vous faire une hernie.

— Prenez ses chaussures, dit-il à Marian qui aussitôt s'exécuta, en les glissant l'une et l'autre dans son sac.

— Et maintenant, levons l'ancre ! lança la vieille dame en se dirigeant vers la sortie, Tyler sur ses talons, fier comme un superhéros. Surtout lorsque Laurel noua les mains autour de son cou, simple mesure de précaution sans doute. Ils traversèrent le hall, sous les regards amusés des patients et des visiteurs.

— Tyler, posez-moi par terre, voulez-vous ? demanda-t-elle, un peu mal à l'aise.

— Désolé, pour ça, adressez-vous à la direction…

Elle rit et soudain posa la tête sur son épaule, manquant le faire trébucher.

— Merci, chuchota-t-elle.

— Pas de problème.

Au contraire. Le problème était là et bien là. Parce qu'il était tout sauf un superhéros.

6

Il faisait presque nuit lorsque Laurel réussit finalement à convaincre Marian de s'en aller et de ne pas s'inquiéter. Tout irait bien. Cinq minutes plus tard, elle s'assoupit, en chemise de nuit et peignoir, dans le vieux fauteuil en cuir ultraconfortable dans lequel, enfant, elle aimait se lover pour lire, près de la baie vitrée, dans le salon de sa grand-mère. Et c'est en sursaut qu'elle se réveilla quand le téléphone sonna. Ainsi que son petit chou de parasite qui lui flanqua un coup dans la vessie, lui donnant aussitôt envie de courir aux toilettes.

Marmonnant quelques jurons, elle reconnut sur l'écran le numéro de Tyler, lequel, avant même qu'elle ait pu dire allô, s'exclama : « Service d'étage ! »

— Encore ?

— Plaignez-vous à Kelly. Ils ont des restes pour un régiment, en partie à cause de trois invités partis avant le repas...

— Et bien sûr, c'est ma faute...

— ... aussi ai-je dû y retourner pour prendre livraison. Et j'ai ordre de vous en faire profiter. Elle viendra vérifier. Pfff, elle est pire que mes frères. Bref. Boomer et moi, on attend sous votre véranda.

— Il, euh..., dit-elle en regardant son téléphone d'un air las. Il est tard.

— Oui.

En soupirant, elle se leva, non sans mal, le fauteuil étant profond et le bébé pesant une tonne. A la seconde où elle ouvrit la porte, Boomer se précipita dans le salon où il exécuta une série de pirouettes avant de revenir tout aussi vite s'asseoir sagement à ses pieds. Elle se pencha pour le caresser, mais sa vessie la rappela à l'ordre. Elle se redressa donc, avec un nouveau soupir, puis se hâta vers les toilettes. Après un bref regard au sac, entre les mains de Tyler.

— Mon Dieu. Mais c'est trop...

— A peine suffisant pour tenir jusqu'à demain matin...

— Vous êtes fou, dit-elle en s'éloignant.

Elle fut de retour deux minutes plus tard, soulagée, réveillée aussi et oui, affamée. Une fois de plus, Tyler s'affairait dans sa cuisine avec la nourriture. Tel un sphinx, mais la langue pendante, Boomer allongé sur le carrelage ne tourna même pas la tête quand elle réapparut, tout occupé qu'il était à épier les faits et gestes de son maître.

Parfaitement réveillée maintenant, elle imita le chien et observa Tyler, un frisson la parcourant au souvenir de ses bras, de la chaleur de son torse. Subitement, une autre espèce de faim s'éveilla en elle. Oh oui, Tyler avait été formidable. Elle ne prétendrait pas le contraire, elle s'était sentie bien contre lui, rassurée. Enfin, pas vraiment rassurée.

— Vous savez, vous n'êtes pas obligé de faire ça...

— Allez voir Kelly... Et puis, vous avez quoi, pour le dîner ?

— Ce qu'il faut. Et j'ai renvoyé ma grand-mère chez elle pour pouvoir me reposer. Qu'est-ce que c'est que ça ?

— Le gâteau nuptial, répondit-il en brandissant un immense Tupperware. Dois-je continuer à argumenter ?

Elle se laissa tomber sur l'une des chaises de la cuisine avec un soupir de défaite. Elle pouvait résister à beaucoup de choses, mais pas à un gâteau. Ni à des cookies ou de la tarte. La tarte au chocolat surtout...

— Kelly m'a dit qu'elle allait organiser une petite fête, pour le bébé ?

Il posa devant elle une assiette XXL et une bouteille d'eau, puis s'assit à son tour.

— Elle aimerait organiser une petite fête. Je ne sais pas encore si c'est une bonne idée.

Tout en mordant dans une cuisse de poulet, Tyler se renfrogna, puis il avala une gorgée d'eau.

— Parce que... ?

— Parce que ça me semble juste...

Elle attrapa une brochette, glissa une crevette dans sa bouche...

— Un peu précipité, termina-t-elle.

— Oh ! ça, c'est Kelly tout craché...

— Je ne parle pas d'elle, le problème vient de moi. J'ai l'impression d'être... un cas social, expliqua-t-elle en rougissant.

— Il faut vous reprendre. Vous savez, ça lui fait tellement plaisir de faire ça pour vous. Et le bébé, dit-il en désignant son ventre avec son os de poulet. Elle m'a aussi dit...

Il prit un peu de salade de pomme de terre, puis se leva et sortit de la cuisine. Boomer et Laurel échangèrent un regard, puis tous deux se levèrent à leur tour, pour retrouver Tyler à l'entrée de la pièce. Il alluma.

— C'est la chambre du bébé ?

— Oui. Dès que j'aurai choisi la couleur, je pourrai la peindre.

Tyler baissa les yeux sur son ventre, puis il alla examiner la demi-douzaine d'échantillons de peinture sur le rebord de la fenêtre. Il en sélectionna un, un bleu pâle.

— Il faudrait voir à la lumière du jour, mais...

Il hésita, s'arrêta sur le jaune un moment, avant de reprendre le bleu.

— Oui, celui-là. Nous irons acheter la peinture demain et j'attaquerai dès notre retour...

— Qui dit ça ?

— Moi. Et le médecin.

— Le médecin vous a demandé de peintre la chambre du bébé ?

— Elle nous a dit, à votre grand-mère et à moi, de veiller à ce que vous vous reposiez dans les semaines à venir. Vous ne voulez pas que ces contractions recommencent, non ? Et Kelly m'a dit aussi que vous aviez du mal à prendre certaines décisions, contrairement à moi, donc... Ce bleu, vous l'aviez déjà sélectionné. Je suppose que vous l'aimez bien, non ?

— Oui, sans doute, mais...

— Et vous allez laisser Kelly organiser cette petite fête et vous recevrez ainsi plein de cadeaux et tout ce dont le bébé aura besoin, mais que son père est incapable de…

Il se figea, puis alla reposer les échantillons de peinture sur le rebord de la fenêtre.

— Ty ? Qu'est-ce que ça veut dire ?

Il haussa les épaules et soupira puis, après un regard noir, sortit de la pièce, direction la cuisine. Elle le retrouva sur sa chaise, bras croisés, l'air buté.

— Votre grand-mère… Elle s'est confiée à moi, dans la salle d'attente.

— Oh ! mon Dieu, gémit Laurel en s'asseyant elle aussi. Et… Que vous a-t-elle dit exactement ?

— Que vous étiez très amoureuse de ce Barry. Et que vous l'étiez peut-être encore aujourd'hui.

— Merci grand-mère, marmonna-t-elle.

— Alors, elle a raison ?

Après un moment, elle hocha la tête.

— Dans ce cas, pourquoi m'avoir dit…

— Que c'était terminé ? Oh ! je ne sais pas… Peut-être pour essayer de tromper le chagrin. Oui, c'est pathétique… Je lui avais donné mon cœur… Et autre chose aussi…

— Et il vous a abandonnée.

La froideur de ses paroles atténua quelque peu la douleur, mais pas la colère.

— Je vous l'ai dit, je savais que Barry ne voulait pas d'enfants. Et je l'avais accepté. Evidemment, quand j'ai découvert que j'étais enceinte, j'ai espéré qu'il changerait d'avis… Mais ça n'a pas été le cas. Et oui, cela m'a fait mal. Terriblement mal. Je me suis donc retrouvée avec différentes options… Me résigner et essayer de tourner la page, ou tenir bon et me préparer, à mon bébé et à moi, un avenir fait de sentiments négatifs…

— Et alors quoi ? Vous avez simplement décidé de ne plus l'aimer ?

— Ce que j'ai décidé, c'est de ne pas me laisser mener par le bout du nez par mes sentiments. J'étais plus forte qu'eux.

— Donc, s'il se pointait ici demain en disant qu'il a changé d'avis, vous lui claqueriez la porte au nez ?

Combien de fois s'était-elle posé la question ? Du moins au début, avant que l'espoir ne s'estompe au profit de la logique. Et même là...

— Pour le bien de Jonathon, certainement pas.

Il se leva et, mains dans les poches, se planta devant la fenêtre.

— Il est le père de Jonny, dit Laurel. Et après tout ce que vous avez pu me dire, je pensais que vous m'approuveriez sur ce point.

— Si je comprends bien, vous lui pardonneriez ?

— Je préfère dire que je passerais à autre chose, Tyler...

Il tourna la tête pour la regarder, sans faire l'effort de cacher sa perplexité. Non qu'elle puisse lui en faire le reproche.

— Ecoutez, je n'ai aucun problème à assumer mon erreur de jugement. Une erreur que j'espère bien ne jamais commettre une nouvelle fois. Mais je m'efforce d'en gérer les conséquences au mieux. Et Barry... Il est seul à pouvoir dépasser tout ça, ou pas. Je ne peux rien pour lui. Est-ce que je le laisserais revenir dans ma vie ? Honnêtement, je n'en sais rien. Je croyais que c'était un homme bien, sinon jamais je ne me serais engagée au début.

— Et vous pensez toujours à lui comme quelqu'un de bien ?

— A votre avis ? Je crois qu'il a peur, qu'il est en colère... Je ne sais pas. Mais il faut bien que l'un de nous se comporte en adulte, et visiblement, ce rôle me revient. Tout ce que je peux faire, c'est de faire une chose à la fois...

Lorsqu'il se retourna face à la fenêtre, mâchoires serrées, elle se leva et s'approcha de lui. Elle posa une main sur son épaule et sentit aussitôt ses muscles se contracter sous son T-shirt gris. Elle le connaissait si peu, en fait. Oui, il était gentil, généreux et protecteur, lui qui pourtant semblait convaincu d'avoir été un véritable voyou, enfant. Il était d'une telle sensibilité, d'une telle intégrité. Cette souffrance dans sa voix, cette tension dans son corps, à propos d'une histoire qui pourtant n'avait rien à voir avec lui, devaient sans doute venir de loin, de très loin, d'un événement de son passé.

Et elle avait mal pour lui.

Elle le massa avec douceur entre les épaules, des épaules larges et puissantes, puis elle glissa sa main dans la sienne, força ses doigts entre les siens. Et quand il la regarda, Boomer les rejoignit et lécha leurs mains liées, avant de retourner se coucher sous la table. Tyler suivit son chien des yeux, un petit sourire aux lèvres. Cet animal comptait beaucoup, pour lui. Et apparemment, elle comptait aussi pour lui. Sans doute autant que... Tyler comptait pour elle. Plus qu'elle l'aurait voulu. Plus qu'elle le devrait, étant donné son passé, sans vouloir en plus essayer d'y voir clair dans celui de quelqu'un d'autre... Un raisonnement plein de sagesse, qu'elle n'écouta malheureusement pas quand elle lui serra tendrement la main et...

Le téléphone de Tyler vibra. Lâchant sa main, il se renfrogna aussitôt en lisant son texto.

— Hmm, c'est... Il y a un problème, à l'entrepôt, je dois y aller.

— Oh ! rien de grave, j'espère ?

— Sans doute pas, mais...

L'air toujours maussade, il regarda un moment son ventre.

— Je ne devrais pas être long. Si vous avez besoin de quoi que ce soit, appelez-moi. Sinon, je serai ici demain matin à 9 heures pour peindre la chambre de bébé. D'accord ?

— Euh, oui, 9 heures, c'est bien.

— Alors c'est entendu. Boomer ! Viens avec moi...

Il disparut.

Entre confusion et colère, elle rangea les restes du festin dans les Tupperware, mit le tout au réfrigérateur puis sortit sur la terrasse. Bras croisés, elle fixa la nuit devant elle, toutes sortes de pensées et de sentiments se bousculant dans sa tête, dans un fracas qui pratiquement couvrait le ronronnement du trafic sur l'autoroute au loin ainsi que le chant des criquets dans l'herbe devant elle... Ou le doux clapotis de sa fontaine à tête de lion.

Elle ne comprenait rien à ce qui arrivait. Non, ce qu'elle ne comprenait pas, c'était Tyler. Pourquoi jouait-il les anges gardiens ? Pourquoi cet intérêt pour elle ? Lui qui visiblement se méfiait comme de la peste de certains sentiments ? Et elle de son côté qui n'était pas vraiment disposée à risquer une autre mésaventure...

Fermant les yeux, elle inspira profondément puis expira, un exercice respiratoire antistress que sa grand-mère lui avait enseigné, des années plus tôt. Avec le mantra, « Estime-toi heureuse avec ce que tu as », qui avait le don alors de l'exaspérer, jusqu'à ce qu'elle comprenne que sa grand-mère avait raison. Elle s'attela donc à la tâche et pensa très fort à la chance qui était la sienne. Un travail qu'elle aimait, un crédit sur dix ans, un bébé en pleine santé bientôt au monde. Une grand-mère qu'elle adorait, qui ferait tout pour elle. Et oui, Tyler qui, en plus d'être le maître du plus placide des chiens et d'être plutôt agréable de sa personne, avait pris l'habitude de l'approvisionner en nourriture. Et lui avait offert ou presque une fontaine. Et son amitié. Un peu de travers l'amitié, mais bon...

Ce qui, en définitive, faisait pas mal de choses dont elle devrait se réjouir. Pourtant...

Serait-ce trop demander au Grand Architecte de l'univers de bien vouloir lui laisser, rien qu'une fois, avoir une relation raisonnablement normale ? Elle leva les yeux au ciel, mais l'ordonnateur ne daigna pas répondre.

Starla était au bord de la crise d'hystérie lorsque Tyler arriva. Elle l'attendait sous la véranda, les cheveux en bataille, vêtue d'une chemise de nuit à frous-frous, son teigneux de matou dans les bras, qui n'avait pas meilleure mine que sa maîtresse.

— J'ignore comment cette chose a pu entrer ! hurla-t-elle avant même qu'il ait refermé sa portière. J'étais en train de regarder un DVD quand soudain, cette chose a filé entre moi et la télé. J'ai failli en avoir une crise cardiaque. J'ai cru à un oiseau, puis j'ai entendu... Tu sais, ce drôle de bruit qu'ils font...

Elle tressaillit et le chat dans ses bras gesticula. Et rugit. Tyler se garda bien d'essayer de caresser le phénomène, surtout en état de stress. Starla avait bien fait de ne pas le laisser se lancer à la poursuite de la chauve-souris, même s'il était à jour de ses vaccins.

— Où est-elle passée ? s'enquit-il en enfilant des gants de manutention.

— Dans la maison. Quelque part.

Super.

— Tu as une boîte à café ? Quelque chose pour l'enfermer dedans si nécessaire ?

— Celle sur le réfrigérateur est presque vide. Tu n'as qu'à la vider dans une assiette, ce que tu veux...

Tyler ouvrit la porte avec précaution. Dans le petit salon, la télé grand écran continuait de marcher. A part ça, c'était le noir total. Et le calme plat. Pas le moindre mouvement en vue. Il n'était pas novice en matière de traque de chauve-souris — un joli petit spécimen avait envahi la maison du colonel, quand il était gamin, et une autre était venue lui rendre visite, un ou deux ans plus tôt —, mais ce n'était pas non plus son sport préféré. De sales petites pestes, ces bestioles-là. Même si elles étaient rarement porteuses de la rage. En tout cas, les petits spécimens. S'il s'agissait d'un jumbo-jet, Starla n'aurait plus qu'à déménager.

— Bien, je laisse la porte ouverte pour lui donner une chance de s'enfuir...

Il rit quand Starla manqua s'étouffer.

— Elle ne va pas t'agresser. Ni s'accrocher à tes cheveux. Du calme.

— Et si je... t'attendais dans le pick-up ?

— C'est ouvert...

Il attendit que deux tonnes de métal et de verre se dressent entre elle et la zone infestée, puis il entra, direction la cuisine, allumant sur son chemin. La chose devait être plus affolée que Starla. Et affamée, aussi.

La boîte à café vidée, il inspecta consciencieusement la cuisine dans tous ses recoins, puis ferma la porte derrière lui. Il procéda de la même façon avec les chambres, puis la salle de bains. Bien. M. ou Mme Chauve-Souris devait donc encore être planqué dans le salon. Quelque part.

Mais alors qu'il réfléchissait à une stratégie s'il venait à se retrouver face à la bête, celle-ci lui passa sous le nez pour aller se poser sur la poignée de la baie vitrée. « Je te tiens » marmonna Tyler qui attrapa un magazine sur la table basse et rabattit la boîte à café sur sa proie, la revue en guise de couvercle. Il sortit dans la rue et libéra cette petite enquiquineuse qui disparut dans la nuit. Un moment plus tard, Starla, toujours accrochée à son chat, descendit du pick-up et se précipita à l'intérieur en s'empressant de refermer la porte derrière elle.

Le chat, excédé, siffla et cracha puis bondit et s'éloigna avec dignité pour se remettre de l'épreuve. Starla en fit de même, de façon moins spectaculaire néanmoins, en s'affalant dans le rocking-chair, une main sur le cœur.

— Merci infiniment. Si tu n'étais pas venu à mon secours... J'ignore ce que j'aurais fait. J'aurais sans doute dormi sous la véranda.

— C'est pas de chance, il a fallu que la seule chauve-souris du New Jersey choisisse de passer la soirée chez toi.

Elle rit doucement, se remettant tout juste de ses émotions. Le chat, lui, allait déjà mieux puisqu'il réapparut pour aller se nicher sur les genoux de sa maîtresse.

— Tu veux boire quelque chose ?

— Non, merci. Il est tard...

— Bien sûr. Oh ! j'espère ne pas t'avoir réveillé... ?

— Non, ça va. Et tu le sais, tu peux m'appeler à tout moment.

Starla caressa son chat quelques secondes, avant de répéter, tout en soupirant :

— Bien. Merci.

— Je t'en prie, répondit Tyler, un peu mal à l'aise, comme toujours.

Car il n'était pas dupe, ce second merci n'avait rien à voir avec la chauve-souris. En fait, Starla et lui avaient toujours un peu de mal à communiquer. Ils en étaient encore à essayer de savoir ce qu'ils représentaient, l'un pour l'autre.

Devoir accompli, il retourna au pick-up, se mit au volant et agita la main tout en reculant, avant de partir. Sauf, réalisa-t-il, désemparé, qu'il n'avait pas envie de partir. Ce qu'il aurait voulu, c'est répondre « bien sûr » quand Starla lui avait proposé un rafraîchissement, puis s'asseoir et discuter avec cette femme un peu dingue sur les bords de toutes ces choses carrément dingues qui se bousculaient dans sa tête... Parler de Laurel par exemple, qui semblait avoir fait le ménage dans la sienne.

Car il ne savait que faire à propos de tout ça. D'elle. En réalité, il ne savait que faire à propos de rien.

Dans son rétro, il aperçut Starla encore sous la véranda, peut-être elle aussi en train de le regarder, difficile de savoir à cette distance et dans l'obscurité, et il sentit son cœur se serrer. Tant de non-dits, de questions qu'il ne savait même pas comment formuler. Excepté qu'aujourd'hui plus que jamais, la présence de Laurel... lui donnait envie d'y voir plus clair. De mettre de l'ordre dans tout ça. Ne plus esquiver ni se dérober, ou faire comme si la vie n'était qu'une vaste escroquerie. Mais au contraire tenter de rendre cette vie meilleure. De se rendre lui, meilleur. Cette femme l'inspirait. Elle refusait de s'apitoyer sur elle-même. Et tout en la regardant faire, il avait cru sentir dans son cœur comme... Comme de l'espoir. A cet instant, l'image de son ventre rebondi lui traversa l'esprit. Il soupira, en proie à une douloureuse frustration. Parce que vous étiez dans un sacré pétrin quand vous vouliez quelque chose, tout en sachant que vous n'aviez aucun droit de le vouloir...

Donc demain, il passerait prendre Laurel, et ils se rendraient à Bricojardin, puis il peindrait la chambre de bébé, comme il s'y était engagé. Mais après ça... Il avait appris très jeune la folie, le danger de l'espoir. Et aujourd'hui n'était pas différent.

Lorsque Tyler arriva, le lendemain matin, Laurel s'était plus ou moins réconciliée avec l'univers. Non qu'entre le cosmos et elle, ce fût aussi simple — elle attendait encore de sa part qu'il veuille bien lui donner l'occasion de vivre un jour une relation normale — mais pour l'instant, elle se réjouissait juste que quelqu'un se soit proposé pour peindre la chambre de bébé. Et s'il se trouvait que ce quelqu'un avait des abdominaux de rêve et des épaules de dieu grec, tant mieux. Car si l'univers lui donnait un bel homme à regarder, elle ne s'en priverait pas.

Surtout si le bel homme en question avait l'intention de faire comme si rien n'était arrivé, la veille au soir.

— Alors... Prête ? demanda-t-il, avec un drôle de sourire. Pas de sensations bizarres avec...

Il désigna son ventre.

— Pas le moindre élancement, répondit-elle. Il m'a même laissée dormir, cette nuit. Je ne me suis levée qu'une seule fois faire pipi.

— Hmm, bien, dans ce cas, c'est parti, dit Tyler. Prenons mon pick-up. La clim de votre voiture ne marche pas...

— Vous n'êtes jamais monté dans ma voiture, comment... Oh ! grand-mère...

— Exact.

A ce rythme, il saurait bientôt quand elle avait eu ses premières règles. Mais bon, il avait raison, la clim de sa voiture fonctionnait une fois sur deux, aussi le suivit-elle. Il lui ouvrit la portière puis l'aida — en fait, la hissa — à monter et à s'installer sur le siège passager. Et au moins eut-il la courtoisie de ne pas souffler comme un phoque, dans l'effort. Il suggéra d'aller prendre le petit déjeuner quelque part.

— Je suis à court de céréales et je dois prendre des forces, si je veux passer la journée à peindre.

Elle regarda ses yeux verts pétillant de malice sous la visière de sa casquette et, instantanément, une véritable horde de pensées coquines l'assaillit. Ainsi qu'une forte fringale. Purement alimentaire.

— Bonne idée, dit-elle, bannissant ces idées mal placées jusqu'en Mongolie Extérieure. Sur la rocade, il y a ce snack où ils servent de superpancakes...

— Marché conclu, répondit-il avant de refermer la portière pour venir se mettre au volant.

Elle devait le reconnaître, elle aimait bien trôner ainsi au-dessus des simples mortels. Et avoir un chauffeur.

— C'est moi qui invite, dit-elle quand ils s'engagèrent sur l'avenue.

— Vous n'êtes pas obligée de...

— Stop. Vous allez peindre la chambre de mon enfant. Vous m'avez quasiment fait cadeau d'une fontaine. Vous me nourrissez. Le moins que je puisse faire, c'est de vous offrir un petit déjeuner.

Un léger sourire se dessina sur sa bouche, une très belle bouche. Et un très bel homme...

— Vous n'imaginez pas comme j'ai faim, dit-il.

Elle ferma brièvement les yeux. *Non, je t'en prie, pas ça, pas ce genre de formules à double sens...*

— Je parie que j'ai plus faim que vous, dit-elle en les rouvrant.

Après les pancakes, je compte bien avaler une omelette et du bacon grillé...

— Si je comprends bien, toutes ces histoires de femmes enceintes dévorant comme trois bûcherons sont vraies, remarqua-t-il.

— Tout à fait. En réalité, j'ai compris que j'attendais un enfant le soir où j'ai commandé une pizza en pensant garder les restes pour mon déjeuner le lendemain. Je l'ai dévorée. Et attention, pas une petite pizza avec trois ronds de tomate. Une pizza suprême. Extralarge. Ainsi qu'un bol de pop-corn une heure plus tard.

— Zut.

— Comme vous dites. C'était impressionnant. Sans parler des rots, après. J'avais honte de moi, vraiment...

Quand il secoua la tête, elle lui sourit.

— Quoi ?

— Vous êtes trop. Et dans ma bouche, c'est un compliment. En fait, vous me faites penser à un... mec.

— Vous me voyez... flattée !

Il rit, et rougit aussi, ce qui l'amusa beaucoup.

— Je n'ai jamais rencontré une femme de votre genre, reprit-il, mains crispées autour du volant. Mieux, je n'ai jamais rencontré personne qui vous ressemble.

— Peut-être avez-vous mal regardé autour de vous, dit-elle, avant de se mordre la langue.

Comment allait-il interpréter ces paroles ? Et de quel droit lui faisait-elle cette réflexion ? Même si elle ne pensait pas à mal...

— Excusez-moi...

— Pas de problème. Et vous avez peut-être raison. En fait, je n'avais jamais vu ça sous cet angle... Mais, dit-il comme si un monde nouveau venait de s'ouvrir dans sa tête.

Et puisqu'elle avait commencé...

— Vous savez pourquoi ?

— Peut-être que je n'étais pas sûr de savoir m'y prendre, si je trouvais la bonne personne...

— Oh ! épargnez-moi les détails, dit-elle en riant, un peu trop fort peut-être.

— Volontiers, d'autant que je ne sais même pas comment expliquer ça. Mais oui, c'est juste. Je n'ai jamais vraiment eu de petite amie. Et n'en ai jamais voulu. J'ai donc toujours choisi avec beaucoup de soin mes compagnes. Surtout, qu'elles n'attendent rien de durable, encore moins d'éternel de ma part.

Elle regarda la route, en se demandant s'il avait la moindre idée de la tristesse de ses paroles. Après une hésitation, elle demanda :

— Mais vous avez des amis hommes, non ? Quelqu'un avec qui sortir, aller voir un match, ce genre de choses.

— J'ai mes frères.

— Ce n'est pas la même chose.

— Exact. Mais... Vous m'avez parlé de vos amies, toutes mariées... Eh bien, c'est pareil pour moi. Enfin, pour mes amis, tous mariés. Et les rares qui restent célibataires... Bref, je préfère rester seul. Oh ! j'aime faire la fête bien sûr, mais... On dirait que leur cerveau s'est arrêté il y a dix ans. C'est là, non ? demanda-t-il en prenant une voie de dégagement sur la droite.

— Euh, oui, c'est ici.

Il se gara. Son centre de gravité ayant déjà été propulsé dans un autre système solaire, elle attendit qu'il vienne l'aider à descendre. Mais l'espace entre les deux véhicules étant réduit, même s'il lui donna la main, elle bascula, et il la rattrapa, une main sur sa taille. Une main qu'il n'enleva pas tout de suite.

— Ça va ? demanda-t-il, son souffle chaud dans ses cheveux.

Elle se redressa tant bien que mal, son ventre pressé contre le sien.

— Bien sûr, répondit-elle en croisant son regard.

Et cette fois, ses yeux ne pétillaient pas. Cette fois, elle y vit autre chose que cette lueur espiègle... Une certaine confusion peut-être. Et du désir, assurément, ce qui lui donna envie de rire, étant donné qu'elle se sentait aussi sexy qu'un sac de patates.

Et maintenant ? Qu'allaient-ils faire de ce désir ? Sans doute ne le savait-il pas plus qu'elle. Toujours est-il que cet éclat dans ses yeux la toucha en plein cœur... Au risque de le briser.

— Ohé, les tourtereaux ! les interpella un type bedonnant, sur le trottoir. Si ça ne vous ennuie pas, j'aimerais bien pouvoir récupérer ma voiture.

— Aucun problème, répondit Ty en faisant reculer Laurel

pour refermer la portière, avant de l'entraîner vers le snack, le plus loin possible du type irascible.

Elle hésita entre soulagement et déception.

Une fois à l'intérieur pourtant, où ils durent patienter avant qu'une table se libère, remise un peu de ses émotions, elle réalisa qu'elle était affamée. Poursuivant son raisonnement, elle en déduisit que la faim lui avait sans doute fait voir des choses qui n'existaient pas. Cette histoire de désir... Simple réaction physique suite à la collision de deux corps.

Quoi qu'il en soit, Tyler lui avait prouvé à plusieurs reprises qu'elle pouvait compter sur lui. Avoir confiance en lui. Comme un vrai ami. Et dans l'immédiat, c'était bien tout ce dont elle avait besoin. D'un ami.

Peut-être qu'à force de se le répéter, elle finirait par s'en convaincre.

7

Elle n'en savait rien, mais il avait bien failli l'embrasser, là-bas, sur le parking. L'éclat du soleil dans ses cheveux, leur parfum, et l'immensité… océanique de ses yeux bleus…

Jamais il ne remercierait assez ce rustre d'être intervenu. Déjà qu'il s'était empêtré avec des propos tendancieux dans la voiture, avec des formules comme « une femme telle que vous ». Mais où avait-il la tête ? Le câble qui reliait son cerveau à sa bouche avait dû être rongé par un nuisible.

Il referma le pot de peinture, la bâche en plastique sous ses pieds crissant quand il déposa le bidon à côté des toilettes. Au moins le petit déjeuner s'était-il passé sans incidents. Même si, à la regarder dévorer comme quatre… Il sourit une fois de plus à ce souvenir. Elle était tellement… Vraie. Naturelle. Comme si elle se fichait royalement de ce que les autres pensaient d'elle. De ses choix.

Au début, il l'avait vite cataloguée. Elle était asociale, ou d'une timidité maladive, bref quelque chose comme ça. Elle sortait rarement de chez elle. Mais aujourd'hui, il réalisait son erreur. En fait, elle était même peut-être l'une des personnes les plus ouvertes qu'il connaisse.

Il repensa à leur conversation, au snack. Comment ils avaient rebondi d'un sujet à l'autre. Avec quelle facilité elle exprimait ses opinions, mais sans juger ni mépriser celle des autres, à l'inverse de la plupart des gens. Elle l'avait même un peu mis sur le gril, cherchant à en savoir plus sur lui. Mais surtout, elle l'avait écouté. Avec respect.

Le plus étrange était que ce climat de franchise entre eux avait eu un double effet. Contradictoire. En le faisant se sentir tout à la fois bien... et mal à l'aise. L'avantage, c'était qu'après toute une vie à côtoyer des gens qui lui taisaient quantité de choses, à sortir avec des filles qui ne lui laissaient voir d'elles que ce qu'elles voulaient bien lui montrer — il recula de quelques pas pour observer le mur et s'assurer de l'avoir peint de façon uniforme —, quel soulagement de rencontrer quelqu'un qui ne jouait pas en permanence aux devinettes. Un vrai bonheur. Mais tout n'était pas rose, car en sa présence, il perdait un peu ses moyens. Non qu'elle en soit responsable, et il ne lui en voulait pas non plus de le provoquer parfois, en l'incitant à faire travailler sa tête plutôt que son charme... Mais plus ils se connaissaient, plus ils discutaient ensemble... Plus il était évident qu'il ne lui arriverait jamais à la cheville. Qu'il ne serait jamais son égal.

Comme si elle l'entendait réfléchir, Laurel, Boomer sur ses talons, apparut à la porte, avec cet air qu'elle avait souvent, comme si elle devinait tout de tout le monde. C'était là peut-être son défaut majeur. Car pour le reste... Oui, elle se mettait bien colère parfois, mais ne le restait jamais longtemps... Et puis, pourquoi voulait-il à tout prix lui trouver des défauts...

— Prenez le temps de boire, dit-elle en lui tendant une bouteille d'eau.

— Merci...

Il la vida à moitié, tout en regardant méchamment le mur face à lui, comme si celui-ci avait décidé de le contrarier.

Car cet aspect des choses aussi lui posait problème. Non pas le mur, mais la sérénité de Laurel face à des événements devant lesquels toute personne sensée perdrait son calme. Et il avait beau s'être engagé à ne plus aborder le sujet, cela continuait de le tracasser... Comment pouvait-elle laisser le père de Jonny s'en tirer à si bon compte ? Cela ne tiendrait qu'à lui, il irait dire deux mots à ce type. Avec Matt. Car si quelqu'un pouvait retrouver la trace de ce salaud, c'était Matt. Et preuve était faite que sur l'échelle de l'évolution, ses réflexes étaient dignes d'un tyrannosaure... Loin, très loin de Laurel.

— Tyler ? Tout va bien ?

Se tournant vers elle, il vit que Boomer était sagement assis à côté d'elle, tête légèrement inclinée, comme s'il devinait les pensées de son maître.

— Absolument. Et vous ? Vous êtes un peu rouge, non...

— Ça s'appelle des bouffées de chaleur, répondit-elle en s'avançant dans la pièce. Oh ! c'est chouette...

— Donc c'est d'accord pour la couleur ? Parce que parfois, on peut être déçu par rapport au nuancier...

— Non, c'est parfait. Exactement comme je l'imaginais... Quand je pensais bleu bien sûr, dit-elle en riant.

Comme il aimait ce rire ! La manière dont ses yeux dans ces moments-là... crépitaient.

— Une fois les plinthes et moulures peintes, ça sera encore mieux. Comme dans un magazine déco...

Il se renfrogna en regardant le lino, sous la bâche. Pour une raison mystérieuse, il y avait de la moquette partout ailleurs dans la maison — une moquette d'au moins vingt ans — mais quelqu'un ici l'avait retirée, laissant le sol à nu et tout cabossé.

— Si vous voulez, je pourrais m'occuper du parquet...

— Oh non, vous en avez déjà tellement fait...

— Ça ne prendra pas beaucoup de temps. La pièce est petite. Et le bois a l'air en bon état, ajouta-t-il en s'accroupissant pour soulever la bâche. De l'érable, je crois. J'ai refait les sols, chez moi, et le parquet est bien revenu. D'ailleurs, je pense qu'à terme vous devriez en faire autant, dans toutes les pièces...

— Autrement dit, adieu moquette...

— C'est mon avis, mais bon...

— J'y réfléchirai, dit-elle. En attendant, venez manger. Il fait bon dehors. Sandwichs et chips, rien de gastronomique. Et ne refusez pas. Je vous dois déjà l'équivalent d'un mois de nourriture...

Le chien ouvrant la voie, il l'aida à tout installer sur la table du jardin. Elle avait raison... Il faisait bon, dehors. Les feuilles bruissaient doucement sous le vent, la fontaine gazouillait. Charmant. Excepté...

— Après toute cette pluie, votre pelouse aurait bien besoin d'un coup de tondeuse...

— J'ai demandé à Dawson, à côté, de s'en occuper demain, contre un pourboire bien sûr...

— Dawson ? Vous rigolez ?

— Quel est le problème avec Dawson ?

— Oh rien, c'est juste une graine de voyou...

— Et qu'est-ce qui vous permet d'affirmer ça ?

— Il me rappelle moi, au même âge. En fait, il...

— Il a eu quelques soucis, je sais. Sa mère m'en a parlé. Et comment le savez-vous ?

— Matt. Il remplaçait un collègue à la brigade des mineurs récemment, quand un jour il a vu débarquer Dawson, entre deux policiers pour...

— Vol à l'étalage...

Il se renfrogna, et elle ajouta.

— Allez savoir pourquoi, mais j'ai une tête qui pousse les gens à me confier leurs plus grands secrets...

Elle attrapa deux bâtonnets de carotte, en donna un à Boomer... Qui le mangea !

— Même si j'ai l'impression que Yolanda n'a pas besoin de beaucoup d'inspiration...

— Et vous tenez vraiment à l'embaucher pour tondre ?

— Je ne vois pas ce qu'il pourrait me chiper dans le jardin, répondit-elle. Et je ne pense pas qu'il vienne armé. Mais si ça vous rassure, je le fouillerai avant de le laisser entrer...

— Il a des problèmes relationnels...

— Pour l'amour du ciel, citez-moi un ado qui n'en a pas ! Surtout un ado dont le père est gravement malade depuis deux ans. Mais... S'il vous fait penser à vous au même âge, pourquoi une telle absence de sympathie à son égard ?

— Vous ne pouvez pas comprendre...

— Vous n'avez qu'à m'expliquer.

Il caressa Boomer, regarda sous la table, multiplia ainsi les esquives, avant de soupirer.

— Ecoutez, c'est génial de vouloir tendre la main à ce gosse. Pour lequel j'ai de la sympathie, croyez-le. Je sais ce qu'il ressent. Je sais qu'il souffre. Mais ce qui m'intéresse là, c'est vous, pas lui.

— Vous me trouvez naïve ?

Il soutint son regard. Elle semblait plus amusée que fâchée.

— Je pense que vous êtes trop... crédule.

Baissant les yeux, elle donna un morceau de son sandwich à Boomer.

— Je ne crois pas, Tyler.

— Dans ce cas, vous êtes naïve.

— Non, certainement pas, répondit-elle, les yeux brillants. Et je sais ce que vous pensez. En fait, vous me trouvez trop... indulgente.

— Possible...

Elle sourit et regarda la fontaine.

— Enfant, en voyant la manière dont mon père se comportait avec ma mère — toujours froid et distant, pour lui faire sentir combien il enrageait d'être là —, je lui en voulais aussi à elle... De ne pas réagir. Mais avec l'âge...

Elle avala une chips.

— J'ai compris qu'elle essayait en réalité de préserver une certaine paix, à la maison. Pour mon bien. Et j'ai aussi finalement réalisé qu'en ne répondant pas aux provocations de mon père, elle empêchait l'incendie de s'étendre. Cela le rendait fou de ne pas arriver à la faire exploser. En fin de compte, c'est elle qui avait le contrôle. Non seulement, elle n'avait pas peur de lui, mais en plus elle refusait de courber l'échine face à ses intimidations.

— Mais... Pourquoi est-elle restée avec lui ?

— Je me suis souvent posé la question. Aujourd'hui, encore. Enfant, je n'ai jamais trouvé le courage de lui demander, puis elle est morte et... Peut-être aurait-elle considéré que partir serait un aveu d'échec ? Que cela reviendrait à baisser les bras, qui sait ? Mais honnêtement, je crois surtout qu'elle était forte. Ou entêtée, ajouta-t-elle avec un sourire fugitif. Non parce qu'elle avait peur ou qu'elle pensait ne pas avoir le choix. Grand-mère nous aurait ouvert sa porte. En fait, ma mère n'était pas prise au piège...

— Hmm, excusez-moi mais... Quel rapport avec Dawson ?

— Je ne suis pas aveugle, Ty, dit-elle en le fixant. Je suis consciente des problèmes de ce gamin. Je dois rester vigilante. Mais je refuse d'avoir peur. Cela ne ferait que lui donner le pouvoir sur moi. Pire, cela donnerait à ses problèmes le pouvoir sur lui.

Je crois aussi — je sais, cela peut paraître nunuche — que notre regard sur les autres peut avoir une réelle influence sur le regard qu'ils portent sur eux. En bien comme en mal.

— La théorie n'a pas fonctionné sur votre père, remarqua-t-il en croisant les bras.

— L'essentiel, c'est que ç'ait fonctionné pour ma mère. Que cela lui ait permis d'avoir la maîtrise de la situation.

Elle soupira.

— Je préfère voir le bon côté des gens, plutôt que leur part d'ombre. Et si vous me trouvez cucul la praline, tant pis.

Il avait l'impression qu'une armée de Titans bataillait dans sa tête.

— Je ne comprends pas... Vous prétendez être quelqu'un de pragmatique. Je ne vois pas où est le pragmatisme à plonger la tête dans le sable...

Un sourire énigmatique passa sur ses lèvres.

— Il ne s'agit pas de refuser de voir la vérité. Il s'agit de chercher la vérité derrière les apparences, dit-elle avant de se lever, non sans difficulté. J'ai envie d'une barre chocolatée. Ça vous tente ?

Il acquiesça d'un signe de tête, puis il la suivit des yeux alors qu'elle retournait vers la maison, incapable de se décider. Cette femme était-elle une sainte ou folle à lier ?

Boomer soudain releva la tête en essayant de happer une mouche venue l'importuner, en vain. Il se traîna alors jusqu'à son maître, posa la tête sur son genou. Tyler soupira en plongeant les yeux dans ceux de son fidèle compagnon. *Ça, je sais faire.* Puis son regard dériva, atterrit sur Laurel derrière la fenêtre de la cuisine, en train d'exécuter une bien étrange danse tout en sortant les barres chocolatées du congélateur.

Sainte ou folle ? Et si ce n'était rien de tout ça... ?

La dernière semaine d'août, Laurel commença à envisager sérieusement de déménager. N'importe où ce serait l'hiver. Au Chili peut-être. Non pas qu'elle se réjouisse de vivre comme une prune congelée, mais elle ne supportait plus la canicule, les thés glacés et les bains froids. Tout ce à quoi elle aspirait maintenant, c'était entendre le type de la météo annoncer : « Chute des températures les jours prochains... »

Qu'avait donc dit Kelly à propos d'aliens prenant le contrôle de son corps ? Et en parlant de Kelly...

— Est-ce que vous m'apprendriez à cuisiner ?

Au volant de son minivan hippie, de retour de Bébé & Cie, Kelly éclata de rire.

— Vraiment ? En fait, ce n'est pas très difficile...

— Dans l'absolu peut-être pas, dit Laurel en sueur, tout en s'étirant le cou. Bizarrement, la clim du van n'avait aucun effet sur elle. Mais en pratique, c'est tout le contraire.

— Oh... Si comme l'homme, ou la femme, des cavernes, vous avez compris que le feu non seulement permettait de ne pas mourir de froid, mais qu'en plus il donnait du goût à votre nourriture, vous êtes sur la bonne voie. Et en plus, vous savez lire, ce qui vous donne un sacré avantage sur ces créatures de la préhistoire privées d'accès à internet...

Kelly rit quand Laurel soupira.

— Je me ferai un plaisir de vous apprendre quelques recettes. Une occasion spéciale ?

— Maternité imminente. Un enfant ne peut vivre que de pizzas.

— Sauf les pizzas faites maison et garnies de bonnes choses, fromage, légumes, poulet...

— Pas de poivron ? Ni de saucisses ?

— Gare aux nitrates, chérie. Sans parler de taux de sodium dignes de la mer Morte. Alors non, du poulet, fermier de préférence.

— Vous faites partie d'une secte ?

— On croirait entendre Matt ! s'exclama Kelly dans un éclat de rire, en se garant dans l'allée de Laurel. La première fois que je lui ai préparé une pizza, il est resté figé en attendant la bouteille d'huile pimentée. Quand je lui ai expliqué que je n'utilisais pas ce genre d'ingrédients, il m'a regardée comme si je voulais l'empoisonner...

Elle sourit, coupa le contact et ouvrit sa portière, laissant entrer dans l'habitacle un souffle d'air brûlant. Laurel fit la grimace.

— Faites-moi confiance ! lança Kelly, radieuse.

Une fois à l'intérieur, Kelly s'étant rendue aux toilettes, Laurel brancha la clim puis se planta devant son bon vieux ventilateur au milieu du salon. Un peu rafraîchie, elle prit place sur le vieux fauteuil en cuir, avec autant de grâce qu'un hippopotame, et écarta légèrement les cuisses pour permettre à l'air de passer sous sa robe. Très élégant. Tous les efforts de sa grand-mère pour lui inculquer un peu de féminité, dilapidés comme ça, en un instant. Elle entendit le bruit de la chasse d'eau, aperçut Kelly filer vers la cuisine.

— Un thé ? lança-t-elle.

— Servez-vous. Personnellement, je préfère un verre d'eau glacée.

— Je vous l'apporte.

Laurel sourit au cliquetis béni des glaçons tombant dans le verre. Une minute plus tard, Kelly réapparut avec l'eau et le thé. Elle s'installa sur le canapé, retira ses espadrilles et retroussa sa jupe sur ses genoux.

— Désolée, la clim est un peu poussive...

— C'est la même chose, chez nous, répondit sa nouvelle amie en remontant ses cheveux sur son crâne, avant de lever son verre. A deux survivantes de Bébé & Cie...

Laurel gloussa et leva à son tour son verre.

— Oh et ces embouteillages... Tout le New Jersey était en balade aujourd'hui...

— Terrible, oui. Bah, mais passons à autre chose. Vous verrez, cette petite fête va être formidable, dit Kelly.

Laurel se renfrogna en pensant à tous ces refus en réponse à ses invitations, la semaine précédente.

— Selon moi, nous serons trois, vous, ma grand-mère et moi. Mais bon, les gens ont tant à faire. Le travail, les enfants, les activités diverses et variées... La vie quoi.

Kelly la fusilla du regard.

— Cette fête aura lieu, et tant pis s'il n'y a que nous. Nous jouerons à des jeux débiles, nous regarderons un DVD, ce sera génial. Au fait... Maintenant que j'ai vu la chambre du bébé, je trouve le mobilier de bois clair super, avec le bleu. Quelle couleur sublime. Et ce tapis avec des dinosaures. Adorable.

Sans regarder Kelly, Laurel avala une gorgée d'eau glacée,

avec toujours et encore la même impression bizarre, depuis le jour où la chambre avait été peinte.

— C'est Tyler qui a tout fait.

— Oui, il nous a dit qu'il avait peint...

— Non, il a aussi choisi la couleur. Enfin, il a procédé à la sélection finale. Sans lui, la chambre serait violette. Bref. Et ensuite, il est « juste passé comme ça » à IKEA, d'où il a ramené ce tapis...

— Vraiment ?

— Tout à fait. Aïe...

Kelly secoua la tête puis but un peu de son thé.

— Y a-t-il, euh, quelque chose que nous devrions savoir ? Excepté, je veux dire, les talents d'architecte d'intérieur de Tyler ?

Laurel éclata de rire. Elle avait volontairement évité de mentionner Tyler dans leur conversation au cours des trois dernières heures, en partie parce qu'elle savait que ce serait déjà bien assez compliqué de se concentrer sur la liste des cadeaux, et en partie parce que... En fait, elle ignorait la nature de leur relation. En tout cas, ça n'avait rien à voir avec les amitiés qu'elle avait pu avoir par le passé — d'ailleurs, jamais elle n'avait eu un homme pour ami. Bref, elle naviguait en eaux troubles. Sans aucun repère. Ce qui multipliait les risques de naufrage.

— Eh bien, il s'est autoproclamé mon ange gardien. Et à part ça... Rien. Et ne faites pas ces yeux-là...

— Désolée. Mon détecteur de mensonges par omission qui s'active tout seul...

— Il faudra le faire réparer. Je persiste et signe, il n'y a rien de particulier à savoir sur le sujet. En partie à cause de ça, dit-elle en se tapotant le ventre. Et en partie à cause de mon grand âge. Or, je crois avoir compris que Ty était plus attiré par les jeunes femmes, non ?

— Vous avez cinq ans de plus, c'est tout !

— Cinq ? Il a donc... Attendez. Trente ans ?

— Vous êtes douée en maths, dites...

Laurel attrapa le glaçon dans son verre et visa Kelly qui hurla.

— Bien, dit-elle en sortant le missile de son décolleté, avant de se lever pour aller le jeter dans l'évier. Maintenant que nous sommes d'accord sur les chiffres... Elle fronça les sourcils. Vous êtes sûre qu'il ne se passe rien... ?

— Aussi sûre que je suis enceinte. Et de toute façon, c'est à peine si je l'ai aperçu, au cours du mois dernier.

— Je sais qu'il a eu beaucoup de travail. Des propriétés à vider...

— Quatre, oui, je suis au courant, dit Laurel en se remémorant ce frisson de délice quand il était passé voir comment elle allait — le jour où Dawson tondait la pelouse — et son sourire et la façon qu'il avait eue de la serrer dans ses bras. Bref, je ne l'ai guère vu, répéta-t-elle avec un soupir à fendre l'âme.

Kelly pouffa dans son verre.

— Et alors ? Je ne vais pas dire le contraire et prétendre que je ne suis pas tentée...

— Personne ne vous croirait...

— Pff, c'est désespérant. Je suis incapable de faire trois mètres sans souffler comme une baleine, et ma libido elle est en pleine forme !

— Et il faut ajouter que Ty n'est pas repoussant...

— Il y a de ça, aussi. N'empêche, c'est plus sûr de continuer à croire que nous ne sommes pas faits l'un pour l'autre...

— C'est-à-dire ?

— Eh bien, personnellement, j'attends quelqu'un qui a envie de fonder une famille et je...

— Et vous croyez que ce n'est pas son cas ?

La question à quinze mille dollars !

— Pour être honnête, vraiment honnête ? Honnête jusqu'au bout ? Je pense que oui. Mais je n'ai ni le temps ni l'énergie ou encore l'envie de renouveler l'expérience pour une fois de plus, au final, me retrouver au fond du trou. Dit poliment...

Elle avala une nouvelle gorgée d'eau, en évitant le regard plein de compassion de Kelly. Son amie savait tout de son histoire avec Barry.

— Et pourtant, reprit Kelly en posant les pieds sur la table basse, il est toujours là. A faire mille choses pour vous. Pourquoi ?

— Parce que nous sommes amis ?

Lorsque Kelly leva les yeux au ciel, Laurel fut tentée de lui jeter à la figure son dernier glaçon.

— Pour quelle autre raison, alors ?

Kelly haussa les épaules et la regarda droit dans les yeux.

— Il vous a raconté son histoire ?

— Vaguement. Ce n'est pas faute de lui avoir posé des questions. Mais il évite toujours le sujet... Oh ! il est intarissable sur son travail, la nourriture, mais ce qu'il a dans la tête... Une seule fois, il y a des semaines de ça, il a dit quelque chose comme quoi il aurait été un enfant difficile. Parfois, je me demande si... Oh ! mais c'est idiot.

— Allez-y, je suis tout ouïe.

— Eh bien, parfois, j'ai l'impression... C'est comme s'il cherchait à expier quelque chose. Je ne sais pas, à se racheter pour son passé ? Aujourd'hui en tout cas, il est tout le contraire d'un enfant difficile... Euh, d'un enfant tout court.

Kelly rit doucement, puis elle secoua la tête.

— A mon retour en ville, l'année dernière, je l'ai trouvé, comment dire, presque inchangé à vingt-neuf ans...

— Un peu genre adolescent attardé, non ? A commencer par la coiffure...

— Et tout le reste, dit Kelly, Laurel levant son verre en guise d'assentiment. Ce qui fait enrager Matt... Cependant, d'après ce que je sais, je ne pense pas que Tyler ait jamais été un enfant. Pas lorsqu'il aurait dû en être un, en tout cas...

— C'est-à-dire ?

— Vous... Il a été adopté, vous êtes au courant ?

— Ça, il me l'a dit. A dix ans, non ?

— Mais, savez-vous pourquoi ? demanda Kelly.

Laurel secoua la tête.

— J'ignore le fin mot de toute l'histoire, bien sûr, reprit Kelly, mais il aurait été placé chez les Noble l'année précédente, sa mère étant toxicomane. Et si je le sais, c'est parce que Sabrina avait pour habitude d'écouter aux portes, et comme nous étions toujours ensemble... Bref, pour en revenir à Ty, je sais aussi que la police l'aurait retrouvé en train d'errer dans les rues, une nuit. Apparemment, sa mère ne savait même pas qu'il était sorti.

— Oh mon Dieu, c'est horrible...

— Après ça, les services sociaux lui en ont retiré la garde. Je me souviens de son arrivée. On aurait dit... Comme ces chiens errants tout rachitiques, toujours prêts à montrer les crocs, se méfiant de tout le monde, malgré la faim qui les tenaille. Vous voyez ?

Il ne montrait plus les crocs, mais oui, Laurel voyait très bien.

— Grand-mère un jour a recueilli un chien errant. Il était affamé, mais se méfiait de nous. Il ne quittait pas la véranda, y restait tapi des heures, en montrant les crocs dès que nous apparaissions avec sa gamelle. Il grognait... Tout en remuant la queue.

— Exactement. Plus le colonel et Jeanne, Jeanne surtout, essayaient de lui faire comprendre qu'il avait sa place au sein de la famille, plus il répétait qu'il voulait partir. Rentrer chez lui. Les premières semaines, surtout. Il a même fugué une ou deux fois, je me souviens. Jeanne et le colonel le ramenaient. Ils n'ont jamais baissé les bras.

Laurel se caressa le ventre, au bord des larmes en pensant à ce petit garçon qu'elle n'avait jamais connu. Enfin, quand même un peu, d'une certaine façon...

— Et sa mère... ?

— Elle a renoncé à ses droits un an plus tard. Les Noble l'ont alors adopté. Et c'était ce qui pouvait lui arriver de mieux...

— Mais...

Y voyant un peu plus clair, Laurel soupira.

— Difficile d'expliquer ça à un garçon de dix ans que sa mère a abandonné.

— C'est juste, répondit Kelly dont les cheveux voletaient sous le souffle du ventilateur. Il était encore difficile, lorsque je suis partie, deux ans après. Et il continue de l'être, j'imagine. Il a eu de nombreux problèmes, à l'école. Rien de grave, des bêtises, il séchait certains cours, des trucs comme ça... Il ne supportait pas la discipline. Cela lui a valu des moments intenses, avec le colonel. Ils se disputaient souvent, tous les deux. Puis le jour de ses dix-huit ans, Ty a pris un studio...

Elle sourit.

— Celle qui l'a aidé à s'en sortir cependant, c'est Abby. Elle était tout juste nourrisson, quand Tyler est arrivé. Il fondait devant elle, faisait preuve d'une douceur et d'une patience qu'il n'avait pour personne d'autre. C'était fou, comme il était attaché à ce bébé…

— Vous l'avez vu faire avec son chien ?

— C'est vrai… Et aujourd'hui, Abby et Ty sont restés très proches. D'ailleurs, c'est ensemble qu'ils se sont lancés dans cette affaire…

Laurel réfléchit quelques secondes, avant de demander :

— Qu'est-il arrivé à la mère de Tyler, vous êtes au courant ?

— C'est là que ça devient intéressant… Quand elle a renoncé à ses droits, Tyler a cessé de parler d'elle. Matt disait que Ty refusait de la voir, alors même qu'elle avait décroché et repris sa vie en main depuis deux ans. Elle avait pourtant tenté de se rapprocher de lui, encouragée par Jeanne et le colonel. Puis, il y a deux ans, juste avant mon retour à Maple River, il a décidé de reprendre contact avec elle.

— Vraiment ?

— Je ne crois pas qu'ils se voient très souvent. Mais elle ne vit pas très loin. Je crois que Ty s'occupe de son jardin, fait des petits travaux de bricolage pour elle…

Laurel retint son souffle.

— Est-ce que… Elle ne s'appellerait pas Starla, par hasard ?

— Aucune idée. Mais l'on doit pouvoir le découvrir facilement. Pourquoi ?

— Avant de construire ce mur, entre nos jardins, Ty m'a emmenée chez une femme pour qui il en avait fait un. Je n'ai pas fait attention, à ce moment-là, je n'avais aucune raison de m'interroger… Mais aujourd'hui… Oh oui, il y a entre eux une ressemblance évidente. Et la façon qu'elle a de le regarder…

Secouant la tête, Laurel posa son verre à ses pieds.

— Elle avait… Elle a l'air d'avoir le cœur sur la main. Comme si elle n'avait qu'un but, faire le bonheur des gens autour d'elle, j'ai du mal à imaginer… Et son père ?

— Je ne sais même pas s'il sait qu'il a un fils.

— Ah ! cela explique beaucoup de choses.

— Par exemple ?

— Plus d'une fois après avoir appris que j'étais enceinte, et que je comptais assumer ma maternité toute seule, il a tenté de me convaincre de reprendre contact avec le père de Jonny. Presque comme si la situation lui pesait plus qu'à moi. Non qu'elle ne me pèse pas. Car bien sûr, ce n'est pas le scénario que j'avais imaginé, mais ce qui m'a frappée, c'est... Sa façon de réagir, comme s'il était personnellement impliqué...

— Et il ne vous a jamais fourni la moindre explication ?

— Non. Mais il devait bien se douter que je finirais par apprendre la vérité, à son sujet. Surtout après m'avoir présentée à sa famille. Il n'a quand même pas cru qu'il pourrait garder le secret ?

Kelly soupira avant de finir son verre.

— Bien. Supposons que cette Starla soit sa mère... Ty ne cherche peut-être pas à garder le secret, peut-être plus simplement n'a-t-il pas envie d'en parler. Les hommes sont comme ça, croyez-moi. Ils s'agitent et s'affairent beaucoup, mais quand il s'agit de se confier... Peut-être que Ty hésite à présenter sa mère biologique à une femme qu'il connaît à peine ?

— Et peut-être que je me fais des idées...

— Peut-être aussi, dit Kelly. Et si vous lui posiez carrément la question ?

— Je ne sais pas. Quelles que soient ses raisons pour ne m'avoir rien dit... ça reste ses raisons. Je ne peux pas lui demander de respecter mes choix, si de mon côté je ne lui rends pas la politesse. Et puis, en quoi l'identité de sa mère biologique me regarde, moi ou qui que ce soit... ?

— Exact, concéda Kelly.

La clim enfin avait pris sa vitesse de croisière, et l'air frais diffusé dans le salon avait un effet soporifique sur deux jeunes femmes souffrant d'un syndrome post-Bébé & Cie. Kelly bâilla longuement.

— Vous n'êtes pas curieuse d'en savoir plus maintenant ? demanda Kelly au bout de quelques instants.

— Vous n'imaginez pas à quel point..., répondit Laurel, et Kelly éclata de rire.

C'était la vérité. Elle avait l'impression d'avoir commencé

un livre dont il manquait la moitié des pages… Et elle en avait lu suffisamment pour être prise par l'histoire, qu'elle le veuille ou pas.

Lorsque Kelly de nouveau se leva pour se rendre aux toilettes, Laurel s'arracha à son fauteuil pour aller se resservir un verre d'eau. Elle était en train de remplir son verre, à l'évier, quand son regard se posa vers le mur, éblouissant sous le soleil de cette fin d'après-midi, et juste à côté, la fontaine, ou une tourterelle se désaltérait. Et à cet instant, elle pensa, *Que veux-tu de moi, Tyler Noble* ?

Ou, plus difficile encore, que voulait-elle, elle, de lui ?

— Au fait, dit Kelly en la rejoignant. Qu'est-il arrivé au chien récupéré par votre grand-mère ? S'est-il enfin laissé approcher ?

— Oui, répondit Laurel en souriant. Mais ça n'a pas été facile. Il nous a fallu faire preuve de beaucoup de patience… Attendre que lui veuille bien venir vers nous.

— Mais je parie que ça valait la peine d'attendre, non ? demanda Kelly avec douceur. Laurel de nouveau regarda la fontaine, se rappelant Tyler quand il l'avait installée, se tournant vers elle le pouce levé, avec son fameux sourire…

— En effet. C'est le chien le plus doux, le plus fidèle que j'ai jamais connu…

— Ce sont toujours les plus difficiles à apprivoiser, remarqua Kelly sans regarder Laurel, tout en ouvrant le réfrigérateur. Oh ! quelle honte…, gémit-elle face à la dizaine de barquettes à l'enseigne du traiteur de la ville.

— J'avoue, oui, dit Laurel. Je ne suis pas fière de moi.

— Bien. Attrapez votre sac, direction le supermarché, décréta Kelly en allant chercher le sien, sur le canapé. Les enfants sont chez leur grand-mère, Matt sort tard du travail ce soir… Je vais vous donner votre premier cours de cuisine. Et il y aura probablement des restes… Que vous pourrez partager avec Tyler…

Ah !

— Et pourquoi ne pas apprendre à Tyler à faire la cuisine plutôt ?

— Tout simplement, ma chère, parce que cela irait à l'encontre du but recherché...

Laurel leva les yeux au ciel. Kelly lui rappelait sa grand-mère, aussi adorables l'une que l'autre. Aussi irritantes aussi, parfois.

8

A peine Tyler eut-il posé ses clés sur la console et branché la clim que la sonnette retentit. Boomer se précipita, comme si une horde de Vikings piaffait devant la porte. Ordonnant sans conviction au chien de s'asseoir, il ouvrit. L'air embarrassé, Laurel était là, avec dans les mains un moule à gâteau trônant sur le couvercle d'un faitout, d'où s'échappaient des odeurs à se damner.

— Dîner ? demanda-t-elle, Tyler remarquant à cet instant le van de Kelly qui s'éloignait, sa belle-sœur lui faisant un signe par la vitre.

Ignorant Boomer, tout à fait placide maintenant, il reporta son attention sur la tour de nourriture devant lui, ainsi que sur la femme qui la maintenait. Il ressentit alors cette drôle — mais néanmoins de plus en plus familière — de secousse à l'intérieur. Ils ne s'étaient guère vus, le mois précédent, surtout parce qu'il était généralement débordé de travail, en octobre, mais il s'était efforcé de veiller sur elle du mieux possible. Comme le ferait un ami. Sauf que, de plus en plus, le terme « ami » ne coïncidait pas avec les sentiments qu'il nourrissait pour elle. Ce n'était pas non plus quelque chose de strictement sexuel, même s'il se doutait que sa grossesse avait quelque chose à voir avec cette abstinence aussi subite qu'inhabituelle, chez lui. C'était juste...

C'était juste qu'il avait envie d'elle, voilà tout ce qu'il savait, se dit-il, forcé de se rendre à l'évidence. Envie de quoi précisément, mystère. Et face à ses grands yeux bleus, à son sourire, il se sentit soudain tout penaud.

— Enchiladas au poulet et gâteau de Savoie. Et c'est moi la cuisinière.

— C'est vous qui avez tout fait ?

— Parfaitement. Sous la surveillance de Kelly, bien sûr. Vous ne risquez donc pas de vous empoisonner.

— Quel soulagement, dit-il en s'écartant pour la laisser entrer.

Ce n'était pas la première fois qu'elle venait chez lui — elle était passée deux semaines plus tôt voir le parquet, même s'il n'avait pas trouvé le temps de retaper le sien. Et il ne s'était pas formalisé de son regard amusé, lorsqu'il lui avait fait visiter le salon. Quelle importance, ce qu'elle pensait de son intérieur ?

Ce qui ne l'avait pas empêché, tout de suite après son départ, de promener un regard perplexe sur son intérieur, en s'étonnant qu'elle n'ait pas franchement éclaté de rire. Ou quitté les lieux en hurlant. Et c'est là que dans sa tête avait germé l'idée que, peut-être, le moment était venu de laisser tomber le genre « mec cool » pour quelque chose de plus... adulte. Il était donc sorti acheter un nouveau canapé, neuf, pas d'occasion, deux fauteuils, un tapis sans taches de bière. Il avait également troqué le panneau de porte sur parpaings contre une vraie table basse. Sélectionné un stock de lampes à poser, pour donner à la pièce une atmosphère douillette.

Et sa surprise quand elle découvrit son salon lui fit chaud au cœur.

— Oh ! mais c'est incroyable, s'extasia-t-elle alors qu'il la débarrassait. Quel changement !

— N'est-ce pas ? dit-il, aux anges quand elle sourit.

Il emporta gâteau et enchiladas dans la cuisine. Lorsqu'il souleva le couvercle, il gémit, salivant aux parfums d'épices et oignons grillés, devant le fromage fondu et les morceaux de poulet dépassant des tortillas au maïs.

— Ça l'air délicieux. Vous êtes sûre de vouloir partager ?

Elle se dandina jusque dans la cuisine — car oui, désormais, elle marchait comme un canard —, puis elle s'accrocha à la table avant de s'asseoir, avec un *pff*.

— Je n'y crois pas, encore six semaines. A ce rythme, je ne passerai bientôt plus les portes... Et non seulement je tiens à partager, mais en plus, tout est pour vous étant donné que grâce à son Altesse ici présent, dit-elle en se tapotant le ventre, deux bouchées suffisent à me remplir maintenant. Quand à grand-mère, elle n'aime ni les oignons ni « ces machins trucs exotiques »...

— Dommage pour elle.

— A l'origine, c'était pizza au menu. Sauf que l'alimentation mexicaine se trouve dans le même rayon que les ingrédients pour pizza et j'avais une amie à la fac, originaire de... Bref, nous avons changé notre fusil d'épaules...

Tyler fit le service, puis les assiettes dressées, il remplit deux verres de lait. Le tout sous l'œil torve de Boomer.

— Oublie ça, mon pote. Pas d'épices ni d'oignons. A moins que tu veuilles dormir dehors. A l'autre bout de la ville.

Boomer parut réfléchir à la question, puis s'affala devant la porte-fenêtre et bâilla, l'air blasé.

Conscient du regard de Laurel, Tyler commença à manger. Il mastiqua un moment, puis l'observa.

— C'est vraiment vous qui avez fait ça ?

— Vraiment. J'ai même râpé le fromage. Bon, c'est vrai, les poivrons étaient en conserve, pas frais, mais il faut faire avec ce que l'on a, non ? Alors ?

— C'est divin, croyez-moi. Je ne plaisante pas.

Elle sourit et grignota un petit peu de son côté, tout en hochant la tête.

— C'est vrai, ce n'est pas mal. Bien sûr, je n'ai fait que suivre les instructions de Kelly. Si je m'étais lancée seule dans l'aventure... Oh ! je n'ose même pas y penser... J'adore Kelly, sincèrement, et je vous remercie... de me l'avoir présentée, mais... Qu'est-ce qu'elle est autoritaire... Pourquoi riez-vous ?

— Parce que je me rappelle d'elle, autrefois. Quand nous étions enfants. Une petite chose éclipsée par Sabrina. Qui déjà à cet âge était un vrai petit chef.

— Vous voulez dire, quand vous êtes venu vivre chez les Noble ? demanda Laurel, les yeux baissés sur son assiette.

— Oui, répondit Tyler, en baissant à son tour les yeux.

Il pensait souvent à son enfance, mais il détestait l'évoquer. Peut-être à cause des questions qu'elle pourrait susciter, et pour lesquelles il n'avait pas vraiment de réponses. Si Laurel commençait à s'interroger, à qui la faute ? C'était lui qui l'avait présentée à Kelly, non ?

Lorsqu'il osa relever la tête, il la surprit en train de l'observer avec ce regard droit qui le mettait si mal à l'aise. Qu'est-ce que Kelly avait bien pu lui raconter ? Il n'avait qu'à le lui demander... Non, impossible. Cela risquerait de l'entraîner dans une conversation qu'il n'avait pas envie d'avoir. Ni avec elle ni avec personne d'autre.

A cet instant, un sourire effleura ses lèvres, elle finit son assiette.

— Ecoutez, dit-elle calmement. S'il y a des choses dont vous ne souhaitez pas parler, je comprends. Mais si vous ressentez le besoin de vous confier, je suis là...

Bon... Elle savait. Elle en savait en tout cas suffisamment. Mais avant de penser à quelque chose à dire, n'importe quoi qui ne paraisse pas complètement idiot, elle avait changé de sujet.

— Bref. Kelly... Elle est absolument déterminée à organiser cette petite fête, alors qu'aucune des amies que j'ai invitées ne peut se libérer...

— Sans blague ?

— Oh ! ce n'est rien. Je ne suis pas vraiment surprise...

En tout cas, elle était déçue, comprit-il, ce qui le mit en colère.

— Mais chaque fois que je pense à essayer de persuader Kelly de renoncer, reprit-elle, je ne peux pas. C'est bête, non ?

En partie à cause de son palais en feu après toutes ces épices, en partie parce qu'il avait besoin de détacher ses yeux des siens, il se leva pour remplir son verre. Aussitôt, Boomer bondit sur ses pattes, oreilles dressées.

— Essayer de dissuader Kelly de faire quelque chose est une perte de temps. Mais si ça lui fait plaisir...

Il referma la porte du réfrigérateur, s'y appuya pour avaler une longue gorgée de lait frais.

— Où est le problème... ?

— Bien sûr, vous avez raison. Mais bon, ça me met mal à l'aise de la voir prête à se démener comme ça pour une fête qui réunira allez, trois personnes...

Elle soupira, repoussa son assiette.

— Et voilà, une fois de plus, je parle de moi...

Elle s'enfonça sur sa chaise, bras croisés sur son ventre rebondi, l'air désemparé, et Tyler serra les poings, trop forte soudain l'envie de la prendre dans ses bras. Un geste qu'il pourrait pourtant se permettre, en tant qu'ami. Excepté que même les gens les plus forts — et Laurel l'était — avaient leurs moments de faiblesse. Et jamais il ne se le pardonnerait s'il la mettait mal à l'aise et que des malentendus s'ensuivaient. Aussi se contenta-t-il de prendre son assiette en demandant :

— Je vous ressers ?

— J'en serais bien incapable, répondit-elle, puis elle sourit et le nuage se dissipa. Mais il me reste encore un peu de place pour le gâteau...

Après le dîner, elle demanda à Tyler une feuille d'alu pour envelopper une part de gâteau qu'elle voulait faire goûter à sa grand-mère, ajoutant qu'il pouvait garder ce qu'il en restait. Aussi tentante que soit cette idée — le gâteau de Savoie était aussi réussi que les enchiladas —, il s'en découpa une tranche et lui enveloppa le reste.

— Vous n'imaginez pas tous les ustensiles que Kelly m'a fait acheter. La plupart dont je n'aurai sans doute jamais l'utilité...

Il la raccompagna dehors, la suivit des yeux quand elle s'éloigna, cahin-caha dans le jardin, monta dans sa voiture. Ferma la portière. Mit le contact.

Par trois fois, elle essaya. Et par trois fois, le moteur refusa de démarrer.

Il la rejoignit. Elle abaissa sa vitre.

— Besoin d'un chauffeur ?

— Oh ! vous ne...

— Vous préférez y aller à pied ?

De nouveau, elle soupira. Plus contre la voiture que contre lui sans doute. Mais pas de suppositions dangereuses.

— Vous êtes vraiment un voisin en or...

Il rit, alla récupérer ses clés et la laisse du chien sur la console, dans l'entrée, puis il verrouilla la porte et se hâta vers le pick-up, Boomer sur ses talons, fou de joie. Tyler se posta devant la portière côté passager et regarda Laurel s'extraire de sa voiture, le reste de gâteau de Savoie vacillant dangereusement dans ses mains, avant qu'elle retrouve son équilibre et s'avance vers lui.

— Non, merci, dit-elle quand il voulut l'aider — et si un jour quelqu'un voulait bien lui expliquer pourquoi plus une femme était en colère, plus elle devenait obstinée ? — tout en lui confiant le gâteau.

Il lui fallut un certain temps pour trouver où assurer ses prises. Mais après une bonne minute de soupirs et quelques jurons, elle parvint à se hisser sur son siège.

— Contente de vous ? demanda-t-il en lui tendant le gâteau.

— Vous n'imaginez pas...

Après quelques minutes cependant, notant qu'elle restait le nez collé à la vitre, il s'inquiéta.

— Ça va... ?

— Oh oui, je vais bien, répondit-elle avec un petit sourire qui lui tapa sur les nerfs.

— Vous n'êtes pas obligée de faire semblant avec moi, Laurel. Tout ça ne doit pas être facile, pour vous...

— Ce que tout le monde ne cesse de me répéter, dit-elle, manifestement agacée. Ma grossesse arrive à son terme, maintenant...

— Je ne parlais pas de ça. Et vous le savez.

Un silence. Il la regarda discrètement. Envolé le sourire. En revanche, une larme roula sur sa joue.

— Oh ! je...

— Allez au diable, chuchota-t-elle. J'essaie tellement fort de rester positive... Mais la réalité parfois me rattrape et c'est terrifiant... Et je n'y connais rien en bébés. Je n'ai même jamais fait de baby-sitting. Et aujourd'hui, je prétends en élever un ? Comment vais-je pouvoir deviner pourquoi il pleure ? Est-ce que ce sera à cause de la faim, une grosse colère ou parce qu'il a sommeil ? Mais le plus terrible..., gémit-elle en s'essuyant les yeux, c'est que je vais devoir assumer. Car ce petit gars n'a que moi. Oh ! ma grand-mère sera à mes côtés bien sûr, mais à plus de quatre-vingts ans... !

Elle secoua la tête et soupira.

— Plus la naissance approche, plus je me demande si je n'ai

pas commis une erreur monumentale en voulant gérer tout ça en solo...

Ses mots, ses larmes... Il en fut bouleversé. Et sa détresse raviva la peur, l'impuissance dans les yeux de quelqu'un d'autre, des années plus tôt.

— Vous regrettez votre décision ? demanda-t-il avec tendresse.

Un petit rire amer, puis elle fouilla dans son cabas, à la recherche d'un mouchoir et s'essuya le bout du nez.

— Oh mon Dieu, Tyler... Vous n'avez pas idée de l'amour que je porte à ce petit bonhomme. Comme je suis impatiente de l'accueillir. De le prendre dans mes bras. Et au fond de moi, je sais que je devrais malgré tout y arriver. Comme des millions de mères avant moi. Mais parfois... Elle hésita, avant d'ajouter, la voix tremblante : Il m'arrive de me réveiller au milieu de la nuit, tellement paniquée, que j'en ai le souffle coupé.

Une seconde ou deux s'écoulèrent, puis il chuchota, mains crispées autour du volant.

— Dans ce cas, c'est une bonne chose que je m'y connaisse un peu en bébés. Aussi bizarre que cela puisse paraître.

— Les enfants de votre frère ?

— Oui. Et Abby, aussi. Elle était toute petite quand je suis venu vivre chez les Noble. Elle était toujours à mes trousses. J'ai dû apprendre à changer une couche. C'était ça ou mourir d'asphyxie, dit-il, et elle rit. Vous pouvez compter sur moi. Et sur votre grand-mère. Elle est parfaitement capable de gérer un certain nombre de choses. Et je suis certain que Kelly se fera une joie de vous aider, elle aussi...

— Jamais je ne...

— Vous ne changerez pas Kelly. Elle vous aidera même si vous ne lui demandez rien... Et c'est pareil pour moi. Parce que dans cette famille, c'est comme ça que ça marche.

— Sauf que je ne fais pas partie de cette famille, dit-elle en se mouchant.

— Pas de bêtise. A la minute où vous êtes arrivée au repas de noces, vous êtes devenue un membre de la famille. Et je dirais même, à la minute où vous avez mis les pieds dans cette maison...

Alors que ses paroles résonnaient dans sa tête, il la regarda.

Tellement fragile, tellement perdue. La gorge nouée, il s'efforça de se concentrer sur la route.

— Vous ne serez pas seule, je vous en fais le serment.

Après un moment, elle hocha la tête. Mais elle garda le silence tout le reste du trajet. Il faisait presque nuit à leur arrivée. Reconnaissant Laurel, le gardien, au portail de la résidence senior, les salua d'un signe de la main. Laurel indiqua la direction à prendre. Ils traversèrent le parc, passèrent devant le club-house, les courts de tennis d'un côté, la piscine de l'autre, où ils retrouvèrent la vieille dame en train de s'amuser comme une folle, en compagnie d'une dizaine de personnes, à une fête de style hawaïen.

Ils furent chaleureusement accueillis, ces dames ne sachant néanmoins qui cajoler en premier — Tyler, Boomer ou la future maman qui visiblement avait déjà gagné leur sympathie. Ce fut Laurel en fin de compte qui s'attira toutes les attentions, Boomer faisant lui l'objet de caresses de la part d'une bonne dizaine d'hommes d'un âge déjà avancé, privés de leur fidèle compagnon — l'endroit acceptait les chats et le « genre roquet », confia l'un des résidents à Tyler — mais en aucun cas les « bons gros toutous comme ça », ajouta un autre monsieur. Compliment que Boomer prit avec dignité.

L'endroit était agréable, pas uniquement à cause de la qualité des infrastructures, mais aussi à cause de la bonne humeur qui y régnait. Et tout en regardant Laurel distribuer des petits morceaux de gâteau de Savoie à son fan-club, en voyant son sourire et la joie de ces dames, il ne put s'empêcher de se faire une réflexion. Il voyait bien tout ce petit monde réuni à l'occasion d'une certaine fête...

Il s'éloigna discrètement et appela Kelly.

Le matin de la fête prénatale, c'est un soleil torride qui se leva, comme si septembre refusait de laisser partir l'été. Un moment, Laurel — après une semaine sur les rotules, et il en restait encore trois — fut tentée d'aller barboter dans une piscine quelque part et de se prélasser en se faisant servir cocktails, sans alcool bien sûr, et fruits exotiques, jusqu'à la naissance du bébé. Un plan auquel elle renonça, hélas, et au lieu de cela, elle alla se doucher, enfila la seule robe dans laquelle elle entrait encore et glissa ses pieds gonflés dans une paire de tongs à paillettes.

Oh ! cette fête, elle en avait si peu envie... En même temps, Kelly s'était tellement démenée. Sans parler de la déception de sa grand-mère, si Laurel annulait. Et puis, Kelly avait tellement insisté. De nombreux cadeaux avaient été envoyés et les ouvrir seule serait déprimant. Après tout, elle pouvait bien faire un effort, non ?

Mais après la fête, elle rentrerait et ne bougerait plus de la maison, excepté pour aller aux toilettes et au réfrigérateur, jusqu'à la naissance du bébé.

Grand-mère s'étant « fait quelque chose » au pied droit, Laurel avait accepté d'aller la chercher. Avec sa voiture, de nouveau en état de marche. Passionné de mécanique, Tyler lui avait bien expliqué le cœur du problème, mais elle n'avait rien compris.

C'est une grand-mère toute pimpante, pantalon beige et top violet fluo, lunettes de soleil sur le nez, qui sortit de chez elle pour monter dans la voiture. Sans vraiment traîner la patte, sembla-t-il à Laurel.

— Ton pied, ça va mieux ?

— Pardon ? Oh ! oui. A condition que je ne m'en serve pas. Comme pour appuyer sur une pédale d'accélérateur, par exemple...

Marian venait à peine de boucler sa ceinture quand elle se frappa le front.

— Comme je suis bête. J'ai oublié d'appeler la maintenance pour mon lave-vaisselle. Tu veux bien t'arrêter au bureau, en passant. Cela ne prendra qu'une minute.

— Pas de problème. Tu ne m'en voudras pas, si je t'attends dans la voiture ?

— Absolument pas, ma chérie...

Excepté qu'une fois garée, sa grand-mère descendue de voiture, Laurel remarqua qu'elle boitait et s'arrêtait toutes les trois secondes pour reprendre son souffle. Qu'est-ce que cela signifiait ?

— Grand-mère ? appela-t-elle, inquiète, en sortant à son tour de voiture pour rejoindre Marian. Un problème ?

— Non, non... Retourne dans la voiture, je vais bien, répondit-elle, en avançant encore d'un pas.

Laurel se précipita, la retenant juste à temps.

— Mon Dieu, il faut que tu voies un médecin !

— Non ! Je t'assure. Ne sois pas ridicule. Que me fera-t-il ? Il me prescrira un cachet contre la vieillesse ? Aide-moi juste à entrer, ça va passer...

Elle l'escorta jusque dans le hall... Et c'est à cet instant qu'elle remarqua par les portes vitrées la foule dans la salle des fêtes. Et toutes sortes de décorations aussi, des ballons, des guirlandes... Des décorations dans les mêmes tons, bleu layette...

— Surprise ! chuchota à ce moment sa grand-mère, derrière elle.

— Mais, je... C'est pour moi ?

— Je ne connais personne d'autre ici qui attend un enfant...

Stupéfaite, Laurel approcha de la salle. Un buffet avait été dressé. Des cadeaux trônaient sur les tables. Tant de cadeaux. Au bord des larmes, elle porta la main devant sa bouche. Une bouche sans une touche de rouge à lèvres, parce qu'elle n'attendait que sa grand-mère et Kelly et...

— Hello, tout le monde ! s'écria Marian dans son dos, la faisant sursauter, elle et le petit Jonny. La voici !

Et soudain, parmi tous ces visages amicaux et dans un tonnerre d'applaudissements, Kelly apparut et se précipita vers elle pour la prendre dans ses bras.

— Je ne comprends pas...

Son cerveau ne parvenant toujours pas à mettre en place toutes les pièces du puzzle, Laurel resta plantée sur le seuil de la salle des fêtes.

— Comment se... ?

— Tyler, dit alors Kelly tout simplement.

— Ce... C'est une idée de Tyler ?

— Parfaitement. Il nous a dit que tu avais besoin d'une vraie fête. Et apparemment, ce que j'avais prévu ne correspondait pas à ses standards... Donc, voilà, conclut-elle en désignant la salle et les invités.

— Mais..., Laurel se tourna vers grand-mère. Ton pied...

— J'envisage de me lancer dans une carrière d'actrice, répondit celle-ci en gloussant.

— Et je présume que ton lave-vaisselle est en bonne santé, lui aussi ?

— En pleine forme..., dit-elle en la prenant par le bras pour l'entraîner dans la salle. Sans rancune ?

En parlant de sans rancune...

— Où est Tyler ?

— C'est une fête prénatale, chérie, répondit Kelly en riant. Les hommes ne sont pas admis. Enfin, excepté George, ajouta-t-elle en souriant à un vieux monsieur à l'allure de gentleman qui devait avoisiner la centaine d'années.

— Oui, George est de toutes les fêtes, expliqua Marian. Il cherche une fiancée...

Laurel éclata de rire.

— Eh bien, si George a le droit de participer, Tyler aussi...

Attrapant son téléphone, elle se dirigea vers la petite allée ornée de bougainvillées, menant à la piscine.

— Dites à nos invités que j'arrive tout de suite...

Lorsque Tyler décrocha, elle sentit sa gorge se nouer.

— Vous avez intérêt à ramener vos fesses ici et vite, Tyler Noble ! *Capice* ?

Puis elle raccrocha, juste après l'avoir entendu éclater de rire.

Et ce fut à ce moment que quelque chose se fissura au niveau de son cerveau et que son cœur s'exclama « Vaincu par K.-O. » Un cri qu'elle tenta d'étouffer, sans réelle conviction néanmoins, tout en rebroussant chemin, incapable d'effacer ce sourire sur ses lèvres, comme cet air béat qu'elle devait avoir...

Si quelqu'un lui avait dit, en juin, qu'il passerait sous peu un samedi soir à arranger une chambre d'enfant, il l'aurait pris pour un fou. Pourtant il y était, au milieu des piles de vêtements pour bébé, des couches et de la literie pour le berceau...

A vrai dire, c'était un peu perturbant. D'autant que ce bébé-là n'était même pas le sien. En revanche, c'était bien celui de Laurel.

Assise dans le rocking-chair, près de la fenêtre, mains croisées sur le ventre, à présent de la taille d'une montgolfière, elle paraissait fatiguée. Et sur le point d'éclater en sanglots à tout moment. De joie, de surprise ou de peur, difficile de savoir. Mais elle-même n'en savait sans doute rien.

— Quand je pense que tu as osé traiter tous ces gens adorables de vieux croûtons, grand-mère... Tu devrais avoir honte, soupira-t-elle.

Occupée à ranger dans l'armoire le pyjama le plus laid que Tyler eut jamais vu, la grand-mère de Laurel haussa les épaules.

— Bon, j'admets avoir un peu exagéré. Je devais être dans un mauvais jour, ça peut arriver. Oh ! tu aurais dû voir ça, quand le minibus nous a déposées toutes au centre commercial pour aller choisir les cadeaux... On aurait dit un essaim de sauterelles...

Elle accrocha une autre tenue... Un mini-smoking ?

— Mais je ne suis pas surprise par l'enthousiasme de mes copines. Tu as toujours été adorable avec elles... Ceci dit, ajouta-t-elle en se tournant vers Tyler en train de plier une combinaison de ski à l'effigie de Winnie l'Ourson, personne n'aurait songé à organiser la fête prénatale à la résidence, si vous ne l'aviez pas suggéré. Quelle merveilleuse idée ! Non seulement ma petite chérie a eu droit à une fête qu'elle méritait mille fois, mais vous avez permis à toutes ces vieilles personnes de penser à autre chose. Oui, vraiment, merci... Bien, et maintenant je dois y aller. Je n'avais pas vu qu'il était si tard. Je n'aime pas trop conduire la nuit. A moins que vous ayez encore besoin de moi...

— Non, allez-y, répondit Tyler. Je m'en occupe.

— Ne bouge pas, dit la vieille dame en slalomant entre les paquets-cadeaux dispersés sur le parquet pour aller embrasser Laurel. Tu as l'air épuisée. Ça va ?

— Oui, je vais bien, répondit Laurel avec un sourire las. J'en ai juste assez d'être enceinte.

— Trois semaines, dit sa grand-mère avec douceur.

— Même pas. Dix-neuf jours. Dix-huit, à minuit.

— Bébé sera bientôt là maintenant, chuchota-t-elle en serrant la main de sa petite-fille. Il te faut dormir un peu, entendu ? Et je t'appellerai demain matin...

Puis elle se tourna vers Tyler.

— Je vous la confie, d'accord ?

— Oh ! grand-mère...

— Aucun problème, répondit-il en souriant à Marian, avant que celle-ci ne s'éclipse. Bien, maintenant, vous allez me dire comment vous vous sentez vraiment, dit-il, une fois sûr que la vieille dame était bien partie.

— Devinez, répondit-elle, et elle laissa sa tête retomber doucement en arrière, ferma les yeux. Je suis heureuse que vous soyez venu à la fête.

— Comme si j'avais eu le choix. Si je n'avais pas obtempéré, vous m'auriez envoyé chercher par des types de la mafia. Ou votre grand-mère. Ce qui aurait été pire.

Les yeux toujours clos, elle rit.

— Exact...

Elle les rouvrit et regarda autour d'elle en bâillant.

— Toutes ces affaires... Soudain, les choses deviennent tellement plus réelles.

— Plus réelles que... ça ? demanda-t-il en désignant son ventre.

Elle sourit en caressant son ventre de la main. Puis elle tendit sa tunique, la regarda s'élever, s'abaisser et bouger. Fascinée, comme Tyler.

— Etrangement, oui. Allez comprendre...

Elle reporta son regard sur lui, un doux sourire aux lèvres.

— Vous ai-je remercié, au moins ?

— Plusieurs fois.

— Oh... Vraiment ? Mais à partir de maintenant, plus question de me montrer en public...

De nouveau elle ferma les yeux, s'enfonça un peu plus dans les coussins, ses pieds gonflés reposant sur le pouf.

— Ciel, comme on est bien là-dessus. Mais vous devriez rentrer à présent. Je rangerai le reste plus tard. Après un petit somme...

En une fraction de seconde, elle s'endormit.

Il l'observa un moment, le cœur serré pour des raisons qu'il aurait été bien incapable d'expliquer. Mais une chose était sûre, il n'avait pas envie de partir. Et « l'ordre » de Marian n'avait rien à voir avec ça.

Problème, cette envie de rester là, auprès de Laurel, simplement pour être avec elle… Eh bien, ça lui fichait une sacrée trouille. Parce que, franchement, ce lien entre eux, cette prétendue « amitié »… Ce n'était qu'un palliatif. Rien d'autre. Pour tous les deux, sans doute. Une seule certitude, il ne reviendrait jamais sur une promesse qu'il avait faite, à elle ou à qui que ce soit d'autre. Mais il ne ferait jamais non plus de promesses qu'il ne serait pas capable de tenir.

Et lorsqu'il se résolut finalement à sortir, tout en traversant le jardin pour rentrer chez lui, il secoua la tête en se demandant dans quel pétrin il était allé se mettre.

Et pourquoi.

Quelques heures plus tard, il fit un drôle de rêve. Lui, entièrement nu, dans une station de lavage auto, au beau milieu d'un concert pop-punk, quand il réalisa, a) que son téléphone sonnait et b) qu'il était en train de se noyer dans la salive de Boomer. Le cœur au bord de l'implosion, il repoussa le chien et chercha son téléphone à tâtons dans la pénombre, le laissant tomber deux fois avant de pouvoir enfin le coller contre son oreille.

— Je vous ai réveillé ? demanda Laurel, la voix légèrement paniquée.

— Non, non…, répondit Tyler en se massant le front. Je suis là…

— C'est-à-dire, voyez-vous, j'avais un peu mal au dos, ce soir. Comme l'autre fois. J'ai donc pensé qu'il valait mieux que j'aille me coucher et tout rentrerait dans l'ordre… Sauf que maintenant, les contractions se multiplient à vitesse grand V. Et j'ai l'impression que l'on a passé mes parties intimes au lance-flamme… Alors…

— Une minute… Le travail a commencé ?

— Bien vu, cow-boy…

Puis sa voix prit une intonation effrayée.

— Dans combien de temps pouvez-vous être là ?

— Trois minutes.

— Deux, s'il vous plaît…, dit-elle en raccrochant.

9

Sous adrénaline, Tyler fit sortir Boomer, complètement désemparé, dans le jardin, puis il attrapa ses clés et fonça chez Laurel. Vêtue d'une chemise de nuit, d'un sweat et des mêmes tongs que plus tôt, elle lui ouvrit, son sac à la main, une serviette dans l'autre. Tremblant plus encore que Boomer en plein orage.

— Les contractions, à combien… ?

— Cinq minutes. Je… J'ai appelé le service de mon médecin. Et l'hôpital. Ils n-nous attendent. T-tenez, dit-elle en lui tendant ses clés. P-prenons ma voiture, au cas où je perdrais les eaux.

Il s'abstint de lui rappeler que son pick-up disposait de sièges en cuir, donc aucun souci de ce côté-là.

A cet instant, elle gémit puis, les yeux brillant de terreur, retint son souffle. Bon, au diable les histoires de bagnole, décida Tyler qui l'attrapa alors par la taille pour l'aider à descendre les marches. Il l'installa ensuite sur le siège passager, serviette sous les fesses, puis se mit au volant et démarra en trombe. Un criquet à ce moment se mit à chanter dans le jardin, comme pour leur souhaiter bonne chance.

Totalement immobile, Laurel avait les yeux rivés sur la route. Tyler se tourna vers elle, avec un regard qui se voulait rassurant.

— Comment vous…

« Sentez-vous », s'apprêtait-il à lui demander, mais levant une main, elle le fit taire tout en secouant la tête, toute ramassée sur elle-même, sa respiration difficile, mais régulière. Tout en traversant le quartier, Tyler de nouveau la regarda, luttant pour ne pas craquer devant la tension, sur son visage. Puis elle laissa échapper un long soupir et parut se détendre. Excepté le visage, toujours crispé, et ses yeux clos.

Reste calme, reste calme…

— Euh… Un peu de musique, peut-être ? Pour vous distraire…

De nouveau, elle secoua la tête. Non, apparemment.

Ils s'engagèrent sur l'autoroute, en principe déserte à cette heure de la nuit. Merci petit Jésus.

— Pas la moindre circulation, dit-il. Nous y serons dans dix minutes, grand maximum. Tu entends ça, Jonny ? Il faut que tu attendes encore un peu, d'accord ? Tu peux faire ça pour ta maman ?

Un petit rire.

— Merci.

— Aucun problème, dit-il en lui serrant brièvement le bras. Je vous assure.

Elle rouvrit les yeux, assez longtemps pour lui sourire.

— Je sais…

Puis de nouveau, elle gémit, grimaça sous l'effet de la douleur.

— Oh ! ça fait mal…

— Serrez ma main très fort, dit-il.

— Non, vous… Tenez plutôt le volant…

— Je connais cette route par cœur… Tout est O.K.

— Bon sang, posez vos mains sur ce volant !

De nouveau, elle laissa échapper un long soupir. Un instant, il crut qu'elle allait s'évanouir, mais soudain il réalisa qu'elle pleurait.

— Ce n'est pas ce qui était prévu. Grand-mère avait tellement envie d'être là, dit-elle en essuyant une larme sur sa joue. Elle avait si hâte de partager ces deux dernières semaines avec moi… Et voilà…

— Je suis là, non ? Au moins, vous n'êtes pas obligée d'appeler un taxi… Positivez…

— Je déteste avoir peur. Je déteste ça…

— Hé, si je devais sortir un enfant de mon corps, moi aussi j'aurais peur. Sans parler de la surprise…

Un autre rire en réponse à ses bêtises. Suivi d'un petit hoquet.

— Ce n'est pas comme si je n'avais pas suivi de cours ni vu des tonnes de films. Je sais ce qu'il m'arrive. Mais...

Elle se tut, se roula en boule, le souffle coupé.

— On y est presque, dit Tyler avec calme, avec lui aussi un soupir de soulagement en apercevant les bâtiments de l'hôpital éclairés comme en plein jour. A côté de lui, elle hocha la tête, puis elle s'essuya les yeux et subitement, une colère phénoménale s'empara de lui. Les choses n'auraient pas dû se passer ainsi, ce n'était pas juste...

Mais le moment était peut-être mal choisi pour ruminer sa rancœur, et il ferait sans doute mieux de rester concentré. A moins qu'il ne veuille mettre lui-même cet enfant au monde...

— L'entrée de la maternité se...

— On y est, dit-il en se garant juste devant la porte. Il sortit en courant et se précipita pour lui ouvrir. Voulez-vous que j'appelle quelqu'un ?

Elle le fixa, quand une autre contraction lui arracha une plainte.

— Bon, ne bougez pas de là, je reviens...

Mais à cet instant, comme par magie, un infirmier surgit avec un fauteuil roulant. Tyler attrapa le sac de Laurel, sur le siège arrière.

— Les contractions n'arrêtent pas, il faut se dépêcher...

Hilare, l'infirmier, déjà d'un certain âge, plutôt placide, aida sans le moindre stress Laurel à s'asseoir dans le fauteuil.

— Un premier bébé, je parie ?

— Oui, répondit Tyler.

L'infirmier lui fit un clin d'œil.

— Félicitations ! Fille ou garçon ?

— G-garçon, dit Laurel.

— Un garçon ! Magnifique ! s'exclama l'infirmier tout en franchissant la porte vitrée. Vous sentez qu'il pousse ?

— N-non. Pas encore.

— Alors, vous avez un peu de temps devant vous. Un peu...

Le sac de Laurel étant resté coincé dans les portes automatiques, Tyler dut courir pour les rattraper.

— Vous croyez ?

— Oh ! on est jamais sûr de rien, mais...

Il arrêta le fauteuil devant le bureau des infirmières.

— Mais j'ai vu beaucoup de mères sur le point d'accoucher, au cours de ma carrière, sans parler de mes propres enfants, six au total. Et quand le moment approche, ces dames ont un regard particulier, voyez-vous.

— Comme elle ? s'enquit Tyler en désignant Laurel, prise par une autre contraction.

— Hmm. Pas tout à fait, non, mais pas loin. Faites-moi confiance… Vous comprendrez quand vous le verrez…

Il donna une claque amicale à Tyler, entre les épaules, avant de s'éloigner.

— Bonne chance, papa…

— Oh ! je ne…

— Vous êtes déjà enregistrée chez nous, trésor ? demanda l'infirmière chargée des admissions, une brunette plantureuse aux yeux noirs.

— Oui. Laurel Kent. J'ai appelé un peu plus tôt…

La femme pianota sur son clavier, comme pour vérifier une réservation dans un hôtel.

— Exact, vous voilà ! Chambre 107, au bout du couloir, dit-elle en souriant. Le Dr Bernstein est en route…

Puis elle se tourna vers Tyler.

— Vous pouvez aller vous garer sur le parking maintenant…

— Euh, oh bien sûr. Je…

Il regarda Laurel, désemparé, et l'infirmière éclata de rire.

— Je pense que vous avez le temps… Et puis, dit-elle en consultant l'écran de son ordinateur, d'après votre dossier, je vois que vous avez opté pour une péridurale. Toujours décidée ?

— Oh ! mon Dieu oui. Mais quand ?

— Si vous souffrez, tout de suite. Disons, une vingtaine de minutes…

Elle s'adressa ensuite à Tyler.

— Mais vous n'avez pas le droit de rester dans la chambre. Je vous conseille d'aller prendre un café, je vous appellerai si besoin…

Devant l'hésitation de Tyler, elle rit de nouveau.

— Nous prendrons bien soin d'elle, je vous le promets. Allez, du balai…

Il retourna à la voiture, se mit au volant. Etant donné la vitesse à laquelle son cœur battait, un café n'était pas conseillé. Pourtant...

Il sortit son téléphone de sa poche, soupira trois ou quatre fois, le temps que Marian se décide enfin à décrocher.

— Tyler ? Oh mon Dieu... ! s'exclama-t-elle, son cri lui déchirant le tympan. Le bébé arrive ?

— Oui. Je viens juste de la déposer à l'hôpital. Vous pouvez être prête, disons dans dix minutes ? Je viens vous chercher.

— Dix minutes. Il ne m'en faudra pas plus de cinq. Je vous attendrai devant la porte. Dépêchez-vous.

— Entendu, dit-il, et il se mit aussitôt en route.

— Je suis désolée, dit l'infirmière, Evonne, d'après son badge, en revenant auprès de Laurel, après le départ de l'anesthésiste, alors que la douleur déjà commençait à s'estomper. Mais votre compagnon n'est pas là. Peut-être a-t-il décidé d'aller manger un morceau. Il ne va pas tarder, j'en suis sûre. Comment vous sentez-vous, mon chou ?

— Bien, répondit Laurel, en regrettant qu'on ne fasse pas de péridurale pour le cerveau, histoire d'étouffer cette déception causée par le départ de Tyler.

Il n'avait évidemment pas envie d'assister à la naissance. Rien de surprenant à cela. Peut-être, mais quelque part, elle espérait qu'au moins, il attendrait un peu. Ne serait-ce que pour avoir quelqu'un à qui montrer le bébé, après sa naissance...

— Alors, mon ange, dit Evonne en prenant sa main, dix ans de plus qu'elle grand maximum, mais une manière d'être pleine de tendresse maternelle. Vous souffrez encore ?

Laurel serra les dents. Son enfant ne méritait-il pas mieux qu'une mère qui s'apitoyait sur son sort ? Ravalant ses larmes, elle se força à sourire à l'infirmière, juste avant de faire la grimace.

— Oh ! une nouvelle contraction, je crois...

Evonne se pencha sur l'écran, tout près du lit, et sourit.

— En effet. Une longue et belle contraction. Vous serez bientôt prête...

Pleine d'espoir, Laurel leva les yeux au ciel quand soudain la porte s'ouvrit. Sous un halo de cheveux gris apparut le Dr Bernstein. Laurel avait rencontré une bonne dizaine de ses confrères avant de choisir cette femme dont le regard franc, la chaleur humaine et l'humour, sans parler de plusieurs décennies d'expérience dans la spécialité, l'avaient tout de suite mise à l'aise.

— Il semblerait que le petit Jonny a décidé de brûler les étapes, dit-elle, en approchant du lit.

— Effectivement. Je pensais avoir encore trois semaines devant moi...

— Les bébés ont le chic pour bouleverser l'agenda de leur maman. Votre grand-mère ne devait pas assister à la naissance ?

— Euh, c'est ce qui était prévu, oui, répondit Laurel, de nouveau au bord des larmes. Mais dans l'urgence...

— Ah. Tout va bien se passer, dit le médecin. Bien, voyons un peu où nous en sommes. Peut-être va-t-elle arriver... Essayez de vous détendre...

Une minute plus tard, le Dr Bernstein retira ses gants.

— Huit centimètres ! Et la tête de bébé est juste là, prête à sortir...

Elle s'assit sur le bord du lit, lui tapota gentiment le ventre, les yeux pétillants derrière ses lunettes.

— Comment vous sentez-vous ?

— Aussi excitée que si je m'apprêtais à sauter d'un avion en plein vol...

— Dans ce cas, je veux que vous nous considériez, Evonne et moi, comme votre parachute. Car nous n'allons pas vous lâcher d'une semelle, toutes les deux, pas vrai Evonne ?

— Certainement pas, répondit celle-ci. Tu as choisi la bonne nuit, bébé. Personne d'autre n'est sur le point d'accoucher, chez nous. Bien sûr, ça peut changer d'ici une heure, mais...

— Bien... En voilà une jolie contraction...

Le médecin regarda sa montre au lieu de l'écran de contrôle, souriant face au regard perplexe de Laurel.

— Les machines ont leur place, mais je suis de la vieille école... C'est comme pour faire mon pain. Je préfère pétrir la pâte à la main qu'utiliser ces robots...

— J'arrive mon petit ange, j'arrive !

En pantalon de jogging et un chemisier à fleurs dont Laurel se souvenait, enfant, Marian surgit dans la chambre, rouge à lèvres un peu de travers.

— Je dois être affreuse, mon Dieu ! ajouta-t-elle en retouchant ses cheveux. Mais bon, je suis là !

— Tu n'es pas affreuse, dit Laurel, émue aux larmes. On dirait un ange.

Marian prit sa main et la pressa contre sa joue.

— C'est toi, l'ange, ma chérie...

Aucune ne prononça un mot sur le sujet, mais à l'éclat des yeux de sa grand-mère, Laurel comprit que toutes deux pensaient à la même chose. Sa mère aurait été si heureuse d'accueillir son premier petit-fils.

— Comment va-t-elle, docteur ?

— Parfaitement bien, répondit le Dr Bernstein. Et je pense qu'elle va aller bien mieux, maintenant que vous êtes là.

A cet instant, Marian regarda vers la porte.

— Eh bien, Tyler ! soupira-t-elle. Mais que faites-vous planté là ? Entrez donc !

Elle se tourna vers le médecin.

— Euh, il a le droit ?

— Elle peut recevoir l'équipe de basket nationale, si ça lui fait plaisir, ça ne m'ennuie pas le moins...

Ce que dit le médecin ensuite, Laurel ne l'entendit pas. Car tout ce qu'elle vit, ce fut Tyler à la porte, l'air si content de lui que c'en était ridicule.

— Merci, dit-elle... deux secondes avant d'avoir l'impression d'être sur le point de pondre un œuf de la taille d'un aéroport.

— Tyler ! hurla Marian. Cette jeune femme a besoin d'une main à serrer, et vous ferez sans doute mieux le job que moi !

— Euh... Vous êtes d'accord, vous ? demanda-t-il à Laurel.

Marian s'emporta :

— Pour l'amour du ciel, elle va avoir un bébé, on se fiche de si elle est d'accord ! Approchez, tout de suite !

— Bienvenue dans ma vie, soupira Laurel, le médecin et l'infirmière aussitôt se mettant à rire.

Tyler s'approcha et prit sa main dans la sienne, tout en plongeant ses yeux dans les siens, avec un sourire presque naturel... Et le temps de ces quelques précieuses minutes, elle se laissa aller à croire qu'il avait vraiment envie d'être là, avec elle, pour assister à la venue au monde de Jonny.

La demi-heure suivante se passa dans le brouillard, à pousser, transpirer et gémir, avec un tonitruant « Nom de Dieu » de Marian quand Jonny sortit, juste avant qu'on le dépose sur sa poitrine, son petit front tout plissé quand il posa ses grands yeux bleu océan sur elle, comme pour dire « Alors c'est toi, celle que j'ai entendue tous ces mois ! »

Un tsunami d'amour submergea son cœur.

— Ohé, mon sucre, chuchota-t-elle, riant et pleurant en même temps, tout en regardant ses petits doigts, ses petits coudes, tâtant doucement ses petites fesses, s'émerveillant devant ses oreilles...

Puis l'infirmière le lui prit et l'enveloppa d'une couverture.

— Voulez-vous couper le cordon ? demanda le médecin à Tyler.

Laurel aussitôt le regarda, l'air sans doute aussi abasourdi que lui.

— Oh ! Ty, vous n'êtes pas obli...

— Bien sûr, répondit-il avec un sourire fugitif...

Avant de tendre les bras pour prendre Jonny.

— Hello, petit mec, dit-il avec tendresse tout en berçant le bébé. Je m'appelle Tyler, je suis le voisin de ta maman. Tu reconnais ma voix, non ? Ta mère et moi nous voyons beaucoup. Et cette dame, ajouta-t-il en tournant le bébé vers Marian, c'est ton arrière-grand-mère. Tu vas être pourri gâté avec elle...

Laurel fut bouleversée par la tendresse de Tyler à l'égard du bébé. Et quand elle vit cette étincelle dans ses yeux et l'éclat de son sourire, elle faillit éclater en sanglots. Surtout lorsque, les yeux brillants, il tourna la tête et reprit son monologue.

— Et attends un peu de voir ta chambre, chuchota-t-il tandis que grand-mère serrait la main de Laurel. Et tous ces habits et ces jouets que les gens t'ont offerts... Tu as gagné le gros lot, mon pote.

Tandis qu'il continuait à parler au bébé, des images revinrent à Laurel. Son calme quand elle lui avait à moitié broyé la main, ses encouragements... Son air surpris à l'apparition de Jonny, son rire au premier cri du bébé...

— Quelque chose me dit que Jonny n'est pas le seul à avoir gagné le gros lot, ma chérie, chuchota Marian à l'oreille de Laurel qui sourit, néanmoins perplexe, après ces moments d'émotion intense, alors que l'adrénaline commençait à retomber, laissant la place à ce pragmatisme qui avait toujours été son plus fidèle compagnon.

Bien sûr, Tyler était un amour, cela ne faisait aucun doute. Mais il n'était pas son amour. Et Jonny n'était pas son enfant. Et il avait beau lui avoir promis d'être là pour l'aider, combien de temps cela durerait-il ? Car tôt ou tard, il craquerait pour une jolie nana. Et la jolie nana en question verrait d'un mauvais œil son amitié avec la voisine. Ce que Laurel comprenait parfaitement.

Bien. Le moment était venu de reprendre ses esprits. Elle avait pris une décision. Elever seule son enfant. Mieux valait donc arrêter tout de suite de fantasmer...

Et tant pis pour elle si elle donnerait n'importe quoi pour que ces fantasmes deviennent réalité.

Dans la précipitation, Laurel et lui en avaient complètement oublié le siège bébé. Aussi, après avoir raccompagné la grand-mère chez elle et déposé Boomer chez Matt et Kelly qui, bizarrement le félicitèrent avec chaleur à l'annonce de la naissance du bébé, il prit enfin la route de la maison.

Car techniquement, ce n'était pas son bébé. Excepté que, lorsqu'il avait pris Jonny dans ses bras... il avait vu les enfants d'Ethan, le lendemain de leur naissance, bien sûr, mais pas tout de suite. Et s'il adorait ses neveux et ses nièces, il n'en restait pas moins qu'il se sentait vis-à-vis d'eux comme... un oncle. Un peu en retrait.

Mais Jonny... Cet enfant l'avait touché en plein cœur. Jusqu'au plus profond de son âme.

La clé de Laurel à la main, il pénétra dans la maison silencieuse pour prendre le siège bébé. Sourit en reconnaissant son parfum. Enfin, son odeur plutôt, mélange d'eucalyptus, d'assouplissant, de pin, ses bougies... et son parfum proprement dit.

Le siège bébé se trouvait toujours dans son carton, dans le

salon, mais ce fut plus fort que lui, il ne put s'empêcher d'aller dans la chambre de Laurel, où Jonny dormirait les premières semaines, pour vérifier que tout était bien à sa place. Mais si le berceau était prêt, à côté du lit, le petit matelas était nu. Dans la chambre de bébé, il découvrit dans un tiroir de la commode bleu ciel un drap ainsi qu'une couette.

Après avoir fait le lit de Jonny, il regarda une dernière fois la chambre de Laurel, propre et bien rangée, apaisante avec ses murs beige clair. La chambre de quelqu'un qui détestait le désordre. Il sourit en pensant à la maison d'Ethan, les affaires de ses quatre enfants dispersées aux quatre vents. Il pensa également à la maison des Noble où il avait vécu autrefois. Aux théories novatrices pour l'époque de sa mère adoptive qui tenait à ce que chaque enfant puisse exprimer sa personnalité, et tant pis si cela était synonyme d'un joyeux bazar, tandis que le colonel, adepte des lits au carré, s'arrachait les cheveux.

Laurel risquait bien de devoir changer ses habitudes, avec un petit garçon à la maison, songea-t-il, sourire aux lèvres, en retournant dans le salon. Une fois le siège bébé fixé à l'arrière de la voiture, il prit le chemin de l'hôpital tout en repensant à la maison de Laurel. Sa maison. Un vrai petit nid douillet. Pas simplement un endroit où dormir et prendre ses repas ou regarder la télé, comme... Chez lui. Il avait pourtant fait de son mieux. Mais qu'y connaissait-il, lui, en petits nids douillets ?

Sa mère et lui avaient déménagé tant de fois. La plupart du temps dans des meublés. Alors forcément, il n'avait jamais eu le sentiment de vivre dans une... vraie maison. En comparaison, il avait trouvé chez les Noble une telle stabilité qu'il en avait été perturbé, au début. Chez eux, il avait sa chambre, ses meubles... Pourtant, là non plus, il ne s'y était jamais senti complètement chez lui. En tout cas, pas comme...

Comme il se sentait chez Laurel ? Qu'est-ce que ça voulait dire ?

Le temps qu'il arrive, elle était prête, l'air un peu déconcerté au milieu de toutes ces fleurs et ces ballons qu'elle avait reçus, la plupart de son fan-club du troisième âge, mais aussi de Kelly et Matt, passés lui rendre visite un peu plus tôt. Après deux voyages entre la chambre et la voiture, le bébé ceinturé trois fois plutôt qu'une, sa mère à côté de lui, Tyler démarra. Au volant de sa Prius, tel Fangio, Marian les suivit, presque pare-chocs contre pare-chocs, nuage de cheveux blancs cerné de ballons multicolores.

— Ça fait un peu bizarre, de partir à deux et de revenir à trois, non ? remarqua-t-il.

— A qui le dites-vous, répondit Laurel, rêveuse.

Et ce fut tout. En réalité, elle n'avait pas dit grand-chose depuis la naissance. Et Tyler faisait de son mieux pour ne pas laisser ce silence lui peser. D'autant que Marian l'avait prévenu, quand il l'avait raccompagnée chez elle, la veille. Pendant un moment, Laurel risquait de se focaliser sur Jonny. C'était ainsi que la nature s'y prenait pour renforcer le lien entre une maman et son bébé. Ce qui se comprenait. Voir et toucher quelque chose qui s'était tenu tapi à l'intérieur de vous pendant autant de mois... Tout juste s'il n'était pas jaloux de ce petit bonhomme. N'empêche, il avait le sentiment que ce détachement, chez Laurel — qu'il devait être le seul à avoir remarqué — était dû à plus qu'au fait d'être devenue maman.

Comme lorsqu'elle lui avait dit, la nuit précédente, qu'il n'était pas nécessaire qu'il reste à l'hôpital... Qu'il devrait rentrer, aller dormir un peu. N'importe qui d'autre aurait interprété cela comme de la prévenance, de sa part. Alors pourquoi avoir eu l'impression qu'en réalité, elle préférait ne pas l'avoir dans les pattes ? A moins qu'il soit atteint de paranoïa...

Ils arrivèrent chez Laurel sans encombre, Marian se garant derrière eux, dans l'allée. La vieille dame descendit de voiture et se précipita pour ouvrir la portière à sa petite-fille, Tyler de son côté détacha de son siège Jonny profondément endormi et le prit dans les bras.

— Non, entrez, dit-il avec douceur quand Laurel voulut prendre son enfant. Vous, vous pourrez le regarder tout votre soûl le reste de la journée et cette nuit encore...

Mais là, il est à moi, faillit-il ajouter, cette pensée surgissant tel un ovni dans son cerveau.

Elle parut sur le point de protester, mais se ravisa. Quelques minutes plus tard, elle était installée sur le canapé avec son fils, une petite ride entre les sourcils. Marian étant sortie pour commencer à décharger les cadeaux, il s'accroupit devant elle, de manière à l'obliger à le regarder bien en face.

— Parlez-moi. Que se passe-t-il ?

A ces mots, une larme perla au coin de l'œil et vint rouler sur sa joue.

— C'est juste que... Je trouve ça triste, que Barry ne soit pas là, pour son fils...

Et un autre ovni traversa son cerveau.

Derrière lui, il entendit entrer Marian, le bruit d'un vase sur la console de l'entrée. Mais avant que la grand-mère de Laurel ait pu dire quoi que ce fût, Laurel le regarda avec ses grands yeux larmoyants et chuchota :

— Puis-je vous demander de me laisser ? Je n'ai pas très envie de compagnie, pour l'instant...

Cette fois, l'ovni lâcha une bombe juste à ses pieds.

— De... compagnie ?

— Vous comprenez ce que je veux dire...

— Euh, non. Pas du tout.

— Vos paroles... Comme quoi Jonny et moi n'étions pas seuls... C'était infiniment gentil. Tellement généreux de votre part... Mais nous ne sommes pas sous votre responsabilité, Tyler, ajouta-t-elle avec douceur. Je ne veux pas être une charge, pour vous...

Une colère aussi intense que subite s'empara de lui.

— C'est votre façon de voir les choses. Mais ce n'est pas la mienne...

— Aujourd'hui, je suis sûre que non. Mais à long terme ? Donc, si nous devons, mon fils et moi, nous retrouver seuls tous les deux...

Elle hésita, avant de poursuivre, lèvres pincées :

— J'ai besoin de me faire concrètement à cette idée tout de suite. Avant... Avant que Jonny et moi ne nous habituions à votre présence.

Il soutint son regard quelques secondes, puis il marmonna :

— Entendu.

Il se leva, salua Marian au passage et sortit.

— Tyler ! appela la vieille dame qui le rattrapa sur les marches du porche. Attendez...

Discuter avec la grand-mère dans l'immédiat était la dernière chose dont il avait envie, par politesse cependant, il attendit qu'elle referme la porte derrière elle.

— Quoi que vous vous apprêtiez à dire, Marian...

— Vous allez m'écouter, l'interrompit-elle, bras croisés. Bien, j'ignore ce qui se passe dans votre tête. Mais je connais suffisamment ma petite-fille pour me douter de ce qu'elle a dans la sienne. Même si elle-même n'en sait rien. Parce que j'ai vu comment elle vous a regardé, quand vous avez pris Jonny dans vos bras, juste après sa naissance. J'ai vu sa souffrance.

— Sa souffrance ? Je...

— Espèce d'idiot, vous êtes là devant elle, à vous agiter sous son nez comme un bon gros gâteau à la framboise dans lequel elle a envie de mordre à pleines dents. Exactement comme son père l'a fait. Et cette brute de Barry ensuite. Dieu sait que j'ai fait de mon mieux, lorsqu'elle était enfant, pour la consoler après le départ de son père. En lui montrant combien je l'aimais. En lui expliquant que jamais, jamais je ne la laisserais. Mais aujourd'hui, j'ai quatre-vingt-cinq ans, et je ne serai pas à ses côtés pour l'éternité. Alors, donnez-moi une seule bonne raison pour qu'elle puisse croire que vous, vous y serez. Enfin, donnez-la lui plutôt à elle, je ne serai pas vexée. Non, sérieusement, avant d'ouvrir la bouche pour me répondre je ne sais quoi, réfléchissez à tout ça un moment. Parce que cette enfant que j'ai autrefois sauvée du désespoir est devenue une adulte, aujourd'hui. Avec des envies d'adultes. Une vraie relation, avec un autre adulte. Pas une personne qui hésite encore et se cherche et...

— O.K., O.K. Marian, j'ai compris, dit Tyler, le cœur gros. Vous attendez de moi que je m'engage, que je fasse des promesses... Mais vous avez raison... Je suis incapable de faire ça. Pas dans le sens où vous le voyez. En revanche, dit-il en soupirant, ce que je peux promettre, aujourd'hui, si elle a besoin de moi, c'est d'être là pour elle...

Il désigna alors sa maison.

— Un coup de fil et j'accours. Dites-le lui, d'accord ?

Il s'éclipsa, énervé comme il ne l'avait pas été depuis qu'il était gamin.

— Je ne veux pas savoir ce que tu es allée raconter à Tyler, dit Laurel occupée à changer la couche de Jonny, quand Marian vint la retrouver dans la chambre de bébé.

— Mais bien sûr que si, tu le veux, répondit grand-mère en prenant place sur le rocking-chair... Je lui ai passé un savon.

Tout en attrapant la grenouillère, Laurel se tourna vers elle, sceptique.

— A propos de quoi ?

— A propos de responsabilités...

Laurel prit Jonny dans ses bras et le berça doucement contre son cœur.

— Tu es donc d'accord avec moi...

— En théorie, oui. Mais de là à lui signifier son congé avec un coup de pied au derrière...

— Cela s'appelle l'instinct de survie...

— Non, moi j'appelle ça de la peur...

Laurel défia sa grand-mère du regard, puis elle la chassa du rocking-chair pour s'y installer et donner le sein à son bébé.

— Toute mon existence, dit-elle avec calme, j'ai essayé de comprendre pourquoi les gens finissaient toujours par m'abandonner...

Elle sourit à Jonny en train de téter avec avidité.

— Ce qui m'a permis de ne pas devenir amère, habitée par le ressentiment. Mais surtout, j'ai appris que je ne pouvais compter que sur moi... Sauf quelques exceptions, bien sûr, ajouta-t-elle avec un sourire à sa grand-mère. Toujours est-il que cet état d'esprit m'épargne bien des déceptions.

— C'est donc pour cela que tu as congédié Tyler.

— Exactement.

— Bien. C'est peut-être un peu prématuré, comme licenciement... Je le regarde faire, depuis des semaines, et tu peux me croire, ce gars-là n'est pas du genre à s'éclipser comme ça sur un coup de tête, encore moins à prendre la tangente sous de faux prétextes. Bien sûr, il a quelques problèmes psychologiques…

— Vraiment ?

— Mais toi aussi. Comme tout le monde. Et ne prétends pas que tu n'aspires pas à certaines choses ! Exactement comme lui. Non mais, tous les deux… Vous avez bien trop peur. Vous êtes bien trop obstinés pour tenter votre chance. Oh ! et puis tu sais quoi ? Maintenant je m'en vais. Tu veux prouver que tu peux y arriver toute seule ? Eh bien, vas-y mon ange…

— Grand-mère !

Le temps que Laurel s'arrache au rocking-chair, son bébé encore vissé à son sein, elle entendit claquer la porte. Puis, excepté sa respiration, un peu trop saccadée, et le doux bruit de succion de Jonny, ce fut le silence. Complet.

— Et voilà, c'est juste toi et moi, mon ange, chuchota-t-elle à son fils, la voix un peu tremblante.

10

Remontant la fermeture Eclair de son sweat contre le vent polaire de la mi-octobre, Tyler emporta le dernier des trois énormes sacs-poubelle remplis de feuilles mortes. Des feuilles mortes tombées du platane de Laurel. Qu'il avait passé l'après-midi à ratisser dans son propre jardin... A cet instant, elle se gara devant chez elle. Il lui fit un signe, auquel elle répondit, comme d'habitude, et comme d'habitude, il se demanda comment elle le prendrait s'il allait la voir, histoire d'échanger quelques mots. En fait, il ignorait ce qui le rendait le plus fou. Ne pas savoir comment réparer les choses, entre eux. Ou ne pas savoir ce qu'il y avait à réparer.

Elle avait dû se disputer avec sa grand-mère aussi, le jour où elle était rentrée de l'hôpital. Il avait entendu Marian partir, ses pneus crissant sur le gravier plus fort qu'à l'accoutumée. Il avait alors failli appeler Laurel, pour s'assurer que tout allait bien. Mais bon. Elle lui avait clairement fait comprendre qu'elle souhaitait se débrouiller toute seule, non ? Aussi s'était-il abstenu.

— Hello, dit-elle, sa voix à peine audible, sous le craquement des feuilles parsemant son allée.

Il prit cela comme un encouragement à s'approcher, avant de la voir plonger sur la banquette arrière.

— Hello, vous, dit-il en regardant ses fesses dans son jean. Ça fait un bout de temps... Hmm.

Elle détacha Jonny du siège bébé. Tyler aperçut deux joues grassouillettes sous une capuche bleu ciel, de petits bras et de petites jambes emmitouflés et... une fois de plus, il ressentit ce pincement au cœur.

— Je suis un peu occupée, en ce moment, répondit-elle avec un sourire presque penaud.

Du moins, est-ce ainsi que Tyler l'interpréta. Le bébé calé sur la hanche, elle disparut de nouveau pour attraper un sac de courses sur la banquette arrière, puis un autre... et le sac à langer aussi.

— Hmm, attendez, je vais vous...

— Non, ça y est...

Sans l'écouter, il prit les sacs, puis se dirigea vers le porche. Le bébé sous le bras, elle ouvrit la porte, un peu fébrile, avant de se rendre dans le salon où elle l'allongea sur le canapé, sur le dos. Tyler de son côté alla poser les courses dans la cuisine. Par terre, car le comptoir était encombré de toutes sortes de choses.

Il retourna ensuite dans le salon... On aurait dit qu'une bombe y avait explosé. Du linge partout, des tonnes de courrier sur la table basse. Quelques toiles d'araignées ici et là...

— Euh, merci, dit Laurel, les joues un peu roses, l'air embarrassé.

Ce fut à cet instant qu'il remarqua les cernes, sous ses yeux, de fines ridules autour de sa bouche.

— Désolée pour le chantier. Les choses ont été un peu... Enfin, vous voyez. Bref... Merci, répéta-t-elle avec un faible sourire. Mais ça va aller maintenant...

— Bon sang, Laurel...

— Non, Tyler. Non. Je vais bien, je vous assure.

— Vous n'en avez pas l'air.

— Ah, le manque de sommeil pour la beauté d'une femme, soupira-t-elle en riant. Cela ne pardonne pas... Mais je survivrai. Eh bien... Quoi de neuf ? Les affaires ?

— Euh... Tout va bien, merci, répondit-il, trop fier pour garder la nouvelle pour lui. Vous savez ces cousins de la chaîne TV, Déco et Des Goûts ? Ils travaillent en ce moment sur une propriété, pas loin d'ici. L'un des producteurs est passé à la boutique et s'est montré très intéressé par notre stock. Ils pourraient se servir chez nous ... Nous serions le fournisseur officiel de l'émission.

Quand le visage de Laurel s'illumina, il sentit son cœur faire des pirouettes.

— Oh ! mais c'est merveilleux, Ty ! Et c'est pour quand ?

— Pour ce printemps. Ils ne nous ont pas donné de date précise. On ne pouvait rêver mieux comme publicité...

— C'est certain, dit-elle, radieuse, et elle vint vers lui, prenant sa main. Je suis tellement heureuse pour vous, Ty. Tellement...

Sur le canapé, le bébé gémit. De nouveau, Tyler ressentit aussitôt ce même pincement au cœur, comme après la naissance. Il s'approcha, regarda le petit bonhomme gigoter. Et l'envie de le prendre dans ses bras fut si forte qu'il dut serrer les poings.

Presque aussi forte que l'envie de prendre la mère de Jonny dans ses bras. De vraiment partager cette nouvelle avec elle. Bien sûr, tout le monde s'était réjoui, pour lui — Starla avait hurlé de joie, comme s'il venait de lui annoncer qu'il avait remporté un oscar —, mais ce qu'il venait de voir dans les yeux de Laurel, trois secondes plus tôt... En fait, là, oui, il avait eu l'impression d'avoir décroché un oscar.

— Quel beau bébé...

— Je trouve aussi, dit-elle d'une voix douce en le rejoignant. Mais bon, je ne suis pas très objective.

Un silence s'installa entre eux.

— Voulez-vous boire quelque chose ? demanda-t-elle au bout d'un instant. Chocolat chaud, thé ? Ou peut-être me reste-t-il un peu de café au réfrigérateur...

Il repensa à cette journée de juin. Le jour de leur rencontre. Elle lui avait offert à boire aussi, non parce qu'elle avait envie de sa compagnie, mais parce que c'était ainsi que procédaient les gens civilisés. Exactement comme aujourd'hui. Et la bulle dans laquelle il planait depuis une minute se dégonfla d'un coup...

L'espace d'une seconde, il fut tenté de la convaincre de le laisser revenir dans sa vie. Mais devant la fierté de son petit menton, relevé avec obstination, il comprit. Impossible. Peu importaient les raisons qui l'avaient poussée à prendre ses distances. Si elle ne voulait pas de lui, qu'y pouvait-il ? Et l'enfer gèlerait avant qu'il se mette à genoux devant elle, ou devant quiconque d'ailleurs.

— Non, c'est bon, merci... J'ai un truc à faire.

N'était-ce pas de la déception qu'il surprit à ce moment dans ses yeux ? Non, il prenait ses désirs pour la réalité.

— Bien sûr, dit-elle. Alors, merci.

— Je vous en prie, répondit-il, avant de disparaître.

Aux alentours de 2 heures du matin, Boomer le réveilla, avec apparemment une envie pressante. Vêtu de son seul boxer, il enfila son peignoir et sortit sur la terrasse en bâillant. Boomer fureta un moment dans la haie, avant de se décider. La nuit était claire et fraîche. Si calme qu'on entendait le chien faire pipi. Si calme qu'on entendait — du moins crut-il l'entendre — le bébé pleurer dans la maison d'à côté... ?

Il dressa l'oreille et attendit, certain que les pleurs allaient cesser d'une minute à l'autre. Mais non. Alors la peur s'insinua en lui. Et si quelque chose était arrivé ? Mais avec sa fierté, tête de mule comme elle était, Laurel ne viendrait même pas demander son aide.

N'en pouvant plus d'inquiétude, il courut s'habiller et en moins de quinze secondes, chien sur les talons, il se retrouva à sonner chez elle, puis il tambourina à sa porte. Le bébé faisait un tel boucan, aucun risque qu'il puisse la réveiller. Enfin, après une éternité — en réalité, pas plus de trente secondes —, il entendit les pleurs de l'enfant se rapprocher. Puis la porte s'ouvrit... Et son cœur se brisa.

Car honnêtement, il n'aurait su dire qui, du bébé ou de la maman, pleurait le plus fort. Boomer par empathie se mit lui aussi à pleurnicher, avant d'entrer. Sans attendre la permission, Tyler imita son chien et referma la porte derrière lui. Vêtue d'un pantalon de pyjama, comme en portaient les hommes, les cheveux raplapla, Laurel berçait le pauvre petit bonhomme qui hurlait, les joues quasi violettes.

— Donnez-le-moi, dit Tyler, mais elle secoua la tête, serrant un peu plus fort Jonny dans ses bras, toujours en train de hurler.

— Vous ne... Vous ne pourrez rien y faire, dit-elle. C'est la faute aux coliques, a dit le médecin. Et il pleure, il pleure comme ça toutes les nuits, pendant des heures. Et je ne sais pas quoi faire...

Tyler prit doucement, mais fermement, le bébé des bras de sa mère et le pressa contre son torse. Puis, agissant sur une impulsion, par une sorte d'instinct qu'il ignorait avoir, qu'il n'avait même jamais expérimenté avec les enfants d'Ethan, il commença à arpenter le salon.

— Retournez vous coucher, dit-il ensuite à la mère.

— Je ne p-peux pas...

— Vous devez absolument vous reposer, ou vous n'arriverez à rien avec lui. Allez. Et pas de discussion.

— Jamais je ne pourrai dormir...

Jonny cessa de pleurer, eut comme un hoquet, et de nouveau se remit à hurler, si fort que Tyler sentit son cerveau vibrer. Perplexe, Boomer se hissa sur ses pattes arrière et s'appuya au bras de son maître pour examiner le ver de terre responsable de tout ce raffut. Tyler fit face à Laurel.

— C'est comme ça et pas autrement... Soit vous allez vous coucher, tout de suite, soit je vous le rends, je sors d'ici et je n'y remettrai jamais les pieds. Alors ?

Elle regarda son bébé, puis Tyler.

— Il doit prendre sa tétée, dans deux heures...

— Dans ce cas, je vous l'amènerai.

Elle s'approcha, caressa les cheveux de bébé et s'enfuit presque du salon, claquant la porte de sa chambre derrière elle. Alors Tyler, assisté de son fidèle Boomer, se prépara à passer la nuit la plus longue de son existence.

Laurel s'éveilla en sursaut, paniquée, la tête lourde, les seins pleins. Elle regarda le réveil. Bientôt... 7 heures ? Mais...

Elle courut faire pipi à la salle de bains, remit à la hâte un peu d'ordre dans ses cheveux, puis se précipita dans le salon où elle découvrit, sous le halo de la lampe à côté du canapé, Tyler profondément endormi, dans le vieux fauteuil de son grand-père, Jonny étalé sur son torse, endormi lui aussi. Boomer, allongé aux pieds de son maître, leva la tête et lui sourit tout en remuant la queue. La télévision était allumée, encore un reality show stupide. Laurel attrapa la télécommande et l'éteignit, puis elle contempla Ty et Jonny, les larmes aux yeux.

Combien de temps le bébé avait-il pleuré, elle n'en avait aucune idée. A peine couchée, elle s'était endormie, écrasée de fatigue. Au bord de l'épuisement. A qui la faute ? songea-t-elle. C'était elle et elle seule qui avait décrété n'avoir besoin de l'aide de personne...

A cet instant, Jonny bougea, puis il laissa échapper un petit cri. Aussitôt, Tyler s'éveilla, resserra ses mains autour du bébé tout en clignant les yeux. Boomer se leva et salua son maître et le bébé d'affectueux coups de langue.

— Bonjour, chuchota-t-elle en prenant Jonny, avant de s'asseoir sur le canapé, lui donnant aussitôt le sein, sans même se soucier de vérifier l'état de sa couche.

Boomer s'approcha et l'observa avec curiosité. Tyler se redressa dans le fauteuil et les observa un long moment, puis il bâilla. Elle réprima un sourire. Ses cheveux partaient dans tous les sens. Pires que les siens. Mais au moins n'avait-elle pas de problèmes de rasage, elle.

— Je crois que vous avez parlé de café, non ? dit-il. Hier ?

— Il vous attend...

Il prit le temps de rassembler ses esprits, puis se leva et après quelques exercices d'étirement, fit une halte aux toilettes avant de se rendre dans la cuisine.

— Bien dormi ? demanda-t-il.

— A poings fermés, répondit-elle en souriant, Jonny tétant goulûment. Merci.

— Pas de problèmes...

Elle entendit des bruits de vaisselle, le robinet et quelques minutes plus tard, une odeur de café emplit la maison.

— Une tasse ?

— Pas pour moi, non... Mais un jus d'orange, je veux bien.

— Tout de suite.

Il réapparut presque aussitôt, avec un énorme verre qu'elle prit avec un autre timide « merci », avant de le boire, avec autant d'avidité que Jonny tirait sur son sein. Tyler hocha la tête et repartit dans la cuisine.

— Combien de temps a-t-il pleuré, après que je suis allée me coucher ?

— Je ne sais pas. Oh ! au fait, il semblait fasciné par la chaîne météo... Peut-être une vocation ?

— Je m'en souviendrai, dit-elle en souriant quand Tyler refit son apparition, tasse entre les mains. Il retrouva sa place dans le vieux fauteuil et regarda Jonny.

— Il pleure vraiment comme ça toutes les nuits ?

— Depuis une semaine, oui.

— Mais comment se fait-il que je ne l'ai pas entendu avant ?

— Peut-être parce que tout le monde ferme ses fenêtres, à cause du froid. D'après le médecin, il est en parfaite santé. De toute façon, je n'ai que ce que je mérite, je ne vais pas me plaindre...

Tyler avala une gorgée de café.

— Que voulez-vous dire par là ?

— Eh bien, je dois assumer les conséquences de mes choix, non ?

Jonny paraissant enfin rassasié, elle le plaça sur son épaule et lui frotta le dos jusqu'à ce qu'il fît son rot. Tonitruant, le rot.

— Impressionnant, dit Tyler.

Elle sourit.

— Et je me dois aussi de reconnaître mes torts, chuchota-t-elle.

— Ah. Vraiment ?

Il plongea ses yeux dans les siens.

— Ce qui n'enlève rien au fait que j'avais besoin d'essayer de faire tout ça seule. Enfin, en grande partie, puisque ma grand-mère n'hésite pas à me prêter main-forte, quand elle peut...

— Vous vous êtes réconciliées ?

— Elle est folle de son arrière-petit-fils, répondit Laurel en riant. Mais elle a pris froid ces jours derniers et a dû rester au chaud... D'où le bazar. Ecoutez... J'ai toujours été réticente à attendre quoi que ce soit des autres. Je sais, c'est idiot. Mais... Ce qui est plus idiot encore, c'est de refuser de l'aide quand quelqu'un me l'offre.

— Cela me paraît logique...

— Malheureusement, la frontière est ténue entre instinct de conservation et fierté. Et pour le bien de mon enfant... Ce qui est le mieux pour moi, ne l'est pas forcément pour lui. Je suis évidemment capable de prendre soin de moi. Lui pas. Et si je suis épuisée au point de ne pas pouvoir prendre soin de lui, qui le fera ? dit-elle en regardant son précieux bébé. Aussi, je tiens à... Oui, j'ai failli perdre pied, la nuit dernière et je...

De nouveau, elle reporta son regard sur Tyler.

— Je vous suis infiniment reconnaissante d'être venu à mon secours.

Un long silence s'ensuivit.

— Est-ce que ça signifie... Nous ne sommes plus en froid ? demanda-t-il et elle sentit son cœur fondre.

Nous n'avons jamais été en froid, pensa-t-elle, avant de répondre :

— Non. Terminé le froid.

Il laissa échapper un long soupir, puis il se leva.

— Eh bien, super, dit-il en se massant la nuque, l'air penaud. Je dois aller faire un brin de toilette, avant de partir au boulot... Ça ira ?

— Vous plaisantez ? Il y avait longtemps que je n'avais dormi plus de quatre heures d'affilée. Je pourrais presque courir un marathon. Et puis, ma grand-mère doit passer... Elle va mieux apparemment.

Il appela son chien qui l'implora des yeux, comme s'il voulait rester avec elle et le bébé.

— Boomer ! Non, elle n'a pas besoin en plus de s'occuper de toi ! On reviendra et...

Il se tut, la regarda.

— Si ça ne vous ennuie pas ?

— Quand vous voulez.

— Vraiment ?

— Absolument, répondit-elle.

Il sourit. Le chien se décida enfin à suivre son maître qui, une fois à la porte, se tourna vers elle.

— Vous m'avez manqué, vraiment.

— Vous aussi.

Et ils disparurent. Laurel se leva et emporta le bébé repu et endormi dans la chambre bleue où elle le changea, avant de le coucher sur le dos, dans son berceau. Elle le regarda dormir un long moment, ses petits doigts enroulés aux siens, submergée par un amour infini.

Une chose était sûre, ce n'était pas l'existence qu'elle attendait. Ou espérait. Peut-être n'en serait-il jamais ainsi. Mais lâcher prise, laisser Tyler revenir dans sa vie et celle de son enfant... Elle serait bien incapable de trouver les mots pour expliquer le sentiment de paix, l'impression d'évidence qu'elle éprouva à cet instant. Rejeter Tyler parce qu'il ne pouvait être ce qu'elle voulait, au lieu de lui être reconnaissante de ce qu'il était... Avoir peur de quelque chose qui n'était même pas arrivé... Tout ça était stupide.

Le bébé renifla dans son sommeil, une petite bulle de lait se forma, avant d'éclater au coin de sa bouche. Elle sourit. Tout allait pour le mieux. Son bébé était en pleine santé et faisait son petit somme le ventre bien rempli, sa grand-mère serait là d'une minute à l'autre, et Laurel s'autoriserait même de prendre vingt minutes pour un bain aux huiles essentielles...

Enfin, Tyler et elle étaient réconciliés.

Oui, pour l'instant, c'était bien assez.

Les deux semaines suivantes, Tyler et Laurel entrèrent dans une sorte de routine. Il passait chez elle après le travail plusieurs soirs par semaine, avec parfois des plats du traiteur chinois ou une pizza, ou Laurel faisait réchauffer un plat donné par Kelly — qui quelques jours plutôt avait annoncé sa propre grossesse. Mais les coliques de Jonny étant passées, Laurel étant bien moins fatiguée, il lui arrivait également de tester elle-même une recette.

Comme il travaillait moins depuis quelque temps le samedi, les gens à cette période préférant finaliser leurs travaux de rénovation avant le grand froid de l'hiver, le dimanche ils allaient rendre visite à Matt et Kelly. Ou emmenaient bébé et Marian manger quelque part. Bref. Presque comme une vraie famille.

Presque étant le mot qui convenait.

Oui, elle lui avait manqué. Aussi refaire partie de sa vie ensoleillait la sienne. En fait, il n'avait été aussi heureux depuis bien longtemps. Peut-être même jamais. Comme si peut-être, pour une fois, il était sur la bonne voie... Mais il y avait ce « presque ».

Un mot qui somme toute résumait assez bien son existence, jusqu'à aujourd'hui. Ou du moins ses relations, pensa-t-il tout en traversant la pelouse à moitié gelée, en ce dimanche avant Halloween, pour se rendre chez Laurel. Lui, presque le fils de, le frère de... le petit ami de. Excepté que de plus en plus, il commençait à trouver ce « presque » hautement frustrant. Tout en ayant aucune idée de la façon de s'y prendre pour passer au niveau supérieur. Ni même s'il le pouvait.

Mais dans l'immédiat, ils devaient aller faire des courses. Non que Laurel ne soit pas capable de gérer le quotidien — comme elle se plaisait à le lui répéter cent fois par jour —, mais elle reconnaissait que la corvée était bien plus facile avec lui. Plus facile pour elle, disons supportable pour lui, car l'activité supermarché n'entrait pas vraiment dans la liste de ses activités préférées. Sauf qu'aujourd'hui, et Laurel ne le savait pas encore, ils devaient en plus du Caddy habituel, acheter des bonbons et toutes sortes de trucs, en prévision d'Halloween. Peut-être aussi devraient-ils faire une halte au centre commercial, pour trouver de quoi décorer les jardins. Des lampes qui faisaient peur, des toiles d'araignées fluo, un fantôme en plastique grandeur nature ou une citrouille géante...

Il venait juste de frapper à la porte de Laurel, quand son téléphone sonna. Il se renfrogna en reconnaissant le numéro de Starla, puis répondit, tout en levant un doigt quand Laurel ouvrit. Jonny portait sa combinaison de ski — il faisait un froid arctique aujourd'hui — avec une cape de citrouille par-dessus. A mourir de rire.

— Oui ? demanda-t-il au téléphone.

— Pardon de te déranger, tu le sais, si j'avais pu faire autrement... Mais j'ai un pneu à plat et je dois être au travail dans vingt minutes. Pourrais-tu m'accompagner ? Je paierai pour l'essen...

— Pas question de payer pour l'essence... Attends.

Il mit le téléphone sur silence, puis se tourna vers Laurel en train de fermer sa porte à clé.

— Une urgence. Je dois emmener Starla au travail. Je peux revenir dans un moment... ?

Elle le dévisagea avec une expression bizarre, puis secoua la tête.

— Non, Jonny a enfin pris l'habitude de faire sa sieste l'après-midi, je ne veux pas le perturber. Allons-y ensemble.

— Ça ne vous ennuie pas ?

— Bien sûr que non, répondit-elle en se dirigeant vers la voiture. Mais ne tardons pas.

— C'est parti... Nous arrivons, dit-il à Starla au téléphone avant de glisser l'appareil dans sa poche pour prendre Jonny et l'installer sur le siège bébé.

Non que Laurel n'en soit pas capable, mais là n'était pas le problème. Le problème était — le bébé lui sourit — justement là. Il n'en revenait toujours pas de la façon dont il s'était attaché à ce petit vers de terre. Mais voilà où il en était. Il pensa à Barry, aux abonnés absents.

— Vous ne m'avez toujours pas raconté comment vous avez fait la connaissance de Starla, remarqua Laurel une fois en route, en regardant droit devant elle, tandis que Jonny roucoulait à l'arrière.

Tyler se redressa sur son siège — Laurel insistait pour conduire, quand ils prenaient sa voiture, et oui, ça le rendait nerveux, même si elle était excellente conductrice, peut-être même meilleure que lui.

— Ça remonte à quand j'étais enfant, répondit-il. Avant que les Noble m'adoptent.

— Oh ! une amie de votre famille, peut-être... ?

— Oui, c'est ça, dit-il, se gardant bien de la regarder. Je ne l'avais pas vue depuis un bout de temps, et nous nous sommes croisés comme ça, par hasard, il y a quelques années. A Truc & Troc. En fait, j'étais là-bas avec Abby, en train de faire des courses pour le magasin.

Et tout ça était parfaitement exact, y compris quand il avait aperçu Starla, à l'une des caisses, deux ans auparavant. Ce qu'il omit de préciser bien sûr, c'est la panique qui s'était emparée de lui lorsqu'il l'avait reconnue. Il lui avait fallu encore un bon mois avant de trouver le courage de revenir et d'établir le contact. Son cri de joie lorsqu'elle avait réalisé que c'était lui.

Pourquoi appréhendait-il autant de révéler à Laurel la véritable identité de Starla ? Surtout qu'en ayant acquis un peu d'expérience en matière de bébés, la douleur de l'abandon de sa mère avait commencé à relâcher son emprise, laissant place à un étrange mélange fait d'empathie et de — c'était là que les choses se compliquaient — honte.

Oui, si au début il avait hésité à parler à Laurel, c'était peut-être parce qu'ils ne se connaissaient pas vraiment. Sa vie privée, son passé, tout ça ne la regardait pas. Mais aujourd'hui, ils étaient amis, ce qu'elle pensait de lui, de ses choix, comptait beaucoup, pour lui. Et lui avouer la vérité impliquerait du coup reconnaître quel salaud il avait été, toutes ces années. Quand elle saurait... Il imaginait son regard...

— C'est là que vous avez renoué, dit-elle, l'arrachant à ses pensées.

— Renouer est peut-être un peu excessif, marmonna-t-il tout en se fendant d'un sourire. Starla est une simple connaissance.

— Vous avez l'habitude de construire des murs pour toutes vos connaissances ?

Elle le taquinait, il le savait. Mais le double sens involontaire de ses paroles le dérangea.

— J'en ai construit un pour vous, et c'est à peine si nous nous étions adressé la parole jusque-là...

— Ce mur était censé empêcher votre chien de s'inviter dans mon jardin. Ou plutôt, de le maintenir dans le vôtre. Il n'y a rien de vraiment altruiste, là-dedans.

Il sourit de nouveau, en dépit de brûlures soudaines à l'estomac. Starla attendait devant chez elle, la parka la plus hideuse du monde sur le dos. Peut-être l'emmènerait-il faire un peu de shopping. Lui offrirait-il un manteau, pour Noël...

Elle exulta, bien sûr, en voyant le bébé. Et insista pour s'asseoir à l'arrière, avec lui. Tyler était confiant, jamais elle ne trahirait leur secret. Elle avait renoncé à tout droit à se faire appeler sa mère depuis de nombreuses années.

— Il m'a bien semblé que vous étiez enceinte, la première fois où vous êtes venue à la maison, dit Starla de sa voix rocailleuse. Mon Dieu, comme il est beau. Comment s'appelle-t-il ?

— Jonathon. Jonny.

— Hello, Jonny ! Oh... Il m'a souri...

— Il a appris il y a une petite semaine, répondit Laurel en riant.

— Ah, leurs premiers sourires, ils sont merveilleux, remarqua Starla en riant elle aussi…

Mais Tyler entendit des tonnes de regrets dans sa voix. Ou peut-être les imagina-t-il. Après tout, elle avait vu son premier sourire, l'avait entendu rire pour la première fois. Et… Avait-il fait des coliques, lui aussi ? Avait-elle passé des heures à le bercer en faisant les cent pas pour essayer de le calmer ? Avec personne pour lui venir en aide… ?

— Vous avez des enfants, Starla ? demanda Laurel.

Tyler sentit son cœur s'emballer.

Un court silence.

— Un seul. Un garçon. Grand bien sûr, aujourd'hui. Mais je me souviens de lui bébé comme si c'était hier.

— Vous le voyez souvent ?

— De temps en temps, répondit-elle doucement. Nous ne… sommes pas très proches.

— Oh… Comme c'est triste, dit Laurel, Tyler osant à peine respirer.

— Oui, dit Starla. Mais j'espère toujours que le moment viendra où nous nous retrouverons… L'espoir fait vivre, n'est-ce pas ?

— Tout à fait, répondit Laurel, le regard rivé à la route. Je l'espère de tout cœur pour vous.

— Vous êtes gentille… Tyler m'a expliqué que vous étiez une maman célibataire. Comme moi…

Laurel jeta un bref regard à Tyler, avant de reporter son attention sur la route.

— Le père de Jonny est en effet hors circuit. Mais j'ai ma grand-mère. Et ce garçon ici…

Elle sourit.

— Il m'a beaucoup aidée. Une fois que je me suis décidée à le laisser faire, bien sûr…

— Vraiment ? Comme c'est gentil de sa part.

— N'est-ce pas…

Apercevant l'enseigne de Troc & Trucs, elle prit la bretelle de sortie.

— Il fera un superpapa, un jour.

— Je n'en doute pas une seconde, répondit Starla.

A cet instant, il faillit intervenir pour leur rappeler qu'il était là.

Ils se garèrent devant l'entrée du magasin. Starla descendit de voiture et lança, juste avant de refermer la portière :

— Faites plein de bisous à ce petit ange pour moi, d'accord ?

Puis elle s'éloigna, avec un signe de la main. Tyler laissa échapper un long et silencieux soupir de soulagement. En revanche, il faillit s'étouffer lorsque Laurel déclara :

— On devrait l'inviter à dîner, un jour...

— Pardon ?

— Pourquoi pas ? Vous avez dit la connaître depuis longtemps. Et je suis sûre qu'elle aimerait passer du temps avec Jonny.

— Oui, sans doute...

— Parce que... Jonny a besoin d'une grand-mère...

— Autre que la vôtre, vous voulez dire ?

— Marian est ma grand-mère. Pas celle de Jonny. Et...

Lorsqu'elle hésita de nouveau, Tyler surprit un petit sourire triste sur ses lèvres.

— Parfois, ça me déchire le cœur que ma mère ne soit plus là pour prendre Jonny dans ses bras...

— Et vous pensez que Starla pourrait combler ce manque ?

Il espéra ne pas avoir été trop rude dans ses propos, car ce n'était pas son but. Parce que, étrangement, il comprenait ce qu'elle voulait dire. Lorsque des acteurs essentiels manquaient à votre vie, quel mal y avait-il à vouloir les remplacer par d'autres ?

— Non, dit-elle, le surprenant. Pas pour moi, en tout cas. Ni pour grand-mère. Starla est adorable, mais elle ne remplacera jamais ma mère. Mais peut-être... Je ne sais pas.

De nouveau, elle le regarda, avant de détourner les yeux.

— Jonny et moi, nous pouvons peut-être combler un manque, dans la vie de Starla... ?

Pour la énième fois, Tyler s'interrogea sur la contradiction qu'il y avait entre le caractère pragmatique de Laurel et sa générosité. « Adopter » Starla ? Le pire, c'était que pour elle, ça semblait aller de soi. Pour elle.

— Alors... Vous lui en parlerez ? Disons, la semaine prochaine ?

— Bien sûr, répondit-il.

Il eut l'impression, sans en être sûr à 100 %, qu'à ce moment, elle leva les yeux au ciel. Mais elle changea de sujet de conversation. Mais qu'aurait-il bien pu répondre d'autre ? « Je vais y réfléchir » ou pire, « Non », et éveiller ainsi ses soupçons ?

Des soupçons qui, lui sembla-t-il, ne cessèrent pourtant de planer au-dessus de leur tête quand elle se mura dans le silence, tandis qu'ils faisaient les courses. Et ils continuèrent de planer des heures plus tard, lorsqu'elle alla cuisiner alors que lui installait les rares décorations d'Halloween qu'ils avaient pu trouver au centre commercial. Bah, au moins avaient-ils trouvé des citrouilles. Et suffisamment de bonbons pour assurer le chiffre d'affaires de tous les dentistes du New Jersey, pendant des années.

Tout en accrochant une guirlande au plafond de la véranda de Laurel, Tyler laissa ses pensées vagabonder. Des pensées faites de « nous » et de « ensemble »... Et encore et toujours de « presque ». Il se figea et se souvint de ce matin où, après avoir passé la nuit dans le salon avec Jonny, il s'était réveillé et avait vu Laurel devant lui, au saut du lit, avec un tel regard de tendresse pour son bébé endormi qu'il en avait eu le souffle coupé... Puis, elle avait eu un autre regard pour lui, comme s'il était son sauveur et...

Il brancha la guirlande, et une couleur violette illumina la véranda, bien laide, bien dans le ton d'Halloween, avec de fausses toiles d'araignées entre les montants. Exactement l'effet qu'il recherchait.

Laurel n'ayant pas encore fermé les volets, il tapa au carreau et lui fit signe de sortir. Un moment plus tard, emmitouflée de la même tunique que celle qu'elle portait le soir de leur rencontre, elle le rejoignit, souriant du bout des lèvres quand il fit bouger une fausse araignée, au-dessus de sa tête.

— C'est super, dit-elle, l'air un peu triste.

Puis Tyler entendit ces mots, comme sortis de la bouche d'un corps étranger.

— Je crois que nous devrions nous marier...

11

Laurel en resta muette, hésitant entre rire ou s'évanouir... Ou pousser Tyler par-dessus la rambarde de la véranda. Tout l'après-midi, elle avait ruminé sa frustration à cause de son obstination à ne pas reconnaître que Starla était sa mère biologique — ce qui aujourd'hui, après cette conversation avec la vieille dame dans la voiture, ne faisait plus aucun doute. Et maintenant, voilà qu'il... ?

— Qu'avez-vous dit ?

Il n'avait pas l'air dans son assiette, mais peut-être était-ce la faute à cette lumière violette.

— Nous devrions nous marier, répéta-t-il et quand elle éclata effectivement de rire, il reprit : Eh bien quoi ? C'est bien vous qui dites qu'il faut savoir se montrer pragmatique...

— Enfin, Tyler ! Vous avez toujours laissé entendre que vous ne souhaitiez ni vous marier ni fonder de famille...

— Et alors ? C'est interdit de changer d'avis ?

Cet homme était devenu fou. Encore fâchée contre lui à cause de son silence à propos de Starla, elle sentit la colère l'envahir. En colère, fâchée et aussi, d'une certaine façon, triste, soit un peu trop pour une seule femme, d'où son absence de réaction. Secouant la tête, elle rentra, espérant vaguement que Tyler s'en irait et ne réapparaîtrait pas avant d'avoir recouvré ses esprits.

— Et puis, enchaîna-t-il en la suivant, fermant la porte derrière lui. Il ne s'agit pas de moi... mais de Jonny. Et... de vous. Le fait de fonder une fami...

— Les bras m'en tombent, chuchota-t-elle pour ne pas réveiller Jonny, endormi dans sa balancelle.

Elle se rendit dans la cuisine, où elle avait tenté de refaire la recette des spaghettis à la bolognaise de Kelly. Comme s'il sentait la tempête arriver, Boomer en les voyant se leva pour aller dormir dans le salon, près du bébé.

— Cela ne se passe pas exactement comme je l'espérais, dit Tyler, à l'entrée de la cuisine.

— Oh ! non ? Vraiment ? s'exclama-t-elle avec un rire amer, tachant la gazinière, tout en remuant la sauce.

Il s'approcha, lui prit la cuillère des mains et la posa sur le comptoir. Puis il l'obligea à lui faire face et la serra contre lui. Comme l'aurait fait un frère. Ou un ami.

— Je suis désolé, dit-il.

Elle soupira.

— Mais d'où vous vient cette idée, Tyler ? demanda-t-elle en s'écartant.

Il passa une main dans ses cheveux et désigna la véranda.

— J'étais là, dehors, à tout installer et puis… J'ai fait le point sur ma vie, comme ça m'arrive régulièrement. Et comme chaque fois, je me suis dit, bon, eh bien ce n'est pas vraiment la vie dont tu rêvais, mais peut-être que l'année prochaine…

Il haussa les épaules.

— Alors subitement, j'ai pensé, et s'il n'y avait pas d'année prochaine ? Pour nous, je veux dire ? J'ai alors éprouvé le besoin de faire quelque chose. Vite. Pour ne pas perdre de tels moments. Pour ne pas… nous perdre.

— Mais que craignez-vous de perdre, exactement ? demanda-t-elle avec douceur.

Il fronça un sourcil, puis de nouveau se passa la main dans les cheveux.

— Eh bien, ce sentiment de… de faire partie de quelque chose. Quelque chose qui compte vraiment pour moi. Pas quelque chose d'imposé…

— Ce que je peux vous promettre, c'est mon amitié, pour toujours, dit-elle alors avec calme, au bord des larmes. Mais le mariage…

Elle se tut, refusant de pleurer. Empêcher cette rougeur de se propager sur son cou, ses joues, était une autre affaire.

— Vous ne m'aimez pas, Ty.

— Peut-être pas au sens traditionnel du terme, murmura-t-il, les yeux baissés.

— Tyler, je vous en prie. Je comprends que vous ayez envie de vous ranger, mais pas moi, pas comme ça...

Elle hésita, se sentant rougir de nouveau.

— Pas avec quelqu'un dont je devrais partager le lit...

— Oui, votre grand-mère m'a dit que vous étiez très difficile.

— Après ce que je viens de traverser ? C'est évident, répliqua-t-elle. Ecoutez... Je ne suis vraiment pas une experte en mariage, mais j'ai pu faire la différence entre une union digne de ce nom et une cohabitation de douze ans, basée uniquement sur la contrainte. Je refuse de suivre l'exemple de mes parents. Je refuse d'imposer à Jonathon ce qu'ils m'ont...

— Excepté que puisque l'idée vient de moi, je ne vois pas où est la contrainte... ?

— Vous n'êtes pas le genre de personne à revenir sur une promesse, Tyler. Et je ne supporterais pas de vous piéger dans quelque chose dont vous ne prenez pas toute la mesure. Car il n'y a rien de plus terrible que de vivre au quotidien sans amour avec l'autre...

— Je suis certain que ça ne...

— Tyler, l'interrompit-elle en le prenant par les mains pour le regarder droit dans les yeux.

Si lui refusait d'avouer la vérité, pas elle. C'était même de son devoir de mettre les choses à plat, pour le bien de tous.

— Quand vous avez réalisé que Jonny risquait de ne jamais connaître son père... Cela vous a révolté, n'est-ce pas ? Parce que vous, vous n'avez jamais su qui était votre père. Puis votre mère a renoncé à ses droits, et les Noble vous ont adopté...

— Comment savez-vous ça ? demanda-t-il, l'air stupéfait, avant de soupirer. Kelly, bien sûr...

— Elle a beaucoup d'estime pour vous, dit-elle avec calme. Tout le monde, en fait. Votre famille...

Elle le lâcha et croisa les bras.

— Mais cette demande en mariage... En réalité, je crois que

vous nous voyez un peu, Jonny et moi, comme une sorte de compensation à ce qui vous a fait défaut, dans votre propre vie...

— Comment ? Non...

— Tout cela est forcément lié à l'abandon de Starla...

Tyler se figea, les yeux rivés aux siens, puis il marmonna un juron et sortit de la cuisine. Laurel le retrouva dans le salon, dans le vieux fauteuil en cuir, visage dans les mains.

— Si vous saviez, dit-il en relevant la tête, mais sans la regarder. Pourquoi n'avoir rien dit avant ?

— Peut-être parce que j'espérais que vous vous confieriez à moi ? Sérieusement, Ty... Vous ne trouvez pas que c'est un handicap majeur de se méfier de la personne que vous prétendez épouser ? Kelly n'a pas eu besoin de tout me raconter. Et il ne m'a pas été très difficile d'avoir des soupçons, à propos de Starla...

— Peut-être ne voulais-je tout simplement pas vous enquiquiner, avec mes histoires, dit-il, ses yeux enfin croisant les siens.

— Ces histoires que vous portez comme une croix, depuis votre plus tendre enfance ? Ces histoires que toute personne qui vous connaît peut pressentir à un kilomètre à la ronde ?

Il secoua la tête et sourit.

— Vous êtes une sacrée nana, vous le savez ça ?

— Oui, je sais. Et j'ai de sacrées épaules aussi pour pouvoir aider quelqu'un à porter un tel fardeau, à partager ses tourments, ses angoisses... Comme dans un vrai couple, vous voyez ? Mais manifestement, vous n'êtes pas disposé à partager. Pas encore en tout cas...

— Je veux veiller sur vous, Laurel ! s'exclama-t-il en se levant d'un bond.

Il regarda alors le bébé, complètement innocent de la scène qui se jouait en sa présence, puis reporta son attention sur elle.

— Je sais ce que les autres pensent de moi. Un adolescent attardé. Mais aujourd'hui, je me sens prêt et j'ai envie de...

— ... veiller sur nous, j'ai bien entendu. Mais peut-être n'est-ce pas ce que j'attends, moi. Une telle demande en mariage, motivée par de telles raisons, les vôtres, que je respecte bien sûr, mais... Peut-être ai-je une définition différente de ce que signifie la responsabilité. Le fait d'être adulte.

— Que voulez-vous dire ?

Elle s'assit sur le canapé, face à une pile de linge de bébé qu'elle entreprit de trier, tout en s'efforçant de mettre de l'ordre dans ses pensées.

— Bien, dit-elle, une grenouillère à pois entre les mains. Après le décès de ma mère, quand mon père m'a abandonnée, j'ai touché le fond. La douleur était terrible. Et constante. Je me suis mise à le détester, longtemps, et bientôt cette haine est devenue comme une sorte de... planche de salut... Sans elle, je crois que je me serais effondrée.

Il lui lança un regard noir, avant d'aller se planter devant la fenêtre, face à la nuit baignée d'un halo mauve. Tout en pliant une alèse, elle reprit :

— Je ne me confiais pas beaucoup à ma grand-mère, mais bien sûr, elle savait. Et un jour, comme ça, elle m'a dit quelque chose comme quoi il était difficile d'aimer vraiment, quand une partie de votre cœur restait hantée par le ressentiment.

Il demeura silencieux quelques secondes, puis il marmonna quelque chose d'incompréhensible, ainsi que le faisait tout homme quand il refusait d'admettre que l'autre avait raison.

— Evidemment, têtue comme je l'étais adolescente, je pensais que ma grand-mère radotait. Jusqu'à ce qu'un jour, longtemps après, je réalise... Que j'avais envie d'être heureuse de nouveau. Mais que je ne le serais jamais si je ne changeais pas mon mode de pensée. Etant donné que je ne pourrais jamais changer mon père...

— Et qu'avez-vous fait ? grommela Tyler. Vous lui avez pardonné, juste comme ça ?

— Bien sûr que non. Mais j'ai décidé qu'être heureuse serait mon choix, pas le sien.

Il se retourna face à la fenêtre.

— Comme vous avez fait avec Barry.

— En gros, oui, répondit-elle, imaginant l'empoignade qui l'opposait à ce moment à sa fierté. Mais c'était ça, ou passer le restant de mes jours avec la tristesse pour seule compagnie...

Comme il ne répondait pas, elle poursuivit.

— Ty, je ne suis pas en train de vous dire ce que vous devriez faire. Je n'en ai pas le droit. Mais le malaise que vous ressentez à l'égard de votre mère, à propos de votre enfance, ne disparaîtra pas en vous donnant l'illusion de construire quelque chose avec moi et Jonathon. En… essayant de prendre la place de Barry. Ça ne marchera pas…

— Oui, eh bien, répliqua-t-il en lui faisant face. Chacun voit midi à sa porte, non ? Votre mère est morte, c'est terrible, et votre père vous a abandonnée à votre grand-mère… Mais au moins, vous savez qui vous êtes, vous. Il n'était pas, lui, un secret qu'il fallait garder à tout prix. Et votre mère n'a pas préféré renoncé à vous, tout ça parce que son addiction passait avant son propre enfant. Ni laissé une famille vous adopter, après avoir décroché de la drogue. Ni jamais répondu à ces questions que vous lui avez pourtant posées cent fois…

Il regarda de nouveau par la fenêtre, mais elle vit sa pomme d'Adam tressauter, alors qu'il tentait de contenir ses émotions. Elle eut mal alors pour lui, pouvant à peine respirer. Surtout en sachant ce qu'il avait sacrifié en s'ouvrant ainsi à elle. Pas seulement sa fierté, mais ce rempart qu'il avait érigé autour de lui pour empêcher la douleur de l'anéantir.

Il soupira, se massa la nuque.

— Mes sentiments pour vous, dit-il doucement, pour Jonathon… Tout ça n'a rien d'une illusion, je peux vous l'assurer. Peut-être avez-vous raison, peut-être n'est-ce pas suffisant… Mais en tout cas, ces sentiments sont bien réels. Par ailleurs, je ne veux prendre la place de personne. Je cherche juste à trouver la mienne…

— Je sais, chuchota-t-elle.

— Je suis sûr de pouvoir vous rendre heureuse, dit-il alors en la regardant. Jamais je ne vous ferai le moindre mal. Ni ne vous quitterai. Je vous en fais le serment.

Sa prière en forme de plaidoyer lui serra le cœur. Car personne ne comprenait mieux qu'elle ce rêve d'une vraie famille, d'une famille digne de ce nom, même si sur ce plan il était depuis longtemps dans le déni. Bien sûr, il avait pu toucher du doigt ce rêve, avec les Noble, comme elle-même avec sa grand-mère. Mais ce n'était pas pareil. Et à le voir ainsi, prêt à sacrifier son indépendance… Elle ne l'en aimait que plus. Sauf que…

— Je sais ça, aussi. Mais vous ne m'aimez pas comme je le voudrais, comme je mérite d'être aimée.

— Je ne sais même pas si je saurai un jour ce que ce verbe signifie, marmonna-t-il.

— Vraiment ? Et si c'était la peur qui vous en empêchait ?

Un long silence, puis il haussa les épaules.

— Qu'est-ce que ça change ?

Au bord des larmes, elle se leva et s'approcha de lui, nouant les bras autour de sa taille.

— Vous êtes l'homme le plus noble que j'ai jamais rencontré, dit-elle. Et vous n'imaginez pas combien ça me déchire à l'intérieur. Mais sincèrement, je ne vous crois pas prêt à prendre en charge une mère et son enfant, peu importe votre enthousiasme, votre envie. Je crois que ni vous ni moi ne serions heureux.

— En d'autres termes, dit-il, avec un tel désarroi dans les yeux, je ne suis pas suffisamment mature et responsable.

— Je pense que vous n'êtes pas suffisamment « abouti », dit-elle en pressant la main sur son torse. Juste là. C'est différent...

Elle recula d'un pas, glissa les mains dans ses poches arrière.

— Mais Jonny et moi... n'y pouvons rien. Vous êtes le seul à y pouvoir quelque chose.

Ils se regardèrent en silence quelques secondes, les yeux dans les yeux, puis Tyler soupira et hocha la tête avant de l'embrasser sur le front. Dix secondes plus tard, elle entendit la porte se refermer. Au même instant, Jonny poussa un petit cri.

Essuyant ses larmes, elle prit le bébé dans ses bras et le berça tendrement, laissant sa chaleur panser son cœur en lambeaux.

Une brume glaçante commençait à tomber quand Boomer pantelant et Tyler en plein jogging s'engagèrent dans la rue du colonel décorée des vestiges d'Halloween, une citrouille raplapla, des guirlandes... Ses poumons et ses jambes brûlaient, mais c'était une brûlure bénéfique, non seulement pour ses muscles, mais peut-être avec un peu de chance, pour son cerveau. Peut-être même pour l'empêcher de se disputer avec le vieil homme. Encore une fois.

Sans doute avait-il fait appel à lui en dernier recours. En l'absence d'autre choix. A cette heure, Tyler aurait largement préféré être chez lui, dans l'obscurité, à siroter une bière en écoutant de la musique... Un comportement digne d'un adulte, oui, ricana-t-il.

Laurel ne l'avait pas clairement dit ainsi, mais il n'était pas idiot et savait lire entre les lignes. Peut-être ne grandirait-il jamais, peut-être n'évoluerait-il pas et continuerait-il de sortir avec des blondes sans cervelle. A courir sous la pluie avec ce satané chien jusqu'à ce que mort s'ensuive, avant de s'écrouler sur son canapé en regardant des âneries à la télé...

Au même instant, un chat traversa la rue. Boomer tira sur la laisse, manquant lui arracher le bras.

— Laisse tomber, marmonna Tyler. Ne perds pas ton temps à poursuivre des choses que tu ne pourras jamais avoir.

Voilà. Non, mais sérieusement, il croyait pouvoir tromper Laurel ? Sans parler de lui-même ? Quand apprendrait-il à réfléchir avant d'agir ?

Aussi pantelant que son chien, il grimpa les marches du perron de la maison de style flamboyant, les cheveux dégoulinant de pluie, avant de sortir ses clés de la poche de son jogging pour entrer. Boomer aussitôt se rua dans la cuisine.

— Papa ?

Même après tout ce temps, ce mot dans sa bouche avait du mal à passer. En près de vingt ans, le colonel n'avait pourtant pas ménagé ses efforts pour combler ce manque dans le cœur de Tyler.

— Au salon !

Tyler traversa la cuisine pour se rendre dans cette pièce où, enfant, il avait passé tant d'après-midi à regarder des dessins animés à la télévision. Plus tard, il s'était passionné pour les émissions de rénovation et de déco, d'aménagement de la maison, ce qui lui valait d'ailleurs les moqueries de ses frères. En parlant de rénovation... Rien n'avait changé, dans cette pièce. Mêmes meubles, même tapisserie, même tapis et... Une atmosphère chaleureuse, familiale.

Il se renfrogna devant les cartons au pied de la bibliothèque, rangés avec une précision toute militaire. Remplis de tous ces bouquins qui avaient accompagné son enfance. Les classiques de la littérature enfantine. Les livres de poche. Le trésor de Jeanne. Un temple qu'elle avait élevé à la lecture. Au savoir. Au partage.

Son regard se posa sur son père à genoux sur le parquet, en train de fermer un carton avec du Scotch, et il sentit son cœur se serrer.

— Que se passe-t-il ici ?

— La bibliothèque a fait un appel aux dons. J'ai besoin de toi pour m'aider à transporter tout ça dans le pick-up. Je souffre du dos et...

— Mais pourquoi te séparer de ces livres ?

— Plus personne ne s'y intéresse depuis des années. Les enfants d'Ethan ont leur tablette, leur liseuse machin...

Il se releva, se massa la nuque.

— Et l'agent immobilier dit qu'il y a trop de choses, ici...

— Pardon ? L'agent immobilier ? Tu vends la maison ?

— Passe-moi le Scotch neuf... Là, sur le bar. Oui, j'ai décidé de vendre. De tourner la page sur le passé. Merci, dit-il en prenant le rouleau avant de se détourner pour s'attaquer à un autre carton.

— Je... Mais, pourquoi maintenant ? demanda Tyler.

— Parce que l'autre jour, en regardant les rosiers de Jeannie, je me suis dit qu'il me faudrait les tailler au printemps. A ce moment, j'ai eu comme un déclic. En fait, si je restais ici, c'est uniquement pour rester auprès de Jeannie... J'ai compris que les rosiers, les livres, la maison... Tout ça n'était pas Jeannie... ça ne l'a jamais été et ça ne le sera jamais. Alors, j'ai décidé de vendre. De me débarrasser de tout, sauf si vous, les enfants, souhaitez récupérer quelque chose.

— Et... Où comptes-tu aller vivre ?

— Tu te souviens de Marian, elle accompagnait Laurel, au mariage. Elle m'a parlé de cette résidence où elle vit. J'ai fait ma petite enquête. Je pense que ça va me plaire. Et puis Abby est partie maintenant, comme tu le sais, elle occupe l'appartement en sous-sol, dans la villa de Matt.

— Mais...

Tyler s'assit dans le fauteuil ergonomique de son père, ne

sachant ce qui le perturbait le plus. Le sujet de cette conversation, ou le fait qu'ils en aient une. Bavarder n'avait jamais été leur truc.

— Tu aimes cette maison...

— Je l'aimais, au passé. Ainsi que ce qu'elle représentait. Ah, c'était notre première vraie maison, après toutes ces années à loger dans les bases militaires, à enchaîner les missions... Oui, c'était un bonheur de voir Jeannie libre enfin d'aménager son intérieur... Cette période de mon existence est aujourd'hui révolue. Jeanne est partie. Vous êtes grands...

Il se tut, promena son regard dans le salon, avant de poursuivre :

— Nous voulions tous les deux finir nos jours entre ces murs, mais... C'est comme ça. Ruminer le passé n'y changera rien.

— Oui, mais bon... C'est tellement inattendu.

— En réalité, je pense que cette idée avait germé dans ma tête depuis un bout de temps, répondit le colonel qui soudain hésita. Mais... Qu'est-ce que ça peut te faire, de toute façon ? Tu n'avais qu'une envie autrefois, quitter cette maison...

Le colonel avait toujours eu le chic pour vous dire vos quatre vérités en face.

— Eh bien, en réalité... Ce n'était pas avec la maison que j'avais des problèmes...

— Je sais, remarqua le colonel sans le quitter des yeux.

Autrefois, tous deux devaient se disputer toutes les cinq minutes, sans que jamais la lumière soit faite sur ce qui se cachait derrière cette agressivité. On ne parlait pas de ces choses-là, à l'époque, et Tyler encore moins que quiconque... Mais apparemment, le moment était venu aujourd'hui de percer l'abcès.

— Ma colère n'était pas dirigée contre toi, murmura Tyler, Boomer entre-temps étant venu s'allonger à ses pieds. C'était contre la situation.

— Je le savais aussi.

Tyler soupira et haussa les épaules.

— J'étais vraiment un sale gosse, pas vrai ?

Un petit sourire se dessina sur le visage buriné du colonel qui s'assit sur un carton et fit signe à Boomer d'approcher.

— Tu avais peur, Tyler. Et tu étais en colère. Comment te le reprocher ? Et contre qui d'autre aurais-tu pu passer ta colère ?

Il fallait que tout ça sorte. Mais tu devais apprendre à respecter les limites et je refusais de te laisser jouer les victimes. Il fallait un empêcheur de tourner en rond, je me suis porté volontaire... Ce n'est pas pour autant que je n'avais pas de sympathie pour toi, Ty. La vie n'avait pas été tendre pour toi. Et je...

Il hésita, puis se frotta le menton et ajouta :

— Il y a longtemps que j'aurais dû te le dire... Je suis fier de toi. De tous mes enfants, oui, mais particulièrement de toi.

— Oh...

Ty en fut tout décontenancé.

— Je... Tu vas mourir ou quoi ?

— Pas aujourd'hui, dit le vieil homme en riant. C'est juste que... Je ne sais pas. Abby est le dernier oiseau à prendre son envol. J'ai plus de soixante-dix ans et... A cet âge, on a une autre façon d'appréhender la vie, voilà...

— Je comprends.

— Non que j'aie prévu de te dire tout ça, quand je t'ai appelé. J'ai vraiment besoin de ton aide, pour ces fichus cartons. Mais puisque tu es là...

Le colonel se leva, avec une grimace sans doute due à son arthrite, pour se rendre dans la cuisine dont il revint avec deux bières.

— Tu veux trinquer ? demanda Tyler en souriant.

— Pourquoi pas, répondit son père en cognant sa bouteille à celle de Tyler.

Un silence s'ensuivit, puis il soupira.

— Je me rappelle de Jeannie, toujours à me houspiller pour que je vous lâche un peu la bride. Je devais apprendre à vous faire confiance et tout le tralala... Et voilà qu'un jour, un gamin débarque, avec ses problèmes et sa rage à fleur de peau... Oh ! Tu avais tes raisons, c'est sûr. De sacrées bonnes raisons. Et ça ne facilitait pas les choses. Parce que j'avais peur que tu fasses les mauvais choix. Et Jeannie et moi, tu peux me croire, on retenait notre souffle en craignant pour toi jour après jour...

Le vieil homme avala une gorgée de bière, chatouilla le ventre de Boomer à ses pieds, du bout de sa pantoufle.

— Mais étonnamment, tu es resté sur le droit chemin. Oh

bien sûr, tu n'as jamais été très studieux, comme élève. Et Dieu sait que tu en as fait, des bêtises. Mais depuis ton premier job, à l'âge de seize ans, tu n'as jamais cessé de travailler, en apprenant des tas de choses chez ceux qui t'employaient. Et aujourd'hui, à trente ans, tu diriges ta propre affaire. Et ça, ça mérite le respect.

— Je croyais...

Emu, Tyler dut s'y reprendre à deux fois pour parler.

— J'ai toujours cru que tu m'en voulais de ne pas avoir été à l'Université.

— Au début, oui. Jusqu'à ce que je comprenne que ça ne t'aurait rien apporté. Ce n'était pas ta voie. Ni ton choix.

— C'est juste. Et j'aurais sans doute été recalé dès le premier semestre.

— Mais le fait que tu n'aies pas suivi d'études supérieures ne fait pas pour autant de toi un moins que rien. Bon, d'accord, tu es une vraie tête de mule, personne ne te fera faire quoi que ce soit si toi, tu ne l'as pas décidé. Mais quand tu veux quelque chose, alors rien ni personne ne peut t'arrêter. Par exemple, apprendre à réaliser un business plan pour convaincre la banque de te financer pour l'achat de ton affaire. Et... Oui, aller à la rencontre de ta mère biologique. Il fallait du cran, mon fils. Une sacrée maturité, aussi, pour faire table rase du passé...

La gorge serrée, Tyler but une gorgée de bière.

— Tu as parcouru un long chemin. Bien plus long que ce que je pensais, pour être franc, lorsque tu es parti d'ici, à dix-huit ans, prêt à en découdre, en me regardant comme si j'étais incapable de te comprendre. Et oui, tu as fait tes preuves, plutôt deux fois qu'une. Y'en a une qui doit être fière aujourd'hui, c'est ma Jeanne. Elle doit te regarder de là-haut avec un large sourire...

Le visage en feu, Tyler se leva et attrapa le Scotch sur la table basse.

— Bon, tu veux qu'on s'occupe de ça ?

Un court silence s'ensuivit, puis le colonel toussota et à son tour se leva.

— Oui, au travail. J'apporterai ces bouquins à la bibliothèque dès demain matin. Des gens là-bas me donneront un coup de main...

Les paroles du colonel en tête, Tyler commença à charger les premiers cartons sur un diable, puis il descendit avec au garage, de manière à les charger à l'arrière de la Jeep du colonel. Après ça, le vieil homme les raccompagna, lui et Boomer, jusqu'au portail, l'air détendu, en tout cas plus apaisé qu'il ne l'avait jamais été, depuis la disparition de Jeanne. Comme si quelque chose en lui s'était dénoué.

— Merci d'être venu, dit-il.

— Avec plaisir et... Si tu as besoin d'autre chose, appelle-moi, d'accord ?

— Promis.

Et à l'immense surprise de Tyler, le colonel à ce moment l'attira entre ses bras, avant de le relâcher, avec un regard si plein d'affection que Tyler de nouveau rougit. Et soudain, il s'entendit dire :

— Comment as-tu fait pour me supporter toutes ces années ?

Le colonel rit doucement, puis haussa les épaules.

— Tu voulais que je te renvoie et demande qu'on m'envoie un meilleur enfant ?

— Certaines personnes ne s'en privent pas.

— Cette pensée ne m'a jamais effleuré l'esprit, répondit le vieil homme avec douceur. Oh ! te pendre par les pieds peut-être, une ou deux fois. Mais perdre espoir en toi, renoncer à toi, non...

Il soupira, regarda le ciel un moment, le clair de lune faisant scintiller ses cheveux presque blancs.

— Je le sais, tu ne m'as jamais accepté comme ton père. Pour un tas de raisons légitimes sans doute, ma maladresse par exemple, mais...

Le colonel plongea ses yeux dans ceux de Tyler.

— Mais à la seconde où tu es entré dans cette maison, tu es devenu mon fils. Et rien ni personne ne pourra changer ça. Pas même toi.

Tyler crut que son cœur allait imploser. Parce qu'il le savait. L'avait toujours su. Peut-être pas les premiers temps, quand il avait l'impression de n'être qu'un bon à rien. Oui, peut-être était-ce pourquoi il avait défié l'autorité de son père adoptif si violemment, si souvent, une façon de tester leur relation. Car comment être sûr autrement, si on voulait vraiment de lui, ici ?

Même si à l'époque, il n'était pas conscient de toutes ces subtilités, mais...

— Je sais, papa, dit-il et pour une fois dans sa bouche, ce mot ne lui parut pas aussi pesant. Et moi, je voudrais...

Il inspira profondément.

— Je voudrais te remercier pour avoir fait de moi ton fils.

— Même quand ça te mettait en colère ?

— Surtout dans ces moments-là, oui.

Le colonel sourit, avant de donner à Tyler une claque virile entre les épaules, puis il s'éloigna et referma la porte du garage derrière lui.

Tyler et Boomer repartirent à petite foulée à travers les rues paisibles. Il faisait nuit, de temps en temps une voiture les croisait. L'exercice ne fit pas seulement du bien à ses muscles. Quelque chose se dénoua aussi dans sa tête, de vieilles douleurs, de vieilles peurs et de vieux ressentiments. Tout ça parut se dissoudre. Comme des pâtés de sable dans l'océan...

Soudain, il repensa à son premier été chez les Noble. Ils étaient tous allés à la plage, et Jeanne avait voulu lui apprendre à nager. Ce qui n'avait pas été facile. Chaque fois, il avait beau agiter les bras et les jambes comme un fou, il perdait pied...

— Arrête de te battre comme ça, mon trésor, avait dit Jeanne à côté de lui en riant, faisant preuve comme toujours d'une patience infinie. Détends-toi, l'eau va te porter, je te le promets. Lâche prise. Aie confiance en l'océan. Aie confiance en toi...

Ce qu'il avait fini par faire. A avoir confiance, même si tout ça le dépassait.

Essoufflé, il s'arrêta si soudainement que Boomer au bout de sa laisse rebondit. Oui, c'était exactement ce qu'il avait fait. S'agiter et batailler pour s'empêcher de couler, même si plus il bataillait, plus vite il s'enfonçait dans cet océan de désespoir et d'incompréhension contre lequel il luttait depuis sa plus tendre enfance. Il avait tout fait de travers.

Au lieu d'avoir confiance et de se laisser flotter sur cette chose qui le dépassait, de laisser l'amour l'empêcher de se noyer.

Subitement, il eut envie de rire. Comme si la peur qui tenait son cœur entre ses serres venait enfin de le lâcher. L'amour. Oh oui !

Il aimait Laurel.

Il l'aimait. Le cœur à cent à l'heure, il regarda autour de lui, comme si c'était la première fois qu'il voyait cet endroit. Il l'aimait. A la folie. Pour l'éternité. Et...

Il se renfrogna. Et elle, l'aimait-elle ? Rien n'était moins sûr. Comme il le disait souvent, difficile de voir quelque chose que vous n'aviez pas envie de voir. Ou que vous aviez peur de voir. Et à supposer qu'elle l'aime, elle ne ferait jamais le premier pas, avec son vécu. Bon. Mais s'il existait une seule chance, même infime...

Il soupira. S'il y avait une chance, il devait la saisir. Il devait prendre le risque. Mais une chose était sûre, dût-il mettre son âme à ses pieds, dût-elle lui piétiner le cœur ou lui éclater de rire au nez, il ne la méritait pas. Pourtant...

C'était elle qui avait très clairement évoqué la possibilité qu'il y ait plus, autre chose, entre eux. Lui posant ainsi, sans qu'elle en ait conscience, comme un ultimatum. Sans vraiment, vu son regard à ce moment-là, y croire. Mais elle avait raison, le moment était venu, largement venu, de mettre de l'ordre dans sa tête. Dans sa vie. Un grand ménage de printemps. Et il ferait mieux de s'y atteler tout de suite s'il ne voulait pas rater le coche et passer à côté du plus beau cadeau que l'existence, pour une fois, semblait disposée à lui faire.

Une heure plus tard, douché et habillé d'un jean propre et d'un sweat qui ne lui donnait pas l'air de mijoter le braquage d'une banque, il sonna à la porte de Starla. Elle lui ouvrit et aussitôt, porta une main sur son cœur.

— Tyler ? Que... ?

— Toutes ces années, dit-il, la gorge serrée, je t'en ai voulu de m'avoir abandonné. Au lieu de t'être reconnaissant de ce que tu m'avais donné. Et je te demande pardon de m'être comporté comme le pire des crétins...

Au bord des larmes, elle le dévisagea, perplexe d'abord, puis son visage parut s'illuminer.

— Et si... Tu veux un sandwich ?

— Oh ! oui, super, dit-il en entrant.

12

— Eh bien, soupira grand-mère en sortant Jonny de son berceau. A ce rythme, cet enfant pourra jouer avec les Giants à six ans. Et tout ça, grâce à ton lait ?

— Parfaitement, répondit Laurel en prenant le bébé dans ses bras. Le sein jusqu'à six mois, c'est la règle.

— Bêtises. Ta mère avait huit semaines que je lui donnais déjà des céréales, dit Marian en haussant les épaules. Oh ! mais bien sûr, tu n'as que faire des conseils d'une vieille dame, ajouta-t-elle en suivant sa petite-fille dans le salon. Après tout, tu fais comme tu veux. Mais dans dix ans, tout le monde dira « Oh ! surtout pas le sein ! » tu verras...

Laurel s'installa dans le vieux fauteuil et dégrafa son soutien-gorge d'allaitement, Jonny aussitôt se mettant à téter goulûment. Elle sourit et sa grand-mère prit place juste à côté, sur le canapé.

— Alors, qu'est-ce qui ne va pas ?

Laurel l'aurait juré, sa grand-mère avait l'air de comploter quelque chose. Elle la regarda, toute vêtue de turquoise, avec ses chaussures de jogging blanches.

— Qu'est-ce qui te fait croire... ?

— J'ai eu le temps en trente-six ans de reconnaître cette expression sur ton visage...

— Je crois que c'est à cause du lait. Ça va passer...

— Il a bon dos, ton lait. Tu n'as jamais su mentir. Et comment se fait-il que tu n'aies même pas mentionné le nom de Tyler, depuis mon arrivée ?

Laurel rit nerveusement, tout en regardant par la fenêtre.

— Tu es incorrigible.

— Ce n'est pas un scoop. Alors ?

— Il m'a demandé de l'épouser, répondit-elle en ajustant le bavoir de Jonny.

Un silence. Trois secondes, pas plus.

— Pardon ? Et... ?

— Et rien. J'ai refusé.

— Parce que... ?

— Parce qu'il n'est pas amoureux de moi.

Un autre silence, puis :

— Mais toi, tu es amoureuse de lui.

— Eh bien, même si j'aimais infiniment maman, je ne veux pas l'imiter en reproduisant certaines choses.

— Mais ça n'a rien à voir. Ni de près ni de loin.

— Exact. Papa, lui, au moins avait une raison d'épouser maman. Ce n'est pas le cas de Tyler... Nous n'avons même jamais échangé le moindre baiser. Sans parler du reste.

— Bon, et qu'est-ce qui t'en empêche ? Je veux dire, de faire un essai...

— Enfin, grand-mère !

— Quoi, tu me prends pour une nonne ? Ton grand-père et moi avions pris la peine de vérifier le matériel, tu sais, avant de nous lancer...

— Oui, épargne-moi les détails...

— Mais pas du tout. Je pense au contraire, vu ton dilemme, que certaines vérités s'imposent.

Laurel leva les yeux au ciel.

— Est-ce que grand-père t'avait demandée en mariage avant de... vérifier le matériel ?

— Il n'y aurait jamais rien eu, sinon. Je n'étais pas une débauchée. Mais je savais une chose, il était fou de moi. Et moi de lui.

— Ah, tu vois bien. Sauf que dans le cas qui nous préoccupe, il n'y a pas trace de folie, enfin pas ce genre de folie.

— Pourquoi alors t'a-t-il demandé de l'épouser ? Si tu ne crois pas qu'il t'aime...

— Non, grand-mère. Pas croire. Je le sais.

— Tu en es sûre ?

— Absolument.

— Je ne suis pas d'accord, dit Marian, lèvres pincées. J'ai vu ce garçon. Avec toi et le bébé. C'est évident, il vous adore tous les deux...

— Je n'en doute pas. Et c'est quelqu'un de bien, sincèrement habité par la volonté de bien faire. De mettre de l'ordre peut-être aussi dans sa vie. Mais tout cela ne fait pas des fondations suffisamment stables pour un mariage.

— Ecoutez donc miss Je-Chipote, répliqua grand-mère en se levant. Franchement ! Cet homme te demande en mariage, un homme bien, selon tes propres termes, dingue de Jonny, et toi, tu l'envoies promener ? Aurais-tu perdu la boule ?

— Tout le monde sait ça. Mais, crois-le ou non, il ne s'agit pas de moi, ici.

— Vraiment ?

— Enfin, pas complètement. Mais j'ai un enfant auquel je dois penser, et je refuse de lui faire endurer ce que j'ai enduré, voir un mariage mourir à petit feu, et dans la souffrance. Et c'est ce qui arriverait, si Tyler à terme réalisait qu'il avait commis une erreur.

— Ah. Tu peux lire l'avenir, maintenant ?

— Non, mais j'espère avoir retenu les leçons du passé. Et tu sais quoi ? Tyler lui non plus n'a pas besoin de vivre un tel cauchemar. Ce mariage, ce n'est pas vraiment ce qu'il veut... Mais plutôt ce qu'il pense devoir faire. Pour des raisons dont je n'ai pas l'ombre d'une idée, car vois-tu je ne suis pas dans sa tête. Et si rejeter une proposition dont je sais pertinemment qu'elle nous mènera tous à notre perte fait de moi une miss Je-Chipote, eh bien tant pis.

— Et tu resteras seule jusqu'à la fin de tes jours.

— Peut-être grand-mère. Et je me sens prête à vivre avec les conséquences de ce choix autant que je le suis avec les conséquences de ce petit bonhomme, dit-elle en souriant à son bébé. Ce que tu ne comprends pas...

Elle hésita, les larmes aux yeux.

— En dépit de ce que tu crois, ce n'est pas parce que je ne trouve pas Tyler assez bien pour moi. Je n'en suis plus là par rapport à lui depuis longtemps...

— Mais alors ma chérie, dit grand-mère en venant s'asseoir sur le canapé face à elle. Où est le problème ?

— Le problème vient de Tyler qui ne se croit pas assez bien pour moi. Ce qui signifie que je pourrais l'aimer et croire en lui jusqu'à la saint-glinglin, si lui ne croit pas en lui-même...

Elle secoua la tête.

— Difficile de réparer quelqu'un qui refuse d'être réparé. Même si je...

A cet instant, la sonnette retentit. Marian se renfrogna.

— Tu attends quelqu'un ?

— Non. Probablement un démarcheur quelconque. Ou l'Armée du Salut. Regarde par la fenêtre...

Tout en soupirant, sa grand-mère se leva et une fois à la fenêtre, elle s'exclama :

— Oh ! Tu ne vas pas le croire !

— Qu'est-ce que c'est ?

— Pas que, qui...

Marian se tourna vers elle.

— Et je ne pense pas qu'il fasse partie de l'Armée du Salut.

Tyler profita que Starla préparait les sandwichs — pain de seigle, tranche de rosbif et sauce raifort maison — pour changer l'ampoule grillée dans sa chambre. Il la retrouva aussitôt après dans la cuisine, à cette table qu'elle avait récupérée sur le trottoir, suite au déménagement des voisins, l'hiver dernier, avant de la restaurer. Même chose pour ses chaises. Comme tout ou presque, dans cette maison. Un penchant pour la récupération et la restauration dont apparemment il avait hérité.

Tout en mangeant, ils discutèrent. Vraiment, pour changer. Au lieu de parler de choses et d'autres, sans jamais aborder les sujets qui leur tenaient à cœur.

Et pour une fois, il l'écouta. L'écouta vraiment, réalisant peu à peu qu'il avait beaucoup à apprendre de cette femme qu'il avait autrefois aimée. Qui lui avait fait tant de peine. A laquelle il en avait si longtemps voulu. Ce regard perdu, cet état second dans lequel elle était autrefois, tout ça avait depuis longtemps disparu. Dans les yeux de sa mère brillaient une intelligence, une sensibilité... Exactement comme dans les yeux de Laurel.

— J'avais rencontré les Noble, tu sais, dit Starla à mi-repas avant de lui servir un verre de lait et de poser un paquet de chips sur la table. C'était tellement évident... Ils pouvaient t'apporter mille fois plus que je ne le pourrais jamais, sobre ou pas. Tu dois me croire, ce que j'ai fait, je l'ai fait pour toi. Même si... Même si je n'étais que très rarement lucide à l'époque, je t'aimais. En revanche, j'étais sûre d'une chose, je n'étais pas digne de toi. Alors, je t'ai donné à des gens qui l'étaient. C'est aussi simple que ça. Mon erreur, parmi d'autres, a été de penser que tu comprendrais.

Et, en un éclair, tout ce qui restait de colère et de ressentiment en lui finit de se dissiper, lui donnant ainsi l'opportunité de voir la situation à travers les yeux de sa mère. Les yeux d'une personne motivée par une seule chose, son bien à lui, pas le sien.

— Je n'avais que dix ans, remarqua-t-il avec douceur.

— Je sais, dit-elle en souriant, mais tu étais un enfant très intelligent, Ty. Si intelligent que cela me faisait peur, parfois, cette façon que tu avais d'être adulte, si petit... Je t'aimais, mais j'étais incapable de te donner ce dont tu avais besoin...

Ne sachant que répondre, il s'enfonça sur sa chaise. Le matou de sa mère vint se frotter à ses jambes en faisant un drôle de miaulement. L'esprit ailleurs, il gratouilla l'animal entre les oreilles.

— Pourquoi ne me parles-tu pas de mon père ? Non que j'aie envie d'aller le trouver, franchement, je m'en moque...

— Vraiment ?

— C'est dingue, pas vrai ! C'est pourtant la vérité. Tout ça... n'a plus vraiment d'importance. J'ai un père, quelque part, c'est comme ça, je l'ai accepté aujourd'hui. Non, ce qui m'intéresse, c'est de savoir comment toi, tu as vécu cette période...

— Est-ce si important ?

— Oui, ça l'est.

Après avoir contemplé son sandwich un moment, Starla répondit :

— Quand tu es venu me voir, chez Troc & Trucs, quand tu t'es présenté, je...

Elle plongea ses yeux dans les siens.

— J'ai cru à un miracle. Tu voulais renouer le contact... C'était plus que je n'en avais jamais osé rêver. Plus que je ne méritais. Sauf que rapidement, j'ai compris que tu avais une idée derrière la tête. Découvrir qui était ton père. Et j'étais la seule à pouvoir t'y aider.

— Et cela t'a fait de la peine ?

— Oh ! oui, bien sûr, répondit-elle. Ça m'a déchiré le cœur. Mais je n'étais pas en position de me plaindre...

— Donc, tu...

La gorge serrée, il hésita.

— Tu as décidé de ne pas répondre à mes questions, m'obligeant ainsi à te les poser encore et encore.

— Bingo. Parce que, même après tout ce temps, je ne pouvais pas supporter l'idée de te perdre de nouveau. Tu sais, je n'en suis pas très fière... Mais c'était le seul moyen pour moi de te garder...

Tyler se tut, maussade.

— Oh. Mais voilà que tu me fais ton air boudeur...

Soudain, un souvenir, Starla lui disant la même chose quand il était petit garçon. Il sourit.

— Je comprends, dit-il. Mais quelque chose en moi continue de penser que la vie aurait pu être différente, si je n'avais pas représenté un tel poids, pour toi...

— Le seul poids dans l'histoire, c'était moi... Oh ! mon chéri, tu ne vas quand même pas croire que je me droguais à cause de toi ? Ou que je t'ai abandonné...

Elle le dévisagea, l'air horrifié.

— Non, mon Dieu. Ecoute-moi maintenant...

Elle prit sa main entre les siennes et la serra très fort.

— J'ai fait les mauvais choix, des choix qui ont pris le pas sur tout le reste. Tu étais le plus adorable des bébés. Si patient avec moi, si rieur. Mais j'étais seule, désemparée... Ses yeux s'emplirent de larmes. Et à cause de moi, tu as commencé à avoir des troubles du comportement, oh, je suis surprise que tu n'aies pas rencontré plus de problèmes que ça. Enfin, un soir, ils t'ont découvert errant dans la ville... Et ils t'ont emmené. Tu n'imagines pas mon soulagement. Pas pour moi, pour toi. Plus tard, après la cure de désintoxication...

Elle ferma les yeux, inspira, expira.

— J'étais terrifiée, Ty. Terrifiée à l'idée de replonger. Je voulais rester clean, mais j'avais peur de ne pas être à la hauteur du défi. Et si je retrouvais mon droit de garde et que peu après, je rechute... Jamais je ne me le serais pardonné. Tu n'étais pas en cause, Ty. C'est moi qui étais une mauvaise mère.

Emu, il referma ses mains autour des siennes, la faisant sursauter.

— Une mauvaise mère n'aurait jamais fait un tel sacrifice. Et je te demande pardon d'avoir mis vingt ans à le comprendre.

Un silence s'ensuivit, puis Starla hocha doucement la tête et se leva. Après avoir débarrassé, elle sortit un bac de crème glacée du congélateur.

— Toujours amateur de sundae au caramel ?

— Tu parles...

Elle attrapa une bouteille de sauce caramel et une bombe de crème Chantilly et commença à s'affairer, sortant les coupes, les cuillères à dessert...

— J'avais dix-huit ans. Ton père la trentaine. Il était marié. Sa femme attendait un enfant. Oui, je sais, c'est stupide, stupide d'avoir mis le pied dans cet engrenage, d'avoir cru à ses promesses... Il m'a proposé de payer l'avortement, chuchota-t-elle, les larmes aux yeux. Je me suis rendue à la clinique, ai même subi les examens préliminaires avant... Avant de changer d'avis.

Lentement, il se leva, s'approcha de sa mère et la prit dans ses bras, la berçant un long moment en silence avant de demander.

— Que lui est-il arrivé, tu le sais ?

Ses cheveux lui chatouillèrent le menton quand elle secoua la tête.

— Qu'il aille au diable, dit-il et elle rit avant de le repousser pour finir leur sundae.

— Et si tu me parlais un peu de toi, dit-elle en lui tendant la crème Chantilly, et comme il ne répondait pas, elle ajouta : à moins que cela ne me regarde pas...

— Non, ce n'est pas ça, marmonna-t-il en contemplant sa glace, avant de plonger ses yeux dans ceux de sa mère. Tout est tellement compliqué...

— Est-ce de Laurel dont il s'agit ? demanda Starla avec un petit sourire.

— Oui, répondit Tyler en soupirant.

Starla avala une cuillérée de Chantilly, l'air songeur.

— Elle est au courant, non ? En ce qui me concerne ?

— En effet.

— Et elle a dû t'interroger, l'autre jour, après que vous m'avez conduite au travail ?

— Un peu plus tard, oui. Après m'avoir tendu la perche à plusieurs reprises... Or, je suis extrêmement doué quand il s'agit de faire la sourde oreille.

— Il serait peut-être temps de remédier à ce défaut.

— J'y travaille, répondit-il, puis un long silence s'installa, que Starla finit par rompre.

— Est-ce que Jonny est ton fils ?

— Oh ! non, répondit Tyler dans un éclat de rire teinté d'amertume. Laurel était enceinte, lorsque nous avons fait connaissance. Le père n'a pas souhaité faire partie du tableau. Euh, mais il n'y a rien entre Laurel et moi, expliqua-t-il en rougissant. Nous sommes amis, c'est tout...

— Mais tu aimerais plus.

Il s'écoula quelques secondes avant qu'il retrouve sa voix.

— Je ne sais même pas si elle ressent la même chose, pour moi.

— Il n'y a qu'un moyen de le savoir...

— Sans doute, répondit Tyler, puis il se leva, alla embrasser sa mère sur le front.

Elle le regarda, surprise. C'était la première fois qu'il l'embrassait depuis qu'il était petit garçon.

Et, à cet instant, pour la première fois aussi depuis tout ce temps, il se sentit serein. Suffisamment en tout cas pour prendre ses responsabilités.

Il venait de s'engager dans sa rue, quand il remarqua la Lexus, garée devant la maison de Laurel. Aussitôt, il se renfrogna et sentit même ses poils se hérisser en voyant les plaques de la voiture. Ce n'était pas un visiteur du New Jersey. En un éclair, plus que la peur, ce fut la colère qui le submergea.

Comporte-toi en adulte, lui murmura alors une petite voix.

Il se gara devant chez lui, un peu oppressé, descendit de voiture, entendant vaguement Boomer gratter à la porte en couinant. Au prix d'un effort surhumain, il résista à l'envie de se précipiter chez sa voisine tel un chevalier vengeur. Cela le desservirait plutôt qu'autre chose... Mais au même instant, la porte de Laurel s'ouvrit. Un homme apparut. Grand, mince, plus âgé qu'elle, enfin, difficile à dire, sous la lumière du perron. Et impossible d'entendre ce que Laurel et lui se dirent. Quelle importance... ?

Mais ce fut plus fort que lui. Dès que Laurel eut refermé sa porte, il traversa le jardin, main tendue.

— Vous devez être Barry, dit-il et le type le dévisagea, sur ses gardes.

— En effet...

Il ignora la main de Tyler.

— Et vous devez être son voisin. Tyler, c'est ça ?

Tyler glissa sa main dans la poche. Mieux valait la ranger là, au lieu de l'envoyer dans la figure de cet homme.

— Exact. Alors, vous avez retrouvé la raison ?

— Eh bien, vous n'y allez pas par quatre chemins, dit Barry, l'air narquois. En réalité, je viens juste de demander à Laurel de m'épouser.

Tyler sentit la rage l'envahir et devant ses yeux, Barry devint trouble. Et dire qu'à un certain moment, il était prêt à aller chercher lui-même ce type pour le ramener ici si nécessaire à grands coups de pied aux fesses pour forcer ce lâche à assumer ses responsabilités ! Un lâche, oui, et un voleur aussi !

— Vous êtes sacrément gonflé, dit-il, le plus calmement possible.

— Pardon ? répondit l'autre.

— Vous la laissez assumer seule toute sa grossesse, sans même prendre la peine de lui dire où vous êtes, et aujourd'hui vous revenez comme ça dans sa vie et la demandez en mariage. Oui, vous ne manquez pas de culot...

— Une minute...

Tyler avança vers lui, Barry reculant d'autant.

— Où étiez-vous quand elle avait besoin de peindre la chambre du bébé ? Quand elle a eu ses contractions en pleine nuit et qu'il a fallu la conduire d'urgence à l'hôpital ? Quand votre fils est né ? Oui, où étiez-vous ? Parce que je ne me souviens pas vous avoir vu. Et toutes ces nuits quand le petit pleurait, à cause des coliques, étiez-vous là pour le prendre dans vos bras et essayer de l'apaiser, afin de permettre à Laurel de se reposer ? Oh ! mais non, vous n'étiez pas là. Et où étiez-vous quand Jonny...

Il hésita, la gorge nouée.

— Quand il a souri pour la première fois...

— Vous ne comprenez pas...

— Oh ! mais au contraire, je comprends très bien, rétorqua-t-il, bras croisés. Et vous voilà aujourd'hui ! Vous avez eu quoi, une révélation, une crise de culpabilité ? Et vous vous êtes dit, « Tiens, je vais épouser Laurel et tout sera oublié » !

Il se tut, leva une main.

— Mais attention, si c'est son choix, la décision lui appartient. Elle vous aimait quand vous avez conçu Jonny et selon moi, elle vous aime encore aujourd'hui. Mais en ce qui me concerne, vous n'êtes qu'un...

— Tyler ! ça suffit !

Il se retourna et aperçut Laurel sous la véranda.

— Je l'ai envoyé sur les roses, espèce d'idiot !

— Comment ?

— J'ai dit non.

Il reporta son attention sur Barry.

— Et pourquoi ne le dites-vous pas ?

— Vous ne m'en avez pas laissé le temps, répondit l'autre, en s'emparant de sa main pour la serrer avec vigueur. Prenez bien soin d'eux, ajouta-t-il, non sans une certaine tristesse, avant de s'éloigner vers sa voiture.

Une demi-seconde, il n'en fallut pas plus à Tyler pour rejoindre Laurel, sous la véranda. Le cœur au bord de l'implosion, il prit son visage dans ses mains.

— Pourquoi lui avez-vous dit non ?

— En fait, c'est mon cœur, chuchota-t-elle, les yeux brillants. Le pauvre ne sait pas ce que c'est que le pragmatisme.

Et Tyler l'embrassa, un baiser plein de passion, auquel elle répondit avec la même ardeur... Avant de le repousser et de lui sourire. Et dans ce sourire, il vit très précisément tout ce qu'il cherchait.

Alors, il l'enlaça et la fit virevolter. Elle rit aux éclats, noua les bras autour de son cou et l'embrassa avec plus de ferveur qu'aucune femme ne l'avait fait, avant elle. Aucune femme jamais ne l'avait fait avec personne, sur cette Terre, et comme c'était bon et... A ce moment, quelqu'un les klaxonna.

— Maudit New Jersey, jamais tranquille, marmonna-t-il.

Elle éclata de rire, s'empara de sa main et l'entraîna à l'intérieur où il l'embrassa de nouveau, avant de prendre sa main pour la poser sur son cœur.

— Est-ce que tu sens, comme il bat, rien que pour toi ?

— Serait-il guéri ? dit-elle en lui souriant de nouveau.

— Lui et moi sommes sur la bonne voie, je pense...

— N'y a-t-il rien que je puisse faire, pour t'aider ? chuchota-t-elle en faisant descendre la fermeture Eclair de son sweat.

Il rit, avant de s'immobiliser.

— Le bébé...

— Il dort, répondit-elle. Tout va bien.

Et il sentit son cœur, entre autres choses, gonfler de joie lorsqu'elle glissa les mains sous son T-shirt, avant de trouver la force de la retenir. Elle le regarda, l'air confus.

— Avant d'aller plus loin, dit-il, je voudrais dire quelque chose.

Elle recula d'un pas, le dévisagea.

— Oh ! malheur, soupira-t-elle en faisant mine de s'évanouir. Serais-tu un faux blond... ?

Il rit avec elle, en dépit de l'étau autour de sa gorge.

— Non, ce que je veux dire... Voilà. Je t'aime.

— Je crois que j'avais compris.

— J'avais besoin de le dire à haute voix. Parce que... Vois-tu, jamais je ne l'ai dit à personne. Pas en tant qu'adulte.

Dans ses yeux, il vit des larmes scintiller.

— Je... Je suis la p-première ?

— Et la dernière, dit-il avec douceur en effleurant à peine sa joue, de peur qu'elle disparaisse s'il appuyait trop fort. Je t'aime tant... C'est comme si mon corps, ma tête n'étaient pas assez grands pour contenir tout cet amour...

— Dans ce cas, partage, chuchota-t-elle en prenant son visage dans ses mains. Avec moi. Maintenant. Parce que je t'aime aussi, idiot, et je ne peux plus attendre.

— Tu vois, je... Que viens-tu de dire ?

— Que crois-tu que je viens de dire ? Tu vas avoir le privilège de voir mes vergetures et... J'en ai marre de parler maintenant.

— Entendu, dit-il en l'entraînant vers la chambre, avant de grommeler. Et zut. Je ne m'attendais pas à... Je veux dire, je n'ai pas apporté de...

Il lui fit face et fut réduit subitement au silence en découvrant Laurel en train de se débarrasser de son jean.

— Dans le placard de la salle de bains, dit-elle en enlevant à présent le haut.

— Je ne parle pas de bain de bouche, chérie...

— Moi non plus, Ty, répondit-elle, se renfrognant lorsqu'il arrêta son regard sur son soutien-gorge, aussi érotique que celui d'une nonne. Quoi ?

— Tes seins sont si ronds... Euh, si généreux...

— Rien ne vaut l'allaitement, dit-elle en riant, prenant sa main pour le mener à la salle de bains. Et voilà ! ajouta-t-elle. Grand-mère me les a donnés après la naissance du bébé.

— Tu n'imagines pas comme je vénère cette femme, soupira Tyler en prenant la boîte de préservatifs.

— Et moi donc...

Puis il prit sa main, et ils se précipitèrent dans sa chambre et, cette fois, cessèrent de plaisanter comme deux adolescents, avant de se déshabiller l'un l'autre, devenus graves soudain. Et Tyler resta médusé devant sa beauté, lumineuse dans la maternité, comme elle l'avait été, enceinte. Et il n'avait qu'une envie à présent, plonger en elle, se confondre avec elle. L'aimer.

Mais étrangement, il n'était pas pressé, et il prit au contraire tout son temps pour apprécier chacun de leurs baisers, chacune de leurs caresses, donnant et recevant en même temps, souriant à ses soupirs. Riant quand elle le força à s'allonger et le chevaucha, le rendant fou.

— Il y a si longtemps que j'y pense, murmura-t-il.

— Et moi donc...

Il s'assit, dos contre la tête de lit, l'attira sur ses genoux et tout se passa le plus naturellement du monde, comme une évidence, mais sans hâte et ce fut délicieux, divin, inespéré...

A la lueur de sa lampe de chevet, ils se regardèrent quand elle le prit en elle, tout en elle, sans que cette étreinte eût quelque chose de sexuel, plutôt... Comme si elle l'enveloppait de son âme. Puis ils se figèrent, le temps s'arrêta et ce fut juste eux, juste ce moment, son parfum et son souffle et la sensation de son corps uni au sien. Elle sourit et approcha sa bouche de la sienne et chuchota :

— Merci...

Elle ferma ensuite les yeux, et Tyler commença à bouger en elle, de tout son corps, de tout son cœur, puis le monde bascula sur son axe, l'envoyant tout droit dans les étoiles.

Blottie entre les bras de Ty, Laurel immobile, sentait sous ses doigts les martèlements de son cœur. Oh ! retenir ce moment, pour l'éternité...

— Tu es bien ? murmura-t-il en écartant une mèche sur son front et quand elle plongea les yeux dans les siens, une vague immense de bonheur le submergea.

— Voyons, dit-elle en souriant. Bien n'est peut-être pas le terme approprié. Grand-mère dirait plutôt, ouh la la...

Il rit, resserra ses bras autour d'elle et posa sa joue contre ses cheveux. En cet instant, elle se sentit non seulement heureuse, comblée, mais sereine. Aimée.

— Oui, ça dit bien ce que ça veut dire, répondit-il. Parce que c'était plus que du sexe, pour moi en tout cas, euh... Mais je m'exprime mal...

Baignant dans une espèce de bulle d'euphorie, de vie, elle joua un moment avec le duvet de son torse.

— En fait, murmura-t-elle, je crois que le mot le plus juste pourrait être... Amour ?

— Peut-être, seulement ? dit-il, taquin.

— Eh bien, nous devrions tester cette théorie, histoire d'être bien sûrs.

— Cela me semble la chose la plus logique à faire, en effet.

— Mais pour être tout à fait franche, dit-elle en s'asseyant. Pas ce soir. Je suis toute moulue et...

— Oh ! pardon, désolé...

— Moulue, pas invalide. Il y aura d'autres soirs comme celui-ci...

Un silence, puis elle l'entendit s'asseoir à son tour.

— Tu dis ça sans même savoir pourquoi je suis ici.

Elle lui fit face.

— Je sais pourquoi tu es ici et je t'ai entendu parler à Barry. Tout le reste n'a pas d'importance.

— Mais je veux que tu saches... Je ne suis plus le même homme, celui qui t'a demandée en mariage, l'autre jour.

— Oh ! mon trésor, dit-elle en lui caressant le visage. Tu es exactement le même. L'homme dont je suis tombée amoureuse il y a des semaines, l'homme que je pressentais derrière tout ça...

Elle effleura son front, posa une main sur son cœur.

— Oui, tu es le même, libéré de sa croix, de son fardeau...

— Je l'espère, dit-il en l'attirant contre lui. J'y vois en tout cas bien plus clair aujourd'hui.

Puis elle l'écouta quand il lui raconta sa conversation avec le colonel. Avec sa mère. Et elle entendit dans sa voix la colère, la douleur et le ressentiment desserrer son étau autour de son cœur. Il était libre. Libre d'aimer et d'être aimé. D'être non seulement celui dont elle avait besoin, mais celui que lui voulait être.

— Si tu n'avais pas été là, ajouta-t-il en l'embrassant avec tendresse sur le front, je ne sais pas si je serais parvenu un jour à dépasser tout ça.

— J'adore rendre service, dit-elle, le faisant rire.

— Et Barry, reprit-il. Il t'a vraiment demandé de l'épouser ?

— Oui. La vie est étrange, soupira-t-elle. Trente-six ans, pas une seule demande en mariage à l'horizon et soudain, boum, deux d'affilée...

— Et tu n'as pas été tentée d'accepter ?

— Pas même une nanoseconde. D'autant que cette idée saugrenue lui est venue sous le coup de la culpabilité, car il ne m'aime évidemment pas. Contrairement à d'autres, dans cette pièce, dit-elle en se blottissant contre lui. Comme je lui ai dit, je ne me sens pas l'âme d'une rédemptrice. Résous d'abord tes problèmes avec toi-même, ensuite nous discuterons. Et si tu échoues dans ta quête, tant pis pour toi.

— Tu l'as donc envoyé paître...

— Ce qui n'a pas eu l'air de te gêner, non ?

— Bien au contraire. Il a perdu, j'ai gagné...

— Il reste bien sûr le père de Jonny, poursuivit-elle. Aussi, s'il veut faire partie de la vie de son fils, je ne m'y opposerai pas. Mais comme tu le lui as aimablement fait remarquer, il n'était pas là pour la naissance. Ni pour les coliques. Ni pour rien. Par choix. En revanche, toi tu étais présent. Par choix. Voilà ce qui fait d'un homme un père. Pas son ADN.

Après un long silence, il répondit :

— Je sais.

Elle sut qu'il faisait allusion à l'homme qui avait toujours été là pour lui. De la même façon que lui le serait pour Jonny, pour elle, elle en avait la conviction aujourd'hui.

— Et si tu allais chercher Boomer, suggéra-t-elle soudain, au bord des larmes. Tu ne vas pas le laisser seul à la maison toute la nuit...

Elle le sentit retenir son souffle, comme s'il n'osait plus respirer.

— Tu... Tu veux que je passe la nuit ici ?

Elle chercha son regard et lui sourit.

— Je voudrais que tu passes toutes tes nuits ici, avec moi, chuchota-t-elle, chaque nuit de ma vie, entre mes draps.

Elle rit quand il fit un geste vainqueur avec le poing, puis il l'embrassa et lui fit également d'autres choses dans la foulée, avec ses mains.

— Va chercher Boomer, je t'attends...

— Je reviens tout de suite, dit-il avant de se lever, attrapant ses vêtements au passage, avant de disparaître.

Trois minutes plus tard, ce fut Jonny qui l'appela depuis sa chambre, manifestement affamé.

Tyler et Boomer réapparurent peu après et retrouvèrent Laurel et le bébé dans le salon. Il s'arrêta, le cœur débordant d'émotion et d'amour devant ce portrait quasi divin d'une mère et de son enfant, sous le halo de cette lampe.

— Non, Boomer, non ! cria-t-il, un peu tard, son chien s'étant précipité pour lécher les cheveux du petit Jonny avant d'aller poser ses fesses sur le canapé, au plus près de Laurel. Pas question, dit Tyler en le faisant descendre pour prendre sa place.

Il glissa son bras autour des épaules de Laurel et regarda l'enfant, ses petits doigts autour de ceux de sa mère. Et à cet instant, il pensa, *Je ferais n'importe quoi pour vous deux... Ma famille. Non pas une quelconque famille recomposée non, mais une vraie famille. La mienne.*

Il déposa un baiser sur le front de Laurel.

— A quoi penses-tu ? demanda-t-elle.

— J'aimerais renouveler ma demande...

— Vraiment ?

— Absolument. Et je voudrais un vrai mariage, à l'église et toi dans une robe blanche et moi habillé comme un pingouin. Kelly s'occuperait du buffet et nous danserions sur du Ella Fitzgerald, puisque la plupart des invités auront plus de quatre-vingts ans...

— Cela me paraît parfait, dit-elle en riant.

— Alors, c'est oui ?

— C'est Alléluia, répondit-elle et ils rirent tous les deux.

Le bébé fit son rot, et le chien, pour ne pas être en reste, poussa un bref aboiement. Je n'aurais jamais pensé être aussi heureuse un jour...

Mais l'espace d'un instant, une petite voix sournoise chantonna dans sa tête : *Mérites-tu réellement tout ça ?*

Une petite voix que Tyler réduisit aussitôt au silence.

— Moi non plus, et nous avions tort tous les deux, chuchota-t-il en prenant son visage entre ses mains.

Et tout en la regardant, tout en se noyant dans ses yeux, un sentiment de paix l'envahit.

Vous avez aimé ces romans ?
Découvrez la suite de votre saga
« Les amants de Maple River »
dès le mois de mars dans votre collection préférée !

Vous aimez la romance et souhaitez découvrir nos collections ? Abonnez-vous dès maintenant, c'est sans engagement !

Recevez tous les mois (ou tous les 2 mois) vos romances préférées directement chez vous et offrez-vous un véritable moment de détente. En plus, le premier colis est à prix réduit !

Votre 1er colis à **-60%** (incluant 3€ de frais d'envoi) contenant :
2 livres de la collection choisie + en cadeau
le 1er tome de la saga *La couronne de Santina*

8 tomes en tout sont à collectionner !

COCHEZ la collection choisie et renvoyez cette page au
Service Lectrices Harlequin – CS 20008 – 59718 Lille Cedex 9 – France

Collections	Prix 1er colis	Réf.	Prix abonnement (frais de port compris)
❑ **AZUR**	5,00€	AZ1406	6 livres par mois 31,50€
❑ **BLANCHE**	7,12€	BL1603	3 livres par mois 25,20€
❑ **PASSIONS**	7,52€	PS0903	3 livres par mois 26,79€
❑ **BLACK ROSE**	7,60€	BR0013	3 livres par mois 27,09€
❑ **HARMONY***	5,99€	HA0513	3 livres par mois 20,97€
❑ **LES HISTORIQUES**	7,12€	LH2202	2 livres tous les deux mois 17,80€
❑ **SAGAS***	7,68€	SG2303	3 livres tous les 2 mois, 29,46€
❑ **VICTORIA**	7,52€	VI2115	5 livres tous les 2 mois 42,59€
❑ **GENTLEMEN***	7,20€	GT2022	2 livres tous les 2 mois 18,00€
❑ **NORA ROBERTS***	7,52€	NR2402	2 livres tous les 2 mois prix variable**
❑ **HORS-SÉRIE***	7,44€	HS2812	2 livres tous les 2 mois 18,65€

*Livres réédités / **Entre 18,80€ et 19,00€ suivant le prix des livres

F24PDFM

N° d'abonnée Harlequin (si vous en avez un) |_|_|_|_|_|_|_|

Mme ❐ Mlle ❐ Nom : ____________

Prénom : ____________ Adresse : ____________

____

Code Postal : |_|_|_|_|_| Ville : ____________

Pays : ____________ Tél. : |_|_|_|_|_|_|_|_|_|_|

E-mail : ____________

Date de naissance : ____________

Date limite : 31 décembre 2023. Vous recevrez votre colis environ 20 jours après réception de ce bon. Offre soumise à acceptation et réservée aux personnes majeures, résidant en France métropolitaine, dans la limite des stocks disponibles. Prix susceptibles de modification en cours d'année. Vous pouvez demander à accéder à vos données personnelles, à les rectifier ou à les effacer. Il vous suffit de nous écrire en nous indiquant vos nom, prénom et adresse à : Service Lectrices Harlequin CS 20008 59718 LILLE Cedex 9. Service Lectrices disponible du lundi au vendredi de 9h à 17h : 01 45 82 47 47.